Me Chame à Meia-Noite

ME CHAME À MEIA-NOITE

RACHEL GRIFFIN

Tradução: Marcia Blasques

Copyright © 2023 Rachel Griffin
Tradução para Língua Portuguesa © 2024 Marcia Blasques
Todos os direitos reservados à Astral Cultural e protegidos pela Lei 9.610, de 19.2.1998. É proibida a reprodução total ou parcial sem a expressa anuência da editora.

Editora Natália Ortega

Editora de arte Tâmizi Ribeiro

Coordenação editorial Brendha Rodrigues

Produção editorial Manu Lima e Thais Taldivo

Preparação de texto Mariana C. Dias

Revisão de texto Fernanda Costa e Lígia Almeida

Arte da capa © Elena Masci

Design de capa Liz Dresner/Sourcebooks

Foto da autora © Dawndra Budd

Dados Internacionais de Catalogação na Publicação (CIP)
Angélica Ilacqua CRB-8/7057

G868m Griffin, Rachel
  Me chame à meia-noite / Rachel Griffin ; tradução de Marcia Blasques. — São Paulo, SP : Astral Cultural, 2024.
  352 p.

  ISBN 978-65-5566-562-8
  Título original: Bring me your midnight

  1. Ficção norte-americana I. Título II. Blasques, Marcia

24-4009   CDD 813

Índice para catálogo sistemático:
1. Ficção norte-americana

BAURU
Rua Joaquim Anacleto
Bueno 1-42
Jardim Contorno
CEP: 17047-281
Telefone: (14) 3879-3877

SÃO PAULO
Rua Augusta, 101
Sala 1812, 18º andar
Consolação
CEP: 01305-000
Telefone: (11) 3048-2900

E-mail: contato@astralcultural.com.br

Para meu pai.
Obrigada por me ensinar
que minha felicidade importa,
e por me lembrar disso
sempre que me esqueço.

1

Certa vez, minha mãe me disse que eu tinha sorte por nunca ter de precisar encontrar meu lugar no mundo. Ter nascido com o sobrenome Fairchild em uma pequena ilha a oeste do continente significava que eu já o havia encontrado antes mesmo de saber que precisava procurá-lo. Ela está certa, como na maioria dos casos, mas sempre pensei que, se precisasse encontrar meu verdadeiro norte, eu o encontraria nas profundezas do mar.

O frio cortante da água salgada e o silêncio profundo parecem mais familiares do que a casa ornamentada de cinco quartos situada a apenas duas quadras da costa. A água me acolhe enquanto mergulho, os sons da ilha desaparecendo até serem totalmente devorados. Meu cabelo comprido flutua em todas as direções, e eu dou um impulso no fundo rochoso e nado, mantendo os olhos abertos. As correntezas estão ficando mais fortes, e procuro por qualquer sinal de inquietação ou agitação, mas o mar está quieto.

Por enquanto.

Eu boio de costas. O sol nasce acima do horizonte, afastando o amanhecer, e o cinza nebuloso do início da manhã é substituído por raios de luz dourada que brilham na superfície da água. Sou a única aqui, e quase consigo me enganar acreditando que sou insignificante, uma pequena partícula em um mundo impossivelmente vasto. E, embora a última afirmação seja verdade, insignificante eu não sou. Minha mãe me garantiu isso.

Viro o corpo e mergulho em direção às profundezas do mar, cada vez mais fundo até a água ficar gelada e a luz do sol sumir por completo. Paro perto do fundo, me deliciando porque expectativa e dever não podem me seguir até aqui. Me deleito com a sensação de que minha vida é realmente minha. Meu peito dói e meus pulmões imploram por oxigênio, e enfim eu cedo, batendo os pés em direção à superfície. O mar me cospe para fora, e eu ofego em busca de ar.

Ainda é cedo, mas Encantamento ganha vida ao longe. Muitos de nós nos levantamos com o sol para aproveitar cada minuto de magia que podemos. Os dias estão ficando mais curtos conforme o inverno se aproxima, e as longas noites da nossa ilha do norte significam que, em breve, teremos ainda menos tempo com a nossa magia.

Respiro fundo mais uma vez, enquanto ondas suaves batem contra mim. Já passei muito tempo aqui, e me viro em direção à costa, mas algo chama minha atenção. Parece uma flor, leve e delicada, subindo pela água para saudar o sol. Eu nado em direção a ela e a observo emergir, flutuando gentilmente a um braço de distância, me convidando a estender a mão e pegá-la.

Pisco uma vez, e a flor desaparece. Procuro qualquer sinal dela na água, mas não há nada, e percebo que devo tê-la imaginado. Minha mente está turva com o baile que se aproxima, pregando peças enquanto estou no meu lugar favorito. Mas é o suficiente para estragar a paz da manhã, e eu mergulho de novo, sabendo que há pouco tempo para recuperá-la.

Quando chego no raso, a ponto de raspar os joelhos, eu me levanto e sigo com dificuldade pela praia rochosa, lutando contra a vontade de procurar a flor uma última vez. Torço o cabelo e tiro minha toalha da bolsa. O sal está grudado na minha pele, tão familiar que não tenho mais pressa em me lavar. Calço as sandálias, prendo o cabelo em um coque baixo e recolho o resto das minhas coisas.

— É melhor se apressar, Tana — grita o Sr. Kline da calçada. — Sua mãe está chegando.

— Já? Ela está meia hora adiantada.

— Você não foi a única que acordou para ver o sol nascer hoje.

Dou um aceno de agradecimento a ele e corro em direção à perfumaria. Os pensamentos sobre o baile e o estresse de estar atrasada se misturam em meu estômago, deixando-o embrulhado. Eu já deveria estar na loja, me preparando para o fluxo de turistas matinais, mas a primeira balsa vai demorar mais quarenta e cinco minutos para atracar, e nunca fui muito fiel ao cronograma como minha mãe gostaria.

Viro na rua Principal, onde dezenas de lojas de magia margeiam o pavimento de paralelepípedos como flores silvestres na primavera. Fachadas em rosa-bebê e azul-celeste, amarelo suave e verde-menta se destacam contra a frequente névoa nublada que cobre Encantamento, convidando as pessoas a entrarem, tranquilizando-as com delicadeza para que vejam que a magia é tão doce e delicada quanto as cores das portas por onde passam. Em uma hora, esta área estará cheia de turistas e clientes habituais do continente que visitam nossa ilha para comprar perfumes, velas, chá, assados, tecidos naturais e qualquer outra coisa que possamos infundir com magia.

Trepadeiras verdes e densas sobem pelas paredes de pedra, e cachos de glicínias pendem sobre as portas, cada detalhe destinado a transmitir que o lugar é especial, mas não ameaçador. Peculiar, mas não assustador. Encantado, mas não perigoso.

Uma ilha tão exuberante e adorável, que dá até para esquecer que um dia foi um campo de batalha.

Grandes arbustos de daphne circundam os postes de bronze da rua, seu forte perfume floral preenchendo o ar com mais magia do que seríamos capazes de infundir. Eu corro pelo caminho de paralelepípedos até que a perfumaria apareça na esquina. Minha melhor amiga me espera, apoiada na porta com uma xícara de chá em cada mão.

Ela ergue uma sobrancelha quando curvo o corpo e apoio as mãos nos joelhos, tentando recuperar o fôlego.

— Aqui — diz Ivy, empurrando o chá na minha cara. — É nossa mistura Despertar.

— Não preciso da sua magia — digo, ignorando o chá. Coloco a chave na fechadura e abro a porta, me abaixando para passar sob uma cascata de glicínias.

— É mesmo? Porque você está horrível.

— Quão horrível? — pergunto.

— Tem algas no seu cabelo e sal grudado nas sobrancelhas.

Pego o chá e tomo um longo gole. A sensação é boa enquanto a infusão desce pela minha garganta e se acomoda no estômago, a magia funcionando instantaneamente. Minha mente clareia, e a energia se move através de mim. Corro para o quarto dos fundos e troco as roupas molhadas por um vestido azul simples.

— Sente-se — diz Ivy, e eu lhe dou um olhar grato. Seus olhos castanho-escuros brilham enquanto ela move as mãos sobre meu rosto. Sinto o sal deixar minha pele para dar lugar a uma maquiagem leve. Não tenho talento para maquiagem como Ivy; a minha geralmente fica muito dramática para o gosto da minha mãe, mas Ivy sempre acerta. Enquanto ela trabalha, eu arrumo o cabelo, secando-o e o deixando cair em ondas soltas nas costas. Ivy segura um espelho.

O vestido realça o azul dos meus olhos, e meu cabelo castanho não parece tão simples quando faço cachos nele. Nada em minha aparência revela que acabei de sair da água, e embora minha mãe fique satisfeita, eu gosto de como fico quando sou tocada pela natureza: ligeiramente desalinhada, uma pessoa em vez de de uma pintura que tenho medo de estragar.

— Obrigada pela ajuda — agradeço.

— Como foi seu mergulho? — pergunta ela.

— Não foi longo o suficiente.

O pequeno sino na porta toca, e minha mãe entra na loja.

— Bom dia, garotas — diz ela ao entrar na sala dos fundos. Eu ajeito a postura quando a vejo.

— Bom dia, Sra. Fairchild — Ivy a cumprimenta com um sorriso.

Minha mãe está sempre impecável, com o cabelo loiro preso em um coque simples a pele bronzeada brilhando com qualquer nova maquiagem que esteja experimentando da loja de *skincare* da Sra. Rhodes. Os lábios estão corados de rosa, e os olhos azuis, plenos e vibrantes.

Sempre bem arrumada. A nova bruxa perfeita.

O chão está molhado e coberto de algas marinhas, e minha mãe olha para baixo.

— Ivy não estará sempre aqui para encobrir suas falhas, Tana. Limpe isso — ordena ela, saindo da sala.

Pego um esfregão do armário e limpo a bagunça, ignorando o incômodo causado por suas palavras. Jogo fora os pedaços de algas que arrastei comigo para dentro da loja e me certifico de que o azulejo esteja seco antes de guardar o esfregão. A magia está ligada a seres vivos e, infelizmente, isso não inclui o chão.

— Nós quase a enganamos — sussurro. — Obrigada, de novo.

— Sempre que precisar — responde Ivy, tomando um gole de seu chá. Ela está sempre com tudo em dia, nunca se atrasa para o trabalho na loja de chá dos pais, nunca está desarrumada ou grogue quando chega. A pele marrom brilha sem magia, e os cachos escuros balançam levemente sobre os ombros sempre que ela se move.

Tiro um punhado de lavanda seca de dentro de um frasco de vidro na parede, um pilão e um socador do armário embaixo da ilha. Meu pai e eu fizemos a bancada de trabalho usando um grande pedaço de madeira que encontramos à deriva na costa, e passo a mão na superfície de madeira lisa.

A luz do sol do início da manhã entra pela janela da frente da loja e se estende até a sala de trás, iluminando todas as variedades de plantas e ervas. Ivy aprecia seu chá enquanto crio a base de um óleo de banho, fechando os olhos e imaginando a sensação de adormecer, com uma calma pesada e suave tomando conta de tudo. Deixo o sentimento escorrer até a lavanda, para que as flores fiquem encharcadas dele. Praticar magia é minha atividade favorita e, embora eu esteja criando um óleo para acalmar outras pessoas, ele tem o mesmo efeito sobre mim. É quando me sinto mais feliz, quando me sinto mais confortável.

O sino toca outra vez, e reluto em abrir os olhos. Reconheço a voz da Sra. Astor antes mesmo de olhar para cima, uma cliente regular do continente que vem a Encantamento em busca de duas coisas: magia e fofoca.

— Bom dia, Ingrid — cantarola ela para minha mãe ao apertar sua mão, um gesto de amizade que mamãe gosta de me lembrar que só é possível por causa dos sacrifícios feitos pelas gerações de bruxas e bruxos que vieram antes de nós.

— Tudo bem com você, Sheila?

— Eu deveria te perguntar a mesma coisa — responde a Sra. Astor, lançando um olhar significativo para minha mãe. — Há rumores circulando no continente, como tenho certeza de que você está ciente.

— Ah, é? — retruca minha mãe, ocupando-se com algumas garrafas de vidro no balcão.

Dou as costas para a porta e tento me concentrar na lavanda.

Ivy cutuca meu braço e aponta para a mulher com o queixo.

— Escute — sussurra ela.

— Não se faça de sonsa comigo, querida. Algo sobre sua filha e o filho do governador?

Prendo a respiração, esperando pela resposta da minha mãe. O rumor é verdadeiro, é claro, mas *"timing* é tudo," como minha mãe diz.

— Você sabe tão bem quanto eu que não gosto de compartilhar nada a menos que esteja resolvido.

— Podemos esperar uma... *resolução* em breve?

Minha mãe faz uma pausa. Então, diz:

— Sim, eu acho que sim.

A Sra. Astor dá um gritinho, em seguida, parabeniza minha mãe e se empolga ainda mais enquanto compra dois novos perfumes.

Fecho a porta da sala dos fundos discretamente e me encosto nela, fechando os olhos.

— As notícias viajam rápido — comenta Ivy.

— As notícias viajam tão rápido quanto minha mãe quer que elas viajem — a corrijo.

Acabei de nadar, mas quero sair correndo da loja e mergulhar no mar, silenciando a Sra. Astor, minha mãe e as expectativas que têm sobre mim.

Ivy toma o último gole de seu chá e me entrega minha xícara.

— Você deveria terminar de beber isso.

Aceito e bebo.

— Antes que eu vá, quero saber como você está lidando com tudo. Era uma coisa quando sua mãe decidiu que estava na hora de começar seu cortejo com Landon, mas agora que está acontecendo, é outra.

— É importante para nós — falo. — Seria o casamento mais notável da história entre uma bruxa e uma pessoa do continente. A união solidificaria de vez o lugar do nosso *coven* na sociedade.

Ivy revira os olhos.

— Não perguntei como foi que sua mãe te convenceu. Perguntei como você está.

Solto o ar dos pulmões e me aproximo dela.

— Você leu alguma reportagem sobre o incêndio no cais?

As palavras saem tão baixo que não tenho certeza se Ivy as ouviu, mas, após um momento, ela balança a cabeça devagar.

— Apenas o que estava no jornal daqui.

— Eu fui para o continente e li todos os jornais que consegui encontrar — digo, observando a porta para garantir que minha mãe não entre. — E quer saber de uma coisa? Não havia quase nada.

Uma expressão confusa toma conta do rosto de Ivy. O incêndio aconteceu há um mês, quando alguém do continente que não confiava em magia ou em bruxas remou até nossa ilha em um barco de madeira e ateou fogo no nosso cais, tentando destruir a rota da balsa entre o continente e Encantamento. Tentando nos isolar. Assim que minha mãe soube dos detalhes, ela disse que estava na hora de começar meu cortejo com Landon.

— Por que você foi lá?

— Não sei. Acho que queria ver como o continente se sentia a respeito disso, se condenava o que tinha acontecido. Nunca me ocorreu que encontraria apenas três pequenos artigos que sequer falavam em incêndio

13

criminoso. Sei que é um pequeno grupo de pessoas que se sente desse jeito, mas coisas assim continuarão acontecendo até o continente tomar uma posição firme sobre Encantamento, e que melhor maneira de fazer isso do que casar o futuro governante com uma bruxa? É a declaração mais poderosa que eles podem fazer. Se Landon e eu já estivéssemos casados, e o continente tivesse uma lei que protegesse Encantamento de maneira oficial, será que nosso cais teria sido queimado? Nem mesmo sabemos como o homem que fez isso foi punido, se é que foi punido. É fácil sentir que estamos protegidos com o mar nos separando, mas não é verdade.

Ivy assente com a cabeça ao ouvir minhas palavras.

— Mamãe trancou nossas portas naquela noite. Foi a primeira vez que me lembro dela fazer isso.

— É hora de Landon e eu anunciarmos nosso cortejo. Estou pronta.

A verdade é que o incêndio só afetou o momento. Minha vida é mapeada para mim desde o dia em que nasci. Este é meu papel: manter o *coven* em segurança ao consolidar nosso lugar entre as pessoas do continente. É um papel que tenho orgulho de desempenhar, mesmo que não dependa de mim.

— Bem — Ivy coloca o braço ao redor dos meus ombros —, então suponho que é bom que ele seja bonito.

— Ele com certeza é — digo, rindo.

Ivy pega minha xícara e vai até a porta.

— Obrigada por perguntar — falo. Ela se vira. — Gosto quando alguém pergunta.

— Fico feliz que você se sinta assim, porque vou continuar tocando no assunto. — Ela sorri e sai, despedindo-se da minha mãe antes de partir.

Sei dos planos dos meus pais para o casamento desde que eu era garotinha, e Landon é uma pessoa boa. É decente e gentil. Anunciaremos formalmente nosso noivado no mesmo dia do meu Baile do Pacto, quando me unirei ao meu *coven* pelo resto da vida. É um ritual pelo qual toda bruxa precisa passar, uma escolha que nunca pode ser alterada, nunca pode ser desfeita. Devo escolher meu *coven* ou ficar fora dele, selar a escolha com magia e nunca olhar para trás. Sem um pacto, a magia se torna volátil e perigosa.

Até a magia precisa de um lar.

De muitas maneiras, tenho me preparado para o baile há dezenove anos. Faz sentido compartilhá-lo com Landon.

Minha mãe nunca se sentou comigo para perguntar o que eu achava dos planos que começaram a ser concretizados ainda pelos meus avós, para saber se, por mim, tudo bem deixar Encantamento e me tornar parte da família que governa o continente. Se está tudo bem eu trocar minha magia por joias, meus mergulhos por visitas sociais.

De vez em quando, penso que seria bom se ela tivesse perguntado, mesmo que apenas para que eu pudesse olhá-la nos olhos e dizer, com absoluta certeza, que, sim, estou comprometida com o caminho que estamos trilhando.

Amo meus pais e meu *coven* com todo o meu coração. Amo essa ilha com todo o meu coração. E farei o que for necessário para garantir nosso lugar neste mundo, mesmo que isso signifique me casar com um homem que não amo para proteger todas as coisas que amo.

2

Eu sempre volto para casa pelo caminho mais longo. Gosto de respirar o ar salgado e sentir as pedras sob os pés, escutar enquanto as ondas quebram na praia. O lado leste de Encantamento desaparece no Canal, cedendo espaço ao braço de mar que nos separa do continente.

O continente se ergue ao longe, incontáveis prédios e ruas lotadas nítidos no horizonte. Uma grande torre de relógio ancora a cidade e, embora não possamos ouvir os sinos de tão longe, sua presença é inegável. É uma visão impressionante, e, das margens de Encantamento, parece quase fantasioso, como algo saído de um livro.

É difícil imaginar como será minha vida quando eu me casar com Landon e viver no continente. Encantamento é minha casa, com suas praias rochosas e ruas de paralelepípedos, edifícios de pedra antigos e plantas que cobrem cada centímetro deles. Eu amo este lugar. E, mesmo que o continente esteja apenas a uma hora de viagem de balsa, parece estar longe demais.

É claro que continuarei vindo aqui. Ajudarei meus pais na perfumaria e estarei aqui a cada lua cheia para o ritual, mas quero os momentos em que caminho para casa, paro na praia, olho para o continente ao longe.

Não quero olhar para Encantamento ao longe.

Balanço a cabeça. Não é que eu não queira, digo a mim mesma. É só que precisarei me acostumar. Me conforta saber que as primeiras bruxas moravam no continente e se mudaram apenas para preservar sua magia. Se puderam construir suas vidas lá, eu também posso.

O pôr do sol é daqui a uma hora, e a última balsa sairá muitas horas depois disso. A ilha vai descansar, respirando profundamente após um longo dia de ruas movimentadas, turistas ansiosos e magia delicada. Magia que não pode mudar significativamente a vida de uma pessoa ou fazer muita diferença, no todo.

Magia que é apenas uma sombra da que meus ancestrais praticavam. Mas é o preço de ser aceito na sociedade, de apertarem nossas mãos, em vez de as amarrarem; de termos nossas bochechas beijadas, em vez de estapeadas; nossa ilha celebrada, em vez de queimada.

Nunca conheci mais do que a magia dócil de Encantamento, mas ouvi rumores a respeito do que nossos ancestrais eram capazes. Controlar os elementos. Burlar a morte. Coagir os outros. Às vezes, me assusta saber que a mesma magia que corria em suas veias corre nas minhas, que há algo dentro de mim muito mais forte do que os perfumes na nossa loja ou o chá mais potente de Ivy.

Eu me sento na praia, sem me importar que o vestido azul vá ficar úmido e sujo, sem me importar que minha mãe vá comentar minha aparência quando eu chegar em casa, como sempre faz. Ela quer que eu seja mais arrumada, mais polida, mais apresentável. Mais como ela.

Mas não vê o que eu vejo: as coisas mais bonitas são selvagens.

Empurro os dedos entre as rochas e a areia, sinto as bordas irregulares e os grãos ásperos. Nossa costa é menor do que costumava ser, as correntezas raivosas esculpem-na, levando-a para outras partes da ilha ou engolindo-a completamente.

Minha mãe diz que passo tempo demais me preocupando, que ela e os outros líderes do *coven* têm tudo sob controle. Mas as correntezas estão ficando mais fortes, e não vai demorar muito até arrancarem um barco da superfície e o levarem para o fundo do mar.

Veremos quanto as pessoas do continente nos aceitam quando nossas correntezas afogarem um deles.

Mas, assim que eu me casar com Landon, o pai dele estenderá a proteção do governo para nós, não fará apenas promessas ditas em festas chiques, mas em lei escrita. Não haverá volta depois disso, nem mesmo se um navio afundar em nossas águas ou se nossas correntezas se tornarem mais violentas.

Este é o tipo de segurança com que meus antepassados só podiam sonhar, o tipo de segurança que nem mesmo sair do continente poderia ter lhes proporcionado. Porque, assim que bruxas e bruxos fizeram da ilha sua casa, o medo se espalhou pelas pessoas do continente. A única coisa mais aterrorizante do que ver nossa magia em suas ruas era não nos ver de maneira alguma; poderíamos estar fazendo qualquer coisa na ilha.

A princípio, foi uma ideia nascida de puro desespero, de que a magia poderia ser algo para se deliciar, em vez de temer.

Que a ilha poderia ser um lugar que as pessoas do continente quisessem visitar, em vez de um esconderijo para bruxas e para o mal. Por pura força de vontade, meus antepassados criaram uma ordem inteiramente nova de magia, suavizando seu poder e cuidando da ilha para que pudessem sobreviver. Só praticavam magia durante o dia, sem jamais ocultá-la na escuridão. Desistiram das partes terríveis da magia e ampliaram as partes maravilhosas. Foram gentis com as pessoas do continente que monitoravam a ilha, sorrindo quando, na verdade, queriam amaldiçoá-los e mandá-los para as profundezas do mar.

E deu certo.

As ondas chegam mais rápido agora, rolando até a costa e lambendo minhas pernas. Eu fecho os olhos e escuto, deixo o resto de Encantamento desaparecer enquanto me imagino debaixo da água. A maioria dos silêncios é insuportavelmente frágil, roubado por uma única voz, um vidro quebrado, um choro abafado. Mas o silêncio debaixo da água é abundante, resistente e impenetrável.

O céu está ficando laranja e rosa, como se a Sra. Rhodes tivesse espalhado suas mais coloridas sombras de olhos pelo horizonte. Serei repreendida por mais do que apenas minha aparência se não estiver em casa para o jantar, então me levanto do chão e alongo o corpo. Respiro bem fundo e deixo o ar salgado encher meus pulmões, mas paro quando algo na água chama minha atenção.

Uma flor, exatamente como a que pensei ter visto de manhã.

O mundo fica mais escuro a cada minuto, mas tenho certeza do que estou vendo. Sem pensar, me atiro nas ondas e mergulho, nadando em direção à flor que flutua e balança com o movimento do mar.

Ela fica parada quando me aproximo, como se estivesse ancorada ao fundo de alguma forma. As ondas se acalmam, e consigo ver a flor com mais clareza. Todo meu corpo tensiona quando isso acontece. Minha respiração fica ofegante, e começo a nadar para trás.

Não pode ser real. Eu nunca vi uma dessas pessoalmente. Meu coração bate com força entre as costelas, o medo toma conta de mim.

A flor balança de um lado para o outro. Ela só se abre com a chegada da noite ou na presença de uma bruxa. Tem forma de trombeta e pétalas brancas marcantes que quase brilham, me fazendo lembrar da lua em sua plenitude.

Damas-da-noite, belas de uma forma traiçoeira e fatais para bruxas e bruxos. No entanto, não parece ameaçadora, com suas longas pétalas brancas enroladas juntas com firmeza. Parece linda.

Mas acho que devemos pensar que as coisas mais perigosas são lindas.

A flor desenrola lentamente, se abrindo para mim enquanto tremo de terror. A água do mar se move, e meu fôlego falha quando a flor fica presa em uma correnteza e começa a rodopiar mais e mais, até que finalmente é sugada para baixo da superfície. Bato as pernas e estico os braços à minha frente, nadando com toda força que tenho, tentando criar alguma distância entre mim e a correnteza. Nado o mais rápido que consigo e imploro para que a costa me encontre no meio do caminho.

A terra se aproxima, e estendo a mão em sua direção, esticando os braços o máximo que posso. Finalmente toco o fundo e consigo caminhar pelo resto do caminho até a praia, ignorando as rochas pontiagudas que arranham meus joelhos.

A dama-da-noite se foi, mas tenho certeza de que estava lá, tão hipnotizante que não consigo realmente vê-la pelo que é: um presságio.

Antes de as bruxas se mudarem para cá, a ilha era usada exclusivamente para o cultivo de plantas e ervas, e isso acontecia apenas de vez em quando. Campos infinitos de flores venenosas tornavam a tarefa perigosa, mas, quando o continente proibiu o uso de magia, as bruxas escolheram se mudar para a ilha — um refúgio além do alcance das leis do continente. Levou anos para se livrarem das flores, e eu queria poder voltar no tempo e dizer às bruxas que vieram antes de mim que, um dia, as pessoas do continente nos ajudariam a nos livrar das flores mortais, nos ajudariam a criar um lar aqui depois de quase nos banir tantos anos atrás. E fariam um trabalho tão bom que haveria uma geração de novas bruxas que nunca teriam visto uma única dama-da-noite pessoalmente.

Até agora.

Uma sensação desagradável de formigamento começa na base do meu pescoço, rastejando por toda a extensão da coluna. Dou as costas para a água e corro por todo o caminho até em casa. Todas as luzes estão acesas no sobrado onde moro, as janelas altas de vidro emolduram a figura do meu pai preparando o jantar e minha mãe servindo uma taça de vinho tinto.

Ela leva a taça aos lábios e fecha os olhos, criando a própria espécie de silêncio.

Dou a volta na casa e entro pela lavanderia, sem dar um pio. Uma vez dentro, tiro o vestido ensopado pela cabeça, me enrolo em uma toalha e subo a escada dos fundos.

— Tana — chama minha mãe atrás de mim. Eu me assusto. — Onde você estava?

Ela faz a pergunta mesmo sendo óbvio onde eu estava.

— Pensei ter visto algo na água. — Meu vestido encharcado pinga na escada de madeira, e eu o enrolo na toalha para conter a bagunça.

— Eu falei para você vir direto para casa e ajudar seu pai com o jantar. Por que foi até lá?

Não respondo, porque nada que eu diga a satisfará.

Minha mãe suspira.

— Vá se limpar, e depois pode me contar o que viu na água. — Seu vinho balança de um lado para o outro enquanto ela se vira e vai embora.

Subo correndo para me secar, e me arrepio quando olho de relance para o mar. Lá é meu lugar seguro, meu refúgio, meu santuário. Mas, hoje à noite, foi perigoso.

— Bem na hora — anuncia meu pai quando entro na cozinha. Um pano de prato está jogado sobre seu ombro, e ele leva uma colher de pau à boca, experimentando o ensopado que ferve no fogão.

— Desculpa não estar aqui para ajudar — digo.

— Tenho certeza de que você teve um bom motivo. — Meu pai me lança uma piscadela e faz um sinal na direção da gaveta de talheres. — Por que não põe a mesa?

Pego o que precisaremos e arrumo a mesa para três, como minha mãe me ensinou. O jantar de hoje é casual, mas sei como ajeitar a mesa para uma refeição de até doze pratos, uma habilidade que ainda não usei, mas que minha mãe garante ser importante de qualquer maneira.

Quando todos nós nos sentamos, coloco o guardanapo no colo e tomo um longo gole de água.

— Tente dormir bem esta noite — diz minha mãe, me olhando por cima do copo. — Você vai querer estar bem descansada para o baile de amanhã.

É uma celebração para Marshall Yates, o pai de Landon, para marcar seu décimo ano de governo depois que o falecido Marshall Yates pai passou a só conseguir cumprir seu título no papel, incapaz de acompanhar as demandas do governo. Será grande e barulhenta, com muitos olhos observando tanto Landon quanto eu.

— Vai ser seu primeiro evento social desde que as pessoas do continente ouviram que talvez esteja acontecendo algo entre você e Landon. — Minha mãe diz "ouviram" como se não tivesse sido ela quem espalhou os rumores. — Precisamos lidar com isso com cuidado.

— Tana vai lidar com isso do jeito certo — diz meu pai, se virando para mim. — Landon está ansioso para vê-la... Isso é tudo o que importa. E suspeito que você também esteja ansiosa para vê-lo.

Estou ansiosa para ver meu futuro marido, porém mais ansiosa ainda para selar nossa união e ver as caras dos mais velhos do nosso *coven* quando ficarem sabendo.

— É claro — respondo, tomando uma colherada do ensopado.

Meu pai sorri para minha mãe, mas ela não parece convencida. Ficamos em silêncio por vários minutos antes de ela baixar o copo e olhar para mim.

— Você o amará um dia — afirma ela com um aceno de cabeça. Cheia de certeza.

Quero acreditar nela. Landon é apenas uma ideia há tanto tempo, algo em que se pensar enquanto adormeço — como ele será, como será nossa vida juntos. Só que ele não é mais uma ideia, não é mais um ponto distante no horizonte, e eu quero que a realidade dele corresponda à imagem que venho pintando em minha cabeça todos esses anos.

A ironia é que se não tivéssemos formado essa nova ordem, meus pais poderiam simplesmente criar um perfume que faria com que eu me apaixonasse perdidamente por ele. Mas esse tipo de magia não existe mais.

Sorrio para minha mãe.

— Tenho certeza disso.

Ela assente em aprovação.

— Por que não nos conta o que viu na água? — Ela muda de assunto.

A pergunta me deixa tensa, e as palmas das minhas mãos começam a suar. Meu medo de antes retorna, se agarrando aos nervos, mas, de repente, duvido de mim mesma mais uma vez. Talvez tenha sido algum tipo de piada cruel; ainda há muitas pessoas do continente que odeiam magia, odeiam que nossa ilha esteja aqui, e talvez um deles tenha pensado em tirar sarro fazendo as bruxas acreditarem que as damas-da-noite estavam de volta a Encantamento.

Minha mãe é a líder das novas bruxas, e, se eu contar a ela que vi a flor, ela será obrigada a investigar. Fico dividida sobre o que devo fazer;

não quero criar uma tempestade em um copo d' água, mas se *for* algo, ela precisa saber.

Eu caminho pela praia todos os dias. Se encontrar outra dama-da-noite, contarei a ela.

— Nada — garanto, tentando acalmar meu coração acelerado. — Apenas uma flor.

Ela me observa por vários segundos antes de assentir.

— Bem, por favor, fique fora da água amanhã. É uma noite importante para você.

— É uma noite importante para todos nós — respondo, e isso traz um sorriso ao rosto dela.

Dou outra colherada no meu prato, a mente vagando enquanto faço isso, mas meus pensamentos continuam voltando para a flor. Existem diversas explicações que fazem muito mais sentido do que uma dama-da-noite aparecer depois de todos esses anos. Ainda assim, não consigo evitar o medo que floresce no meu âmago e se espalha a partir dele, tomando conta de todo o resto.

3

As correntezas nunca foram um problema. Eu me lembro de nadar quando era pequena, de soltar a mão do meu pai e correr para a água sem hesitação. Ele lia um livro na praia, conversava com nossos vizinhos, até cochilava, se a luz do sol estivesse batendo da maneira certa. O Canal era calmo naquela época, com água clara e ondas suaves que acariciavam a praia, como se fossem amantes. Foi só quando fiquei mais velha que meu pai começou a ficar parado na beira da água enquanto eu nadava, perto o suficiente para entrar, se necessário, cauteloso com o mar inquieto.

Então, um dia, foi necessário.

Eu tinha catorze anos, e testei a paciência de meu pai e minha própria insolência quando nadei mais longe do que sabia que deveria. Ele me chamou da praia, mas fingi não ouvir, submergindo completamente, em vez de me manter na superfície e nadar de volta. Meus olhos estavam abertos, e notei que a areia no fundo do mar tinha sido perturbada, que girava em um redemoinho violento, que reduziu minha visibilidade a nada. Quando percebi o que estava acontecendo, já era tarde demais.

A correnteza encontrou primeiro meu braço, me puxando para baixo com tanta força que esvaziou o ar dos meus pulmões. Não me lembro de muita coisa depois disso, exceto da necessidade desesperada de respirar e do puro terror de saber que não conseguia.

Meu pai me tirou da água, pressionando meu peito e soprando ar para dentro de mim até que eu expulsasse a água salgada dos pulmões. Pensei que ficaria furioso comigo, furioso pelo que eu o tinha feito passar, mas não era de mim que ele estava com raiva. Naquela noite, depois que fui para a cama, meus pais tiveram a pior briga deles. Meu pai não grita, nunca levanta a voz ou fala com agressividade, mas gritou com minha mãe naquela noite.

Não consegui entender todas as palavras, mas ouvi o suficiente para entender que ele a culpava pelas correntezas. Até aquele momento, eu achava que as correntezas eram algo natural de nossa Terra complexa; não percebi que eram nossa culpa, uma consequência do ritual em que expulsamos nosso excesso de magia para o mar. Eu não consegui dormir aquela noite, tentando entender o que eu tinha ouvido quando a porta do meu quarto se abriu com um rangido e minha mãe caminhou em silêncio até a cama. Mantive os olhos fechados, não querendo que ela soubesse que eu estava acordada. Ela se sentou na cama e começou a acariciar gentilmente meu cabelo, sua mão tremendo, suas respirações rasas como se estivesse segurando as lágrimas. Mas, na manhã seguinte, ela estava calma e serena, e me repreendeu por ter ido nadar longe demais.

Tentei perguntar a meus pais sobre o que ouvi, para entender como meu pai poderia ter culpado minha mãe por uma coisa daquelas, mas nunca obtive uma resposta.

E tentei muitas vezes depois disso, mas o resultado foi o mesmo.

Levou meses para meus pais me deixarem entrar na água novamente, e só depois de verem como eu estava miserável longe do mar. Ficaram chocados por eu querer voltar mesmo depois de quase ter perdido a vida, mas eu nunca vi dessa forma. Só vejo o mar como sendo perfeito. Eles estabeleceram parâmetros rígidos sobre quando eu podia nadar, por quanto tempo e onde. Eu ultrapasso os limites de vez em quando, mas, na maior parte do tempo, respeito o combinado.

Quando penso naquele dia, não penso nas correntezas, no medo nem na terrível sensação de aperto no peito. Penso no meu pai gritando com minha mãe, culpando-a por algo que não poderia ser culpa dela. E penso na minha mãe, sua mão trêmula, lutando contra as lágrimas enquanto acariciava meu cabelo.

— Tana? — A voz dela me traz de volta ao presente, e percebo que estava olhando fixamente para a grande pintura a óleo do Canal pendurada atrás do balcão da perfumaria. — A Sra. Mayweather fez uma pergunta para você.

— Desculpa, eu devia estar em outro lugar. — Sorrio para a mulher diante de mim. Ela tem quase a mesma idade que minha mãe, e uma filha no continente que frequentou o ensino médio com Landon. Ela se tornou uma visitante regular de Encantamento nas últimas semanas, e não posso deixar de pensar que é por causa dos rumores que espalharam sobre mim.

— Provavelmente pensando no baile de hoje à noite — diz ela, com um sorriso compreensivo. — Você vai comparecer?

Olho para minha mãe, e ela dá um único aceno de cabeça.

— Você estaria certa se acha que sim. — Imito o tom que ouvi minha mãe usar milhares de vezes quando quer parecer modesta sobre alguma coisa.

— Então vou ficar ainda mais ansiosa pelo evento. — A Sra. Mayweather tira sua bolsa cor de marfim do balcão, se despede e sai.

Eu me esquivo para a sala dos fundos antes que outro cliente possa me atrasar, ansiosa pela minha magia, pelo modo como ela acalma meus nervos e tranquiliza minha mente. Nesta sala, rodeada por flores, ervas e frascos de vidro vazios, todo o restante parece se distanciar. Sei que meus antepassados abriram mão de muita coisa para criar a nova ordem, mas não consigo imaginar nada melhor do que a magia suave que enche este espaço. Não é um sacrifício, esta vida é um presente.

Reúno pétalas frescas de rosa e crio uma pilha alta no pilão. Não sou tão habilidosa quanto minha mãe, nem sempre sei as palavras certas para dizer às pessoas, mas a magia é uma coisa na qual não preciso me esforçar. Não tenho que fazer vários testes para acertar nem ajustar continuamente os feitiços até atingir o efeito desejado; a magia é um dom, da mesma forma que a liderança é para minha mãe, e a sinceridade, para meu pai.

Quero um perfume especial para usar esta noite, um que passe a sensação daquela faísca, daquele momento perfeito quando você vê outra pessoa e suas entranhas começam a vibrar. Imagino isso como a nota final de um concerto magistral ou o primeiro golpe frio ao entrar no mar — surpreendente, delicado e emocionante.

É o que espero sentir à noite quando ver Landon no baile.

As pétalas de rosa absorvem ansiosamente a magia, e eu as coloco em um frasco, adiciono a base e giro suavemente a garrafa.

— É a Tana ali atrás? — Ouço uma cliente perguntar, espiando pela fresta da porta.

Suspiro, tampando meu perfume e colocando um sorriso no rosto antes de voltar para a loja.

— Oi, Sra. Alston. — Ela é uma cliente regular do continente. Está com várias sacolas penduradas nos braços, e sua pele bege quente brilha com um perfume recentemente borrifado.

— Oi, querida. Animada para o baile esta noite? — É a maneira dela de perguntar se pretendo comparecer.

— Estou — respondo depois de uma pausa.

Seus olhos se alargam apenas um pouco, e um grande sorriso se espalha pelo rosto.

— Nos vemos lá, então — diz ela, pagando minha mãe e saindo da perfumaria.

Mamãe espera até a porta fechar completamente antes de se virar para mim.

— Por que não vai para casa e começa a se preparar para o baile?

— Mas não é nem meio-dia... Não preciso do dia inteiro para me arrumar.

— Não, querida, mas também não precisa ser bombardeada com perguntas o dia todo. Vá para casa. Eu cuido da loja sozinha. — O tom dela é doce, mas está claro que a mente está decidida.

— Tudo bem, mamãe, se você acha melhor...

— Eu acho. — Ela me beija na testa, e eu passo pela porta assim que uma nova onda de clientes entra. Saio correndo e já estou do lado de fora quando ouço o caloroso cumprimento de minha mãe, enquanto a porta fecha atrás de mim, acolhendo nossos clientes como se fossem seus mais velhos amigos. Embora às vezes eu pense quão exaustivo deve ser para ela manter um padrão tão alto, a verdade é que eu a admiro.

É um dia nublado, e os paralelepípedos estão escorregadios por conta da chuva. Levanto meu xale acima da cabeça e sigo pela rua Principal, tentando evitar contato visual para não ter que conversar com ninguém. Até agora, minha mãe é quem as pessoas costumam reconhecer, então nunca tive que me preocupar com o pessoal do continente me parando na rua, a menos que fossem clientes regulares. Mas suspeito que isso mudará depois de hoje à noite.

Quando passo pela loja de chá da Ivy, Xícara Encantada, ela bate no vidro e acena para mim. Olho na direção da perfumaria para ter certeza de que minha mãe não está olhando, então, entro. A Xícara Encantada é uma das minhas lojas favoritas na rua Principal, não apenas porque pertence à família de Ivy. As paredes são cor-de-rosa desbotado, tem cadeiras de ouro velho e sancas combinando no teto. Suportes de velas enchem o espaço com uma luz delicada, já que os pais da Ivy optaram por luz de velas mesmo depois que a ilha foi eletrificada, porque queriam que a loja mantivesse o charme original. Mas o verdadeiro centro das atenções é o grande lustre no meio da sala com doze xícaras de chá penduradas em correntes de ouro, cada uma segurando uma vela com tom de marfim. Todas as cadeiras são de veludo rosa, e cada mesa está posta com colheres douradas e guardanapos de renda.

— Para onde você vai? — pergunta Ivy, limpando uma mesa no outro canto do salão e fazendo sinal para que eu me sente.

— Para casa. Eu estava sendo bombardeada com perguntas sobre Landon esta manhã, e acho que não estava lidando tão bem com elas quanto minha mãe gostaria.

— Ninguém lida com perguntas como sua mãe.

— Eu sei. O padrão é insuportavelmente alto.

— Eu estava prestes a fazer meu intervalo. Quer bater um papo antes de ir para casa?

— Com certeza. Minha mãe parece achar que vou precisar do resto do dia para me preparar para o baile desta noite.

Ivy ri.

— O que ela quer que você faça? Enrole cada fio de cabelo da sua cabeça individualmente?

— Tenho certeza de que ela adoraria isso — comento, pendurando o xale no encosto da minha cadeira.

— Já volto. Quer alguma coisa?

— Me surpreenda.

Eu me acomodo na cadeira, e Ivy volta minutos depois com duas xícaras de chá. Ela as coloca na mesa antes de se sentar de frente para mim. Como de costume, não me diz qual chá trouxe — ela quer que eu adivinhe.

Tomo alguns goles. É um chá preto com notas de canela e laranja. Tem um gosto ousado e potente conforme o degusto.

— Então? — pergunta ela.

— Confiança?

— Quase lá, mas não.

Acho que vejo minha mãe de canto do olho e, em vez de tentar me encolher para que ela não me veja, me sento mais ereta e me inclino para a frente. A mulher se vira, o que me dá uma visão melhor, e não é minha mãe, mas acho que sei qual chá Ivy me deu. Dou risada e olho para ela.

— Coragem?

— Sim! Para esta noite — responde ela.

— Por que eu precisaria de coragem?

— Bem, para começar, você odeia ser o centro das atenções, e esta é a primeira vez que as pessoas do continente vão ver você no mundo deles, então vão estar de olho em você. É também um tipo de estreia como casal, e é esperado que vocês dancem. Na frente de todo mundo. É muita coisa.

Tomo outro gole do chá, muito maior do que antes.

— Olha, eu realmente não estava nervosa até agora, então, obrigada.

— Sem problemas. — Ivy sorri e leva sua xícara à boca.

— O que você está bebendo? — pergunto, mas, antes que Ivy possa responder, uma xícara de chá se despedaça no chão. Eu ergo os olhos e vejo uma mulher mais velha parada no balcão de mármore, gritando com a Sra. Eldon, mãe da Ivy.

— Isto está forte demais — grita ela, apontando o indicador para a Sra. Eldon. — Posso sentir você tentando me hipnotizar! Ninguém beba o chá — ordena ela, virando-se para os outros clientes na loja. O ambiente fica em silêncio, toda conversa e agitação foram sugadas pelas palavras da mulher. Ivy se levanta e vai para o lado da mãe.

— Posso assegurar que todos os chás nesta loja seguem todos os padrões de magia baixa — a Sra. Eldon responde. — Se não gostou da mistura que lhe foi dada, ficaremos felizes em substituí-la por algo que lhe agrade mais.

— Eu não sou boba — diz a mulher, o longo rabo de cavalo cinza balançando de um lado para o outro. — O problema não é o chá, é a magia. Tem magia proibida aqui, eu posso sentir. — Ela praticamente cospe as palavras, e murmúrios se espalham pela sala.

Estou chocada com tamanha ousadia. Magia proibida não existe na ilha há anos; foi praticamente erradicada com a nova ordem. A Sra. Eldon dá um passo para mais perto da mulher, sua expressão indo de paciente para severa.

— Você não tem permissão para dizer tais palavras na minha loja. Se não gosta do que servimos, a porta é serventia da casa, mas não vou ficar parada aqui tolerando seu desrespeito.

— Estão fazendo lavagem cerebral em todos vocês — diz a mulher, olhando ao redor da sala. — Deveriam estar protestando contra a existência desta ilha, não colocando dinheiro no bolso dessa gente.

— Chega — repreende a Sra. Eldon. Ela vai até a frente da loja e segura a porta aberta. — Está na hora de você ir embora.

— Este lugar é uma abominação. Vocês todos deveriam ter vergonha de si mesmos. — A mulher sai de modo intempestivo, passando pela mãe de Ivy e deixando para trás um silêncio carregado.

A Sra. Eldon respira fundo e fecha a porta, depois, se vira para os outros clientes.

— Sinto muito por isso — diz ela.

— Para constar, eu gostaria que meu chá fosse mais forte — um homem do outro lado da loja fala, o que basta para quebrar o desconforto que havia se instalado no lugar.

As pessoas riem, e alguém diz:

— Concordo, concordo!

Logo, o restante dos clientes levanta as xícaras de chá, brindando à ideia de mais magia, não menos.

A Sra. Eldon sorri e volta ao balcão, mas vejo o quanto o confronto a abateu, como os ombros estão tensionados, e a expressão, marcada pelos pensamentos. Ivy e eu não vimos muitos encontros como este — as pessoas vêm à Encantamento porque gostam de magia. Mas nossos pais, e especialmente nossos avós, se lembram de tempos mais assustadores, quando a maioria das pessoas do continente buscava se livrar da magia por completo. Eles nos contam histórias, nos lembram de quão sortudas somos, mas ouvir e ver são coisas diferentes.

Ivy coloca um braço ao redor da mãe e sussurra algo em seu ouvido. A Sra. Eldon assente, depois, pede licença e vai para a sala dos fundos.

— Você está bem? — pergunto, me aproximando de onde Ivy está, atrás do balcão, com os olhos marejados.

— Estou, sim — garante ela, enxugando as lágrimas. — São lágrimas de raiva. Ver alguém falar com minha mãe daquele jeito... — Ela se interrompe, incapaz de terminar a frase.

— Eu sei — digo, segurando sua mão. — Por que vêm até aqui se odeiam magia?

É fácil cair na armadilha de acreditar que toda a população do continente é como os clientes regulares de Encantamento, mas não é verdade. Quantas pessoas estão no continente, olhando para nossa ilha do outro lado do Canal, querendo que ela desapareça? Quantas ainda querem a erradicação de toda a magia? É assustador saber que onde há um, há outros. E, se conseguissem a atenção do governador, isso seria aterrorizante.

Não acredito que haja muitas pessoas que queiram que sejamos realmente tirados do continente, que estejam dispostas a queimar nosso cais sob a cobertura da escuridão, mas está ficando claro que há pessoas que não querem viver em um mundo onde a magia seja aceita. Até mesmo magia governada pela nova ordem, gentil e leve, é demais para alguns. Mas, para acabar com a magia, teriam que acabar com a gente.

A lembrança da dama-da-noite retorna, e engulo em seco.

— No que você está pensando? — pergunta Ivy, respirando fundo. Seus olhos estão secos, e qualquer traço de raiva se foi.

Eu suspiro, então, tomo o resto do meu chá em um gole.

— Que preciso estar impecável hoje à noite.

— Então é melhor você ir — diz ela. — Você tem muito cabelo.

4

A noite está clara. Passei toda a viagem de balsa procurando sinais de uma dama-da-noite, mas não encontrei nada. Minhas pernas estão fracas enquanto caminho pela praia do continente, e levo um susto quando um automóvel ronca na estrada. Não temos carros em Encantamento, e eu respiro fundo, deixando o lento som do balançar das ondas acalmar meu coração acelerado. A mansão do governador domina a vista à frente, iluminada de cima a baixo, e a música festiva da banda flutua pela noite.

Várias pessoas estão apoiadas nas grades das varandas do segundo e terceiro andares, bebidas sofisticadas em taças de cristal nas mãos, vestidos de seda e penteados soltos ao vento. Cruzo os braços.

Meu vestido rosa-claro envolve minhas costelas com firmeza, garantindo que os pulmões e o coração fiquem no lugar. O corpete se abre em camadas fluídas de tecido transparente que tocam o topo dos meus sapatos de cetim, e mangas curtas cobrem meus ombros. Eu queria ter vestido algo cinza, que lembrasse a neblina nas primeiras horas da manhã em Encantamento, mas minha mãe vetou, insistindo que o rosa seria mais apropriado. Minha maquiagem é leve, e meu cabelo longo, cacheado, cai até a metade das costas.

Meus pais começam a subir os grandes degraus de pedra, e sigo no encalço deles, ajeitando minhas luvas brancas.

— Você vai se sair bem — diz Ivy, caminhando ao meu lado.

— Estou tão feliz por você ter vindo. Obrigada.

Landon me disse que eu poderia trazer uma amiga se isso fosse me deixar mais confortável, e sou grata pelo gesto. Ivy é confiante e sabe se expressar, entrando com facilidade em conversas com quem quer que seja. Um vestido amarelo-narciso pende de seus ombros até quase encostar no chão. Os lábios estão pintados de rosa-claro, e três fios de pérolas envolvem o pescoço.

Viro a cabeça e inspiro uma última vez o ar fresco e salgado antes de entrarmos e sentir o calor de centenas de outros corpos.

— Também estou feliz por ter vindo — responde ela —, mas, se você mergulhar naquela água agora, eu juro...

— Relaxe, só estou respirando. — Eu me viro para encará-la. — Vamos? Ela enrosca o braço no meu.

— Vamos.

Passamos pelas portas duplas abertas, e todo o ar que inspirei apenas alguns momentos atrás sai dos meus pulmões.

Uma grande escadaria de mármore sobe do centro da sala e se divide no topo, cada lado levando a uma ala diferente da casa.

Um lustre de cristal captura as luzes e brilha no teto, lançando um arco-íris pela sala. Flores coloridas estão em arranjos densos nas mesas de coquetel, e as paredes são de um verde-menta suave tão animado quanto a música.

Tapetes ornamentados em cores vivas com franjas douradas nos conduzem ao salão de baile, onde meus pais já desapareceram em um mar de pessoas. Um quarteto de cordas toca em um palco, e imediatamente os reconheço de Encantamento. Não é de se admirar que todos pareçam estar se divertindo muito — cada nota que os músicos tocam envia ondas de frenesi e felicidade pela sala.

Por um momento, me entristece que os moradores do continente acreditem precisar de magia para garantir a diversão. Mas é o ressentimento que sinto que me surpreende. Bruxas são proibidas de praticar qualquer forma de magia depois que o sol se põe, mas o governador entrou com o pedido para uma exceção, que minha mãe aprovou. Ela nunca teria aprovado isso para qualquer outra pessoa.

E não posso deixar de pensar que desperdício é abrir uma exceção para *isso*.

O palco dá para os jardins, e olho ansiosa pela janela.

— Não pense nisso — diz Ivy. — Você não foi convidada para ficar parada, estoicamente, no jardim.

— Mas sou tão boa nisso...

— Não discordo, mas você vai ter muito tempo para isso depois. Vou pegar umas bebidas antes de irmos dar uma volta.

Às vezes, penso como as coisas seriam melhores se Ivy pudesse assumir meu lugar. Sou descendente direta de Harper Fairchild, a bruxa que criou nosso *coven* e criou os limites da magia baixa. Por causa disso, minha mãe é a líder do *coven*, e estabelecer um vínculo entre a família mais poderosa de bruxas e os moradores mais poderosos do continente é a declaração mais forte que podemos fazer.

Mas a família de Ivy é uma das famílias originais e, ao vê-la caminhar com elegância pela sala, vejo os olhos que a seguem enquanto se move. Não consigo deixar de sentir que essa vida seria muito mais adequada a ela.

Ivy me entrega uma bebida e encosta sua taça na minha.

— Para sobreviver à essa noite.

— Posso brindar a isso.

Tomo um longo gole e olho ao redor do salão. Cortinas grandes, mas leves, penduradas em varas douradas se movem com a brisa das janelas abertas, e múltiplos lustres cintilam no teto. O aposento cheira à cera de vela e à sal marinho, e arranjos de rosas brancas e folhas verdes estão espalhados em suportes de cristal ao redor do perímetro. É grandioso, impressionante e nada como minha vida em Encantamento.

Meus pais estão na frente do salão, conversando com Marshall e Elizabeth Yates. Todos parecem confortáveis e relaxados, como se não houvesse dúvida de que desfrutam da companhia uns dos outros. Como se não tivéssemos que fazer isso por merecer.

E, então, lá está ele. Landon.

Ele dá a volta em um grande pilar de mármore, observando o salão. Meu futuro marido é alto, e o terno azul-marinho repuxa apenas um pouco no peito largo. Sua pele parece suave e bronzeada, e o cabelo castanho-escuro foi cortado curto. Ele se porta como se fosse dono do lugar, como se fosse dono do mundo inteiro.

Eu o encaro por menos de um segundo, antes que os olhos dele encontrem os meus. Um sorriso surge em seus lábios, um que parece genuíno, e ilumina o salão. Um sorriso que me faria acreditar que ele realmente acabou de receber o melhor presente do mundo.

Fico tensa ao lado de Ivy, percebendo que não faço ideia de como cumprimentar meu futuro marido.

— Tana, seria bom você demonstrar que está feliz em vê-lo — sugere Ivy, baixinho. — Porque parece que você está prestes a pular pela janela e nadar todo o caminho para casa.

Não consigo deixar de rir.

— Feedback muito útil. Obrigada, Ivy.

— Disponha.

Dou um gole na minha bebida, mas do que eu realmente precisava era o chá de Coragem que Ivy tinha preparado para mim anteriormente. Fecho os olhos apenas por um instante e penso em como me senti quando bebi aquilo. É igual a como Landon se comporta, como se merecesse estar aqui.

Minha coluna se endireita, e meu queixo se levanta. Ajeito os ombros, e, quando abro os olhos, eles se fixam em Landon. Dou um sorriso tímido e inclino a cabeça, chamando-o para perto.

Ele não pode ouvir como meu coração acelera sob o vestido apertado demais, como meus pulmões não conseguem encontrar ar suficiente. Ser corajosa e se sentir corajosa são duas coisas muito diferentes.

— Tana — chama ele ao se aproximar de mim, segurando minha mão e dando um beijo suave na pele. — Você está linda.

— Obrigada — respondo.

— Ivy — diz Landon, endireitando o corpo. — É bom vê-la de novo. — Ele não segura a mão dela, garantindo que todo o salão saiba que ele tem apenas uma pessoa em vista na noite de hoje: eu.

— Igualmente — responde ela, oferecendo a ele um sorriso fácil que aparece em seus olhos.

A música diminui, e a sala irrompe em aplausos. Os músicos se curvam em uma leve reverência, então, se acomodam com os instrumentos e começam a tocar mais uma vez. Esta canção é mais lenta, uma valsa, e Landon estende a mão para mim.

— Me daria a honra de dançar comigo?

Faço uma pausa, sabendo que uma dança mudaria as coisas, que eu não teria mais o luxo de passar despercebida. Respiro fundo, prendo a respiração e conto até três, então, a solto.

— Será um prazer — respondo.

Dou minha bebida a Ivy e deixo Landon me conduzir até o centro do salão. A multidão se afasta, seus olhos nos seguindo enquanto nos viramos um para o outro, minha mão direita segurando a dele, a esquerda repousando em seu ombro. Com uma certa hesitação, ele apoia a mão nas minhas costas, a ponta dos dedos roçando a pele acima do meu vestido. Minha respiração para, e finalmente levanto os olhos até os dele. Nos observamos por alguns segundos, e logo a música acelera, e estamos rodopiando pela sala.

Landon é um parceiro habilidoso, me conduzindo de maneira suave mesmo quando erro um passo ou me concentro demais na sensação de seus dedos na minha pele. Seus olhos nunca abandonam os meus, o olhar confiante e seguro.

Pensei que dançar na frente de tanta gente seria terrível, que eu sentiria os olhos de todos em mim, mas cada parte do meu ser está focada em Landon, na forma como ele segura minha mão, na forma como seu toque permanece apenas como um sussurro nas minhas costas, na forma como a respiração se mistura no ar com a minha. Dançar é algo comum no mundo dele, mas parece inteiramente íntimo para mim. Este é meu futuro marido, e a primeira vez que sinto seu toque em minha pele é na presença de uma plateia.

— Está se divertindo? — pergunta ele, parecendo não perceber como o resto da sala nos observa.

— Estou, obrigada.

— Tana — diz ele, seus olhos âmbar ainda focados no meu rosto —, estou perguntando porque realmente quero saber.

Estou muito ciente do seu toque e do cheiro cítrico em seu hálito, e ele mantém a conversa como se fosse algo normal.

Dou uma risada, baixa o suficiente para que apenas ele consiga me ouvir.

— É um pouco demais — admito. — Não estou acostumada a ser o centro das atenções.

Não afasto os olhos dos dele porque estou com medo do que farei se ver a forma como as pessoas nos observam, cochichando umas com as outras. Não quero ver os olhares orgulhosos de meus pais, nem os olhares invejosos das garotas do continente. Tento respirar com calma, mas meu vestido mal deixa entrar ar suficiente para que eu não desmaie.

— Você vai se acostumar — garante ele. — De toda forma, é praticamente um espetáculo. Para nossos pais. Que tal isto, assim que a música terminar, vamos nos sentar no jardim? Nossos pais vão adorar, mas podemos ficar de costas para a casa. Um pouco de ar fresco me faria bem.

Meu coração bate mais rápido, e me pergunto como esse homem que mal conheço conseguiu, de alguma forma, falar a coisa perfeita.

— Eu adoraria.

— Ótimo.

A música desacelera, e Landon me gira mais uma vez antes de me segurar com mais força. Ele me inclina para trás em um movimento suave, e minha cabeça flutua, o cabelo quase roçando o chão polido. Ele se inclina sobre mim, seu rosto a poucos centímetros do meu pescoço.

— Adorei seu perfume — murmura ele, me levantando bem devagar, e as mãos não me soltam mesmo depois que a música termina. Espero a faísca, a vibração, a nota final do concerto, mas ela não vem. Imagino que não viria, cercada por todas essas pessoas, e digo a mim mesma que teremos tempo. Isso virá depois. Landon se inclina para perto de mim e sussurra: — Um belo espetáculo, Srta. Fairchild.

Dou um sorriso ao ouvir isso, um sorriso tímido que mal aparece, mas basta. Aplausos irrompem ao redor.

De repente, estou tonta e agarro as costas de Landon, então, descanso a testa no ombro dele para me estabilizar. Ele não se afasta, esperando com paciência enquanto recupero o equilíbrio. Seu dedo indicador se enrosca em uma mecha do meu cabelo, e, quando o solto, ele a prende de maneira cuidadosa atrás da minha orelha.

— Isso nos garantiu pelo menos duas músicas no jardim, tenho certeza.

Ele me dá uma piscadela e me leva para fora da pista de dança. Ivy nos espera no bar, de costas para o balcão de mármore, os cotovelos apoiados como se nunca tivesse estado tão confortável em sua vida. Ela me entrega minha bebida, uma expressão divertida no rosto.

— Foi uma dança e tanto — diz ela.

— Acabei de dizer a Tana que acho que merecemos um tempo no jardim.

Ela estuda Landon e as feições relaxam, uma expressão que reconheço como alívio. Alívio pelo fato de que esse homem, para quem estou prometida desde antes de eu poder falar, me entenda o suficiente para saber que um intervalo no jardim é exatamente do que eu preciso. Trocamos um olhar antes de Ivy se voltar mais uma vez para Landon.

— Você tem razão — concorda ela.

— Gostaria de se juntar a nós? — pergunto.

— É claro que não. Não me vesti assim para me esconder no jardim.

— Que todos aqui olhem para você com admiração — digo.

Ela faz uma mesura com a cabeça.

— Obrigada.

Landon pega minha mão e me leva para fora. O ar frio da noite arrepia meus braços e estremeço, mas a sensação é incrível. Consigo ouvir a água novamente, as ondas batendo contra a parede de rocha, e todo meu corpo relaxa.

Caminhamos até o canto mais distante do jardim e nos sentamos em um banco de pedra com vista para o Canal. As luzes de Encantamento tremeluzem ao longe, e meu coração dói, sabendo que esta será minha visão diária em breve.

Landon tira o casaco e o coloca sobre meus ombros, me trazendo de volta ao presente.

— Obrigada.

Ele assente com a cabeça, e nos sentamos em um silêncio confortável. Nunca fui do tipo que gosta de festas, mas amo ficar do lado de fora delas, perto o suficiente para ouvir a melodia da música e o murmúrio das vozes, mas longe o bastante para que os sons se fundam ao fundo, quieto o suficiente para ainda ouvir meus próprios pensamentos.

Amo saber que as pessoas estão se divertindo, rindo e criando memórias das quais elas se lembrarão por anos. Gosto de imaginar as conversas e os olhares tímidos, gosto de imaginar como é dançar com alguém de quem se gosta pela primeira vez.

— No que você está pensando? — pergunta Landon.

— Em como é bom saber que as pessoas estão se divertindo lá dentro.

Ele olha para mim.

— Você é mesmo uma boa pessoa — diz ele, me surpreendendo.

Nós não nos amamos. Mal nos conhecemos, mas, à medida que a noite passa, descobrimos coisas um sobre o outro, e há um alívio enorme em saber que a pessoa com quem você não tem escolha a não ser se casar, é *boa*. Não é um concerto magistral, mas já é alguma coisa.

Talvez minha mãe esteja certa. Talvez eu o ame um dia.

— Eu tenho um presente para você. — Ele pega uma caixa de veludo verde e a entrega para mim.

— Por quê?

— É uma promessa — responde ele, encontrando meus olhos. — Uma promessa de que vou conhecer seu eu verdadeiro. Não a pessoa que seus pais ou que meus pais querem que você seja, mas você, exatamente como você é.

— Landon... — começo a falar, mas seu nome é a única palavra que consigo pronunciar. Uma brisa sopra acima da água e faz meu cabelo voar para trás. Os dedos tremem quando abro a caixa. Apoiado no centro, há um único pedaço de vidro do mar, e dou um sorriso ao tirá-lo e senti-lo na mão. Não foi polido; é áspero, exatamente como eu o encontraria na praia, turquesa, irregular e perfeito.

— Sua mãe me disse que você ama o mar. Devo admitir que só pensava nele como um incômodo, mas, para mim, é importante conhecer as coisas que você ama para que elas possam acompanhá-la depois que nos casarmos.

— Um incômodo? — pergunto, incapaz de acreditar que alguém olharia para o Canal de outra forma que não com admiração.

— Sim. Ele me separa da minha pretendente.

Olho para ele. Essa união é tão importante para ele quanto para mim, e, em vez de encontrar conforto nisso, não consigo deixar de pensar se há algo para ele e seu pai nisso de que eu não esteja ciente. Abaixo os olhos, me repreendendo; minha mãe sempre foi sincera comigo sobre os termos do acordo. Eles querem mais olhos em Encantamento, em nossa magia, e querem uma parte da nossa prata. Nós queremos proteção. É benéfico para ambos os lados.

— Não sei o que dizer. — Aperto o vidro do mar com mais força, deixando o peso dele me ancorar no momento. — Obrigada.

— De nada.

Minhas mãos tremem, mas não tenho certeza se por causa do frio ou de outra coisa completamente diferente. Landon toca com hesitação os meus nós dos dedos e, quando não me afasto, ele segura minha mão. O tremor para, e olho para baixo, me perguntando quanto disso é parte do espetáculo e quanto é real. Também me pergunto se ele tem esperanças de que um dia possamos nos amar, como minha mãe diz.

Uma nova música começa no salão de baile, e Landon se levanta.

— Acho que devemos aos convidados uma última dança — diz ele.

Desta vez, seu toque não é suficiente para me impedir de notar a forma como cada pessoa no salão se vira em nossa direção quando entramos.

41

Meu coração dispara, mas mantenho a cabeça erguida, me inclinando na direção de Landon.

— Então vamos fazer valer a pena.

Ele sorri enquanto me guia através da multidão, sem soltar minha mão nenhuma vez.

5

A balsa que nos leva pelo Canal está tranquila. Meus pais conversam em sussurros animados, sem saber o que fazer com a alegria da noite que passou. Ivy dorme com a cabeça apoiada no meu ombro, a barra do vestido roçando o chão em volta de seus pés. Não há outros passageiros, o que é um lembrete austero de que, além dos músicos, fomos as únicas bruxas presentes esta noite. Estou cansada, largada no assento, mas minha mente está agitada demais para que eu possa dormir.

Ivy se mexe e se acomoda ao meu lado. A cabeça tomba para trás, e aproveito a oportunidade para escapar para a proa. Tenho todo o convés para mim. Caminho até o corrimão e fecho os olhos enquanto o vento sopra meu cabelo, enviando calafrios por todo meu corpo. Encantamento está quase adormecida à distância, minha ilha perfeita quieta e escura depois de um dia movimentado. Parece tão pacífica...

— Você foi ótima esta noite — minha mãe diz atrás de mim.

Eu me viro para olhá-la. Seu xale está enrolado com força nos braços, e o vento parece evitá-la, contornando-a completamente, em vez de se arriscar bagunçando seu cabelo, que ainda está em um coque apertado, cada fio no lugar.

Ela parece satisfeita, e isso me deixa quentinha por dentro.

— Obrigada, mãe. Fico feliz que você esteja feliz — digo, porque é verdade.

Tudo que realmente quero é que as pessoas que amo fiquem felizes. Felizes e seguras.

Ela assente.

— Estou. Seu pai também.

— Isso é bom.

— As coisas estão indo conforme o planejado para seu Baile do Pacto. Anunciar seu noivado com Landon nessa noite será perfeito.

— Eu também acho. Mal posso esperar.

— É sério? — pergunta ela, me observando.

— Sim, é sério. — Dou um sorriso e me volto para o mar. A lua crescente brinca de esconde-esconde entre as nuvens, aparecendo e brilhando na superfície da água antes de desaparecer outra vez.

Espero por meu Baile do Pacto a vida toda, ansiosa para me unir ao meu *coven* diante de todos os meus amigos e familiares. Se for para ser honesta, essa é a parte que mais me anima. Eu me preocupo que o anúncio do noivado na mesma noite possa tirar o foco do meu Pacto, mas minha mãe tem certeza de que não.

Talvez faça sentido. Vou me casar com Landon para proteger meu *coven*; me unir a eles e protegê-los na mesma noite parece ser uma bela harmonia.

A maioria das bruxas está começando a ouvir rumores sobre meu noivado com Landon, assim como as pessoas do continente. Minha mãe manteve a união em segredo durante a maior parte da minha vida, caso acabasse desfeito. As bruxas ficarão surpresas com o anúncio.

Eu me viro, mas minha mãe se foi. Uma canção de ninar entra em minha mente sem ter sido convidada, e a sussurro baixinho, ao som das ondas:

Suave como magia, chá que acalma,
dê seu poder ao mar.
Se ficarem contra você
e a perseguirem,
a fraqueza será sua ruína.

*Suave como magia, alegria tranquila,
é impossível parar o mar violento.*

Sempre me perguntei quem a compôs, de onde vieram essas palavras. Está claro que foi escrita como aviso, provavelmente pelas bruxas que se recusaram a renunciar à magia proibida e aderir à nova ordem. Apenas um *coven* se recusou, um pequeno grupo de bruxas que preferiu colocar todos em risco em vez de se converter à magia baixa, mas ninguém via nem ouvia falar dele há muitos anos.

É como se tivessem desaparecido.

A crença predominante entre as novas bruxas é que aquele *coven* morreu em algum momento — o grupo era pequeno e, com o passar do tempo, provavelmente não houve membros suficientes para mantê-lo. Ninguém quer praticar magia proibida quando isso significa não ter segurança, não ter proteção, não ter um lar. Quando significa a chance de morrer em uma cela no continente.

Ainda assim, as palavras dançam em minha mente, mas não me assustam como antes. As pessoas do continente não poderão se virar contra nós quando eu estiver casada com o filho do governador.

Um som estridente vem de algum lugar ao longe, e me assusto, me afastando da amurada. Estreito os olhos para a escuridão, procurando a fonte do grito, e encontro um leão-marinho se debatendo na água, preso em uma correnteza.

Em uma de nossas correntezas. Meu coração se aperta enquanto observo o animal impotente, desejando poder fazer algo, mas sabendo que não posso. Não há nada a ser feito.

O leão-marinho rodopia na água, rugindo enquanto dá voltas e voltas e mais voltas. O som é horrível e rasga minhas entranhas, fazendo com que a bile suba até a garganta. Corro até a amurada com medo de ficar enjoada, e juro que o animal me encara. Meus olhos se enchem de lágrimas, e quero dizer a ele que sinto muito, muito mesmo, pelas correntezas que causamos estarem tirando sua vida.

Ivy corre até onde estou, agarrando minha mão como se com medo de que eu pulasse.

— Não há nada que possamos fazer — diz ela. Estou inclinada sobre a amurada, até o mais longe que posso ir sem cair, e Ivy, gentilmente, me puxa para trás. Observamos o animal se virar na água, uivando para a noite.

Então, ele é puxado para debaixo da superfície, e o som para abruptamente.

O silêncio é sinistro.

Lágrimas escorrem pelo meu rosto, e respiro fundo tentando recuperar a compostura. As correntezas estão piorando, erodindo nossa ilha e matando nossos animais marinhos. Ferindo as coisas que amamos.

Minha mãe diz que está tudo sob controle, que os líderes do *coven* estão cuidando das coisas, mas assistir a um leão-marinho se afogar em seu próprio lar não é controle.

É fracasso.

Volto a pensar naquela noite, cinco anos atrás, quando quase me afoguei. Penso na voz irritada do meu pai culpando minha mãe. O que ele dirá a ela hoje à noite, na segurança do quarto deles, em sussurros que não dá para ouvir através da porta? Ele também a culpará pelo que acaba de acontecer, ou suas palavras seriam infundadas, trazidas pelo terror de quase perder a única filha?

— Eu sinto muito — sussurro.

O barco desacelera ao se aproximar do cais em Encantamento, e Ivy e eu voltamos para o interior da balsa. Ela se apoia na parede, eu encosto a cabeça em seu ombro e respiro fundo.

— Você está bem?

— Sim — asseguro-a.

— As correntezas estão piorando — comenta.

— Eu sei. — Faço uma pausa e abaixo a voz. — Ivy, e se fosse uma pessoa? Alguém do continente? É apenas questão de tempo antes que isso aconteça, e se Landon e eu não estivermos casados quando isso acontecer...

Minha mãe se aproxima, e eu me calo, mas não deixo de perceber a preocupação nos olhos de Ivy.

— Vamos levá-las para casa — diz ela. Caminhamos em direção à saída, e ela coloca um braço ao redor de cada uma de nós. — Esta noite foi um sucesso incrível. Bom trabalho.

Seguimos meu pai para fora da balsa, pela ponte cambaleante e até o cais.

As nuvens estão mais pesadas, escondendo a lua e as estrelas. Tudo está escuro.

Paramos primeiro na casa de Ivy, e lhe dou um abraço apertado antes de ela entrar.

— Você realmente acha que é um risco? — sussurra Ivy enquanto também me abraça. — Aquilo que você disse de as correntezas afogarem alguém do continente.

— Acho que temos tempo antes disso acontecer — respondo, sem querer que ela fique mais preocupada do que eu já estou. — Mamãe diz que o conselho tem tudo sob controle. — Abraço Ivy com ainda mais força, então, ela assente e entra em casa.

Meus pais andam devagar, com os braços em volta um do outro, deleitando-se com as recordações da noite. Eu os sigo, a canção de ninar ainda tocando na minha cabeça, pontuada pelos sons do leão-marinho sendo levado.

Seguro com firmeza o vidro do mar que ganhei de Landon, as bordas afiadas cravando em minha mão.

Quando chegamos em casa, minha mãe vai para a cozinha e serve duas taças de vinho, enquanto meu pai acende o fogo.

— Gostaria de se juntar a nós, Tana? — pergunta ela.

— Estou cansada — respondo.

— É claro. Vá descansar, querida.

Aceno com a cabeça e subo as escadas, o som da risada alegre dos meus pais me segue enquanto me afasto.

Amo esse som.

Meu quarto está escuro, e coloco o pedaço de vidro do mar na cômoda. Não me dou o trabalho de acender a luz antes de desabotoar o vestido e respirar fundo pela primeira vez essa noite. Entro no banheiro e lavo o rosto, prendo o cabelo e escovo os dentes.

Estou prestes a subir na cama quando uma luz fraca lá fora chama minha atenção. Pego o vidro do mar e abro a janela, convidando o som das ondas para dentro do quarto.

Eu me sento no banco da janela e giro o vidro na mão, observando o mundo lá fora.

Descanso a cabeça na parede e olho para a noite escura. A luz fica cada vez mais brilhante, vinda do gramado, uma pequena luminosidade contra a escuridão. Eu me apoio nos joelhos e inclino a cabeça para fora da janela, tentando me concentrar na luz. É então que vejo.

Uma única dama-da-noite, pendendo satisfeita acima da grama perfeitamente aparada.

Um arrepio percorre minha espinha.

— Não — sussurro. Não é possível.

Pisco e olho outra vez, mas ela continua lá, tão real quanto as nuvens no céu e o frio no ar. Uma flor tão letal que um único toque de suas pétalas pode matar. E está iluminada por uma fonte de luz que não consigo encontrar.

Se ficarem contra você

Seguro o vidro do mar com mais força.

e a perseguirem...

As bordas pontiagudas perfuram minha pele, enquanto olho fixamente para a flor, descrente.

a fraqueza será sua ruína.

Só percebo que me cortei quando um rastro de sangue escorre pelo meu punho. Deixo cair o vidro do mar, e ele tilinta no chão. Corro para o banheiro e lavo a mão sob a torneira. Quando estou limpa, volto para a janela.

Mas a luz e a flor desapareceram.

6

Eu sei que está hora de contar para minha mãe sobre as damas-da-noite, mas, quando desço as escadas na manhã seguinte, ela já saiu. Um bebê nasceu na noite anterior, e é tradição que a líder principal do *coven* dê as boas-vindas a um recém-nascido com rituais de bênçãos.

Meu pai preparou um café da manhã farto para mim, com frutas frescas, ovos, bolinhos e rolinhos de canela, e é quase o suficiente para me fazer esquecer da flor branca.

— Para que tudo isso? — pergunto, arrumando a mesa e preparando um pouco de chá com a mistura de ervas para despertar de Ivy.

— Precisa de um motivo?

Ergo a sobrancelha, e meu pai ri.

— É só que, daqui a pouco, não vou mais poder preparar cafés da manhã elaborados para você.

O comentário causa um aperto no meu peito; ambos percebemos que as coisas estão prestes a mudar, que em breve o café da manhã com meu pai não será mais parte da rotina.

— Uma parte muitíssimo lamentável da vida adulta — comento.

Nós nos sentamos à mesa, e pego o maior dos rolinhos de canela.

— Como você consegue fazer rolinhos tão grandes?

— Magia — diz ele, me dando uma piscadela.

Dou uma risada. Em geral, meu pai evita usar magia na cozinha — ele acha que perderá suas manhas se fizer isso. Mas, de vez em quando, abre uma exceção.

— Boa decisão — digo.

— Você e Landon foram ótimos ontem à noite — diz ele, como quem não quer nada, mas sei que está tocando no assunto para ver como me sinto. Meu pai entende a importância do caminho que estou trilhando, e me apoia, mas acho que se sente culpado por eu não ter muita escolha.

Quando ele conheceu a mamãe, se apaixonaram rapidamente. Ele disse que foi como se estivesse vivendo em preto e branco e, quando a conheceu, seu mundo ficou colorido. Foi apaixonante, emocionante e certo, e sei que ele deseja que eu possa experimentar a mesma coisa.

Quero dizer a ele que também desejo isso, que desejo um dia olhar para Landon e sentir um frio na barriga Mas não quero que meu pai pense que estou infeliz, então deixo essas palavras de lado.

— Landon é um homem bom — opto por responder. — Estou feliz que tenhamos tido a chance de passar um tempo juntos. Ele vai me tratar bem. — Não são as palavras exatas que quero dizer, mas estou confiante de que são verdadeiras, e colocá-las para fora faz um alívio crescer dentro de mim.

Papai toma um gole de seu chá.

— Vai, sim — concorda ele.

— Landon me deu um pedaço de vidro do mar ontem à noite. Disse que é importante para ele que as coisas que eu amo ainda tenham um lugar em minha vida quando nos casarmos. — Dou um sorriso ao pensar naquilo, mas a memória perde a alegria quando me lembro do vidro do mar manchado de sangue no chão do quarto. Meus dedos se direcionam para o corte na palma da minha mão, e franzo a testa.

— Obrigado por compartilhar — diz meu pai, com um pigarro.

— Foi um gesto bem charmoso.

Ele assente, e percebo que não confia em si mesmo para falar alguma coisa sem se emocionar. Vou sentir muita falta disso quando me mudar para o continente. De repente, percebo que tampouco confio em mim mesma para falar qualquer coisa. Terminamos o café da manhã, colocamos nossas louças na pia e limpamos a cozinha juntos, um ritmo que já dominamos após muitas manhãs como essa.

— Você se importa se eu te acompanhar na sua caminhada até a perfumaria? Eu adoraria um pouco de ar fresco — diz papai, depois que termino de guardar a louça.

— Eu adoraria.

Quando abro a porta da frente, dou um pulo para trás ao ver uma flor na soleira. Olho freneticamente para o gramado em busca da dama-da-noite da noite passada, mas não vejo nada. Eu me abaixo para pegar a flor, uma única rosa com um bilhete escrito à mão anexado.

Vi esta rosa no jardim pela manhã — é da mesma cor que o seu vestido.
Obrigado pelas danças.
— Landon

Meu coração desacelera, e sorrio comigo mesma, segurando a rosa perto do rosto e inspirando profundamente.

— O que é isso? — pergunta meu pai, então me viro e lhe entrego a flor. A mesma expressão aliviada que vi no rosto de Ivy no baile ontem à noite toma conta das feições dele enquanto lê o bilhete.

— Como será que ele conseguiu trazê-la até aqui? — questiono, voltando para dentro de casa e enchendo um pequeno vaso com água. Papai corta o caule antes de colocar a rosa dentro, e saímos de casa juntos.

— Ele é filho do governador, imagino que tenha diversas maneiras de fazer isso.

Meu pai automaticamente escolhe o caminho mais longo até a perfumaria, seguindo pela praia para que eu possa ter contato com a água. Examino a superfície em busca de flores, mas é uma manhã nebulosa e consigo ver apenas alguns metros além da linha da costa.

A névoa espessa nos segue quando viramos na rua Principal e descemos o caminho de paralelepípedos. As cafeterias, as casas de chá e as padarias estão tomadas pelas multidões matinais, mas abrimos a perfumaria mais tarde aos domingos. Em especial no inverno, é bom ter um pouco do dia para nós antes de começar o trabalho. Caso contrário, perderíamos todas as nossas horas mágicas na loja.

Coloco a chave na porta e acendo as luzes. Meu pai me acompanha e me ajuda a me preparar antes de partir.

— O que você vai fazer hoje? — pergunto.

— Estamos com pouco estoque de lavanda e sândalo. Vou dar uma passada nos campos e, depois, em casa, para extrair óleo. Volto mais tarde para reabastecer o estoque.

— Bom passeio — digo, e meu pai sorri antes de dar um beijo no alto da minha cabeça e sair.

Temos um fluxo constante de clientes ao longo do dia, e fico surpresa com quantos deles me perguntam sobre Landon. Felizmente, minha mãe chega uma hora após a abertura e assume o atendimento, me dando um descanso muito necessário.

Observo maravilhada enquanto ela responde com desenvoltura e sempre com a quantidade perfeita de mistério. Não se enrola com as palavras nem olha para o chão ao falar. Ela sabe o que dizer em cada situação, e não tem vontade de fugir da loja e se jogar no mar.

Em determinados dias, isso me faz sentir que há algo de errado comigo. É uma frustração avassaladora não conseguir fazer o que minha mãe e Ivy parecem fazer com tanta facilidade.

Mas hoje estou grata.

Por ela.

Às seis em ponto, trancamos a porta e viramos a placa que diz FECHADO. É noite de lua cheia, e precisamos nos preparar para o ritual. Os turistas seguem para os cais, pegando o último barco.

Apenas bruxas são permitidas na ilha quando drenamos nosso excesso de magia para o oceano.

O único problema com a magia baixa é que ela deixa um acúmulo de poder não utilizado em nossos corpos que não podemos suportar. Se não for expelido, pode nos matar. Então, mais ou menos a cada vinte e nove dias, na lua cheia, fechamos a ilha e enviamos nossa magia restante para o mar.

Ironicamente, é o feitiço mais poderoso que fazemos, e o único permitido à noite.

É uma exibição crua e vigorosa de magia que aterrorizaria os moradores do continente se testemunhassem, e, por isso, se tornou algo de que o *coven* se envergonha, um tabu do qual daríamos qualquer coisa para não ter que participar.

É por isso que ninguém fala disso. Não mencionamos a agitação que antecede, e não falamos disso nos vinte e nove dias seguintes.

Acho que isto é o que mais me incomoda: estamos arruinando nossa ilha, prejudicando nossos animais marinhos e matando nossas colheitas com uma prática que as bruxas *odeiam*.

Nunca admiti em voz alta, mas aguardo ansiosa pelo ritual. Eu me sinto poderosa quando esse tipo de magia flui através de mim. Não me sinto envergonhada nem enjoada — me sinto viva, conectada à minha magia de uma maneira que não consigo replicar na loja. Só queria poder usar todo esse poder para algo bom, em vez de lançá-lo ao mar, onde continuará sua destruição violenta pelas águas.

— Está tudo pronto, Tana? — pergunta minha mãe.

Confirmo com um gesto de cabeça e pego minha bolsa, seguindo-a para fora da loja. A neblina se dissipou, e uma leve garoa cai na ilha, deixando os paralelepípedos escorregadios e os arbustos pesados. De alguma forma, o musgo que cobre os telhados parece mais verde na chuva, e respiro o cheiro perfeito de petricor.

A última balsa parte do cais, e observo enquanto ela se afasta de Encantamento. É quase como se eu pudesse sentir a ilha relaxar conforme o peso de centenas de turistas ávidos se afasta, finalmente se acomodando e dando um suspiro.

— Tenho uma reunião rápida com o conselho, então por que não vai para casa e encontro você lá?

— Claro. Está tudo bem? — A reunião regular já tinha ocorrido semana passada, e é raro ter outra tão cedo.

— Está, sim. Acho que alguns membros sentem merecer um relato sobre o baile do governador.

— Sobre mim, você quer dizer — digo, e me arrependo imediatamente das palavras.

Minha mãe para na rua e deixa a chuva nos banhar enquanto me olha.

— Não se trata apenas de você, Tana. O que você está fazendo é por todos nós. É por nossos filhos e pelos filhos de nossos filhos. Não acha que o conselho tem o direito de saber que, depois de gerações de incerteza e medo, está quase acabando? Que as pessoas do continente finalmente nos aceitarão, que não precisaremos mais nos preocupar que um único passo em falso possa custar nossa liberdade? Nossas vidas?

Abaixo o olhar.

— Desculpa. Não quis parecer egoísta.

Minha mãe relaxa a postura e suspira, então, passa o braço em volta dos meus ombros, e começamos a andar novamente.

— Eu sei, querida. Para você não parece tão difícil, porque as coisas estão estáveis há um tempo. Mas não se esqueça de que estamos nesta ilha porque aqueles que vieram antes de nós vieram forçados para cá para preservar sua magia, sem receber o básico, muito menos nenhum conforto, com que estavam acostumados no continente. Ter segurança e liberdade permanente é algo com o que a geração antes de você, e certamente antes de mim, nunca poderia ter sonhado.

— Entendo. Desculpa — digo, pensando na mulher na loja de chá de Ivy. Pensando no incêndio.

Mamãe me dá um aperto forte antes de deixar o braço cair, mas me sinto perturbada. Não é Landon ou o casamento iminente que me incomoda. É a urgência. Landon não passava de um ponto no horizonte há menos de três meses, e agora é tudo sobre o que meus pais falam, e o conselho está se reunindo por causa dele.

Por minha causa.

Por nossa causa.

Isso me faz questionar se o incêndio não foi apenas uma desculpa para apressar o cronograma, mas o sentimento de culpa me atravessa assim que a ideia me ocorre.

— Até meia-noite — diz minha mãe, referindo-se ao horário em que nos encontraremos, para evitar pronunciar a expressão "o ritual".

Mamãe segue em direção ao centro comunitário, e caminho ao longo da costa em direção à nossa casa.

Diminuo os passos, repassando as palavras de minha mãe. O conselho não quer um relato sobre o baile do governador. Quer saber exatamente quanto tempo levará até que possam esperar um noivado — uma aliança entre as bruxas e as pessoas do continente.

O conselho quer saber quando estarão seguros.

E se querem saber quando estarão seguros, é porque têm medo.

Cantarolo baixinho enquanto avanço pela beira da água, então, paro abruptamente.

A fraqueza será sua ruína.

Sua ruína.

Sua ruína.

7

É meia-noite. A visão da lua cheia é nítida no céu escuro, enquanto sua luz cintila na superfície do mar, lançando um leve brilho azulado na praia. Isso torna possível ver as bruxas e os bruxos ao meu redor.

Há um grande pilar branco na praia com uma tigela de cobre em cima dele.

Arranco um fio de cabelo da cabeça e o coloco na tigela, depois, furo o dedo e deixo cair ali uma única gota de sangue. A fumaça sobe da tigela, e a mecha e o sangue desaparecem.

Caminho até a praia, e a bruxa atrás de mim faz o mesmo processo para que possa participar.

Assim que todos tivermos feito isso, o ritual começará.

Nenhum de nós é forte o suficiente para fazermos o ritual sozinhos. Perfumes mágicos, chás e doces são maravilhosos — são como ganhamos nosso sustento e o motivo das pessoas do continente terem começado a nos aceitar —, mas nada disso requer muita magia.

A força combinada de todos nós é a única coisa que torna o ritual possível.

Todos vestimos túnicas ritualísticas brancas e idênticas, roupas soltas e leves que chegam na altura dos tornozelos e mais parecem camisolas. As bruxas e os bruxos mais velhos se espalham em uma fileira ao longo da costa. Atrás deles, fica a geração dos meus pais, e, atrás deles, os mais jovens de nós.

Ninguém fala, em vez disso olhamos para a água ou para a praia rochosa. A vergonha é uma arma poderosa que convence cada pessoa ali a não encarar os demais durante um ritual que faz parte de quem somos.

Às vezes, penso que é a vergonha, não o medo, que vai garantir nossa sobrevivência como *coven*. O ritual é um pilar da nova ordem, é o que nos permitiu iniciar um diálogo produtivo com o continente; eles não pararam de tentar erradicar a magia até provarmos que a nova ordem não era uma ameaça. Na verdade, o ritual deveria ser uma celebração da sobrevivência e da coragem, do sacrifício e da astúcia. Mas outro pilar da nova ordem é a total e completa renúncia à magia proibida, e, ao longo de muitas gerações, a renúncia foi de convicção à vergonha. Assim que a magia proibida se tornou algo vergonhoso, ninguém mais quis praticá-la.

E assim tem sido.

Estamos na extremidade oeste da ilha, que se projeta no oceano aberto. Jamais faríamos o ritual na costa leste, que fica de frente para o continente; mesmo com o Canal sendo tão amplo quanto é, e sabendo que as pessoas do continente jamais poderiam nos ver de tão longe, ainda nos sentiríamos vulneráveis demais. Então, em vez disso, fazemos a jornada até o lado oeste e ficamos de costas para o continente por uma noite ao mês. Apenas uma.

Eu me assusto quando a tigela de cobre atrás de mim arde em chamas, sinalizando que todos chegaram.

— Vamos começar — diz minha mãe, a voz sendo carregada por uma onda de magia para que todos possam ouvi-la.

Em uníssono, avançamos até a água, as bruxas e os bruxos mais velhos indo mais para o fundo e os mais jovens em seu encalço. Os que não têm idade suficiente para conjurar magia são levados no colo dos pais — pois o feitiço é poderoso o suficiente para persuadir o pouco de magia não utilizada em seus sistemas a ir para o mar.

A água mal toca meus tornozelos quando algo chama minha atenção. Eu me viro. É uma pequena luz circular idêntica à que vi do lado de fora da janela do quarto, mas agora pairando acima do solo e iluminando uma dama-da-noite.

Olho ao redor, mas ninguém mais a nota. Todos estão concentrados na água.

A luz ganha brilho, e não consigo mais ignorá-la. Começo a sair da água bem devagar, olhando por sobre o ombro para garantir que ninguém esteja me observando. O ritual propriamente dito só vai acontecer daqui a uns vinte minutos, e não levo tanto tempo para me preparar quanto outras pessoas.

Saio correndo pela praia, o mais silenciosamente possível, e circundo um denso arbusto florido, seguindo a luz. Não estou mais à vista da costa, então me movo mais rápido, perseguindo a esfera brilhante.

Mas, quanto mais perto chego, mais rápido ela se afasta de mim.

Continuo correndo, seguindo a luz até um campo no interior da ilha, com longas gramíneas que balançam na brisa noturna. Elas beliscam minha pele quando abro caminho por elas, e mantenho os olhos na luz o máximo que posso.

Ela entra e sai de vista, até que desaparece por completo. Um arrepio percorre minha espinha.

Corro na direção do último lugar em que a vi, confiando na luz da lua cheia para me guiar, e trombo com toda força em outra pessoa.

Caio no chão, chocada e desorientada. Fico totalmente sem fôlego, seguro o estômago e gemo, rolando para o lado. Não deveria haver mais ninguém aqui — todos estão na praia.

— Mas que diabos...? — A voz vem de alguns metros a distância. Eu me levanto do chão e olho freneticamente ao redor.

A luz se foi, mas tem outra pessoa se levantando do chão bem devagar. Uma pessoa que nunca vi antes. Dou um passo para trás.

— Você perdeu a balsa? — questiono, me perguntando como posso tirá-lo de Encantamento antes que o ritual comece.

— Você correu bem na minha direção — diz ele, ignorando a pergunta. — Onde estão seus modos?

Fico completamente surpresa, e o encaro boquiaberta.

— Não vai falar nada? — pergunta ele. O cabelo escuro está despenteado e cai sobre os olhos. A luz da lua lança um brilho azulado fraco na pele pálida. O formato da mandíbula é firme, e ele me olha como se estivesse irritado, como se eu tivesse matado a coisa que ele mais amava no mundo, em vez de ter trombado com ele sem querer.

— Desculpa — respondo, tentando manter a voz firme, caso os pais dele sejam pessoas importantes no continente. — Eu deveria ter prestado mais atenção.

Ele franze a testa ao ouvir a resposta, como se estivesse decepcionado.

— Você viu aquela luz? — questiona ele, e meu coração acelera.

— *Você* viu?

— Já vi várias vezes — responde, passando a mão pelo cabelo. — Não consigo descobrir de onde vem.

— Eu também não — confesso.

A luz tinha se apagado bem onde paramos. E, em um piscar de olhos, a terra geme... e uma única dama-da-noite aparece bem no espaço entre nós, brotando com suas grandes folhas em formato de coração.

Dou um pulo para trás e me afasto vários passos, colocando distância suficiente entre a flor e mim. Mas não estou disposta a fugir. Não desta vez.

O rapaz levanta a sobrancelha e me observa com uma expressão divertida.

— É uma dama-da-noite — digo.

— Eu sei o que é. — E, com isso, a pega do chão e a encosta nos lábios.

Ele estende a mão, me oferecendo a flor, e me afasto ainda mais.

— Não se aproxime.

— Dizem que essas flores são venenosas para as bruxas, sabia? — comenta ele, olhando para a flor que gira entre os dedos.

Um sentimento de mal-estar se instala em meu estômago, e a intuição me diz para dar o fora daqui. Começo a suar frio, imaginando quem é o rapaz, imaginando se ele odeia tanto as bruxas a ponto de jogar a flor em mim. Eu deveria correr, preciso correr, mas, por uma razão que não consigo explicar, fico onde estou, imobilizada.

— Um toque pode ser letal. — Ele me olha e sorri. Por um instante terrível, penso que pode estar aqui para me matar. — Mas vou contar um segredo para você — diz, inclinando o corpo na minha direção. — Não é verdade.

Engulo em seco. O suor brota na minha nuca e estremeço.

— Não sei quem você é, mas precisa ir embora. *Agora*.

— Por que eu faria isso? Eu moro aqui.

— Isso não é possível — digo.

— Claro que é — responde ele. — Tudo é possível.

O rapaz move a mão direita no ar, para trás e para a frente, e a brisa leve se transforma em um vento forte, que bate em mim, fazendo meu cabelo e vestido esvoaçarem.

Então, com a mesma facilidade, ele move a mão para baixo, e o vento se acalma.

Sei o que estou vendo, sei o que sinto na minha pele, mas há apenas uma explicação, e não consigo me convencer a acreditar nela. Fecho os olhos e balanço a cabeça, tentando limpar a mente das duas palavras que gritam dentro de mim, mas não vão embora. Elas ficam mais e mais altas até eu ser forçada a reconhecer o que vi: uma demonstração perfeita de magia proibida.

Arrepios percorrem meus braços, e dou mais um passo para trás.

— Não — isso é tudo que consigo dizer.

— Não? — pergunta ele, arqueando a sobrancelha e levantando a mão mais uma vez. O vento se intensifica, e me apresso em abaixar seu braço.

— Essa magia é proibida, e não a permitirei na minha ilha.

— *Nossa* ilha — diz ele. — E, de onde venho, definitivamente *não é* proibida.

Nossa ilha. O que ele diz não faz sentido. Vivi aqui a vida toda e nunca encontrei alguém que usasse magia proibida. Se o que ele diz é verdade, se realmente usa magia proibida, então...

— Você é do antigo *coven* — concluo, mais para mim do que para ele, a voz quase inaudível. Não consigo acreditar que as palavras saíram da minha boca. Um calafrio desce pela minha espinha.

— Wolfe Hawthorne — diz ele, me oferecendo a flor mais uma vez. Um grande anel de prata adorna a mão direita, brilhando à luz do luar. — E, sim, sou membro do antigo *coven*.

Eu o encaro, incapaz de falar.

— Sabia que quando alguém se apresenta a você, é costume se apresentar também? — provoca ele.

— Tana — respondo em uma espécie de transe. — Mortana Fairchild.

— Bem, Mortana, posso lhe garantir que esta flor não é venenosa. Pode pegar.

Encaro a flor, sentindo uma atração inegável por ela, um desejo tão forte que não posso ignorar. Nunca senti nada assim e, por um momento, me pergunto se estou sendo compelida a pegá-la, a tocar minha morte. Não consigo lutar contra isso. Parece que estou fora do meu corpo, me observando de cima quando estendo a mão trêmula para aceitar a dama-da-noite.

Eu a pego.

E nada acontece.

Não dói. Não queima. Meu coração ainda bate e meus pulmões ainda respiram.

Levo a flor lentamente ao rosto e inspiro fundo.

As pétalas roçam minha pele, e permaneço ilesa. Todo texto que li descrevia a dor como instantânea, seguida rapidamente pela morte, mas me sinto normal. Tento entender o que estou experimentando, sabendo muito bem que é impossível, mas nenhuma explicação me vem à mente. Estou completamente perdida.

— Você lançou um feitiço nela? — pergunto.

— Como eu poderia ter feito isso se ela é venenosa para bruxas?

Balanço a cabeça, olhando para a flor. Não entendo, e estou angustiada por não entender. A dama-da-noite foi a primeira planta que aprendi a identificar porque é crucial saber sua aparência. É imperativo para nossa sobrevivência. E aqui estou, segurando uma na mão como se fosse um simples tremoceiro.

Tento desesperadamente encontrar algo que faça sentido, que amarre as pontas soltas se desenrolando em minha mente, mas não consigo.

Uma gota de suor desce pelo meu pescoço. Então, de repente, retomo o controle, percebo o que estou fazendo e com quem estou falando.

Deixo a flor cair e dou um pulo para trás. Meu coração bate tão forte que parece prestes a quebrar minhas costelas.

— O antigo *coven* acabou — digo.

— E como você saberia disso? — A voz dele é casual, até mesmo provocadora, e sinto meu rosto esquentar.

— Não sei quem você pensa que é, mas isso não tem graça. O antigo *coven* não existe mais. — Aquilo deve ser alguma espécie de piada, alguma pegadinha elaborada para me humilhar. Mas, então, me lembro da maneira como o vento se intensificou, como o senti em meu rosto, e sei que é real.

Olho para a flor no chão e não consigo impedir as perguntas que inundam minha mente, uma após outra. A mais alta, a mais incessante de todas — a que deveria ser a mais simples de responder e, ainda assim, parece ameaçar tudo o que já conheci — se repete incessantemente:

Por que ela não me machucou?

Nesse momento, um rugido estrondoso e gutural soa na praia à medida que as bruxas conjuram a magia em uníssono.

Eu me viro rapidamente na direção do som. O medo se move através de mim em um rastejar lento e constante.

Não. Isso não pode estar acontecendo.

Quanto mais o tempo passa, mais insano fica o som, e tudo que consigo fazer é olhar na direção do mar, atordoada. Então, de repente, tudo para.

O silêncio toma conta da noite mais uma vez, e meu corpo inteiro começa a sacudir de terror.

Perdi o ritual.

Ouço as ondas do oceano e o farfalhar da grama, o vento nas árvores e o pio de uma coruja. Então, me lembro do rapaz.

Viro a cabeça lentamente, mas ele se foi.

Apoio o rosto nas mãos e fecho os olhos, desejando com todas as forças poder voltar no tempo, vinte minutos atrás, e ignorar aquela maldita luz.

Não posso acreditar que perdi o ritual.

Minhas pernas finalmente reagem, e volto correndo para a praia. Então, me escondo nos arbustos, observando enquanto as bruxas saem do mar.

O ritual exige uma quantidade enorme de energia, então caminham como se estivessem em câmera lenta.

Ninguém pode saber que perdi o ritual. Não com meu noivado iminente e a posição da minha mãe no conselho. Espero até as bruxas mais velhas terem passado pelo meu esconderijo, em seguida, corro para a água e encharco o vestido. O tecido gruda em minhas pernas enquanto caminho pela praia. Meus pais estão na calçada, se apoiando um no outro, e lentamente me aproximo deles. Voltamos para casa juntos, mas não consigo parar o tremor que toma conta do meu corpo.

A única pessoa na memória recente que perdeu um ritual foi Lydia White, há quase vinte anos. Ela morreu dez dias depois, devido ao excesso de magia acumulado no corpo. Desde então, ninguém mais perdeu um ritual. Encontramos um jeito de fazer com que todos estejam na praia, não importa quão difícil seja.

Meus olhos se enchem de lágrimas, e respiro fundo várias vezes, sem querer que meus pais vejam. Mesmo se eu contasse o que aconteceu, não adiantaria nada.

A única razão pela qual o ritual funciona é porque usamos nosso poder coletivo para fazê-lo acontecer.

Uma tristeza avassaladora toma conta de mim. Meus olhos ardem, e parece que pedaços de vidro estão presos em minha garganta sempre que tento engolir.

Não posso acreditar que perdi o ritual.

Mas vou consertar isso. Tenho que consertar.

Começo uma contagem regressiva em minha mente: dez dias. Tenho dez dias para resolver a situação. Se não conseguir, meu destino será o mesmo de Lydia White, e tudo pelo que meu *coven* trabalhou tanto estará perdido.

8

Fico deitada na cama, acordada, incapaz de dormir. O ritual, o rapaz, a dama-da-noite — tudo gira em minha mente como um furacão que ameaça destruir tudo em seu caminho. Minha mão treme enquanto seguro o vidro do mar de Landon, com sangue seco ainda grudado nas bordas. Não tenho certeza do porquê não pensei em limpá-lo.

A casa está quieta. Escura. Meus pais vão dormir até tarde — Encantamento fica fechada no dia seguinte ao ritual. Simplesmente não temos energia para administrar a ilha, e precisamos de um dia para nos recuperar.

Repasso os acontecimentos do ritual várias e várias vezes em minha mente, mas tudo em que consigo me concentrar é no fato de que não quero morrer. Não quero ser devorada pela magia que tanto amo. E estou com medo. Tudo que sei sobre a morte de Lydia White aponta para dez dias dolorosos e excruciantes, e as palmas das minhas mãos suam enquanto tento imaginar como pode ser.

Estou irritada pra caramba comigo mesma e irritada pra caramba com aquele rapaz com quem tive o absoluto azar de trombar.

Sei que terei de lidar com ele, descobrir quem é e de onde veio. Mas isso pode esperar até depois de eu ter lidado com a minha magia e salvado minha vida.

Saio da cama em total silêncio e coloco o vidro do mar na mesa de cabeceira. Visto outra vez o vestido do ritual. Abro a porta do quarto e desço pela escada dos fundos, embora saiba que meus pais dormirão independentemente de qualquer barulho. Estão exaustos, assim como eu deveria estar.

Quando saio de casa, me mantenho nas sombras e corro o mais rápido que posso até a extremidade oeste da ilha. Não vejo uma alma sequer. Apenas algumas horas se passaram desde o ritual, e, se a magia ainda estiver próxima da costa, ainda rodopiando nas águas rasas e zumbindo no ar, posso tentar aproveitá-la para dar um jeito na minha magia. É a melhor chance que tenho de consertar isso.

Tem que funcionar. É o único jeito.

Tropeço ao entrar na água, arranhando as mãos e os joelhos. Eu me levanto e sigo em frente, avançando até que o mar alcance minhas costelas. Indícios de microcorrentezas se formam ao redor das minhas pernas, é a única vez que fico feliz em sentir uma correnteza — significa que não estou muito atrasada, que o poder do *coven* ainda está aqui, esperando para me libertar.

Por favor.

Levanto as mãos em frente ao corpo, com as palmas voltadas para a lua cheia. Fecho os olhos e controlo a respiração, o coração batendo forte contra minha caixa torácica, quando uma dor aguda surge em meu peito.

Eu me imagino na sala dos fundos da perfumaria, infundindo magia nas flores e ervas secas que compõem nossos aromas — pequenos feitiços para calma, alegria, excitação, confiança, assertividade. Todas as coisas que nossa magia pode invocar e pelas quais os moradores do continente pagam. Eu me vejo curvada sobre a bancada de madeira desgastada, misturando óleo de lavanda e sândalo, lilás e glicínia. A magia rodopia na minha barriga e se eleva, mas ainda não a deixo sair. Preciso de mais.

Repito o processo de novo e de novo, agindo como se fosse apenas mais um dia na loja, como se estivesse criando os perfumes e as velas que amo, trabalhando o mais duro que posso para ter acesso ao máximo de magia possível. A magia sempre pareceu uma extensão natural de mim mesma, algo pelo qual não tenho que me esforçar como a maioria das pessoas precisa, e conto com essa habilidade inata para me ajudar.

O ar ao redor vibra com a energia que as bruxas deixaram aqui mais cedo, o excesso de magia agitando o mar e formando correntezas mais fortes, que ganham velocidade. Afasto as pernas para manter o equilíbrio e respiro fundo.

Pode dar certo.

Vai dar certo.

A água se eleva ao meu redor, se agitando em todas as direções, forte, fria e cheia do poder de que tanto preciso. Quando ela alcança meu queixo, e sinto o sal nos lábios, dou início ao ritual. Estico os braços para o céu e grito para a noite silenciosa, conjurando cada grama de magia que consigo.

Meus olhos estão fechados com força e meus músculos, tensos, e a magia jorra de mim como vinho de uma garrafa. Ela se lança ao mar e se junta às correntezas em formação, contornando todo meu corpo trêmulo. Eu me entrego a ela, impressionada e aterrorizada pela sensação de ter tanto poder fluindo por mim.

Então, de repente, tudo para.

É tão abrupto que afundo na água, como se a magia fosse a única coisa me sustentando. Eu me debato e me obrigo a ficar de pé, então, me engasgo com a água salgada que engoli. Recupero a postura de antes, estendo os braços para o céu e recomeço.

Desesperada, tento evocar lembranças de quando estou na perfumaria, reproduzindo a sensação de derramar magia sobre as flores brilhantes, o cheiro picante da terra... mas é inútil.

As correntezas soltam meu corpo e começam a ondular mais para dentro do mar, levando consigo o poder de que preciso. O ar ao meu redor se aquieta, e a costa está insuportavelmente calma.

Imploro para minha magia voltar, mas só consigo conjurar uma pequena quantidade, apenas o suficiente para fazer um lote de perfume, talvez dois.

Não consigo encontrar o resto. Não sou forte o suficiente.

Grito para o céu noturno e soco a água com os punhos, mais irritada com o mar do que no dia em que quase me afoguei. Lágrimas escorrem pelo meu rosto, e tento mais uma vez, mas é uma tentativa fútil de extrair mais magia do meu âmago.

Nada acontece.

Acabou.

Não sei quanto tempo fico na água. Está começando a amanhecer quando finalmente me obrigo a sair do mar.

Estou encharcada ao caminhar pela praia, e opto pelo percurso mais longo até em casa, vagando por campos abertos e trilhas arborizadas, respirando os cheiros da ilha que tanto amo.

Aproveitar a energia deixada na costa para produzir um ritual próprio era minha única ideia, e agora estou totalmente perdida. Não sei o que fazer, se é que há algo a ser feito. Me pergunto como meus pais vão reagir quando descobrirem, o que Ivy vai dizer, se Landon vai querer me ver uma última vez.

Seria bom revê-lo.

Chego em casa e subo a escada espiral externa que leva ao pátio no telhado. Não me dou o trabalho de trocar de roupa. Logo, apenas me jogo no sofá e me cubro com um cobertor grosso de lã. Parece um bom momento para assistir ao nascer do sol. Afinal de contas, tenho apenas mais nove oportunidades para fazer isso.

A aurora é precedida por tons vibrantes de laranja e tons suaves de rosa, os raios do sol explodem no horizonte, banhando o oceano em luz dourada. Se fosse qualquer outro dia, eu estaria acordando agora, animada para usar minha magia depois da longa noite.

De repente, sinto raiva. A magia que tenho desde sempre, pela qual me levanto com o sol todos os dias, me decepcionou. Ela está me consumindo por dentro... e, em breve, vai me matar.

Será a traição máxima.

Assim que o céu inteiro foi pintado de azul, entro em casa e tiro as roupas molhadas. Meus pais ainda estão dormindo. Pego o vidro do mar que está na mesa de cabeceira e me deito na cama.

Finalmente, minhas pálpebras pesam e minhas mãos param.

Então, o rapaz do campo aparece na minha mente, e eu me sento.

Wolfe Hawthorne. Se o antigo *coven* realmente ainda existe, e se ele é realmente um membro, então conhece magia proibida. Eu me lembro de como ele convocou o vento como se fosse nada, de como segurou a dama-da-noite com facilidade.

Ele pode me ajudar.

Ele *tem* que me ajudar. É tudo culpa dele. E, embora a ideia de revê-lo me encha de fúria, me recuso a morrer por causa daquele rapaz. Se magia proibida pode invocar o vento e curar os doentes, deve ser capaz de me ajudar a conjurar minha magia.

Mas, assim que penso na possibilidade, me repreendo. Essa magia é proibida, e, mais do que isso, tenho medo dela. Ela vai contra tudo o que meu *coven* representa e tudo que meus antepassados lutaram para proteger.

Já ouvi histórias de como era uma vida infectada pela magia proibida, como ela envenenava uma pessoa. Quando as novas bruxas desistiram desse tipo de magia para sempre, nossos corpos se esqueceram de como usá-la. Em vez disso, se adaptaram à pouca magia que praticamos hoje. Doenças se espalhavam nos antigos *covens*, e as bruxas enlouqueciam com o poder. Essas coisas praticamente cessaram quando mudamos para a nova ordem, e foi só então que nossos antepassados perceberam que nunca deveriam ter praticado magia proibida.

É maldade pura, podre até o cerne.

Não posso fazer isso. Se alguém descobrisse, eu seria banida do *coven* para sempre.

Mas não morreria.

A ideia invade minha mente, me surpreendendo. Deixo-a de lado. Pedir ajuda a Wolfe Hawthorne, um rapaz que não conheço e em quem certamente não confio, seria uma afronta a cada bruxa que havia sacrificado uma parte de si mesma na esperança de criar um futuro melhor. Mas, quando me deito de novo e deixo as pálpebras se fecharem, vejo o rapaz do campo estendendo a mão, me oferecendo uma dama-da-noite que não machuca ao toque.

9

Quando acordo, a dor recente da noite anterior perfura meu peito e me tira o fôlego. Sento-me na cama e puxo os joelhos para perto do corpo, abraçando-os com força. Meus pais estão lá embaixo, não sei como encará-los.

Eles verão nos meus olhos, escutarão na minha voz. Saberão que algo está errado.

Pensar em ver as expressões deles quando descobrirem que perdi o ritual é o que me faz decidir. Não posso fazê-los passar por isso, a menos que eu tenha esgotado todas as opções para consertar o que aconteceu.

Vou encontrar Wolfe Hawthorne. E, quando fizer isso, vou obrigá-lo a me ajudar.

Não sei por onde começar a procurá-lo, mas ele havia dito que esta era "nossa" ilha, então devia estar por perto. Saio da cama, troco de roupa e arrumo a bolsa.

Quando chego no andar de baixo, meus pais estão tomando chá, ainda de pijama e sentados juntos no sofá, compartilhando um cobertor de lã.

Meu pai boceja.

— Quer um pouco de chá, Tana? — pergunta ele, tirando o cobertor do colo para se levantar.

— Não, obrigada.. Não precisa se levantar — digo. — Só vou tomar um café da manhã rápido antes de sair.

— Aonde você vai? Está tudo fechado hoje.

— Só dar uma volta — respondo. — É bom ter a ilha só para mim, sem turistas. — Tento manter a voz despreocupada, mas soo ansiosa e alta.

Minha mãe olha para mim.

— Você está bem, querida? Deveria descansar depois de ontem. Não quero que exagere.

Luto para colocar um sorriso no rosto.

— Estou bem. Vou pegar leve, prometo.

— Então acho que tudo bem. Divirta-se e volte antes do jantar.

— Pode deixar — falo.

Pego algumas frutas na cozinha e saio pela porta antes que meus pais mudem de ideia. O ar está um pouco frio, e abraço o peito enquanto desço as escadas e sigo em direção à extremidade oeste da ilha. Parece ser o melhor lugar para começar.

O céu está nublado, há um cobertor baixo e cinzento de nuvens cobrindo Encantamento. Mal consigo distinguir a costa antes que a água seja engolida pelas nuvens. Se fosse qualquer outro dia, não ver o continente ao longe me acalmaria, podendo fingir que somos só nós aqui, seguros para praticarmos magia como quisermos.

Só nós. Só nós, a ilha e a nossa magia.

Mas não consigo desfrutar da ocasião. Uma dor havia se instalado profundamente no meu estômago, ou talvez a dor tivesse brotado do excesso de magia que está me matando.

Não tenho certeza.

Praias rochosas cercam a ilha, mas o interior, por sua vez, são matas densas e campos abandonados — pinheiros tão altos que desaparecem entre as nuvens, milhares de gigantes verdes que nos observam. Eles balançam na brisa como se tivessem magia própria, e pensar nisso me faz sorrir. Se flores e ervas, árvores e campos, oceanos e montanhas não são magia, não sei o que poderia ser.

O ar salgado faz bem aos meus pulmões. Cura. Se eu não soubesse a verdade, acreditaria que, respirando fundo o suficiente, ficaria tudo bem.

Quando chego à extremidade oeste de Encantamento, não estou mais preocupada em trombar com alguém. Todas as lojas e casas ficam na extremidade leste, deixando este lado da ilha intocado. Os fundadores do novo *coven* tomaram a decisão de construir Encantamento na costa leste — pensaram que estaríamos mais motivados a manter a nova ordem da magia se sentíssemos que as pessoas do continente estavam sempre observando.

E, mesmo estando longe o suficiente para que os detalhes sejam impossíveis de enxergar, o continente está sempre lá, à distância. Sempre nos lembrando do poder que se encontra do outro lado do Canal.

Mas o lado oeste está livre das pessoas do continente. Aqui, o mato é alto e os arbustos são densos. Não há jardins cuidados nem paralelepípedos cuidadosamente instalados, portas em tons pastel nem luminárias cintilantes.

Tudo é selvagem.

O vento está ganhando força, sopra meu cabelo e belisca minha pele. O som das ondas quebrando na praia me segue enquanto atravesso a floresta em direção ao campo onde encontrei Wolfe. Faz sentido começar por aqui, mas meus passos diminuem conforme a realidade do que estou fazendo se impõe.

Parte de renunciar à magia proibida significava libertar o continente da ideia de que éramos poderosos o suficiente para mudar o curso das coisas. Se esse tipo de magia ainda existisse, sempre haveria alguém desejando usá-la para benefício próprio. Ninguém deveria ter esse tipo de poder, então nos livramos dele por completo.

Ou melhor, pensávamos que era isso que tínhamos feito. Mas, se o que Wolfe Hawthorne disse era verdade, ainda havia um *coven* praticando magia proibida.

Dói me imaginar contando para minha mãe o que descobri, que fomos enganados a acreditar que o antigo *coven* estava presente apenas em nossas aulas de história e mitos, sendo que vivem bem aqui, nesta ilha, envenenando-a com sua magia. Mas isso é um problema para depois.

As folhas compridas da relva cutucam minha pele enquanto avanço pelo campo no qual encontrei Wolfe pela primeira vez. Afasto-as e sigo em direção ao lugar onde trombamos, que não é difícil de encontrar — a grama está amassada, e a única flor de dama-da-noite continua no chão, murcha.

— Você — diz uma voz atrás de mim.

Eu me sobressalto e me viro. Wolfe Hawthorne está a vários metros de distância, com uma expressão irritada no rosto, como se fosse dono do campo e eu não passasse de uma intrusa.

— O que está fazendo aqui? — pergunta ele.

— Eu poderia te fazer a mesma pergunta.

— Voltei para pegar a dama-da-noite. Haveria pânico demais se as pessoas soubessem que há uma delas na ilha.

— Compreensível, já que não crescem em Encantamento há décadas.

— Foi o que disseram para você? — pergunta ele, um tom afiado se evidenciando na voz.

Foi uma péssima ideia vir aqui.

— Te contei o motivo de eu estar aqui. Agora é sua vez — diz ele.

Hesito, insegura se devo responder ou fugir. Sei o que eu *devia* fazer, mas quero a ajuda dele. Fico onde estou e o encaro. O maxilar é bem definido e o cenho está franzido.

Pergunto-me se ele sempre tem essa expressão tão desagradável ou se, de alguma forma, ela está relacionada a mim.

Engulo em seco e me obrigo a encontrar os olhos dele. Meu coração bate descontroladamente, mas não deixo que o rapaz perceba quanto estou assustada.

— Preciso da sua ajuda — digo, por fim.

Ele inclina a cabeça para o lado.

— Da minha ajuda?

— Sim. Se você for quem diz ser.

Ele ri, mas soa rude.

— Insinuar que sou um mentiroso enquanto pede minha ajuda é uma abordagem interessante.

Suspiro.

— Você sabe praticar magia proibida ou não?

— Magia alta — ele me corrige.

— O quê?

— Me conte, Mortana, que tipo de magia você pratica?

Leva um momento para eu responder, sem entender o que ele está perguntando:

— Magia baixa, é claro.

— O nome completo.

Respiro fundo, frustrada.

— Magia da maré baixa, mas o que isso tem a ver com alguma coisa?

— Tudo — responde ele, inclinando-se para pegar a dama-da-noite murcha. — E de onde você acha que veio esse nome?

— Das marés — respondo. Pelo meu tom de voz, dá para perceber minha impaciência. — Da natureza gentil da maré baixa.

— E como você acha que o novo *coven* inventou esse nome? — Ele gira a dama-da-noite entre os dedos, prolongando a pergunta como se feita de melaço, insuportavelmente lenta.

— Eu não tenho tempo para isso — digo, levantando a voz e muito consciente de que cada momento que passamos jogando conversa fora é um momento que poderíamos estar conjurando minha magia.

— Você realmente acha que nossos ancestrais se referiam à própria magia com o mesmo desprezo que o novo *coven* faz? É óbvio que não. Antes da formação do novo *coven*, nossa magia era chamada de magia da maré alta — explica ele, as palavras afiadas.

Eu o encaro, chocada. Não entendo por que nunca ouvi o termo antes, e isso faz outra engrenagem girar na minha mente.

— Da natureza poderosa da maré alta — acrescenta ele, zombando das minhas palavras anteriores. A raiva arde dentro de mim. — Não te ensinaram nada por lá?

— Eu... — começo a falar, querendo simplesmente refutar as palavras dele, mas não sei o que dizer. Ninguém nunca me contou. Por que nunca me ensinaram isso? Fecho a boca e volto o olhar ao chão.

— Para responder à sua pergunta original, sim, consigo praticar magia alta — ele soa presunçoso e condescendente, e isso faz meu estômago se contorcer de ira. Ainda assim, se o que falou é verdade, é uma parte de nossa história que eu devia conhecer.

Deixo a opinião de lado por enquanto. Respiro fundo e reúno coragem para o pedido.

— Estou em apuros — digo, por fim. — Perdi o ritual ontem à noite, e, se eu não me livrar do excesso de magia no meu sistema, vou morrer por causa disso. — Estou surpresa por conseguir manter o tom de voz firme e forte, surpresa por conseguir falar, apesar do medo.

— Uau.

Fico boquiaberta.

— Uau? É sério?

— É. Uau. — Ele afasta o cabelo dos olhos e me encara. É como se eu murchasse sob seu olhar, e faço questão de ajeitar a postura e levantar os ombros. Ergo o queixo e o encaro de volta.

— Sabe, se vocês, *novas bruxas,* praticassem magia alta, você não teria um problema. — Ele praticamente cospe a expressão *novas bruxas.* Com desprezo total.

— Bem, não praticamos. Vai me ajudar a fazer o meu ritual ou não?

Wolfe olha para cima e para a direita, depois, descansa o queixo nos dedos, como se o que pedi exigisse uma tremenda análise. Então, deixa o braço cair ao lado do corpo e encontra meu olhar.

— Não.

Meu coração acelera, e luto para manter a compostura.

— Não?

— Não — diz ele, decisivo.

— E por que não? — pergunto. — Afinal, é por sua culpa que estou nesta confusão — falo, erguendo a voz.

— Minha culpa? Foi você que trombou em *mim.*

— Você é irritante. — As palavras saem em um rosnado. — Sabia que está diante de uma chance de usar magia proibida para algo bom?

Os olhos dele ardem com isso, e o rapaz se aproxima de mim até estar tão perto que posso sentir sua respiração na minha pele. Obrigo-me a permanecer onde estou.

— Você não faz ideia de como uso minha magia.

Nós nos encaramos por vários segundos, em silêncio. Não percebi ontem à noite, mas seus olhos têm um tom cinza-marmorizado, é a cor do céu quando uma tempestade se aproxima.

— Por favor — peço, por fim, as palavras pouco mais altas do que um sussurro, tão baixas que ele não ouviria se não estivesse tão perto.

— Não — repete ele, mas, agora, com mais suavidade.

— Por quê? — Meus olhos ardem com a ameaça de lágrimas. As palavras são um pedido, uma oração.

Ele dá um passo para trás.

— Você quer realmente saber?

Confirmo com um gesto de cabeça, relutante em falar e ouvir o tremor nas minhas palavras.

— Então vamos nessa. — Ele enfia a dama-da-noite no bolso e pega minha mão, me arrastando até a costa.

Tropeço atrás dele, tentando acompanhá-lo. Sua mão é áspera, e o aperto, firme, mas não desagradável. Parece urgente.

Quando chegamos à praia onde o ritual aconteceu na noite passada, ele solta minha mão e aponta para o mar.

— É por isso — diz ele, com a voz zangada, mas tudo o que vejo é água.

— Não entendi.

— Seus rituais estão destruindo a ilha. Vocês estão matando os animais e arruinando as plantações, e nossas praias estão ficando menores a cada dia. As correntezas vão engolir a ilha toda antes que vocês façam algo a respeito. E quem sabe o que pode acontecer quando começarem a derrubar barcos e afogar pessoas? As bruxas e os bruxos são guardiões da natureza, mas olhe o que estão fazendo com ela. — Sua voz fica mais alta e as palavras vêm mais rápido, voando como um ataque, logo, me atingem bem no peito porque ele está certo. — Então, não, Mortana, não vou ajudar você a fazer um ritual.

Assinto e olho para o mar que amo tanto. Não há nada para dizer; concordo com os argumentos dele. São sólidos e bons.

— Você está certo — falo baixinho. — Não posso discordar de nada do que você disse.

Ajusto a bolsa no ombro e desvio o olhar antes que as lágrimas escorram e rolem pelas bochechas. Começo a caminhar pela praia, enxugando os olhos e esperando que o rapaz atrás de mim não perceba.

— É só isso? — pergunta ele atrás de mim.

Paro de andar e me viro sem pressa para encará-lo.

— Você vai simplesmente aceitar a morte? — Wolfe ainda parece irritado, e eu não entendo.

Olho para ele, mas não respondo. O que mais posso dizer? Pedi ajuda dele para conjurar minha magia, ele recusou. É isso.

Ele caminha pela praia, então, para diante de mim.

— Tem outro jeito — sugere ele.

Pestanejo e luto contra a esperança que cresce no meu peito.

— Tem?

Seus olhos cintilam, e um pequeno sorriso puxa o canto dos lábios.

— Posso ensinar alguns feitiços para você, apenas os necessários para tirar a magia do seu sistema. Você não vai morrer nem vai tornar as correntes mais fortes.

Ele me observa atentamente enquanto processo as palavras.

— Você está falando de magia proibida. Você vai me ensinar magia proibida.

— Magia *alta* — corrige ele, irritado. — E, sim, vou ensinar a você o necessário para eliminar seu excesso de magia.

— Por quê? — pergunto, subitamente percebendo que ele não ganharia nada com isso.

Ele faz uma pausa, e sua expressão muda. A mandíbula tensiona, e a maneira como me olha faz um arrepio percorrer minha espinha.

— Porque você me insultou quando me chamou de mentiroso, falando que não uso minha magia para o bem. Quero que você volte para sua casa chique, para seu *coven* protegido, sabendo, a cada instante, que a única razão pela qual está viva é por causa da magia que foi ensinada a odiar.

Fico atordoada. Abro a boca para falar, mas não sai nada.

— Se quiser minha ajuda, me encontre aqui à meia-noite. Não vou oferecer de novo — diz ele.

E, então, vai embora.

10

Não é tão difícil passar pelo jantar com meus pais quanto achei que seria. Certamente, não foi tão ruim quanto teria sido se eu tivesse resolvido não fazer nada para resolver minha situação. Para o bem ou para o mal, minha decisão estava tomada, e não me arrependi dela na caminhada até em casa.

Quero viver. Não acho que isso signifique que estou desrespeitando minha magia ou os valores com os quais fui criada. Acho que significa que sou humana.

Landon visitará Encantamento amanhã, e meus pais estão ocupados decidindo o que devemos fazer, aonde devemos ir, quem devemos ver. Será nossa primeira aparição pública na ilha, uma indicação muito forte para os outros bruxos de que as coisas estão prestes a mudar. Não nos verão como dois jovens se apaixonando pela primeira vez, destinados a ficarem juntos, tímidos, esperançosos e constrangidos.

Eles nos verão como uma aliança ambulante. Uma rede de segurança. Um voto de proteção.

Eles nos verão como o final brilhante de um jogo que começou há gerações.

Um jogo que estamos prestes a vencer.

— Um piquenique — sugiro, interrompendo meus pais.

Minha mãe afasta os lábios do copo, e meu pai tira os olhos do prato.

— Oi? — pergunta minha mãe.

— Landon e eu vamos fazer um piquenique. Avisarei em qual praia com antecedência, e você pode espalhar a informação como quiser. Landon e eu sairemos em público para todos poderem ver, mas em um lugar que pareça privado, de costas para a ilha. Precisamos conversar e nos conhecer sem sentirmos que estamos sendo observados. Sei que para vocês é importante atrair a atenção de todos, mas também se trata da minha vida.

Minha mãe está concordando com a cabeça até eu dizer a última frase. Então, abre a boca para falar, mas meu pai a interrompe:

— Acho que é uma ideia ótima, Tana. Com certeza, podemos fazer isso.

Minha mãe limpa a garganta e engole o que ia dizer.

— Sim, podemos fazer isso.

— Que bom.

Eu me afasto da mesa e levo o prato até a cozinha. Enxaguo a louça e a coloco na pia antes de encher o copo com água e subir as escadas.

— Já vai dormir? — pergunta meu pai. Ele e minha mãe continuam à mesa, os pratos ainda postos e os copos preenchidos até a metade.

— Desculpem, estou exausta. Foi um dia longo.

— Acho que não foi uma boa ideia sair para caminhar depois da noite passada. Descanse, querida — diz mamãe.

Faço que sim e subo as escadas. A conversa dos dois sobre meu piquenique com Landon já está à todo vapor antes mesmo de eu alcançar o último degrau. Vou para o banheiro, lavo o rosto e escovo os dentes, então, me acomodo na cama e espero ansiosamente pela meia-noite.

Meu coração dispara ao descer furtivamente a escada dos fundos e sair de casa em completo silêncio. Esta é a maior rebeldia que já fiz em toda minha vida. Mas não me sinto culpada, e não tenho certeza do porquê.

A visita de Landon amanhã resultará em sussurros e olhares atentos, então estou feliz por fazer isso hoje à noite, antes que tudo mude.

Quando chego à costa oeste, Wolfe já está me esperando. Meu coração acelera quando o vejo. O medo e a adrenalina percorrem minhas veias, e me obrigo a diminuir a distância entre nós.

— Estou impressionado — diz ele. — Que bom que, no final das contas, você tem um instinto de sobrevivência.

— Você tem que ser sempre tão desagradável?

— Isso não é justo. Eu até trouxe uma flor para você. — Ele dá um passo na minha direção e tira uma dama-da-noite de trás das costas.

Seus olhos brilham sob a luz da lua, e são da cor das ondas que quebram na praia. Prendo a respiração, e minha mão se estende na direção da flor sem que eu a tenha ordenado.

Mas ele balança a cabeça.

— Não é para você segurá-la — diz.

O vento faz meu cabelo esvoaçar, e Wolfe afasta as mechas com gentileza, prendendo a flor na minha orelha.

— Pronto — diz ele. — Rainha das trevas.

Levanto a mão e toco as pétalas macias. *Rainha das trevas.*

— Você está zombando de mim? — pergunto, sussurrando as palavras. Ele não recua, e trocamos um olhar, perto o suficiente para nos tocar.

— Foi uma brincadeira, mas... ficou bonito. — Ele limpa a garganta e dá um passo para trás.

Sinto minhas bochechas corarem, e espero que Wolfe não consiga ver o calor que se espalha pela minha pele. As pétalas parecem veludo contra os meus dedos, e a pergunta que não consigo deixar de lado desde a noite passada dá voltas em minha mente. *Por que ela não me machuca?*

Abaixo a mão, ignorando a pergunta por enquanto. Temos assuntos mais urgentes.

— Podemos simplesmente acabar logo com isso? — pergunto, forçando a voz a permanecer firme.

— Farei tudo que minha rainha ordenar — diz ele, com uma mesura, e o tom de voz não deixa dúvidas de que, desta vez, está zombando de mim. Eu balanço a cabeça.

— O que preciso fazer?

— Pensei em brincarmos com as marés — explica. É impossível não perceber a maneira como os olhos se iluminam quando diz isso, o modo como a voz se eleva em antecipação. Ele pode até ser desagradável, o rosto, nada além de linhas duras e ângulos agudos, e a voz, constantemente marcada pela irritação, mas, ainda assim, por baixo de tudo isso, há um rapaz que ama profundamente sua magia.

Suponho que seja algo que temos em comum.

— Isso vai causar mais danos ao mar?

— Não — garante ele. — Por que acha que vai morrer se não usar sua magia? — Ele não espera que eu responda. — É um presente, e é para ser usado. Feitiços e encantamentos consomem magia quando são lançados. A razão pela qual seus rituais são tão prejudiciais é porque a magia é simplesmente lançada ao mar, inquieta e nervosa. Por isso, as correntezas estão piorando tanto. — Wolfe soa zangado de novo, as palavras certeiras e acusatórias.

— Entendi — digo.

— Entendeu?

A pergunta paira no espaço entre nós, e eu respiro fundo, deixando que a questão se instale no meu âmago. Então, fixo meu olhar nele.

— Sim.

— Ótimo, então vamos começar.

Ele descalça os sapatos e avança pela praia até que as ondas quebrem sobre os pés. Eu faço o mesmo.

— A magia alta é baseada no equilíbrio. Ela requer respeito e paciência de quem a detém. Disciplina. A única vez que você chega perto de usar uma quantidade significativa de magia é durante o ritual, um acontecimento que toma conta de você por completo. Mas, na magia alta, não dá para se perder como você faz no ritual. É preciso avaliar, o tempo todo, como o mundo ao redor está respondendo à energia que você usa. É rítmico, assim como as marés. Se for aprender apenas uma coisa esta noite, que seja isto: a magia não diz respeito a você. Diz respeito à Terra.

Ele deixa a declaração pairar no ar, e me choco quando as palavras fazem algo em mim se agitar, como se essa verdade sempre estivesse dentro de mim, mas só agora eu tivesse percebido.

— Vamos começar com algo fácil — sugere.

Meu coração bate forte no peito, tão alto e rápido que me pergunto se Wolfe consegue ouvi-lo acima do som das ondas.

— Está sentindo a brisa vinda da água? — pergunta ele.

— Sim. — O medo roubou minha voz, fazendo a palavra soar áspera e baixa.

— É mais fácil trabalhar com coisas que já existem ao nosso redor. É muito mais fácil do que criar qualquer coisa do nada. Agora, feche os olhos — prossegue.

Eu o observo, cautelosa e nervosa, assustada e incerta. Acho que não consigo fazer isso.

— Você está em segurança — me garante ele. — Não está fazendo nada anormal. Por mais que queira resistir a ela, a magia... o que estamos fazendo esta noite... vive em você. Feche os olhos.

Eu quero argumentar, mas Wolfe está tentando me ajudar, então respiro fundo e fecho os olhos. Ainda consigo sentir seu olhar em mim, no vazio do meu estômago e no martelar do meu coração, nos arrepios da pele e no calor do pescoço.

— Vamos deixar o vento nos levar por cima da água.

Levitação. Meus olhos se abrem rapidamente, e balanço a cabeça.

— Sem chance — digo. — Não posso fazer isso.

— Por que não?

— Porque... porque é claramente... — Minhas palavras se perdem.

— É claramente magia alta?

Assinto.

— Sim, bem, é para isso que estamos aqui. Considere isto: se obtiver sucesso, nunca mais precisará fazer isso de novo. — Algo muda em sua expressão quando diz isso, como se achasse aquilo a coisa mais triste do mundo. Então, dá um passo na minha direção, e outro, e mais outro, até ficar tão perto que posso sentir o cheiro picante do seu sabonete, ver a luz do luar brilhando em cada fio de cabelo. — A coisa mais assustadora hoje à noite não é o fato de você estar prestes a usar magia alta, Mortana. É que você vai querer usá-la novamente.

Eu o encaro, e as palmas das minhas mãos começam a suar.

— Você está errado.

— Não sobre isso — garante ele. O rapaz me observa por mais um instante e, então, fala: — Continuando... Você está, de maneira inata, conectada a cada ser vivo na Terra. Esse é o nosso papel, e, assim que aprender a reconhecer tal conexão, poderá começar a praticar magia alta.

Faço que sim ao ouvir suas palavras. Quando trabalho na perfumaria, não tenho que perder tempo pensando em quais flores ou ervas funcionarão melhor com o tipo de magia que infundirei nelas. Eu simplesmente sei. Minhas mãos pegam as coisas de que preciso e deixam de lado as de que não. Não é algo em que penso. É algo que faço.

— Feche os olhos e se concentre no vento. Ele vai tocar algo dentro de você, e tudo que precisa fazer é dar permissão.

Concordo de novo com a cabeça e faço o que Wolfe diz. Concentro-me na forma como o ar atinge meu cabelo e pele, na maneira como poderia quase sentir a mesma coisa dentro de mim se eu ficasse imóvel o suficiente. De maneira instintiva, estendo os braços e viro as palmas para o céu, inclinando a cabeça para trás e respirando bem fundo.

A magia surge em meu ventre, é como se quisesse alcançar o ar em meus pulmões.

— Assim mesmo. — As palavras de Wolfe me impulsionam, e, à medida que respiro mais do vento, mais magia surge para tocá-lo.

Após vários segundos, já não está claro para mim onde o ar termina e minha magia começa. Estamos conectados, assim como quando trabalho na perfumaria. Só que, em vez de ervas e flores secas, é *vento*.

— Caia para trás e diga ao vento para carregar você — orienta ele.

Parece tão absurdo, tão fácil, tão inofensivo quando ele fala... Estou com medo, mas, se eu cair, sei que a água vai me segurar, então faço o que ele diz.

Eu me concentro na conexão e deixo o corpo tombar para trás.

— Por favor, me pegue — sussurro para a noite, e, ao fazer isso, o mundo responde.

Respiro fundo quando meu corpo se ergue da água e paira no ar. A magia ganha vida em todas as minhas partes, como se estivesse dançando em minhas veias, como se tivesse esperado minha vida toda por isso.

Meus olhos se enchem de lágrimas, mas os mantenho fechados, com medo de perder a conexão.

— Não acredito — sussurro, incapaz de conter a emoção em minha voz.

— É incrível, não é?

Abro os olhos, e Wolfe está bem ao meu lado, flutuando no ar, de costas para a água. Ele me observa de uma maneira que não consigo descrever, as linhas duras do rosto agora mais suaves, as asperezas praticamente lixadas.

Ele é lindo.

Assusto-me assim que o pensamento adentra minha mente, perdendo a conexão com a magia. Caio na água.

Wolfe me olha com um sorriso irônico, depois, se junta a mim nas ondas.

— Você estava se saindo muito bem. O que aconteceu?

— Eu me distraí — respondo, completamente mortificada.

— Foi bom para sua primeira vez. Vamos tentar de novo.

É fácil encontrar a conexão agora que conheço a sensação, e, em questão de segundos, estou no ar outra vez. A magia rodopia dentro de mim e se derrama no céu noturno enquanto subo mais e mais acima da água. Todo meu corpo relaxa conforme a magia deixa meu sistema, como se, a cada momento, eu recuperasse mais um ano de vida.

Não vou morrer em nove dias.

Lágrimas silenciosas rolam pelo meu rosto, e a brisa noturna e fresca as seca na pele. Estendo os braços e me deleito com a sensação de flutuar. De viver.

— Venha aqui para baixo, Mortana — diz Wolfe, sua voz distante. Olho para baixo e vejo o quanto subi, mas, em vez de sentir pânico, sinto orgulho.

— O que foi, não consegue me acompanhar? — grito lá de cima. Ouço-o rir.

— Você *realmente* não devia ter dito isso.

Com um aceno de mão dele, a brisa para e minha conexão com ela se perde. Grito enquanto caio em direção à água, é um longo caminho a percorrer.

Eu me preparo para o impacto desagradável, mas, pouco antes de atingir a água, uma corrente de ar desliza por baixo de mim e me acolhe com cuidado logo acima da superfície, bem onde Wolfe está de pé. Ele me olha com uma expressão indecifrável. Nos encaramos por vários instantes, então, ele posiciona os braços por baixo de mim, com gentileza, e me coloca de pé mais uma vez.

— Foi bom. Você está pegando o jeito bem rápido — fala ele, como se estivesse intrigado pelas palavras, e, por algum motivo, isso me deixa nervosa.

Dou as costas para ele e balanço a cabeça, tentando apagar a sensação de estar no ar, porque, se eu não fizer isso, tenho medo de perceber que aquela é a coisa mais divertida que já fiz. Que é o mais viva que já me senti.

— Não — digo em voz alta. Nada disso é real. É apenas a animação de fazer algo que sei que não deveria fazer. É o alívio de saber que posso viver. Só isso.

— O que foi? — pergunta Wolfe.

— Nada — digo, me virando para ele. — Já acabou?

— Se já acabou? — questiona ele, rindo. — Até agora, foi o aquecimento. Está pronta para a atração principal? — Seus olhos não se desviam do meu rosto, me desafiando. Wolfe está me desafiando a segui-lo aonde quer que ele queira me levar.

Estremeço e deixo de lado o medo que se revira em meu estômago. Posso fazer isso. E, se eu fizer, posso viver.

— Estou pronta — digo.

11

O oceano se abre diante de nós, chegando até onde minha vista alcança na escuridão. A maré está baixa, e caminhamos o suficiente para que haja menos rochas e mais areia macia. A praia está molhada e brilha à luz da lua.

A água parece infinita.

— Não acha que manipular as marés é um pouco extremo? Quer dizer, a magia pode *mesmo* fazer isso?

Wolfe levanta uma sobrancelha.

— Nossa magia pode.

Não deixo de notar o desdém em sua voz. O julgamento.

— Você age como se fosse melhor do que eu porque pratica "magia alta", mas não é. A única razão pela qual sequer pode praticar essa magia é porque as novas bruxas convenceram os habitantes do continente de que ela não existe mais.

Wolfe dá um passo em minha direção.

Ele é vários centímetros mais alto do que eu, e tenho de erguer a cabeça para encontrar seus olhos.

— Nós convencemos *vocês* de que não existimos mais. Vivemos por conta própria, escondidos de todo mundo, para manter nosso estilo de vida. Temos que existir nas sombras porque seus ancestrais fracos, impulsionados pelo medo, se dispuseram a abrir mão de quem eram para apaziguar as massas. Todos vocês são um bando de covardes. — Sua voz soa baixa e rouca, e os olhos não largam dos meus.

Eu me inclino na direção dele.

— Se não tivéssemos criado a nova ordem, seus ancestrais teriam sido mortos e você nem teria nascido. Você deve sua vida a nós.

— Não devo nada.

— Então por que está aqui? — questiono, desafiando-o a responder. Nos encaramos, as respirações pesadas e nosso rosto vermelho de raiva. Então, ele balança a cabeça, passando a mão pelo cabelo antes de me dar as costas. Tenho tantas perguntas, quero tanto entender a vida dele nesta ilha... mas do que eu preciso agora é me concentrar em sobreviver.

— Você quer viver ou não? — pergunta ele, por fim.

— Eu quero viver.

— Então vamos nos livrar dessa magia.

Eu o sigo em silêncio, tentando engolir a raiva e as perguntas para poder sobreviver à noite. Aos próximos nove dias.

Quando alcançamos a água, ele se vira para mim.

— Isso requer muita magia. É um feitiço intermediário que não espero que você seja capaz de fazer. Mas tentar algo tão intenso exigirá um fluxo constante de magia, e vamos trabalhar nisso até que você esteja em segurança novamente.

— Obrigada.

Ele dá um aceno com a cabeça e se volta para a imensidão do mar.

— Fique de joelhos. Isso vai ajudar a formar uma conexão mais forte com a água.

Eu me ajoelho na areia e mergulho as mãos no mar. Wolfe faz a mesma coisa ao meu lado.

— Quero que você se concentre na sensação da água. Na temperatura, na viscosidade, na granulosidade. Inspire-a até os pulmões, sinta-a nos lábios. Você tem água em você... então encontre-a e conecte-a à água ao redor.

É uma continuação do que fizemos mais cedo com o vento, do que faço todos os dias na perfumaria. Deveria ser fácil me conectar ao lugar

89

onde sinto que a magia dentro de mim fica mais em paz, mas o oceano é tão vasto... tão poderoso...

— Posso senti-la dentro de mim, mas não sei como conectá-la ao mar.

— Imagine que seu corpo é totalmente permeável. A água não contorna você, ela *atravessa* você. Ela não está fora de você, mas *dentro* de você. Diga suas intenções em voz alta e a convide.

Nunca falo ao praticar magia; a nova ordem é mais suave e não requer o poder das palavras. De repente, me sinto constrangida e me sento.

— Não sei o que falar.

— É como uma oração — explica, e algo na maneira como ele pronuncia as palavras faz com que meu interior se mova, como se abrindo espaço para elas. — Você pode falar em voz alta ou pensar consigo mesma. Depende de você. Mas tem que pedir que o mar entre em você e procure sua magia.

— Como devo me sentir fazendo isso?

— Quando você sentir, vai saber. — Ele me observa, e, ainda que eu esteja de joelhos na água fria, o calor se espalha por mim.

Recomeço.

— Por favor, encontre minha magia — digo. — Por favor, me ajude.

Mantenho os olhos bem fechados e as mãos tensas na água, mas nada acontece. Não sinto magia fluindo dentro de mim; tudo que sinto é o medo crescente de que não vai funcionar, que é tolice até mesmo tentar.

— Tem que ser genuíno, Mortana — diz Wolfe. — Você tem que encarar como se fosse algo que realmente quer fazer, não algo que precisa fazer.

— Mas eu não quero.

Abro os olhos. De repente, ele está muito perto de mim, sua coxa quase tocando a minha enquanto estamos ajoelhados na água.

— Apenas uma noite, se renda. — As palavras soam suaves, mas todo meu corpo responde como se ele tivesse gritado comigo.

Se renda.

Coloco as mãos de volta na água de maneira suave, desviando o olhar do dele antes de fechar os olhos. Respiro fundo o ar salgado, prendendo-o nos pulmões por vários segundos. Então, falo:

— Oceano ao meu redor, oceano dentro de mim, se toquem, deixem a magia começar. — Não sei de onde as palavras vêm, mas parecem naturais ao saírem dos meus lábios, e as repito, de novo e de novo.

E, no que faço isso, a magia dentro de mim desperta.

Sou inundada de alívio quando a magia se libera no espaço ao meu redor, dando ao ar frio da noite um zumbido de energia, fazendo a água ao redor se agitar.

Tudo ganha vida.

Eu ganho vida.

Minha voz fica cada vez mais alta, e, em seguida, todo meu corpo é preenchido com poder, igual a como senti antes do ritual.

— Mar gentil, maré baixa, suba até nós agora, nos mande para baixo. — As palavras caem de meus lábios por conta própria. Logo minha magia segue, fluindo de mim com uma força que jamais senti. É estimulante, aterrorizante e confuso, mas continuo dizendo as palavras, porque parece que algo dentro de mim vai se quebrar se eu parar. Meu corpo treme, e não tenho certeza se por medo ou por causa da magia que ruge em mim.

Estou sendo reescrita, a água ao meu redor e a magia dentro de mim esculpem novos caminhos até que o mapa de quem sou fique diferente.

— Mortana! — exclama Wolfe, agarrando meu braço.

Abro os olhos bem a tempo de ver a água se erguer e avançar em nossa direção. A onda me atinge, me derrubando. Ela passa por cima da minha cabeça, e eu respiro fundo, enchendo os pulmões com água salgada. A maré sobe cada vez mais, e tento desesperadamente alcançar a superfície, mas não consigo.

Meu peito queima com a necessidade de ar, mas meu corpo é jogado para todos os lados. Não consigo me orientar.

Começo a sufocar, e me lembro imediatamente da vez que fui pega em uma corrente feita por magia, quando meu pai culpou minha mãe. E agora estou aqui de novo. É um tipo diferente de magia, mas, ainda assim, parece que vou me afogar.

Debato-me na água, tentando subir, mas não sei qual é o caminho até a superfície. Estou desesperada por ar, mas não consigo encontrá-lo. Meus músculos estão tensos, se contraindo, e meu corpo de repente parece pesado. Pesado demais.

Não consigo continuar lutando. Estou absolutamente exausta, é um cansaço mais intenso do que depois do ritual mais poderoso de que já participei. Bem devagar, meus músculos relaxam, e deixo as pálpebras se fecharem.

Se o mar me quer, ele me terá.

Meus pulmões doem por não poder respirar. Não consigo chegar à superfície.

Logo, terá acabado.

Afundo cada vez mais, a água em meus pulmões me levando para o fundo.

Toco a areia, e, logo, um braço envolve minha cintura e minhas pálpebras se abrem.

Wolfe me segura contra o peito, batendo as pernas. Batendo as pernas sem parar. Tento me mover, tento ajudar, mas não consigo. Tudo fica escuro.

Silêncio total.

Então, de repente, estou me engasgando. Estou caída na praia, deitada de costas, e água jorra da minha boca como uma fonte.

— Isso mesmo, coloque tudo para fora — diz Wolfe, segurando minha cabeça com delicadeza.

Continuo tossindo até ter certeza de que meus pulmões foram parar na praia rochosa. Mas, em algum momento, a tosse para, e uma fadiga poderosa toma conta de mim. Não acho que vou conseguir ficar de pé outra vez. Wolfe solta minha cabeça com cuidado, e me deito de novo na areia, olhando para as estrelas no céu. Ele se agacha ao meu lado, tenso, como se não conseguisse decidir se deveria ficar ou ir embora. Então, lentamente, se deita no chão ao meu lado.

Seu corpo está perto do meu. Se eu mover o braço um único centímetro, vou encostar nele. Se eu estender a mão, meu mindinho vai encontrar o dele. Só estive tão perto de um homem quando dancei com Landon, mas isto aqui parece diferente. Estou consciente de mim mesma de uma maneira nova, não por causa de timidez ou modéstia, mas por causa de algo intoxicante. Mais intenso.

Tudo nesta noite é novo.

Suponho que seja normal sentir atração por Wolfe. Afinal, ele salvou minha vida.

A lua começa a se pôr, e as estrelas brilham intensamente acima de nós, milhares de furinhos na cortina da noite.

— Mortana — chama Wolfe ao meu lado, mantendo os olhos no céu —, você tem ideia do que acabou de fazer?

— Desculpa — respondo. — O feitiço escapou do meu controle, não sei o que falei ou deixei de falar.

— Não — diz Wolfe, sentando-se de repente. Ele me ajuda a ficar sentada, e o observo. — Você atraiu a maré. Sozinha. Na sua primeira vez usando magia alta.

Algo parecido com medo se apodera do meu peito.

— Nunca vi nada parecido — confessa ele.

— Sempre amei nadar — sussurro. — É como se eu estivesse ligada ao mar. Sempre me senti assim.

— Você é incrível — diz ele, tão baixo que mal escuto.

— Eu sou incrível?

Wolfe engole em seco e desvia o olhar.

— Quer dizer, o que você fez. O que você fez é incrível.

Você é incrível.

Expulso as palavras da minha mente.

— Acho que não tenho forças suficientes para ficar de pé — digo, varrendo as palavras dele do ar.

— Isso é bom, significa que liberou magia suficiente. Você vai ficar bem.

Posso sentir que é verdade. Meu corpo está ainda mais fraco do que depois de um ritual.

Eu vou ficar bem.

Eu vou viver.

— Obrigada pelo que você fez.

Ele estuda meus olhos por vários segundos, depois, se vira.

— De nada.

Ficamos em silêncio por um longo tempo. O céu ganha um tom azul-escuro aveludado, e sei que tenho de voltar para casa antes que meus pais acordem.

— Como vocês fazem? — pergunto. Eu devia ir embora, mas, pela primeira vez na vida, quero prolongar a noite.

— Fazemos o quê?

— Permanecem escondidos. Que tipo de vida é essa?

— É uma vida plena — diz ele. — Não é perfeita, mas é nossa.

— Mas como é que não sabemos do seu *coven*? Como isso é possível?

Ele se mexe ao meu lado, como se tentando decidir quanto compartilhar.

— A casa em que vivemos é protegida por magia — responde ele. E espero que explique, que me conte como a magia pode protegê-los desse jeito, mas não é o que acontece. — Somos quase autossuficientes. Cultivamos grande parte da nossa comida, e a ilha nos provê de muitas maneiras. Quando precisamos ir à cidade, usamos um feitiço que permite que os demais nos vejam como turistas. Ninguém nos olha esquisito.

— Você já me viu antes? — pergunto, sussurrando as palavras.

Ele desvia o olhar e se volta para o oceano. Não acho que vá responder à pergunta, mas, então, solta uma palavra tensa:

— Sim.

— Já conversamos antes?

— Não.

Aceno com a cabeça. Dezenas de perguntas invadem minha mente, mas não consigo colocar nenhuma delas em palavras. A noite passa rapidamente. É hora de ir para casa, e Wolfe me ajuda a me levantar, seu anel refletindo a luz da lua. Ele me segura quando balanço um pouco. Eu me equilibro.

— Vou ficar bem.

Arrumo uma mecha de cabelo atrás da orelha, e meus dedos roçam a dama-da-noite que Wolfe me deu, de alguma forma ainda no lugar depois de tudo que aconteceu. Eu a tiro e a devolvo para ele, sabendo que não posso ir para casa com ela, não importa o quanto eu queira.

Ele me acompanha pela praia até a estrada.

— Você salvou minha vida — comento.

— Me parecia um bom plano para uma noite de segunda-feira.

— Não faça parecer menos importante. — Espero até que seus olhos encontrem os meus. — Obrigada, Wolfe Hawthorne.

— De nada, Mortana Fairchild.

Nos olhamos por um longo tempo, e, por razões que não consigo explicar, dar o primeiro passo em direção a minha casa parece impossível.

Absolutamente impossível.

— É melhor você ir — As palavras dele saem forçadas.

— Vou te ver de novo?

Ele faz uma pausa antes de responder:

— Você quer?

— Sim. — A palavra escapa pelos meus lábios antes que eu tenha a chance de pensar a respeito, antes que eu possa encontrar a resposta certa, a qual, claro, é não. — Você quer me ver de novo? — sussurro.

Ele fica em silêncio por tanto tempo que penso que não me ouviu — provavelmente é melhor assim. A mandíbula dele se contrai e relaxa várias vezes, como se rangesse os dentes. Ele me olha e parece que lhe dói fazer isso.

— Sim — responde, por fim, mas a palavra soa raivosa. Frustrada. Como se, para ele, essa também fosse a resposta errada.

E é. É a resposta errada para nós dois.

Ainda assim, a palavra desliza para dentro de mim, cada vez mais fundo, e se instala no meu âmago, pesada e significativa.

Você quer me ver de novo?

Sim.

12

Acordo com uma dor de cabeça terrível. Meu corpo inteiro dói, e sinto como se pudesse dormir pelo resto do ano, como se tivesse combinado todos os rituais dos últimos doze meses em uma noite. Mas vou viver, e estou muito ciente de que foram Wolfe e sua magia proibida que salvaram minha vida. Assim como ele queria.

O cheiro da mistura de ervas para o chá matinal chega até meu quarto, e me viro de lado e me apoio nos cotovelos.

— Bom dia — diz Ivy da cadeira estofada azul-celeste no canto do meu quarto.

Esfrego os olhos e gemo.

— Me deixe adivinhar... minha mãe achou que eu poderia precisar de uma certa ajuda para me arrumar para o encontro de hoje. — De novo, me deito de costas no colchão e olho para o teto.

— Achou. E era ela ou eu, então tomei a liberdade de fazer a escolha por você.

Estendo a mão para pegar o chá, mas Ivy o segura e inclina a cabeça.

— Tem areia no seu cabelo.

— Sempre tem areia no meu cabelo.

— Tem *muita* areia no seu cabelo. — Ela se aproxima da cama e puxa o edredom para baixo. — Tem areia por toda parte, Tana. O que você fez ontem à noite?

Eu quero contar a ela. Quero relatar cada detalhe, explicar como foi ser embalada pelo vento e estar conectada ao mar. Quero contar sobre Wolfe e como ele se deitou na areia ao meu lado, as feições marcadas de seu rosto parecendo mais suaves quando me olhou sob a luz da lua.

Quero contar quão assustada eu estava, como pensei que uma noite de magia proibida me machucaria de uma maneira da qual eu nunca sararia, de uma maneira que me mancharia para sempre.

Quero dizer a ela que eu estava errada.

Ivy sempre me pergunta como me sinto em relação às coisas, como ando, como atendo às minhas necessidades sendo que minha existência inteira é destinada a atender às necessidades dos outros. E nunca sei como responder.

Mas sei exatamente como me sinto em relação à noite passada, e o que me preocupa mais do que tudo é que não me sinto traiçoeira ou má por ter usado a magia proibida que nos ensinaram a temer. Eu me sinto grata por estar viva.

— Fui nadar — digo.

— Claramente. Também cavou o fundo do mar? Se enrolou em algas quando terminou?

— Conheci alguém — confesso, e as palavras são tão baixas que Ivy se inclina na minha direção.

— Como é que é?

Pego o chá e tomo um gole longo. Não posso dizer a ela quem ele é nem o que me mostrou, mas Ivy é minha melhor amiga, e preciso contar *alguma coisa* a ela.

— Um rapaz. Ele estava na praia. Nadou comigo.

Dizer aquilo em voz alta, contar a Ivy sobre Wolfe, o torna real. É reconfortante saber que, à medida que relembro os eventos da noite passada, ele não existirá apenas na minha memória. Será um segredo vivo, de tirar o fôlego, entre Ivy e eu.

— Você conheceu um rapaz. Na praia. No meio da noite. E ele nadou com você — ela repete tudo de volta para mim, em frases curtas e desconexas.

— Sim.

Ivy parece perplexa.

— Quem é ele?

Minhas palmas começam a suar, e baixo o olhar até o edredom. Eu deveria saber que essa seria a primeira coisa que ela perguntaria, e, embora eu odeie a ideia de mentir, a alternativa é pior. Muito pior.

— Ele é do continente. Perdeu a última balsa e estava acampado na praia.

Ivy me encara, e tenho certeza de que consegue ver através da minha mentira, a magia proibida serpenteando em minhas veias. Então, um lado de sua boca se curva para cima, e ela se levanta.

— Bem, isso pede outra xícara de chá, não é?

Antes que eu possa responder, Ivy sai pela porta e desce as escadas com pressa. Escuto-a na cozinha e, depois, está de volta ao meu quarto. Ela fecha a porta e sobe na cama, enrolando as pernas por baixo do corpo e aproximando a xícara de chá do rosto.

— Estou pronta — diz ela.

Eu dou uma risada e tomo um gole do chá. Conto a Ivy todos os detalhes que posso sem revelar quem é Wolfe ou que tipo de magia praticamos. Apenas descrevo como foi estar na água com ele, mas é suficiente. Ivy se aproxima de mim e, no final da história, está agarrada a cada palavra como se sua vida dependesse disso.

Assim que finalmente termino, ela fica quieta por vários segundos.

— Uau.

— Isso resume praticamente tudo — comento. Faço uma pausa antes de voltar a falar: — Ontem à noite foi a primeira vez na vida que consigo me lembrar de ter feito uma escolha exclusivamente para mim, sem pensar no que minha mãe diria ou em como afetaria o *coven*. E isso me preocupa, porque... — Eu me interrompo. Há certas coisas que não devem ser ditas em voz alta.

— Porque foi bom?

Olho para Ivy e assinto, envergonhada de mim mesma.

— Não precisa se preocupar com isso. Eu ficaria mais preocupada se você não tivesse gostado de fazer escolhas para si mesma. Claro que foi bom. Você carrega muita responsabilidade, e isso pesa. — Os olhos castanhos de Ivy estão cheios de amor por mim, cheios de compreensão. Ela estende a mão e segura a minha, apertando-a com força. — Estou tão feliz por você ter tido uma noite em que as coisas não pareciam tão pesadas.

— Está? — pergunto.

— Tem algo de bonito nisso. Mesmo que grande parte da sua vida tenha sido planejada, você ainda teve uma noite totalmente imprevista. Totalmente sua.

Fico envergonhada quando meus olhos se enchem de lágrimas. Viro-me para longe dela e enxugo o rosto, respirando fundo.

Quando recupero a compostura, olho para Ivy e lhe ofereço um sorriso.

— Obrigada por dizer isso. — Dou um abraço nela.

Quando terminamos nosso chá, pego as xícaras e as coloco na cômoda.

— Certo — digo, ficando diante de Ivy e estendendo os braços. — Me deixe apresentável para meu futuro marido.

— Tana... — diz Ivy, me provocando. — Existe um limite no que a magia pode fazer. Comece tomando um banho.

Ela me observa por vários segundos, e, então, começamos a rir. Faço o que Ivy disse, ligando o chuveiro e deixando a água tão quente quanto possível. O calor escaldante cai na minha cabeça e corpo, lavando qualquer vestígio de Wolfe e da nossa noite juntos.

Desligo o chuveiro, observando até as últimas gotas de água descerem pelo ralo. Então, saio, me seco e me preparo para Landon.

❧

Eu havia implorado aos meus pais que me deixassem descer as escadas antes da chegada de Landon, mas não tive sorte. Minha mãe queria que eu fizesse uma entrada triunfal.

Escuto meus pais paparicando-o lá embaixo, e olho para Ivy, com nervosismo.

— Você acha que vão assustá-lo?

— Suspeito que ele esteja acostumado com pais presentes — comenta ela.

— Obrigada pela manhã. — Dou uma última olhada no espelho, mas sei que estou perfeita para a ocasião. A magia de Ivy apagou qualquer vestígio da noite passada. A maquiagem que acabei de passar está sutil, ela faz meus olhos azuis se destacarem e meus lábios parecem que acabei de passar a língua neles. Usei minha magia para arrumar o cabelo e prendê-lo em um coque clássico que minha mãe vai adorar. Estou com um vestido castanho-claro, um colar de pérolas e sapatos de couro de tom nude e salto quadrado. Não é o que eu teria escolhido para mim, mas estou bem arrumada em um estilo clássico. E, mais importante: pareço alguém que merece estar ao lado de Landon.

— De nada — diz Ivy, me entregando meu xale.

Eu a abraço rapidamente, depois, respiro fundo e caminho em direção à porta do quarto.

— Tana?

Eu me viro e olho para Ivy.

— Divirta-se.

Assinto e abro a porta. Quando chego ao topo da escada, vejo Landon esperando por mim lá embaixo. Ele sorri quando me vê, e, para minha surpresa, sorrio de volta. Um alívio me invade quando percebo como é bom vê-lo.

Ele veste uma camisa branca com colarinho e um paletó de tweed por cima. De repente, tenho a sensação de estarmos brincando de nos fantasiar, usando roupas destinadas a retratarem um nível de maturidade que eu, pelo menos, não sinto ter.

Mas suponho que, se for para interpretar um papel, há pessoas piores do que Landon com quem contracenar.

— Tana, você está linda — elogia ele, quando chego ao pé da escada.

— Obrigada — respondo. — Você também.

Meus pais estão nos observando, e fico grata quando Landon pergunta o que tenho planejado para o dia.

— Um piquenique. Vamos escolher nossa comida em algumas das lojas de Encantamento, e, depois, pensei em levá-lo a um dos meus mirantes favoritos para comer.

O sorriso de Landon parece tranquilo e generoso, como se realmente estivesse empolgado.

— Parece perfeito — diz ele.

Pego a cesta e duas mantas na mesa, me despeço dos meus pais, e, então, seguimos para a porta. Landon a abre para mim, mas, justo nesse momento, ouço Ivy descer furtivamente as escadas, e ambos nos viramos para olhá-la. Algo como gratidão se instala em seu rosto quando nos vê juntos. Ivy, minha melhor amiga, que sabe sobre este arranjo quase há tanto tempo quanto eu, ainda é atingida pela magnitude disso. Pisco várias vezes e desvio o olhar, tentando não me deixar levar pela emoção do momento.

— Divirtam-se, vocês dois — diz minha mãe.

Ivy limpa a garganta, e lhe dou um sorriso pequeno antes de sair pela porta com Landon.

— Obrigada por ter vindo até aqui — digo a ele.

— Fico feliz de estar aqui. Obrigado por planejar um dia tão incrível. Será maravilhoso ver a ilha pelos seus olhos.

— Eu gosto muito de tudo aqui — comento, andando ao seu lado.

— Vai ser difícil para você partir?

Faço uma pausa e o encaro.

— Sim — respondo, com honestidade.

Ele assente.

— Então teremos que arranjar muitos motivos para você vir visitar.

É uma coisa gentil, atenciosa e doce de se dizer, mas ainda não parece suficiente. Então, percebo que minha vida com ele pode não bastar. Vai ser muitas coisas: boa, importante, monumental, segura.

Mas talvez não seja *suficiente*. E tenho que aprender a aceitar isso.

101

— Em que você está pensando? — Landon me pergunta, depois de eu ficar quieta por muito tempo, olhando a praia, em vez de respondê-lo.

— Na nossa vida juntos.

— O que tem ela?

— Eu estava pensando que, como não tenho muita voz sobre com quem passarei minha vida, estou feliz por ter acabado aqui, com você.

— E por que isso?

— Porque acreditamos nas mesmas coisas. Valorizamos família, dever e progresso; vários casamentos foram construídos com base em muito menos.

— Isso, com certeza, é verdade — concorda ele. — Você acha que teria me escolhido por conta própria?

A pergunta me pega desprevenida, e pauso antes de responder:

— Eu sempre soube que não tinha escolha — digo. — Mas... talvez escolhesse, sim. — Consigo me ver amando Landon um dia, ver a faísca aparecendo. Talvez, em circunstâncias diferentes, eu mesma o teria escolhido. — E você? — pergunto.

— Nunca pensei muito sobre isso. Mas, sob qualquer circunstância, eu escolheria honrar minha família. E minha família escolheu você.

Não é romântico, transformador, nem doce, mas é honesto. E isso é o máximo que podemos oferecer um ao outro no momento.

Voltamos a andar, e aponto partes da ilha enquanto caminhamos. Ele está interessado, e faz pausas para perguntar e observar melhor as coisas. Landon se importa. E é satisfatório exibi-lo por aqui, mostrando para ele o lugar que amo mais do que qualquer outro no mundo.

— É a única igreja na ilha? — pergunta Landon, parando diante de uma pequena construção de pedra com uma torre no topo. Trepadeiras rastejam pelas paredes, as folhas ficando vermelhas com o frio do outono.

— É.

— Mas como vocês todos cabem dentro?

— Não cabemos — digo, simplesmente. — Você não acha que é uma crença obtusa pensar que encontrar Deus nos confins de uma sala é mais provável do que sob a copa das árvores ou ao ar livre nos campos?

Landon faz uma pausa, observando a igreja.

— Sim, suponho que seja.

Ele olha para a construção por mais um momento antes de se juntar a mim. Viramos na rua Principal, e vejo como o encanto do lugar o envolve, iluminando seus olhos e puxando os cantos de sua boca.

— Landon, está pronto para experimentar o melhor queijo de sua vida? — pergunto.

— Que pergunta ambiciosa, Srta. Fairchild.

— Mas ela é verdade — digo.

Landon inclina a cabeça para o lado, me estudando.

— Descobrirei por mim mesmo.

O sino toca quando entramos no Ratoeira, e a Sra. Cotts vem correndo do fundo da loja para nos cumprimentar. Seus olhos se arregalam e o sorriso se alarga ao ver a filha mais ilustre da ilha e o filho mais poderoso do continente juntos.

Landon segura minha mão, e um sorriso confiante se forma em seu rosto.

E assim começa.

13

Depois de encher nossa cesta de piquenique com carnes, queijos, pães e água de rosas, seguimos até nossa última parada na rua Principal: a perfumaria. Glicínias pendem do topo da fachada de pedra, enchendo o ar com seu perfume doce, e entramos em uma sala cheia de pessoas do continente que voltam os olhos na nossa direção assim que nos veem.

O silêncio se espalha pela loja como neblina pelas árvores.

Instintivamente, abaixo o olhar, mas Landon mantém a cabeça erguida. Ele se vira para mim e leva a boca até perto do meu ouvido.

— Não os deixe vencer com tanta facilidade. É rude nos encarar — sussurra ele, tão baixo que só eu posso ouvir. — Garanta que saibam disso.

Ergo novamente os olhos e faço contato visual com cada uma das pessoas do continente. E todas desviam o olhar, como se eu os tivesse pego roubando.

Eu me sinto bem em fazer com que elas saibam que percebi o escrutínio.

Finalmente, voltam a conversar, mantendo as vozes baixas enquanto saem da loja e nos deixam em paz.

— Assustando nossos clientes? — pergunta meu pai, dando uma piscadela ao sair da sala dos fundos.

— Algo do tipo — falo.

— Bem, deixarei vocês a sós. Estarei nos fundos se precisarem de algo. — Meu pai me dá um sorriso suave antes de desaparecer.

— Então, esta é a loja da sua família — diz Landon, olhando ao redor. O ambiente é luminoso e arejado, tem prateleiras de madeira da cor de mel e, nas paredes, papel de parede branco com estampa de delicadas samambaias contornadas em preto. Dezenas de plantas estão nas prateleiras entre as fileiras de frascos de vidro, e um pequeno lustre com luzes de cristal em forma de botões de rosa pende do teto. Velas votivas estão aninhadas nas prateleiras, ao lado de pequenos frascos de vidro cheios de grãos de café.

Papai cantarola nos fundos, e, de alguma forma, isso aumenta o charme da perfumaria.

— É, sim — respondo com orgulho, olhando ao redor da sala. Eu amo esse lugar.

— É especial — diz ele. Ergo os olhos e dou um sorriso.

— Eu também acho. — Levo Landon até a prateleira que contém nossos perfumes mais terrosos e picantes. — Adoraria que escolhesse um para levar para casa.

— É sério? — pergunta ele, e seus olhos já percorrem os rótulos. Ele parece encantado, e isso me enche de felicidade.

— É muito sério.

Ele coloca nossa cesta de piquenique no chão e leva um tempo removendo delicadamente as tampas para sentir cada fragrância, pausando com frequência para cheirar os grãos de café e varrer o aroma anterior.

No fim, escolhe nosso perfume Madeira Flutuante, infundido magicamente com uma calma sutil que tranquiliza qualquer pessoa ao redor de quem o usa.

— Ótima escolha. É um dos meus favoritos — comento.

Ele pressiona a tampa uma vez, e o aroma salgado e fresco preenche o espaço entre nós.

— Eu adorei — diz ele, recolocando a tampa e guardando o perfume com cuidado na cesta. — Obrigado.

— De nada. Pronto para nosso piquenique?

— Sim.

Sinto os olhos do meu pai nos seguirem para fora da loja, e é bom respirar o ar fresco de outono. Uma brisa suave nos rodeia, o que, instantaneamente, me faz pensar em Wolfe.

Flutuando sobre a água com ele.

Sendo puxada para a superfície por ele.

Deitada na areia ao lado dele.

Balanço a cabeça e afasto as imagens, expulsando-as como se fossem detritos na sarjeta.

Levo Landon até uma praia na costa leste, para que possamos ver o continente ao longe enquanto comemos. A maioria das pessoas do continente gosta de ver a cidade através do Canal — apenas outra maneira de fazê-los se sentirem mais à vontade conosco.

Espalho uma das mantas na areia, no local perfeitamente escolhido que se apoia em uma duna com gramíneas e arbustos altos. Isso nos dá um pouco de privacidade, e me acomodo na manta enquanto Landon esvazia nossa cesta. Ele retira um maço de lavanda fresca, estudando-a.

— Como as flores aqui estão sempre tão lindas?

— Magia — respondo. — De que outra maneira poderíamos manter as lojas abertas o ano todo?

— Fascinante. — Ele coloca as flores de volta no lugar e se senta ao meu lado. No começo, estamos tensos, cada um preso ao próprio lado da manta, mas, à medida que o sol de outono desliza pelo céu e a maré recua, relaxamos. É como se o espaço entre nós voltasse a ser preenchido por ar, não por uma parede invisível que não ousamos atravessar.

Tomo um gole de água de rosas e olho para o continente. Ali será minha casa após o Baile do Pacto, e esse piquenique será apenas uma lembrança, um momento no tempo que passou rápido demais por mim.

Landon me oferece o último pedaço de queijo e se apoia nos cotovelos, encarando o Canal.

— Eu estava cético, mas tenho que admitir, esse foi indubitavelmente o melhor queijo que já comi na vida — confessa ele.

— Eu não mentiria para você. — Limpo a boca e coloco meu guardanapo de pano de volta na cesta.

— Não, Tana, você não mentiria. — A voz dele está impregnada de uma seriedade que envolve minhas entranhas. Ele me olha, então, com os olhos âmbar fixos nos meus. De repente, é difícil desviar o olhar.

Ficamos assim por vários segundos, e meu coração acelera enquanto ele aproxima o rosto do meu. Estou congelada, completamente imóvel, sem saber o que fazer.

Parte de mim quer diminuir a distância entre nós, pressionar meus lábios nos dele e me deixar levar pelo momento. Eu me pergunto se libélulas explodiriam na minha barriga, se um fogo se acenderia no meu âmago e se espalharia por todo meu corpo.

Eu me pergunto se vou querer continuar beijando-o várias vezes, até que a morte nos separe.

Mas o restante de mim está com medo, porque, se as libélulas não explodirem e o fogo não se acender, eu preferiria só descobrir isso depois de termos feito os votos um ao outro. Isso não mudaria nada, é claro, mas seria bom acreditar na possibilidade de paixão.

Landon para na metade do caminho, mas não me aproximo dele. Seus olhos procuram os meus, e algo como compreensão parece passar por seu rosto. Ele assente e se afasta, criando espaço suficiente para que eu volte a respirar.

— Tana — chama ele, em um tom de voz tranquilo —, me promete uma coisa?

— Sim.

— Se, em algum momento, quiser que eu a beije, você me avisa?

Eu quero saber por que ele quer me beijar — se porque sente atração por mim, uma faísca, algo mais do que o dever que nos uniu, ou se porque sou sua futura esposa e isso é esperado.

— Aviso — prometo. — Mas não é que eu não quero que você me beije. Só não tenho certeza se estou pronta.

— Entendido — diz ele.

Ele me observa por mais um momento, depois, olha para o continente. Acompanho seu olhar, e ficamos assim por vários instantes, ambos quietos, contemplativos.

— Vamos ficar bem, não é? — pergunto, deixando o som das ondas na praia acalmar o desconforto que surgiu em meu estômago.

— Já me fiz essa mesma pergunta muitas vezes — confessa ele.

— E o que você concluiu?

— Não consigo pensar em um interesse mais válido do que o dever. Nossos nomes serão lembrados por gerações; somos o começo de um novo dia. Como poderíamos não ficar bem, sabendo a importância de nossa união?

A decepção se espalha pelo meu estômago, e queria poder fazê-la parar. O que ele diz é verdade; já me disse a mesma coisa muitas vezes. Mas eu quero mais do que isso, mais do que falar de dever e honra.

Essas coisas podem até ser o que nos uniu, mas não são as únicas coisas para as quais temos espaço nesta aliança. Tenho que acreditar que pode haver mais.

Fico quieta por tempo demais. Landon olha para mim, e finalmente respondo:

— É algo importante para se pensar. Mas, com certeza, o dever não é a única coisa que garante nossa felicidade. Será que não podemos esperar mais?

Landon franze a testa, e é a primeira vez que vejo uma falha em sua compostura confiante.

— Não sei bem do que você está falando.

— O dever é o motivo de estarmos juntos, mas não precisamos nos limitar a isso, certo? Podemos encontrar prazer verdadeiro um no outro. Podemos encontrar paixão, até amor. Por que não esperar por essas coisas?

— A esperança é uma coisa muito volúvel.

— Por quê?

— Porque é ampla demais. A esperança abre caminho para querer coisas que nunca fizeram parte do plano.

Suas palavras tiram meu fôlego, porque está certo — querer algo mais do que o que está diante de mim é perigoso. E odeio saber disso.

Devo parecer chateada, porque Landon levanta meu queixo com gentileza, forçando meus olhos a encontrarem os dele.

— Não me entenda mal, Tana. Acho que teremos uma vida notável. Acho que será satisfatória e agradável. Mas não posso prometer amor a você. Posso prometer muitas outras coisas, coisas mais fortes, que podem suportar o peso das emoções instáveis e das obrigações familiares. Posso prometer que não apenas seremos felizes, mas também realizados, o tipo de realização que só pode vir de algo muito mais estável do que o amor.

Concordo e tento não deixar suas palavras machucarem, tento aceitá-las pelo que são: sinceras.

— Obrigada por ser honesto comigo.

— Tem muitas coisas que estão fora de nosso controle. Ser honesto um com o outro não é uma delas.

— Então me deixe ser honesta com você também: entendo sua posição, e sei que está certo, mas a esperança não é algo do qual estou disposta a abrir mão. Você não precisa me prometer amor, mas eu pediria que se mantivesse aberto à possibilidade de construir nossa base em algo mais do que apenas o dever.

Ele concorda.

— Você tem minha palavra.

— Obrigada. — Olho para o mar, e minhas entranhas relaxam um pouco. Ouvimos um ao outro, *escutamos* um ao outro, e isso significa alguma coisa. Passei tanto tempo imaginando como Landon era, antes de nos encontrarmos, tive tantos sonhos e visões de como nossa vida juntos poderia ser, de como ele poderia me fazer sentir... e esperava que tudo isso acontecesse imediatamente. Mas somos apenas duas pessoas nos conhecendo, e tenho que dar a ele espaço e tempo para chegar lá. Tenho que dar a mim mesma espaço e tempo para chegar lá.

— Me diga uma coisa, Tana — diz Landon, a seriedade dissipada da voz. — O que estaria fazendo agora se eu não estivesse aqui?

— Você primeiro — respondo, ainda presa à admissão anterior.

— Há estábulos a cerca de uma hora de viagem a leste da minha casa, e meu pai e eu os visitamos com frequência. Cavalgamos pelas matas e discutimos assuntos políticos se necessário, mas, muitas vezes, apenas conversamos. É um bom descanso do ritmo normal das coisas.

— Isso parece maravilhoso — digo.

— Você sabe andar a cavalo?

— Não, mas adoraria aprender. — Temos cavalos na ilha, é claro, mas sempre preferi caminhar.

— Então vou te ensinar.

Quando penso no continente, imagino uma cidade sem fim, tijolos e concreto até onde a vista pode alcançar. Fico tão feliz em saber que isso não é verdade, que existe um refúgio que Landon visita, e que eu também posso visitar.

— Sua vez — diz ele. — O que você estaria fazendo?

— Nadando.

— Nadando? No oceano? No outono?

Dou risada ao ouvir a surpresa dele.

— Eu amo nadar. É quando fico mais feliz.

— O que você ama tanto nisso?

— Tudo — respondo. — Mas o que mais amo é como o mundo inteiro fica em silêncio quando estou debaixo da água. É como se nada pudesse me alcançar lá. Não há expectativas, preocupações ou inseguranças. Posso simplesmente existir.

— Acho que nunca notei isso — comenta ele. — Você poderia me mostrar?

— É só me falar quando.

— Que tal agora?

Olho para nossas roupas, para nossos trajes que me fazem sentir como se estivéssemos brincando de nos fantasiar, e não consigo pensar em nada melhor para fazer do que encharcá-los com água salgada.

— Está frio — aviso.

— Eu aguento o frio. — Ele desamarra os sapatos e os tira, depois, descalça as meias e me ajuda a me levantar.

— Minha mãe vai me matar... — comento, removendo o xale e deixando-o cair no chão. Estremeço e percebo como os olhos de Landon se demoram em meus ombros nus.

— Você pode colocar a culpa em mim. — Landon tira o paletó e, depois, pega minha mão, me puxando até onde as ondas tocam a costa.

— Com certeza vou colocar a culpa em você — garanto, tirando os sapatos e entrando na água. Meu coração começa a bater rápido, e observo rapidamente a superfície, procurando uma dama-da-noite, mas não vejo nenhuma. Estar na água com Landon à luz do dia faz as flores parecerem muito distantes. De alguma forma, até irreais. Ainda assim, minhas perguntas sobre elas persistem. Tenho medo demais de perguntar em voz alta, de ouvir respostas que não se encaixam em meu mundo. Também não quero contar para minha mãe sobre elas e ver como a informação vai mudar o mundo dela. Então empurro tudo aquilo para um canto da mente e me concentro na pessoa ao meu lado, na pessoa que importa muito mais para nosso modo de vida do que uma flor quase extinta.

Quando estamos com água até os joelhos, Landon diz:

— Um.

Eu dou um sorriso.

— Dois.

— Três — dizemos juntos, mergulhando na água e nadando para longe da costa. Quando voltamos à superfície, a respiração de Landon está pesada.

— Você não estava brincando sobre o frio.

— Você vai se acostumar. — Nado ao lado dele e seguro suas mãos nas minhas. — Pronto para a melhor parte?

— Pronto.

Ambos respiramos fundo, então, vamos para baixo da superfície. Observo enquanto Landon abre os olhos, franzindo a testa a princípio, depois, se acostumando com o sal.

É então que vejo: o exato momento em que ele entende o que falei, a maneira que sente o silêncio como se fosse algo vivo.

Seus olhos se arregalam, e ele olha ao redor com uma expressão maravilhada. O cabelo marrom e curto balança em cima da cabeça, e bolhas sobem da boca enquanto o ar escapa de seus pulmões.

Olhamos um para o outro pelo tempo que conseguimos aguentar, suspensos no silêncio perfeito, cabelos e membros espalhados ao redor.

Quando meu peito começa a doer, solto as mãos de Landon e nado até a superfície. Respiro fundo quando saio da água, puxando o ar com a mesma avidez que minha mãe bebe vinho.

Landon surge momentos depois, e nadamos ao lado um do outro enquanto nossa respiração se acalma.

Então, mergulhamos outra vez, mas algo chama minha atenção enquanto vamos em direção às águas mais profundas. Algas marinhas se agitam, girando violentamente até serem puxadas para longe, para o meio do Canal. A areia no fundo do mar se move.

Precisamos dar o fora daqui.

Chamo a atenção de Landon e aponto para cima, e nadamos até a superfície.

— Precisamos voltar — digo, já me movendo em direção à costa.

Landon me segue. Só quando estamos seguros, em terra firme, é que encontro seu olhar.

— O que aconteceu? — pergunta, olhando para a água.

Eu me controlo antes de falar sobre as correntezas. Não sei se as pessoas do continente estão cientes do dano que causamos ao mar, e não sei como minha mãe reagiria se eu os alertasse.

— Nada — digo, tentando parecer casual. — Só não quero que o filho do governador pegue um resfriado — falo brincando, mas Landon me observa. Ele sabe que há algo que não estou compartilhando, algo sobre o qual não estou sendo honesta. Mas isso não está sob meu controle.

Voltamos para nossas cobertas e nos enrolamos, tremendo, molhados e com frio. As palavras raivosas de Wolfe ressurgem na minha mente, me acusando, acusando meu *coven* de destruir a ilha da qual deveríamos ser guardiões, e odeio que ele esteja certo. Odeio que não haja nada que possamos fazer.

Para que serve a magia se não podemos usá-la para proteger nosso lar, para fazer exatamente a coisa para a qual ela foi destinada?

Assim que penso nisso, tento afastar o pensamento, esquecê-lo, tirá-lo da minha mente. Mas a ideia se enraíza, serpenteando pelos caminhos e becos de quem sou, se alojando. Encontra um lar em mim. E, contra meu melhor julgamento e todos os impulsos internos que gritam que o perigo está logo à frente, eu lhe dou permissão.

14

As notícias do meu encontro com Landon se espalham por Encantamento como uma planta trepadeira, rápida e invasiva. A perfumaria ganha um fluxo constante de clientes, e minha mãe age como minha guarda-costas e assistente pessoal, todos os papéis em uma mulher incompreensivelmente bem-arrumada. Ela desvia com astúcia das perguntas que não quer responder e responde de maneira reservada àquelas que deseja.

Não vou à loja há vários dias, mas não poderei evitá-la para sempre.

Pego um caminho diferente até a perfumaria, primeiro, visitando a costa oeste e o campo onde conheci Wolfe. Eu me demoro colhendo gramíneas e pedaços de algas, depois, corto caminho pelo bosque, que fica no centro da ilha, em direção à rua Principal. É tão tranquilo este lado da ilha — coberto de vegetação e intocado. É uma pena só aproveitarmos o lugar durante o ritual. Por outro lado, se o usássemos mais, perderia as qualidades que mais me atraem nele.

Entro na rua Principal e estou quase na perfumaria quando o Sr. Kline me para. Seu cabelo branco esvoaça com a brisa do mar, e a pele envelhecida se enruga ao redor dos olhos. Ele tira o gorro de lã e o segura nas mãos.

— Oi, Sr. Kline — digo, segurando minha cesta perto do corpo. — Como o senhor está?

— Estou bem, Srta. Tana, obrigado.

— Fico feliz em ouvir isso — falo. Estou prestes a dar outro passo quando o Sr. Kline repete meu nome. Ele enrola o gorro nas mãos e olha para as pedras como se estivesse nervoso. Quando ergue os olhos na direção dos meus, estão úmidos.

— Eu queria que meus pais estivessem vivos para ver isto. Sempre acreditaram que aconteceria um dia. "É só nos mantermos em curso", eles costumavam me dizer.

— Landon é um homem maravilhoso. Eu sou muito sortuda. — Sorrio ao repetir as palavras que minha mãe tinha me instruído a dizer, e o Sr. Kline arregala os olhos ao confirmar o boato que ouviu. Ele segura minha mão entre as dele, dando-me uns tapinhas.

— Landon é o sortudo — garante.

— Obrigada.

Afasto a mão de modo gentil e dou outro sorriso ao Sr. Kline antes de contorná-lo e seguir caminho até a perfumaria. Mas, quando finalmente chego, paro. A frente está cheia de pessoas, e não consigo mover os pés, não consigo me obrigar a entrar. Dou vários passos para trás e me viro antes que alguém me veja. Dobro a primeira esquina e sigo pelo caminho que passa pela parte de trás do prédio. Entro na sala dos fundos e respiro, aliviada e agradecida pelo fato de a porta que leva ao espaço de vendas estar fechada.

Penduro o casaco em um gancho e coloco a cesta no balcão, tirando dali as coisas que peguei na praia e no campo.

Os sons da loja se tornam um murmúrio ao fundo enquanto coloco as gramíneas em um pilão e as trituro até virarem pó. A familiaridade confortável do pilão na mão alivia a tensão da mente, logo, estou pensando nas memórias do campo e da praia sem parar, de novo e de novo.

Memórias da magia.

Memórias de Wolfe.

Sinto vergonha de minha mente encontrar refúgio se lembrando das linhas do rosto e da sensação de magia dele, sinto vergonha de que, quando a casa está quieta e meus pais estão dormindo, meus pensamentos se voltam para Wolfe no escuro.

A noite que passamos juntos não parece real. Parece um sonho, suave e nebuloso, cujos detalhes começam a desaparecer. Foi algo tão distante da minha rotinha que estou quase convencida de que não aconteceu. E isso é bom.

Sonhos não são ameaçadores. Não podem agarrar o tapete no qual seu mundo se apoia e puxá-lo debaixo de você. Não podem mudar o curso do seu navio.

Continuo a trabalhar com as gramíneas até que tenham virado um pó bem fino, perdida no movimento.

— Quando a memória desvanece e o tempo as enfraquece, pela lembrança que você busca, borrife este perfume.

Não percebo que estou recitando o feitiço em voz alta, até que a porta é aberta com violência, e meu pai entra às pressas. Eu o encaro, esperando qualquer indicação de que tenha me escutado, tentando formular uma explicação que faça sentido, mas ele não olha na minha direção. Rapidamente, ele fecha a porta atrás de si e apoia as costas na madeira, pressionando as palmas das mãos contra ela como se uma multidão enfurecida pudesse invadir a qualquer momento.

Entoar feitiços em voz alta não é estritamente proibido, mas a maioria de nós se abstém por causa do poder que isso lhes confere. A magia baixa não exige isso, e se meu pai me ouvisse pronunciando um feitiço depois de dezenove anos mantendo-os na minha mente, ele teria perguntas.

Repreendo-me silenciosamente pelo descuido, por deixar minha noite com Wolfe se infiltrar nos meus dias. Mas parece que meu pai não percebeu, e não deixarei que isso aconteça de novo.

— Pai? — chamo, ao ver que ele ainda não olhou para mim.

— Oi, Tana — diz ele, com uma risada. — Não sabia que você estava aqui.

— Decidi vir trabalhar hoje, em um momento de bravura. Só que vi a multidão na rua e entrei sorrateiramente pelos fundos.

Meu pai assente e caminha até o balcão da cozinha.

— Uma decisão excelente.

— Como está tudo lá fora? — pergunto.

Ele pega o almofariz e um maço de ervas ao lado do balcão, então, começa a triturá-las enquanto fala:

— Sua mãe está cuidando de tudo. Ela seria capaz de governar o mundo inteiro. E a coisa boa a respeito dos nossos vizinhos é que se sentem culpados em vir até aqui fofocar sem pagar por isso, então as vendas estão incríveis.

— Bem, suponho que isso seja um ponto positivo.

— Vou ficar aqui a noite toda tentando repor o estoque.

Passo os olhos pela gramínea no meu almofariz, pela areia ao lado, pelas flores silvestres do campo e pela alga marinha da praia, então, percebo, pela primeira vez, o que pretendo fazer com tudo isso.

Um perfume para Wolfe. Como um presente por ter me ajudado.

Suponho que seja normal querer agradecer à pessoa que salvou minha vida, mas não quero que pense que concordo com seus métodos. Não quero que acredite que a filha mais influente do novo *coven* é indiferente ao uso de magia proibida, porque nada poderia estar mais longe da verdade.

Mas quero agradecer, e quero que saiba que estou falando sério.

— Quer ajuda para repor o estoque à noite? — pergunto. Ajudar meu pai é um uso melhor do meu tempo do que dar presentes a Wolfe, e sei disso.

Meu pai ergue os olhos e me encara.

— Eu adoraria — diz ele, com um sorriso.

Trabalhamos em silêncio, e é a primeira vez que me sinto verdadeiramente em paz em dias. Meus pensamentos se acalmam, e a vergonha desaparece a cada moagem do pilão. Meu pai cantarola consigo mesmo, e trabalho com a gramínea ao ritmo da melodia. Levantamos os olhos ao mesmo tempo quando a porta dos fundos é aberta.

Ivy entra com três xícaras de chá.

— Trouxe presentes.

— Uma verdadeira heroína — comento.

— Tenho Energia, Persistência e Vigor.

— Vou de Persistência.

Ivy me entrega uma xícara, e o vapor sobe diante de mim.

— Eu quero o de Energia — diz meu pai, então Ivy coloca o chá no balcão, ao lado do pilão dele. — Obrigado, Ivy. Você salvou nossas vidas. Tana, por que não faz um pequeno intervalo? Vai passar a noite toda aqui.

— Obrigada, pai.

— Vou levar a última para Ingrid, apesar de duvidar de que ela precise. — Ele me dá uma piscadela, pega a última xícara e vai para o salão principal da loja.

— Você tem tempo para fazer uma pausa comigo, ou seus pais precisam que volte logo? — pergunto para Ivy.

— Acabamos de passar pelo pico do meio-dia. Está tudo tranquilo… por alguns minutos — responde ela. — Quer um pouco de ar fresco?

— Desde que a gente não tenha que passar pela rua Principal, sim.

Ela segura a porta dos fundos aberta para mim, logo, seguimos pelo caminho que dá em uma trilha na floresta.

— Que tipo de perfume você estava fazendo na loja? Nunca vi essa combinação — diz Ivy, e minhas bochechas coram. Não digo nada e olho intensamente para o caminho de terra em frente. — O que foi?

— Nada — digo, mantendo o tom de voz casual. — É só um presentinho para Wolfe.

Ivy para e levanta uma sobrancelha.

— Wolfe?

— O rapaz que conheci na praia.

— Então ele tem nome — comenta ela, um leve sorriso nos lábios.

— É claro que ele tem nome.

Ela ergue as mãos, em defesa, e voltamos a andar.

— Que tipo de presente você está preparando?

O constrangimento me obriga a afastar o olhar de novo.

— Um perfume baseado nos aromas da noite que passamos juntos.

— Ah, Tana — diz Ivy, a voz triste. — É um presente adorável. Mas… — Ela luta para encontrar a palavra certa.

— Você acha que é demais? Eu realmente não sei qual é a etiqueta para presentes de agradecimento.

Ivy balança a cabeça, depois, me olha bem nos olhos.

— Eu acho perigoso.

As palavras fazem meu coração acelerar, o medo se agitar em meu estômago. Eu me obrigo a afastar aquele sentimento e mantenho a voz tranquila quando falo:

— Um pouco dramático da sua parte, não acha?

Ivy não parece perturbada, então, engancha o braço no meu.

— Esse rapaz pode partir seu coração — diz ela.

— Partir meu coração? — pergunto, rindo. — É apenas um presente.

— É? — questiona.

— É claro. — Eu quero dizer a Ivy que ele salvou minha vida e que, portanto, dar algo em troca é o mínimo que posso fazer.

Ficamos em silêncio por um tempo, o som dos nossos passos na terra macia e das folhas farfalhando na brisa outonal preenchem o ar que nos cerca.

— Você quer que ele se lembre de você. — Ivy olha para mim com uma mistura de piedade, compreensão e tristeza. Isso me frustra, ver tais coisas refletidas para mim. Sou atingida por suas palavras, porque é uma coisa tão ridícula, mas o calor no meu rosto quando ouço aquilo me diz que ela tem razão. Ela tem razão, e odeio isso.

— Você não precisa atribuir significado ao que não precisa de explicação — respondo, e sinto que estou cada vez mais na defensiva. — Ele me ajudou com algo, e só quero agradecê-lo. Mais nada.

Ivy me observa, considerando minhas palavras.

— E como vai encontrá-lo?

— Ele me contou quando vai voltar para a ilha — minto, e me sinto enojada com a facilidade com que as palavras saem da minha boca.

— Não acho que seja uma boa ideia — diz ela, por fim. Estou prestes a argumentar, quando ela volta a falar: — Mas é claro que você ainda não deixou essa história para lá, e vê-lo mais uma vez pode lhe dar o desfecho de que você precisa.

— Eu não preciso de um desfecho — digo.

— Então por que quer vê-lo?

Suspiro, e Ivy passa o braço ao redor dos meus ombros, recostando a cabeça na minha. Talvez ela tenha razão. Talvez eu precise de um fim.

— Olhe, se quiser dar um presente para ele, dê um presente. Diga o que precisa ser dito, mas, depois, nunca mais se encontre com ele.

— Você está fazendo uma tempestade em copo d'água — digo, desejando que as palavras sejam verdadeiras.

— Não a culpo por querer minimizar isso, mas você nunca teve uma situação remotamente romântica com alguém antes, então, isso certamente deve ter feito você sentir coisas.

— Não tenho certeza se chamaria o que aconteceu de romântico.

— Você nadou com um forasteiro à luz da lua. Não acha isso romântico? — Ivy ri

— Não sei. Talvez seja — concordo, por fim. Foi necessário e intenso, aterrorizante e calmante. Não acho que tenha sido romântico, mas entendo o que Ivy quer dizer.

— O que me traz de volta ao meu último argumento. Agradeça, então, não se encontre mais com ele. Obtenha o fim de que precisa para que ele não seja mais uma distração. Isso é o melhor que você pode fazer.

A esperança abre caminho para querer coisas que nunca fizeram parte do plano.

— Tudo bem. Nunca mais — concordo.

Ela estuda meu rosto, aparentemente tentando descobrir se estou falando sério. Então, assente como se estivesse satisfeita.

Ela muda de assunto, falando da loja de chá e de diferentes infusões nas quais está trabalhando. Então, enquanto voltamos para a rua Principal, Ivy diz:

— Não me odeie.

— Ah, não...

— Meus pais querem que eu faça uma nova mistura de ervas... inspirada em você e Landon... chamada Tandon.

— Sem chance — digo, horrorizada.

— Eu falei que você não ia gostar, mas eles insistiram.

— E que magia você pretende colocar nisso?

— Animação e Paz. — Ivy baixa a voz, e o rosto ganha um ar travesso: — Mas eu adicionaria uma gota silenciosa de Rebeldia, especialmente para você.

— O quê? Desde quando sou rebelde?

— Você é rebelde todos os dias quando insiste em, silenciosamente, seguir o caminho que seus pais traçaram para você, mas nos seus termos. É rebelde quando é honesta com Landon e quando vai nadar usando seus vestidos mais bonitos. — Ela faz uma pausa. — E está, sem dúvida, sendo rebelde ao fazer uma lembrança para um rapaz chamado Wolfe.

— Eu não falei que era uma lembrança. — O feitiço que fiz antes volta à minha mente, e sinto minhas bochechas corarem.

— Mas foi praticamente o que você fez — comenta Ivy, revirando os olhos.

Não admito, mas ela me conhece muito bem.

Voltamos para a loja.

Tiro o casaco e vou até o balcão de madeira para terminar o perfume de Wolfe.

Papai enfia a cabeça para dentro da sala.

— Pensei que fosse você mesmo. Querida, vamos ter que adiar nossa reposição... Esqueci do jantar do conselho que sua mãe tem hoje à noite. Podemos passar para amanhã?

Ivy e eu trocamos um olhar rápido antes de eu responder:

— É claro, pai, sem problema algum.

— Ótimo — diz ele, voltando para a loja e deixando a porta fechar atrás de si.

— Tana, você não pode vê-lo nunca mais depois de hoje. Dê a ele seu presente, tenha seu desfecho e garanta que ele esteja na última balsa.

Assinto. Ela está certa, tão certa que dói no peito.

— Nunca mais — reafirma ela.

— Eu sei.

Ela me olha, a cabeça inclinada para o lado.

— Ótimo — diz Ivy, por fim. Então, me dá um abraço rápido e vai embora.

15

Chego à costa oeste alguns minutos antes da meia-noite. Foi como ele me disse para encontrá-lo: sussurrar seu nome ao vento à meia-noite. Se me ouvir, virá.

Não vou fingir que entendo como funciona sua magia. Há uma parte minha que se preocupa de ele ter dado instruções falsas só para eu me sentir uma tola, sussurrando seu nome na praia deserta.

Mesmo assim, quando a meia-noite chega, é exatamente o que faço. O nome dele escapa dos meus lábios e se perde no céu escuro e aveludado.

— Wolfe — digo apenas uma vez. Já me sinto constrangida o bastante, sussurrando seu nome enquanto seguro a lembrança que fiz para ele.

Sei que a noite que passamos juntos não teve o mesmo peso para ele que teve para mim — ele salvou minha vida, e nunca me esquecerei disso. Mas pode ter sido a única noite verdadeiramente minha, a única noite fora do caminho que tenho trilhado a vida inteira.

Observo as ondas que quebram na praia e, de repente, sou dominada por uma vontade de correr até o mar, de chamar o vento e de flutuar sobre a água à luz da lua. Quero ser acariciada pela respiração da Terra e convidar as ondas para virem até onde estou.

Caminho ao longo da praia, tentando lutar contra o desejo que cresce dentro de mim.

Paro quando as palavras de Wolfe voltam à mente.

A coisa mais assustadora hoje à noite não é o fato de você estar prestes a usar magia alta, Mortana. É que você vai querer usá-la novamente.

Engulo em seco e deixo a realização se infiltrar sob minha pele. Quero praticar magia proibida novamente. E eu não havia percebido até estar de novo nesta praia, parada no mesmo lugar de antes... até me lembrar de maneira tão vívida da magia que corre em minhas veias. Mas Wolfe estava certo, e isso me aterroriza.

Cometi um erro vindo aqui.

Guardo a lembrança no bolso e volto pela praia. Corro até a estrada que me levará para a segurança da minha casa, para o quarto escuro, os olhos atentos de minha mãe e o vidro do mar de Landon.

A estrada que me levará, sem dúvida, de volta ao caminho que estou destinada a seguir.

Exalo quando meus pés deixam a praia movediça de pedras e tocam o asfalto seguro e estável.

Mas, então, ouço a voz dele.

— Mortana?

Digo às minhas pernas para correrem, para ganharem velocidade e me levarem de volta até em casa, mas elas não me ouvem. Bem devagar, me viro e dou de cara com Wolfe caminhando pela praia, no encalço da minha rota de fuga.

— Você me chamou. — Ele inclina a cabeça para o lado, mas não revela nada. Não consigo saber no que está pensando.

— Não de propósito — digo, e me encolho ao perceber como pareço ridícula.

Meus olhos vagam pela calçada.

Ele dá um passo na minha direção.

— Não?

— Quer dizer, foi, mas mudei de ideia. — Preciso parar de falar. — Desculpa mesmo, mas tenho que ir.

Finalmente, minhas pernas respondem e aperto o passo pela estrada, mas paro quando a mão dele toca a minha.

— Não é algo ruim, sabia?

Respiro fundo e cometo o erro catastrófico de encontrar os olhos dele.

— O quê? — pergunto, já temendo sua resposta.

— Sua atração pela magia alta. Eu queria que você me encontrasse de novo.

Fico tensa e cometo meu próximo erro ao perguntar o motivo.

— Você tem um dom incrível. Como poderia desistir dele?

Dou um passo para trás.

— Porque não quero ter nada a ver com sua magia.

— Então por que está aqui? — pergunta ele, ecoando minhas palavras da última vez que nos vimos.

Respiro fundo e enfio a mão no bolso.

— Eu só queria te agradecer pelo que fez por mim.

Entrego a lembrança para ele e acompanho as nuvens que passam diante da lua. Evito o rosto de Wolfe como se fosse o sol, como se olhar diretamente para ele pudesse causar danos irreparáveis.

Ouço ele tirar a tampa e inalar o aroma terroso, em seguida, dá uma única borrifada no espaço entre nós.

Memórias da noite que passamos juntos praticando magia proibida tomam conta da minha mente, sobrecarregando meus sentidos, do mesmo jeito que devem fazer com Wolfe. Do jeito que vai acontecer sempre que ele borrifar a colônia.

— É uma lembrança — digo. — Para você se lembrar de mim.

Quero me encolher de alguma forma, por isso, envolvo os braços com firmeza ao redor do corpo e abaixo a cabeça. Talvez o presente seja demais.

Talvez tudo isso seja demais.

— Obrigado — diz ele. Sinto a energia mudar no ar enquanto se aproxima bem devagar e ergue meu queixo com os dedos. — Mas não vou precisar de ajuda para me lembrar de você.

As palavras são íntimas. Especiais. Mas ele as diz como se fossem as palavras mais vis que já proferiu.

— Por que está com raiva?

— Porque seu modo de vida vai contra tudo que defendo — responde ele, passando a mão pelo cabelo. — Suas alianças nos diminuem. Seus compromissos nos enfraquecem. — Ele olha para o mar, balançando a cabeça. — Eu *odeio* você. Mesmo assim, quero você.

As palavras acendem uma chama em meu âmago, que se espalha pelo resto do corpo, devastando tudo pelo caminho. Não consigo enxergar nada além disso.

Não *quero* enxergar nada além disso.

— Não posso me encontrar com você de novo. — Fico chocada quando as palavras saem da minha boca, finalmente me obrigando a dizer o que deveria ter dito desde o início. Eu me choco com quão desesperada estou para transformar as palavras em mentira, em algo que resulte em mais noites com ele.

Wolfe olha para mim por um único instante.

— Bem, então, vamos fazer hoje à noite valer a pena.

Ele pega minha mão e me puxa de volta para a praia, até o terreno instável, onde qualquer coisa pode acontecer. E, ainda que meu coração acelere e minha mente me diga para ir embora, eu o deixo fazer isso.

Ele não solta minha mão até termos avançado bem pela costa, com o oceano à direita e as árvores altas à esquerda. Estamos protegidos. Seguros. Invisíveis enquanto o resto de Encantamento dorme.

Wolfe tira uma única dama-da-noite do bolso e a prende pelo caule ao redor do meu punho.

— Pela tradição — diz ele.

— Onde você encontra essas flores? — pergunto, olhando para a dama-da-noite.

— Temos algumas na minha casa, apesar de a que vi com você ter sido a primeira que encontrei além de nossos portões. Dizem que a primeira bruxa nasceu nesta ilha em um campo de damas-da-noite, havia centenas delas, e que, em vez de tentar se aproximar da mãe, a primeira coisa que ela tocou foi uma flor. Você não pratica magia apenas durante o dia, porque é mais palatável para o continente; você pratica magia durante o dia, porque a magia é mais poderosa à luz da lua. Praticá-la durante o dia automaticamente a enfraquece.

— Nunca ouvi isso — confesso. Meus dedos tremem enquanto tocam as pétalas brancas, sem entender como a história de Wolfe sobre a flor é tão diferente da minha. Ainda não entendo por que não sinto dor, por que minha vida é poupada toda vez que encontro uma dama-da-noite. A maldita flor tinha minha vida sob seu controle, e, se tudo se desfizer, saberei que começou naquela noite no campo, quando uma flor fatal para bruxas se revelou ser tudo, menos isso. — Por que não dói? — pergunto, por fim, mas minhas palavras soam tão baixas, tão vulneráveis... Prendo a respiração enquanto espero por sua resposta.

— Porque não é venenosa para os bruxos. — O tom de Wolfe é impassível, mas me observa como se minha resposta, de alguma forma, importasse.

— Por que meu *coven* acredita no contrário?

A mandíbula de Wolfe se tensiona, e ele olha para o mar como se escolhendo as palavras.

— Você deveria perguntar isso para sua mãe. — A resposta dele soa como um desafio.

— Mas minha mãe acredita que é venenosa.

Wolfe suspira, é um som longo e pesado que me deixa nervosa.

— Simplesmente pergunte para ela.

— Talvez eu pergunte — digo, meus dedos roçando as pétalas no meu punho, e meu estômago embrulha com a ideia de mencionar a flor para minha mãe. Mas algo na voz dele me faz pensar que é importante, então guardo a ideia para mais tarde.

— Ótimo. Vamos continuar. Cada ser vivo tem a própria pulsação, a própria energia que derrama no mundo. — Wolfe aponta para uma samambaia que cresce na base de uma árvore, as folhas farfalhando ao vento. — Porque somos bruxos, tal energia está acessível para nós, esperando formar uma conexão.

Ele encosta os dedos na planta e fecha os olhos. Respira fundo um punhado de vezes, depois, se afasta da samambaia e toca a terra exposta ao lado.

— Onde antes havia uma, haverá outra — ele sussurra as palavras com reverência, e uma nova samambaia cresce da terra, cheia, vibrante e verdadeira.

— Como você fez isso? — pergunto, observando com admiração. Eu me aproximo da planta, com medo de que desapareça caso me aproxime demais. Estendo a mão e toco gentilmente as folhas.

Ela continua lá.

Wolfe encosta mais uma vez na primeira planta, então, pega minha mão e a cobre com a dele.

— Feche os olhos e se concentre. O que está sentindo?

O fogo em meu ventre arde com o toque dele, mas sei que não é a isso que está se referindo. Obrigo-me a me concentrar em qualquer coisa, menos nos dedos dele sob os meus.

Trabalhei com plantas a vida inteira, então, depois de vários segundos me concentrando, sei exatamente do que Wolfe estava falando. Um fluxo pulsante de magia fresca e limpa espera na mão dele. Sinto-o tão claramente quanto o calor em meu estômago, o vento em meu cabelo.

— Aí está — diz ele. — Isso.

Tiro a magia dele com cuidado. Não sei por que penso em fazer isso, nem sei como é possível, mas me parece natural.

— Onde antes havia uma, haverá outra. — Encontro a pulsação da samambaia e a planto na terra.

Outra samambaia cresce diante de nós.

Planto mais uma e ainda outra, observando-as brotar da terra. Quero plantar centenas, milhares delas, meu próprio prado secreto, para onde poderei ir sempre que quiser.

Outra, e mais outra, e mais outra.

Solto uma risada, completamente encantada pela sensação da energia da planta envolta na minha. É diferente com a magia baixa. Adicionamos nossa magia ao que já existe: perfumes, folhas de chá, maquiagem, massa. Mas a mistura da minha magia com a samambaia, com o vento e o mar na última vez que me encontrei com Wolfe é... intoxicante.

É como deve ser.

Assim que o pensamento me ocorre, me apresso em tentar deixá-lo de lado, mas é tarde demais. A ideia se acomodou, criando raízes em minha mente como as samambaias que nos cercam.

— Obrigada por me ensinar — digo. — Estou feliz por ter sentido isso.

— É tudo que quer fazer esta noite?

Sinto a magia despertar em meu corpo, se agitando, querendo mais. Mas é um sentimento perigoso.

— Sim.

Wolfe assente.

— Então, não há de quê.

Voltamos para a beira da praia, longe da cobertura das árvores, e tento ignorar a sensação desagradável em meu estômago.

Então, todo meu corpo congela de pânico. A Sra. Wright caminha por ali, cantarolando consigo mesma, seu cachorro alguns metros à frente. Ela faz parte do conselho, ao lado de minha mãe, e olho horrorizada enquanto ela se aproxima. Uma nuvem passa na frente da lua, e Wolfe e eu somos envolvidos pela escuridão.

Mas logo ela nos verá.

De repente, meu corpo assume o comando. Sinto a brisa por cima do mar e me agarro a ela, aumentando-a até transformá-la em um vento forte, que envio sobre a água, a névoa marinha suspensa no ar. A praia é coberta por uma névoa nebulosa que se move na direção da Sra. Wright.

— Da brisa ao vendaval, saído direto do mar, mais distância é necessária, afaste-se de mim — sussurro freneticamente as palavras, várias vezes, esperando que bastem.

— Ah, meu Deus — diz a Sra. Wright, tão perto que consigo ouvi-la.

Mais alguns passos, e ela nos verá.

Aumento o vento, pronta para enviá-lo na direção dela, mas Wolfe se joga em cima de mim, nos fazendo voar para dentro de um emaranhado de capim alto e arbustos crescidos.

Ele aterrissa bem em cima de mim.

— O que foi isso? — Ouço a Sra. Wright dizer. O cachorro corre até nós, farejando o capim, mas, assim que se aproxima, geme e foge. Wolfe coloca o dedo nos lábios, e consigo sentir seu peito se expandir contra o meu, nossas respirações se entrelaçando no espaço entre nós.

Envio mais uma rajada de vento forte na direção dela, e isso basta para fazer a Sra. Wright voltar pelo caminho do qual veio. Ouço-a resmungar sobre o clima imprevisível, então, sua voz desaparece completamente.

Meu coração martela contra as costelas com tanta força que tenho medo de que possa sair pela boca.

Wolfe continua em cima de mim, dificultando minha respiração.

As nuvens ainda marcham pelo céu, e a lua sai de seu esconderijo mais uma vez, derramando sua luz azul pálida sobre Wolfe, seu cabelo desgrenhado e olhos cinzentos, iluminando a expressão. Iluminando a maneira como seu olhar encontra meus lábios.

Tudo em que consigo pensar é em diminuir a distância entre nós. Quero conhecer como ele é; quero conhecer que gosto tem. Quero conhecer todas essas coisas que me são proibidas.

Quase faço isso. Quase fecho os olhos e toco os lábios nos dele, mas, então, penso nas expectativas de meus pais e no vidro do mar de Landon, nos sacrifícios de meus ancestrais e na crença de Ivy em mim.

E não consigo.

Eu quero, talvez mais do que já quis qualquer coisa, mas não posso.

Limpo a garganta e me viro para o lado, mas não me levanto. Em vez disso, continuo deitada de costas, olhando para as estrelas.

Wolfe faz o mesmo.

— Você não vai gostar do que estou prestes a dizer.

Eu me viro para ele, mas Wolfe não me olha. Mantém os olhos na lua crescente, na luz das estrelas cintilantes.

— O quê? — pergunto, aterrorizada com o que pode dizer. Penso nos meus primeiros dias na perfumaria, infundindo sentimentos em fragrâncias. Nunca precisei me esforçar. E penso em como nada, nem mesmo fazer perfumes, já foi tão fácil para mim quanto extrair o vento do mar.

— O que você acabou de fazer é impossível para uma bruxa da nova ordem. Você não deveria ter sido capaz de fazer isso. — Ele faz uma pausa. — Sabe o que isso me diz?

Fico em silêncio. Não me mexo, não respiro, não pestanejo. Espero pela resposta, com medo de que possa destruir meu mundo inteiro.

— Você está praticando a magia errada.

E estou certa. De fato, o destrói.

16

A rua Principal está cheia de turistas, é um mar de cachecóis balançando na brisa de outono e de mãos enluvadas segurando bebidas quentes. Os áceres estão mudando de cor, as folhas verdes e amarelas se transformando em tons de laranja profundo e vermelho-sangue. Os paralelepípedos continuam molhados da chuva recente, mas hoje é um dia claro e brilhante, e a luz do sol captura as gotas de chuva que pousaram nas folhagens e vinhas.

O braço de Ivy está entrelaçado ao meu, e seguimos minha mãe enquanto ela abre caminho entre os turistas. Adoro ver as sacolas de papel penduradas nas mãos deles, ver como nossa ilha prospera, como nossa magia é apreciada. Tenho medo de como tudo poderia desmoronar facilmente.

Você está praticando a magia errada.

Balanço a cabeça e afasto as palavras. A magia certa é a magia que nos protege. Que nos permite viver livre e abertamente. Que garante a segurança de nossos filhos.

— Ei, onde você está? — pergunta Ivy, me trazendo de volta ao presente.

— Desculpa, estou aqui.

Ivy revira os olhos.

— Mande lembranças a Wolfe.

— Ivy! — exclamo, esperando soar severa. — Não mencione o nome dele perto da minha mãe. E eu não estava pensando nele.

— Se você está dizendo.... É só que... — Ela diminui os passos, nos distanciando da minha mãe.

Olho para ela.

— Diga o que quer dizer.

— Seu coração está em jogo, Tana. Quero que tenha cuidado. — Ela não volta a andar depois de dizer isso, mas engole em seco e torce as mãos.

— E?

— E o coração de Landon também.

As palavras são tão suaves que tenho de me inclinar para ouvi-las.

— Não sei, não — murmuro, e me arrependo imediatamente das palavras.

— Como assim?

Balanço a cabeça e começo a andar de novo, mas Ivy me para.

— Esqueça que falei alguma coisa. Não importa.

— Para mim, importa.

— É que ele disse algo sobre o dever ser mais importante do que qualquer outra coisa. Ele disse que não podia me prometer amor.

— Mas você pediu amor a ele?

— Não, é claro que não — digo. — Só pedi que estivesse aberto ao sentimento. Acho que sempre pensei que, uma vez que começássemos o namoro, haveria uma faísca. — Dou de ombros. — Agora percebo como isso é bobo.

Minha mãe está bem à frente, e começamos a andar de novo, com o braço de Ivy se entrelaçando no meu mais uma vez.

— Não é bobo. Não sei como alguém pode passar certo tempo com você e não se apaixonar completamente. Algum dia, ele ficará caidinho por você, dê tempo ao tempo.

Sorrio com as palavras, mas meu estômago está tenso, porque, por mais que eu queira acreditar nela, acho que não consigo. Aperto seu braço; a presença de Ivy me faz bem, me ancora neste mundo, nesta magia e nesta vida. Ela está tentando me proteger, e sou grata por isso. Todos precisamos de proteção em algum momento, e acho que esta é a minha.

133

Porque, às vezes, no meio da noite, quando Encantamento está dormindo, sinto que estou me distanciando de mim mesma, perdendo-me para uma magia sombria que ultrapassa todas as regras, para a costa oeste e um rapaz que é perspicaz e belo, como um cristal bruto retirado da terra.

E não quero me distanciar. Então me agarro a Ivy com um pouco mais de força do que necessário enquanto alcançamos minha mãe.

— Prontas, meninas? — pergunta ela, parando em frente à loja de vestidos da Sra. Talbot.

— Prontas para encontrar um vestido — respondo. Minha mãe assente com aprovação, depois, entra na Cetim & Seda, como a brisa de outono que atravessa a rua Principal.

— Oi, Sra. Talbot — diz ela.

Temos a loja só para nós. Mamãe marcou um horário para que ela, Ivy, a Sra. Talbot e eu fossemos as únicas pessoas a ver o vestido antes do baile. Parece um pouco exagerado para mim, mas fiquei feliz em concordar. Tenho esperado pelo baile a minha vida toda.

Cada bruxa tem o próprio baile na noite do seu vigésimo aniversário, porque é o indivíduo que torna nosso *coven* forte. A cada bruxa que renuncia à magia proibida e se compromete com a nova ordem, ficamos mais fortes. Mais estáveis. Mais perto da vida que buscamos.

E meu baile irá selar essa vida com o anúncio do meu noivado com Landon.

Minha mãe está certa: preciso do vestido perfeito.

— Bem, Tana, isso é mesmo muito empolgante. — A Sra. Talbot traz um bule de chá e três xícaras.

Nos sentamos em um sofá de capitonê de tom marfim, de frente para um palco elevado com uma parede de espelhos do outro lado. O aposento é imaculado e bem iluminado, e a luz do sol invade pelas janelas que vão do chão ao teto, fazendo os espelhos dourados brilharem.

— O que você está procurando, querida? — pergunta a Sra. Talbot, se posicionando na minha frente.

Minha mãe começa a falar, mas eu a interrompo:

— Eu gostaria de algo da cor do oceano — digo. — Como se eu tivesse nascido do mar. Com uma cauda. Sem rendas ou frufrus. Quero parecer dramática. Sedutora.

— Tana, você não quer algo um pouco mais colorido? Mais suave?

— Não.

Minha mãe toma um gole do chá.

— Certo. Bem, parece adorável.

A Sra. Talbot bate palmas, então, corre até o fundo para pegar amostras de tecido. Minha mente divaga enquanto Ivy e minha mãe começam a falar do baile de Ivy, que será apenas alguns meses depois do meu. A conversa delas é fácil e tranquila — ambas se animam com as mesmas coisas e enfatizam as mesmas palavras. As duas são produtos perfeitos de seu ambiente, bem-ajustadas, calorosas e poderosas.

Wolfe está errado sobre a magia baixa. Está errado ao dizer que somos covardes e uma vergonha para os bruxos. Pensa que somos fracos, porque não consegue enxergar além de sua definição obtusa de força.

Força é nos envolvermos em um véu de passividade para salvar as pessoas que amamos.

Força é permitir que os habitantes do continente vejam nossas vulnerabilidades para sermos aceitos.

Força é engolir nossas palavras quando pessoas como Wolfe ousam nos rotular como fracos.

Balanço a cabeça. Deus, como ele é irritante.

Respiro fundo e cruzo os braços. Tudo que quero é ir correndo até a costa oeste e enfrentá-lo.

— Tana? — chama minha mãe, a xícara de chá parada no meio do caminho até a boca.

— Desculpa. O que foi que você disse?

Ela balança a cabeça e põe a xícara de volta no pires. A porcelana tilinta.

— O que está acontecendo com você? Você anda distraída e distante. Preciso que esteja aqui, Tana. Isso é sério.

— Desculpe, mãe. Tenho andado cansada.

Ela me olha por um momento, estudando meu rosto antes de finalmente assentir.

— Bem, tente ir para cama cedo hoje. Podemos parar na Xícara Encantada no caminho até em casa e pegar um pouco da mistura Sonífera deles.

— Seria bom.

— Ivy, por que não me conta mais dos seus planos para o Pacto? — Minha mãe volta a pegar a xícara de chá e olha para Ivy.

Às vezes, penso que Ivy é a filha que minha mãe gostaria de ter. Não sinto ressentimento algum de minha amiga por causa disso — de jeito nenhum. Na verdade, gostaria de poder ser mais como ela. Tenho um papel incrível a desempenhar, e sei que estou fazendo um péssimo trabalho.

Ivy seria muito melhor, e todos sabemos disso. Mas meu sobrenome significa que a responsabilidade é minha, como se um nome fizesse diferença. O pensamento me assusta. Faz diferença... não faz? Quando é que comecei a questionar essas tradições e valores que são pilares do nosso *coven*?

Mas sei a resposta: foi quando toquei a dama-da-noite e ela não me machucou. Foi quando pratiquei uma magia que jamais deveria ter conhecido, e isso me deixa com raiva, enfurecida por ter permitido que uma única pessoa plantasse essas ideias em minha mente. Enquanto levo minha xícara aos lábios, percebo que a porcelana treme em minha mão. Rapidamente a coloco de volta no lugar, mas é difícil demais, e ela bate no pires em cima da mesa.

— Tana, cuidado! — exclama minha mãe. Ela parece envergonhada, mesmo a Sra. Talbot ainda estando nos fundos. — Você não está se comportando direito. Por favor, controle-se. — Ela balança a cabeça. — Espero que Landon tenha se recuperado daquele mergulho outonal com você. Sinceramente, Tana, no que você estava pensando?

— Não tem nada do que ele precise se recuperar — garanto. — Foi ideia dele.

— Prontinho! — cantarola a Sra. Talbot enquanto sai dos fundos com dobras de tecido nos braços. Todos são, de alguma maneira, azuis:

azul-marinho e celeste, azul acinzentado e azure. O tecido brilha na luz como o mar sob a lua cheia. Sento-me na cadeira e toco a seda.

— Ah, Shawna, que lindo. — Minha mãe puxa um pedaço de tecido da Sra. Talbot.

— Esse também é meu favorito — digo. É a seda azul-acinzentada, que poderia ser confundida com ondas espumantes. Mamãe encontra meus olhos, um sorriso caloroso se espalhando por seu rosto.

— Vai ficar perfeito em você. — De alguma forma, a fala de minha mãe preenche todos os espaços vazios dentro de mim.

Ela está orgulhosa de mim. Sei disso mesmo quando coloco a xícara de chá com muita força no pires e quando minha mente está em outro lugar. Posso sentir o sentimento irradiando dela, e queria estar na perfumaria para poder engarrafá-lo em um de nossos perfumes, pulverizá-lo no ar quando precisasse de um lembrete.

— Tana, essa cor foi feita para você — diz Ivy.

A Sra. Talbot pede que eu suba na plataforma e começa a tirar minhas medidas. Ela usa óculos estreitos com aros de arame, e a pele marrom está esticada na testa pelo coque elegante na cabeça. Ela morde o lábio ao medir, anota os números, então, mede novamente. O vestido será justo no peito e será mais amplo a partir da cintura, mas não haverá crinolina nem tecido extra sob a seda. Ele vai ser arrastado atrás de mim, e vou brilhar como a água.

Nunca tive nada parecido, tão distante dos tons pastel e das cores suaves de Encantamento. Mal posso esperar para usá-lo.

Minha mãe se aproxima por trás e coloca um colar de pedras preciosas ao redor do meu pescoço, pesado por conta da dúzia de safiras.

Levo a mão até o colar, mas, quando me olho no espelho, não parece certo.

— Eu queria usar suas pérolas — comento.

Vejo a expressão surpresa no rosto dela, seguida pelo pequeno sorriso que puxa seus lábios. Ela engole em seco e retira o colar.

— É claro que você pode — diz ela, os olhos encontrando os meus no espelho.

Quando a Sra. Talbot termina de tirar minhas medidas, ela nos diz para voltarmos daqui a duas semanas para minha primeira prova de vestido. Terminamos o chá e saímos para a rua Principal, que agora está menos movimentada. Os dias estão ficando mais curtos, e a maioria das lojas tem lanternas acesas do lado de fora, lançando um brilho âmbar sobre as pedras rachadas e as trepadeiras.

— Por que não levo vocês para jantar? — pergunta minha mãe, puxando Ivy e eu para perto.

— Só nós três? — indago. Jantamos com o meu pai quase todas as noites; não acho que ela já tenha me levado para jantar com uma amiga.

— Só nós três.

— Estou livre — diz Ivy.

Eu me inclino para perto delas.

— Parece perfeito.

Há momentos em que penso que serei esmagada pelo peso das expectativas e responsabilidades, em que me preocupo que nunca corresponderei ao papel que devo desempenhar. Mas, então, há momentos em que olho para Encantamento, meus pais e meus amigos, e sou preenchida por um orgulho intenso que corre sob minha pele, nutrindo cada parte minha.

Agora é um desses momentos.

Não falamos de Landon durante o jantar. Não falamos do continente, do Baile do Pacto nem da etiqueta adequada ao receber um visitante importante. Falamos dos pequenos detalhes inconsequentes que compõem nossas vidas nesta pequena ilha.

E é incrível.

17

Não durmo bem desde o encontro com Landon, preocupada com coisas para as quais não deveria dar espaço. Estou frustrada com minha falta de compreensão e com as perguntas incessantes que martelam na minha mente. Queria poder deixar a dama-da-noite, a magia alta e Wolfe Hawthorne serem levados por uma correnteza descontrolada, para nunca mais serem vistos. Mas não consigo, e estou bem zangada comigo mesma por isso.

Depois que meus pais se acomodam com seu chá da noite, encontro a cesta de colheita e saio. Preciso clarear a mente, então sigo pela costa até a extremidade oeste, até a costa selvagem onde não serei perturbada. Ainda não perguntei à minha mãe sobre a dama-da-noite, e sei que preciso perguntar para colocar um fim nisso. Mas, desde aquela primeira noite em que conheci Wolfe no campo, um terrível pressentimento se instalou em meu estômago; tudo poderia estar prestes a mudar, ou, de alguma forma, talvez já tenha mudado. Mas estou me esforçando para manter o controle da minha vida, e acho que não perguntar é minha maneira de fazer isso, de me apegar ao jeito que as coisas eram antes de eu perder o ritual.

Wolfe me chamaria de covarde. Talvez ele tenha razão.

A perfumaria está com poucas violetas e narcisos, então vou às trilhas onde sei que posso encontrar mais. A noite está calma, um belo crepúsculo se instala sobre a ilha, e cantarolo baixinho enquanto encho a cesta de flores. Começo a imaginar os diferentes perfumes que posso fazer, quais combinações usarei e que tipo de magia infundirei em cada uma. Preparo perfumes na maioria dos dias, e nunca fico cansada disso, entediada nem inquieta. Usar magia para meu cabelo e maquiagem é nada mais do que uma conveniência para mim, mas, quando estou nos fundos da perfumaria, encontrando a mistura perfeita de fragrância e magia, me sinto totalmente à vontade comigo mesma.

Pelo menos, era assim até eu conhecer Wolfe. Agora, tenho que ignorar a parte da minha magia que me instiga a usar mais, e nunca vou perdoá-lo se minha magia baixa não me parecer mais o suficiente. Nunca vou superar isso.

A cesta está transbordando, e, em vez de ir para o norte, em vez de voltar pelo caminho que vim, vou mais para o sul. A parte sudoeste da ilha é densamente arborizada, e, enquanto caminho entre as árvores, começo a me perguntar se talvez há uma casa entre elas, protegida pela magia. Parece impossível; já explorei cada parte da ilha muitas vezes, ainda assim... estou aprendendo que muitas impossibilidades parecem ser tudo menos impossíveis.

Vasculho a floresta, procurando quaisquer indícios que apontem vida humana — jardins, fumaça ou portões que confirmem as coisas nas quais não quero acreditar. Se houver uma casa nesta ilha, uma casa que nenhum de nós conhece, só pode estar nesta área, distante das casas e lojas do novo *coven*. Mas não vejo nada.

O céu escurece à medida que vou mais fundo para dentro do emaranhado de árvores, e, de repente, percebo quão longe de casa estou. Eu me viro para começar a voltar, mas ouço um galho se quebrar ao longe.

— Quem está aí? — pergunta uma voz, e a reconheço imediatamente.

Não sei o que toma conta de mim, mas me volto na direção oposta e saio correndo, sem querer que ele me veja. Não quero que saiba que eu estava procurando por sinais de uma casa mágica ou de um *coven* esquecido. Está tão escuro que mal consigo ver para onde estou indo. Meu pé se prende em uma raiz exposta, e caio com tudo no chão. A cesta pousa a vários metros, as flores espalhadas pelo chão da floresta.

Por um momento, tudo fica dolorosamente silencioso.

— Mortana?

Olho para cima, e Wolfe está parado sobre mim. Tento responder, mas não consigo encontrar nenhuma palavra.

— O que você está fazendo aqui fora? — pergunta ele.

Wolfe me oferece a mão, e a pego lentamente, ignorando o tremor que atravessa meu corpo quando faço isso.

— Me perdi — respondo, me levantando, sem vontade de encontrar os olhos dele.

— Você se perdeu? Nesta ilha minúscula? Onde passou toda sua vida?

Olho para o chão, mas consigo ouvir a zombaria em seu tom, imaginar o sorriso em seu rosto.

— Está escuro aqui fora — digo, sem muita convicção.

Vou até a cesta e começo a enchê-la com as flores espalhadas. Wolfe se abaixa para me ajudar. Quando recupero tudo que consigo ver, volto a me levantar.

— Está machucada? — pergunta Wolfe.

— Não.

Ele não diz nada, então, começa a andar, colhendo ervas e plantas e colocando-as na cesta. Eu o sigo sem pressa, meu peito doendo ao ver o cuidado que tem com cada planta, a maneira como delicadamente as retira da terra e as coloca na cesta, como se fossem de vidro, como se prestes a se quebrarem a qualquer momento.

É difícil de ver, mas algo mancha seus dedos. Paro e seguro a mão dele, trazendo-a para perto do meu rosto.

— Você está sangrando.

— Não é sangue — diz ele, me observando. — Eu estava pintando.

— Você pinta?

— Sim. — A palavra soa tensa, como se tivesse admitido algo que pretendia manter em segredo.

— O que você pinta?

Wolfe começa a andar de novo, e vou atrás dele.

— Pessoas, na maioria das vezes.

— Seu *coven*?

— Sim, meu *coven*.

— Por quê? — pergunto. Quero que ele continue falando, que compartilhe essa parte sua comigo.

— Porque... se eu não fizer isso, como seremos lembrados?

As palavras me tiram o fôlego, a sinceridade delas. Quero dizer algo para amenizar a raiva em sua voz, a dor, mas não há nada. Meu *coven* não sabe que o dele existe, é uma vida secreta escondida pela magia e pelas sombras das árvores.

— Eu vou lembrar.

Wolfe se vira para mim, colocando um pouco de cedro na cesta.

— E vai contar para sua mãe? Para seu futuro marido? Ou sou um segredo que levará para o túmulo?

— Eu... — A resposta dói demais para ser dita em voz alta. Eu o encaro, ele parece ser mais sombra do que pessoa na floresta densa. Wolfe sabe que não posso contar a ninguém, que nossa proteção e a dele dependem de os habitantes do continente acreditarem que a magia proibida se foi. Mas a verdade é dolorosa, vai me corroer por dentro pelo resto da minha vida.

Fico chocada quando seus dedos encontram meu rosto, traçando suavemente a bochecha e ajeitando um fio de cabelo atrás da minha orelha.

— Foi o que pensei.

Ele se vira, sem dizer mais nada, mas fico parada no lugar, a mão repousando onde estavam os dedos do rapaz instantes atrás.

— Preciso ir para casa — digo, por fim, me obrigando a me mexer.

Wolfe diminui a velocidade, colocando um caule de narciso na minha cesta.

— O que você está realmente fazendo aqui? — pergunta, ignorando meu comentário.

Eu me viro e vou atrás do som das ondas, querendo chegar à praia, onde a luz da lua iluminará meu caminho para casa. Wolfe se junta a mim.

Não respondo até alcançar a areia e respirar o ar salgado, deixando tudo me acalmar por dentro.

Finalmente, me viro para Wolfe.

— Saí para colher flores, comecei a pensar em nossa conversa e... não sei. Acho que subconscientemente fui procurar evidências de que o que você me disse é verdade.

— Você não acredita em mim?

— Não foi o que eu falei.

— Então por que procurar provas?

Respiro fundo.

— Porque não quero acreditar em você. — Eu me aproximo da água e me sento na areia, cansada, envergonhada e confusa.

— Por quê?

— Porque é mais fácil do que a alternativa.

— E encontrou alguma prova? — pergunta ele, sentando-se no chão ao meu lado. O tom não revela nada, mas há certa suavidade nele que nunca senti antes, e não entendo o porquê. Talvez Wolfe consiga ver todos os fios que ele afrouxou em mim.

— Bem, encontrei você. Ou você está me seguindo, ou tem uma casa mágica nesta ilha da qual cheguei perto demais.

— Não estou seguindo você — garante ele.

Faço uma pausa.

— Eu sei. Então como funciona? Como soube que eu estava aqui?

Wolfe se remexe ao meu lado, e percebo que também está desconfortável, sem saber se pode confiar em mim. Sem saber se já compartilhou demais, se irei para casa e contarei tudo o que descobri para minha mãe.

— Tem um feitiço na casa que detecta ondas de calor nas matas ao redor. Originalmente, era usado para alertar os bruxos de animais próximos. Antes das colheitas começarem a gerar alimentos, os bruxos precisavam comer. Agora, nós o usamos como um tipo de sistema de segurança.

Enquanto fala, a raiva dentro de mim cresce, mas é mais do que isso. É tristeza por este lugar, que amei com todas as partes de mim, ter guardado segredos tão grandes, que ameaçam destruir tudo que meu *coven* trabalhou tanto para construir.

— Se você não estivesse lá para me impedir, então, em algum momento, eu teria dado de cara com sua casa?

— Não. A magia faria você continuar caminhando em círculos pela floresta — ele me observa enquanto responde.

— Odeio como você tem uma explicação para tudo — digo, mas acho que o que realmente quero dizer é que odeio o fato de acreditar no que Wolfe diz. Odeio que suas palavras tenham me incentivado a fazer perguntas que nunca pensei em fazer.

— Odeio como você precisa de tantas explicações — conclui ele, e acho que, na verdade, ele odeia que não saibamos da vida que seu *coven* leva, como se isso significasse que não valesse a pena saber.

E não sei o que dizer, porque uma parte minha deseja não saber. Parte minha deseja poder voltar para antes do ritual e apagar tudo que veio depois, porque tenho medo de aprender mais.

Tenho medo de fazer todas as perguntas que quero fazer.

Tenho muito medo.

Mas, além do medo, das preocupações, das dúvidas e das incertezas, está a verdade inegável de que quero conhecê-lo. Quero saber o que o deixa acordado à noite, os pensamentos que tomam conta de sua mente, a razão pela qual sua expressão é tão aguçada, e as palavras, tensas.

E a coisa que faz meus olhos arderem, que faz minha garganta doer com a verdade, é que eu quero conhecer Wolfe Hawthorne mais do que já quis conhecer qualquer coisa em toda minha vida. E é devastador.

— Me diga no que está pensando — pede ele.

Eu deveria mentir e responder algo mundano, mas, de alguma forma, ele se infiltrou nas rachaduras da minha fundação — ele, a dama-da-noite e a sua magia, aos poucos estão desmantelando tudo.

— Você pode ser a pior coisa que já me aconteceu — respondo, com medo de encontrar seus olhos, com medo até de olhar na direção dele.

Wolfe respira fundo, pega uma pedra da praia e a joga nas ondas.

— Eu sei.

— Então... por quê? Por que me diz que quer me ver de novo? Por que vem me procurar na floresta quando poderia facilmente me deixar em paz?

Ele se vira para mim, mas não fala até que, finalmente, o encaro, uma decisão da qual me arrependo imediatamente.

— Porque sou egoísta, e quando vejo você praticar minha magia, o mundo faz sentido.

Eu quero gritar com ele, dizer como está sendo injusto, como isso é incrivelmente cruel. Porém, mais do que tudo, quero sussurrar que, naquelas noites, praticando sua magia à luz da lua, meu mundo também fez sentido.

Fez sentido, mesmo enquanto era despedaçado.

18

Uma semana depois, Ivy vem passar a noite na minha casa. Não fazemos isso há muito tempo, e, depois de rir com ela no meu quarto e sussurrar sobre coisas que não têm nada a ver com flores benignas ou magia proibida, me sinto eu mesma de novo. Meus pais estão lá embaixo, bebendo vinho diante da lareira. Está escuro do lado de fora, e as luzes no quarto são fracas.

Estamos esparramadas na cama com uma tigela de pipoca entre nós.

— Esqueci de contar que já tivemos dezenas de pré-encomendas para nosso chá Tandon — comenta Ivy.

— É sério? E quem é que está comprando isso?

— Bruxos desta ilha que, finalmente, voltaram a respirar depois de anos prendendo o ar. — As palavras são sérias, e me apoio no cotovelo.

— Que bom — digo, suavizando meu tom de voz. E é bom mesmo. Saber que meu relacionamento com Landon está trazendo paz para um *coven* que foi fundado no medo faz com que eu me sinta bem.

— Você quer que eu separe um pacote grande para você?

Dou risada.

— É claro — respondo. — Fora isso, como vai a loja?

— Ótima. Meus pais estão me ensinando mais e mais coisas. Esperam que eu comece a administrá-la no próximo ano. Tenho um monte de ideias para melhorar nosso negócio e criar oportunidades.

— Se você criar um chá de casamento, vou me revoltar.

— *É claro* que vou criar um chá de casamento, e ele terá um nome ridículo como "Com este chá, até Tandon vai se casar".

Eu me engasgo com uma pipoca.

— Acho que você precisa trabalhar um pouco mais no nome.

— Eu tenho tempo.

— Mas, é sério, estou feliz por você. A loja vai prosperar com você no comando.

— Eu sei. — Ivy sorri.

Não é arrogância — ela conhece seus pontos fortes e não está disposta a diminuí-los apenas para parecer modesta.

É uma das coisas que mais amo nela.

— Estive pensando... — comenta Ivy, virando-se de lado para me encarar. Seu tom de voz muda, mais sério agora: — A maneira como você conheceu Wolfe não faz sentido.

Um nó se forma em meu estômago, e as palmas das mãos começam a suar.

— Nós precisamos mesmo falar dele?

— Não, não por muito tempo. Só estou curiosa como aconteceu. Os moradores do continente controlam os visitantes que vêm aqui todos os dias e garantem que todos voltem à noite. Eles teriam notado se alguém perdesse o barco e, então, alertado sua mãe.

O nó fica ainda mais apertado. Ivy é minha melhor amiga, e quero compartilhar a história com ela. Talvez compartilhá-la com Ivy até alivie a preocupação em minha mente que exige que eu fale com a minha mãe. Talvez me ajude a seguir em frente.

Respiro fundo, decidindo que não devo a Wolfe manter seus segredos. Pelo menos, não de Ivy.

— Não fui totalmente honesta com você. Eu não queria te assustar, e fui pega de surpresa com a situação toda. — Olho para ela, mas sua expressão não revela nada. — Ele é um bruxo — digo, com cuidado.

— De qual família ele é? Nunca ouvi esse nome antes.

Luto comigo mesma, sabendo que contar esse segredo pode mudar tudo. Nosso *coven* acredita que os bruxos antigos se foram, que a magia proibida está obsoleta. Não sei o que aconteceria se as pessoas soubessem a verdade. Mas também não quero carregar esse fardo sozinha.

— Você tem que jurar que não vai contar nada para ninguém — digo, por fim.

— Por quê? — Ivy se senta.

— Jure.

— Eu juro — diz ela, a voz incerta.

Eu também me sento, para que estejamos no mesmo nível.

— Ele é um bruxo do antigo *coven*.

— Você me assustou por um segundo. — Ivy ri, suspirando alto, e se deita na cama.

Pego o braço dela e, com gentileza, a faço se sentar mais uma vez. Olho minha amiga bem nos olhos.

— Estou falando sério, Ivy. O antigo *coven* ainda existe. É pequeno, mas existe. Wolfe é um deles.

O sorriso desaparece dos lábios de Ivy, e a pele fica pálida.

— Não é possível.

— Eu também achava, mas ele provou que é verdade.

— Como?

Faço uma pausa e olho para baixo. Não poderei voltar atrás do que estou prestes a falar a ela.

— Ele provou com magia.

A boca dela se abre, então, Ivy balança a cabeça, para a frente e para trás, e para a frente e para trás.

— Mas isso significa...

Assinto.

— Magia proibida? — pergunta ela, sua voz tremendo.

— Bem, tecnicamente é chamada de magia alta, mas sim.

Ivy olha para mim como se eu fosse uma estranha, como se não nos conhecêssemos. Meu coração se parte quando vejo a traição em seus olhos.

— E você o deixou te mostrar isso? Deixou o rapaz sair impune? Temos que contar para sua mãe. — Ela se afasta da cama.

— Ivy, não! Por favor — imploro, a segurando pelo braço. — Por favor, escute.

Ivy olha para a porta do quarto, e fica claro que minha amiga está dividida. Finalmente, seus ombros relaxam um pouco, e ela se senta na cama.

— Não é... não é algo mau — digo, escolhendo as palavras com cuidado. — O que ele me mostrou. É baseado em uma conexão com a Terra. É natural.

Ivy me encara.

— É *perigoso*.

— Não — insisto, desejando que ela entenda. — Eu também achava que era, mas não é prejudicial, não é nada para se ter medo.

O rosto de Ivy está franzido, como se tivesse comido algo azedo.

— Eu entendo você ter tido um encontro com um rapaz na praia, mas isso? Você consegue ouvir o que está dizendo? Como sabe que ele não está usando a magia dele na sua mente? Como você sabe que ele não lançou algum feitiço para te fazer falar dessa maneira?

— É claro que não — respondo, antes mesmo de ter tempo para pensar.

Ele não faria isso.

Faria?

— Ele salvou minha vida — confesso, quando Ivy não responde.

— Como assim?

Afundo mais na cama.

— Eu perdi o ritual. Foi sem querer, e Wolfe me ajudou a expelir o excesso de magia para que eu não morresse.

— Você *o quê*?

— Eu sei, não devia ter perdido o ritual. Mas perdi, e a única razão pela qual ainda estou aqui é porque Wolfe me ajudou.

— Mas agora sua vida está maculada — diz Ivy.

Eu a encaro, incrédula.

— Pelo menos estou viva — contra-argumento, falando mais alto. — Prefeririria que eu estivesse morta?

Ivy não responde imediatamente, e dói vê-la pensando na pergunta, tentando encontrar uma resposta que não acabe com nossa amizade. Mas, então, balança a cabeça bem devagar. Ela não vai dizer em voz alta, não vai ousar colocar para fora, mas isso basta.

Preciso mostrar a Ivy, fazê-la entender que minha vida não está maculada, que o que fomos ensinadas a acreditar não é verdade. Ela me conhece melhor do que ninguém, e sei que posso confiar nela.

— Me deixe te mostrar uma coisa — falo, puxando-a da cama.

Descemos pela escada de serviço. Meus pais ainda estão conversando na sala de estar, então abro a porta dos fundos em silêncio e levo Ivy para fora.

Nosso gramado está perfeitamente cuidado, é um círculo verde-vibrante cercado por plantas e arbustos. Várias samambaias crescem ao longo da base de uma árvore de ácer.

— O que estamos fazendo aqui, Tana? — pergunta Ivy. A voz soa cautelosa, mas sei que posso fazê-la entender.

Minhas mãos estão nos bolsos, e, quando as retiro, várias pétalas da dama-da-noite, das quais eu tinha me esquecido, estão na minha palma, são restos do momento em que dei a Wolfe a lembrança.

— Olhe — digo, estendendo-as para Ivy. — São pétalas de uma dama-da-noite, mas posso tocá-las. Não me machucam. Sabe por que não me machucam?

Caminho até uma samambaia, passo meus dedos pelas folhas ásperas e fecho os olhos até que a magia dentro de mim reconheça a energia da planta. Ela flui em mim com facilidade, e, com gentileza, a pego e a coloco na terra próxima, sussurrando as palavras que usei com Wolfe na praia. Outra samambaia brota.

— Como isso poderia ser perigoso? Não é essa a expressão mais natural da magia? Trabalhar com a Terra, em vez de prejudicá-la?

Ivy leva a mão à boca e dá um passo para longe de mim. Seus olhos estão agitados, e ela encara a samambaia em frente.

— Você usou magia proibida. — As palavras soam tão baixas, e ela as diz como se fossem um diagnóstico terminal, como se estivesse se preparando para me perder. Era uma coisa quando pensava que Wolfe tinha usado magia proibida para me salvar; mas outra inteiramente diferente saber que eu também a usei.

Dou um passo na direção dela.

— Você não está vendo? Não há nada mau nisso. Até mesmo a maneira como faço para encontrá-lo é bonita: chamo o nome dele à meia-noite, e, se ele ouvir, ele vem.

— A questão não é essa, Tana. É claro que não é mau fazer uma samambaia brotar ou dizer um nome à meia-noite. Mas a magia que criou essa samambaia e que permite que você entre em contato com Wolfe é a mesma magia que cura o que não deveria ser curado, que evoca espíritos e desempenha o papel de Deus. — A voz dela treme, uma fúria ardente escorrendo dela. — *É* maligna, e nossos antepassados perceberam isso assim que a abandonaram. Ela te envenena por dentro. Por que acha que conseguimos sustentar a nova ordem por tanto tempo? É porque sabemos, agora, que magia proibida é podre. Se não acha que ela vai te consumir, você é uma tola. — Ivy praticamente cospe as palavras. — Essa é a mesma magia que matou nossos antepassados, Tana. Se precisa de um lembrete, ficarei feliz em levá-la até o cais agora mesmo para que possa encarar as tábuas carbonizadas, até que se lembre que o tipo de magia que você acabou de demonstrar quase nos erradicou por completo. Como é que você pode ter se esquecido disso?

Ela me lança um olhar fulminante, e não sei o que dizer. Ela tem razão, mas não consigo mais me fazer acreditar nisso como antes. É desolador perceber que duvido de coisas que nunca duvidei antes. Eu quero acreditar em nossa magia. E acredito.

Mas também acredito na magia que pratiquei com Wolfe.

Sinto como se estivesse de joelhos, clamando a Deus a respeito da beleza do diabo.

— Eu não sei... — digo, finalmente.

— É ele — diz ela. — Wolfe.

Olho para o chão, para a samambaia que acabou de aparecer. Eu quero odiá-la, arrancá-la da terra e jogá-la longe. Quero ficar chocada com o que acabei de fazer, me arrepender e fazer algo melhor.

Eu quero *ser* melhor.

— Tana — diz Ivy, meu nome preso em um soluço. Olho para cima e vejo os olhos da minha melhor amiga cheios de lágrimas... por mim. — Ele realmente vale a pena?

Quero gritar, gritar para ela que não se trata dele. Trata-se da magia, do que estamos abrindo mão para viver a vida que temos. Trata-se de nos falarem que uma flor é mortal apenas para, então, eu descobrir que é só uma flor, igual a todas as outras. Mas, mesmo enquanto penso nisso, as palavras de Ivy se acomodam profundamente dentro de mim, e sei que ela está certa.

Ele não vale a pena.

A magia dele não vale a pena.

Amo minha vida. Amo meus pais, Ivy e Encantamento. Sei que meu casamento com Landon será gratificante de maneiras que nem consigo imaginar. Mas Wolfe entrou em minha vida com a força de um tornado, arruinando tudo.

Destrutivo e perigoso.

Agora, consigo enxegar.

Minha expressão é de desconsolo, e meus olhos se enchem de lágrimas. Olho para baixo, para as pétalas brancas na mão, e as guardo de novo no bolso.

— Não — respondo. — Desculpa, Ivy. Eu sinto muito.

Ela me observa por vários instantes, então, toda raiva derrete, e ela me puxa para seus braços. Eu a abraço de volta com força, apertado, dizendo a mim mesma que é por isso que os bruxos antes de mim sacrificaram tanto. É por isso que aderimos à nova ordem e praticamos magia baixa.

Ivy é tudo para mim. Eu me casaria com Landon e me mudaria para o outro lado do Canal mesmo que fosse apenas para protegê-la, e não o *coven* todo, a ilha inteira.

— Desculpa — repito, me afastando e enxugando os olhos. — Eu não sei no que estava pensando.

— Você queria algo que fosse seu — diz ela, com simplicidade.

Assinto. Talvez tenha sido só isso — querer algo que fosse apenas meu antes de me unir definitivamente ao meu *coven* e me casar com o homem que meus pais escolheram para mim.

Quando ela coloca assim, parece compreensível. Até mesmo razoável.

Voltamos para dentro de casa, subimos as escadas e fecho a porta do meu quarto. Terminamos a pipoca, rimos e conversamos, e me maravilho com quão facilmente voltamos a isso. Nada, nem mesmo magia proibida, pode nos separar.

Mas, enquanto Ivy dorme profundamente ao meu lado, minha mente não para. Não consegue encontrar um lugar para descansar.

— Mortana?

Levanto a cabeça. Parece que alguém está sussurrando meu nome.

Ouço com atenção, mas tudo que escuto é a respiração tranquila de Ivy. Eu me deito outra vez e fecho os olhos.

— Mortana?

Abro os olhos rapidamente, e observo a escuridão. Só existe uma pessoa que usa meu nome completo. Quando o escuto pela terceira vez, entendo o que está acontecendo: Wolfe está usando sua magia, me convidando a encontrá-lo na praia.

Apoio a cabeça no travesseiro e me obrigo a fechar os olhos. Ainda assim, uma raiva fervente cresce no meu peito e sobe pelo meu pescoço. Meus olhos ardem, e dói engolir.

Ele não vale a pena, e odeio que me tenha colocado nesta situação, me fazendo questionar todas as coisas que amo.

Ele diz meu nome mais uma vez antes de desistir.

Ótimo. Espero que ele nunca mais repita meu nome.

Assim que penso isso, uma lágrima escorre pelo meu rosto e cai no travesseiro. Eu a enxugo, respiro fundo e tento encontrar o sono.

19

Sete noites. Por sete noites, Wolfe tenta falar comigo, sussurrando meu nome ao vento à meia-noite, me chamando para a costa oeste. Cada sussurro acende o fogo da raiva dentro de mim, espalha-o pelo meu peito e até os braços, subindo pelo pescoço e pela pele.

Avassalador.

Esta noite, quando ele diz meu nome, estou pronta. Saio sorrateiramente de casa e desço pela rua vazia, evitando o brilho dourado dos lampiões. Não paro de correr até chegar à extremidade da ilha, onde as costas de Wolfe aparecem banhadas pelo luar. É quase lua cheia de novo.

— O que é que você quer? — digo as palavras antes mesmo do rapaz se virar, deixando minha raiva afiá-las.

Ele se vira para me encarar.

— Eu quero que você pare de contar aos seus amigos sobre mim.

Paro de andar.

— Como assim?

— Tenho sinos do vento na minha casa cuja única finalidade é soar quando corremos o risco de sermos descobertos. Tocaram pela primeira vez na semana passada... pela primeira vez em anos.

— Você está nos espionando? — Minha raiva aumenta e dou um passo na direção dele. Não consigo acreditar que me envolvi com alguém como Wolfe.

— Não podemos ouvir conversas. Os sinos são encantados e, quando certas palavras ou frases são usadas, eles soam. Só podemos ouvir os sinos, não o que foi dito. Independentemente disso, eles não tocavam há anos, o que me leva a acreditar que você seja o motivo de terem tocado. Então, mais uma vez: pare de falar sobre mim.

Constrangimento se mistura com raiva, o que é uma combinação terrível. E eu explodo:

— Vou contar a cada bruxo nesta ilha que você existe se não me deixar em paz.

— Eu não teria chamado você se os sinos não tivessem tocado. Agora, se quer que eu te deixe em paz, pare de falar sobre mim. Pare de pensar em mim. Pare de me trazer presentes e de usar minha magia como se fosse seu destino.

O calor invade minha cabeça e nubla minha mente, dificultando o pensamento.

— Eu tenho um destino, e ele não tem *nada* a ver com a magia que você pratica.

O rapaz dá um passo na minha direção.

— Você realmente acha que está destinada ao filho do governador?

Areia atinge o peito e o rosto dele antes mesmo de eu decidir chutar a praia. Ele dá um passo para trás e limpa os olhos, e um silêncio pesado cai entre nós.

O rugido constante do oceano não é suficiente para encobrir as batidas do meu coração.

— Desculpe — peço, chocada com as minhas ações. — Não era minha intenção te acertar.

Ele cospe a areia da boca e pisca várias vezes.

— Não se desculpe — repreende ele, a voz séria. — Você se desculpa demais.

— Você não se desculpa o suficiente — retruco.

Posso ver minha respiração no ar frio de outono. E Wolfe está tão perto de mim, que ela toca o rosto dele antes de desaparecer.

— Pelo que tenho que me desculpar? — Seu tom soa desafiador e arrogante, e isso reacende minha raiva.

— Por tudo — falo, gesticulando em direção ao oceano como se ele fosse entender. — Você me fez perder o ritual, me obrigou a...

— Eu salvei sua vida — recorda ele, me interrompendo.

— Fui forçada a usar sua magia proibida e a continuar te vendo...

— Então agora voltamos a chamá-la de magia proibida?

— Pare de me interromper! — grito, me esquecendo, por um instante, que ninguém pode saber que estou aqui. As palavras penetrantes ecoam por um segundo, antes de serem engolidas pelo mar. — Eu era feliz antes de você aparecer. — Não consigo evitar as lágrimas que ardem nos olhos e escorrem pelos cílios. — Eu era feliz.

— Você era ignorante.

— O que foi que você disse?

— Eu disse que você era ignorante. — Wolfe balança a cabeça e olha ao longe, e, mesmo que minha visão esteja embaçada, consigo ver como ele fica lindo embebido pelo luar. Não importa, ele não é nada para mim. Não pode ser nada para mim.

— Temos o mesmo passado. Os mesmos contos. O fato de eu ter escolhido uma vida diferente após ouvir todas essas informações não me torna ignorante — digo, respirando fundo e enxugando os olhos.

— Você não ouviu todas as informações. É *isso* que estou tentando dizer.

— Do que você está falando? — pergunto, exasperada.

Wolfe me observa como se não conseguisse decidir se quer continuar por esse caminho ou não, se quer dizer o que tem em mente. Não afasto os olhos dos dele, desafiando-o a falar.

— A dama-da-noite — diz ele, finalmente. — Você já perguntou para sua mãe disso?

— Não — respondo, enquanto um arrepio percorre meu corpo. Eu estremeço.

— Por que não?

— Sei que pode ser difícil para você entender, mas não fico sentada em casa o dia todo pensando em você. Tem muita coisa acontecendo na minha vida, coisas grandes, e perguntar sobre isso não passou pela minha mente.

O que não digo é que já pensei muitas vezes na dama-da-noite, mas não tive coragem de perguntar para minha mãe.

— Viu só? Esse é o problema! — exclama Wolfe, afastando-se de mim em direção à água. — Deveria ter passado pela sua mente a cada segundo de cada dia. Você deveria exigir saber a verdade. Você não se importa com isso?

— Sabe com o que me importo? Com proteger as pessoas que amo. Com praticar magia abertamente, sem medo de ser morta por causa isso. Ver esta ilha prosperar e saber que nossos filhos terão vidas seguras e felizes. Não me importo se essas coisas parecem tolas ou bobas para você, Wolfe. Não me importo. Enquanto você é egoísta, colocando todos nós em perigo, porque não sabe o que é se sacrificar, estou aqui, trabalhando para proteger a ilha, e isso inclui você.

— Eu sacrifico *tudo* para ter a vida que tenho. Moro em um palacete coberto por um véu de magia, completamente invisível para o mundo exterior. Tenho que viajar pela água, porque não posso correr o risco de ser visto. Cultivo minha comida que é ameaçada todos os dias pelos seus rituais que esgotam minha praia. Me agarro, desesperadamente, a uma vida que todos vocês decidiram não valer a pena viver, e é difícil. — A voz dele fica mais forte, mas não é sua raiva habitual. Ela está lá, é claro, mas também há uma tristeza entrelaçada no tom, e isso me tira o fôlego. É devastador.

— Ninguém pediu para você fazer isso — digo, com gentileza.

— Exato. Ninguém pediu, porque ninguém se importou em preservar meu estilo de vida.

— Não, é aí que você se engana. Ninguém perguntou, porque ninguém estava disposto a morrer por isso.

Nos observamos, e a tensão entre nós começa a diminuir, derretendo como a neve na primavera. Ele acredita em seu estilo de vida com tanta veemência, que faria absolutamente qualquer coisa por ele, assim como acredito no meu. Pela primeira vez, percebo como somos parecidos, e não consigo mais ficar brava com ele.

Ele está disposto a morrer por algo que o resto de nós decidiu ser maligno. Queria que houvesse algo que eu pudesse dizer que, de alguma forma, aliviasse sua dor, mas não há nada.

— Eu estava tão brava com você quando cheguei aqui hoje à noite... — comento.

— Por quê? — Ele respira fundo e solta o ar sem pressa, como se tentasse se livrar da dor que me mostrou.

— Porque te culpo por me fazer questionar uma vida que nunca questionei.

— Questionar é algo bom, Mortana.

— Eu sei. E sei que não é culpa sua se minhas escolhas não resistem ao escrutínio.

Ele assente e olha para o oceano. É a primeira vez que o vejo parecer cansado, completamente exaurido após deixar tanto de si transparecer.

Quero esticar a mão e tocá-lo, deixá-lo se apoiar em meus braços e descansar, mas nunca encontraria paz ali. Não quando meu sobrenome é Fairchild.

Então, sou atingida por uma ideia, uma ideia absurda e ridícula com a qual ele provavelmente nunca concordaria, mas quero tentar.

— Você faria algo por mim?

— Depende.

— Você já me mostrou sua magia várias vezes, então, também quero te mostrar a minha. Você faria um perfume comigo?

— Por que eu faria isso?

— Porque estou pedindo com jeitinho? — brinco, trazendo leveza para minha voz, tentando aliviar o peso da conversa anterior. Tentando aliviar algo em nós dois.

— Há momentos em que penso que te entendo melhor do que já entendi qualquer outra pessoa, então, você sugere algo tão absurdo quanto fazer um perfume juntos, e aí tenho certeza de que você é a criatura mais desconcertante que já vi na vida.

— Vou considerar isso um elogio — digo.

— Se prefere ver desse modo...

— Por favor, faça um perfume comigo. Seria muito importante para mim.

Wolfe me observa, e consigo perceber que ele não quer fazer isso, não quer se sujeitar ao nível da magia baixa. Mas, logo, dá um suspiro profundo, e sei que venci.

— Tudo bem. *Um* perfume.

Caminhamos pela floresta, a leste da praia, colhendo flores silvestres, folhas e ervas. E, enquanto fazemos isso, conversamos. Não sobre magia, o continente ou sacrifícios, mas sobre a vida, coisas simples do dia a dia das quais nunca falamos. Ele me conta sobre o casarão em que mora, uma casa grande que fica perto de onde me encontrou na floresta, escondida com magia; depois, me fala que gosta de cozinhar e ler, e que, uma vez, pôs fogo na cozinha tentando amolecer um pão velho. E também me conta dos retratos que pinta, que seu objetivo é pintar cada membro do seu *coven*.

— E quem vai pintar o seu retrato? — pergunto.

— O meu? — Ele faz uma pausa, como se genuinamente surpreso pela pergunta. — Acho que não parei para pensar nisso.

— Bem, então talvez eu aprenda a pintar.

Ele me olha, inclinando a cabeça para o lado, como se não entendesse as palavras que eu disse. Algo irreconhecível atravessa seus olhos, e tenho certeza de que não há um artista vivo que possa capturar o brilho deste homem.

Mas tenho certeza de que eu gostaria de tentar.

Estou encarando-o, então abaixo os olhos e mudo de assunto. Conto a ele sobre a loja dos meus pais, meu amor pela natação, e como costumava conversar com as flores silvestres que colhia para nossos perfumes — um hábito do qual ainda não me livrei totalmente. Wolfe sorri quando conto isso, e rio porque sei que é absurdo, mas sinto meu corpo se aquecer.

Sigo Wolfe até o campo onde nos conhecemos, e ele colhe várias folhinhas de grama antes de voltarmos para a praia. Pego quatro pedras grandes, e nos sentamos na areia enquanto as estrelas brilham bem alto acima de nós.

— Certo, primeiro temos que macerar os materiais que coletamos — explico.

Então, demonstro colocando as pétalas das flores silvestres em uma das pedras e, depois, esmagando-as com outra. Wolfe faz o mesmo, e, logo, terminamos tudo.

— Quais você quer que sejam as notas de base? Elas serão a fundação do perfume.

— Suponho que a grama, já que foi onde conheci você. — O tom dele é casual, mas, ainda assim, faz meu coração acelerar. Separo material suficiente para as notas de base, então, passamos para as notas do meio e de saída. Assim que ele faz suas seleções, meço e amarro tudo junto.

— Agora, é hora do feitiço — digo. — Tem algo em particular de que você gostaria?

— Você decide.

Coloco o embrulho entre nós e decido pela paz. Eu não sabia, até esta noite, que era algo de que Wolfe sentia falta, algo que ele não pode ter porque vive com o terror de que seu estilo de vida seja destruído. E, ainda que eu não possa consertar isso, o perfume dará a ele momentos de descanso.

Fecho os olhos e despejo minha magia nas flores, mas Wolfe me interrompe. Eu o observo.

— Fale em voz alta — pede ele. — Eu quero te ouvir.

Engulo em seco, e suas palavras me afetam de uma maneira que não consigo nomear. Consigo sentir, porém, algo se movendo pelo meu corpo, algo lento e quente que floresce do meu centro, e tenho de olhar para baixo, com medo de que Wolfe veja o que estou sentindo.

— Certo — digo baixinho. Fecho os olhos e começo de novo: — Preocupações cessam e tensões se aliviam; quando esta fragrância ele cheirar, paz vai o cercar — sussurro as palavras enquanto a magia encharca o embrulho, infundindo-o com feitiço. Então, a voz de Wolfe se junta à minha, e dizemos as palavras juntos, sua magia suavizando, moldando-se às regras do meu mundo. Fico chocada quando meus olhos começam a arder, e os mantenho bem fechados, reprimindo a emoção para que Wolfe não a veja.

Repetimos as palavras mais vezes do que necessário, mas não quero que este momento acabe, esse momento que, de alguma forma, se imprimiu na parte mais profunda do meu ser. Mas sei que deve acabar, então repasso as palavras uma última vez antes de ficar em silêncio.

Wolfe me observa quando abro os olhos. Ele está de costas para a praia, e, com a lua alta acima do mar, é difícil distinguir seus traços. Mas parece profundamente afetado, tocado pela experiência da mesma forma que eu.

— Por que você escolheu paz? — questiona ele.

— Porque você merece — respondo.

Ele assente, e tiro, do meu bolso, um lenço de linho que minha mãe insiste que eu carregue para emergências. Duvido que este momento possa ser qualificado assim, mas enrolo cuidadosamente o embrulho de flores e ervas, folhas e grama no pano antes de entregá-lo a Wolfe. Ele aceita e o guarda com cuidado no bolso do casaco.

— Eu tenho que ir — digo, me levantando. — Quando chegar em casa, coloque o pacote em óleo e o deixe descansando por uma ou duas semanas. Depois, despeje tudo em uma garrafa, adicione um pouco de álcool e borrife sempre que precisar. Paz instantânea.

Penso que ele vai revirar os olhos ao ouvir a última parte, mas não é o que acontece.

— Farei isso — ele fala de uma maneira que me faz acreditar que seguirá cada instrução à risca.

— Ótimo. — Começo a subir pela estrada, mas algo me detém. Eu me viro. Wolfe ainda está parado onde o deixei, me observando. — Guardarei seu segredo — garanto. — Você tem minha palavra. — Porque, por mais que doa nele sua vida ser mantida em segredo, escondida dos olhos do continente, ele sabe que é necessário para sua sobrevivência. Para a sobrevivência do seu *coven*.

— Acredito em você.

Aceno com a cabeça e tento me obrigar a andar novamente, no entanto, é muito difícil, como se estivesse em areia movediça, e não consigo sair do lugar. Mas tenho que ir. Eu me forço a me mover e, quando chego à estrada, luto contra a vontade de me virar e vê-lo mais uma vez.

Mantenho meu rosto imóvel e sigo pelo caminho até em casa, mas posso sentir os olhos dele me seguindo, me observando até a estrada se curvar e a conexão finalmente ser perdida.

20

Estou exausta quando acordo na manhã seguinte, a cabeça latejando. Outra noite de magia da qual ninguém pode saber, e justifico isso dizendo a mim mesma que só praticamos magia baixa. Mas, mesmo assim, sei que está além de qualquer justificativa. Ainda estávamos praticando magia à noite, e Wolfe ainda é membro do antigo *coven*. Nada mudará isso, nem mesmo criar algo tão inofensivo quanto um perfume.

Quando chego no térreo, meu pai está preparando o café da manhã, e minha mãe, tomando uma xícara de chá.

— Bom dia, querida — diz ela.

— Teve uma noite agitada ontem? — pergunta meu pai, e, por um momento terrível, penso que sabem. Fico em silêncio, minha mente acelerada, tentando descobrir o que falar, como me desculpar, o que admitir, mas, então, ele fala: — Não é do seu feitio dormir até tarde assim. — A voz soa casual, brincalhona, e meu corpo inteiro relaxa quando percebo que meu segredo está seguro. O segredo de Wolfe está seguro.

— Fiquei pensando. — Preparo uma xícara de chá para mim e, depois, me sento ao lado da minha mãe no sofá. Ela joga metade da manta na minha direção, e me aconchego embaixo do tecido com ela.

— No que você ficou pensando? — pergunta ela. Estou prestes a dizer algo sobre o Baile do Pacto ou a perfumaria, quando as palavras de Wolfe surgem em minha mente sem serem convidadas.

Você era ignorante.

Você deveria exigir saber a verdade.

Meu coração acelera enquanto analiso as palavras, perguntando-me se consigo realmente reunir a coragem de que preciso para fazer a pergunta que tem atormentado minha mente. *Por que a flor não me machucou?*

As palmas das mãos estão suadas, e descanso minha xícara na coxa para que a porcelana não trema.

— Você já viu uma dama-da-noite? — pergunto, tentando manter o tom casual. Curioso.

— Uma dama-da-noite? O que fez você pensar nisso? — pergunta minha mãe, mas não parece chateada ou desconfiada.

Então continuo:

— Pensei ter visto uma na ilha — digo. — Eu estava errada, é claro, mas foi o que me fez pensar nisso. — Odeio mentir para ela, mas quero ter essa conversa, *preciso* tê-la, e a única maneira é fazer minha mãe acreditar que seja algo inocente.

Ela se recosta no sofá e olha para além de mim.

— Uma vez, quando eu era jovem. As flores já tinham sido erradicadas na época, mas, de vez em quando, uma semente perdida sobrevivia na terra e florescia. É por isso que somos tão firmes ao ensinar sobre os riscos da flor. É muito difícil se livrar de uma planta quando ela já fez de algum lugar seu lar, e, embora, tenhamos feito um bom trabalho, nunca é garantia de que estarão completamente extintas.

— O que você fez quando a viu?

— Eu estava com sua avó, e ela a viu ao mesmo tempo que eu. Então, isolou a área até um oficial do continente vir e a arrancar. São lindas. Eu queria ter visto uma à noite, enquanto florescia.

— E se outra aparecer na ilha?

— Ah, querida, eu não me preocuparia com isso. A que vi quando era criança foi uma das últimas avistadas. E, se você visse uma, saberia como reagir: não tocaria nela e viria até mim.

— Mas... e se eu tocasse nela?

Um silêncio pesado se instala na sala.

O barulho do meu pai preparando o café da manhã para, e minha mãe me olha com interesse.

— Por que você perguntaria uma coisa dessas? — quer saber, enquanto meu pai sai lentamente da cozinha, esperando para ouvir minha resposta.

— Só quero saber o que aconteceria.

— Você sabe o que aconteceria. A dor seria inimaginável, e você morreria dentro de uma hora. Essas flores são extraordinariamente perigosas, é por isso que fizemos tanto esforço para fazê-las sumirem da ilha.

Não há nada em seu tom que soe estranho, nada que me faça pensar que não está sendo honesta, e percebo que ela não sabe a verdade. Desde criança, foi informada da mesma coisa que eu, a mesma mentira, e não sabe de nada diferente.

Procuro alguma explicação, algo para que uma mentira tão abrangente faça sentido, mas estou sem palavras. Minha mãe sempre foi um alicerce para mim, sempre teve as respostas, mas essa ela não tem, e parece que o chão onde estou começa a ficar instável.

Pestanejo e me obrigo a voltar ao presente, percebendo que meus pais ainda me observam.

— Bem, então realmente espero nunca entrar em contato com uma — comento. Tento fazer as palavras soarem leves, mas não consigo.

— Sua mãe está certa, querida — diz meu pai. — Você não precisa se preocupar com isso. É uma flor muito conhecida, então, mesmo que uma aparecesse, o que seria altamente improvável, você a reconheceria antes de correr o risco de tocá-la.

Meu pai acredita em mim, e parte meu coração ele estar tentando me confortar, me assegurar de que a flor não é nada com que se preocupar. Minha mãe concorda com um aceno de cabeça e repousa a mão no meu joelho.

— Obrigada, pai — digo, oferecendo um pequeno sorriso.

— Minhas garotas estão prontas para o café da manhã? — pergunta ele, voltando para a cozinha.

— Com certeza. — Eu me levanto e o acompanho, pegando talheres e arrumando a mesa. Nos sentamos e falamos sobre a loja e meu próximo encontro com Landon. A flor não volta a ser mencionada.

Mas ainda preciso saber a verdade, preciso entender como minha mãe, a pessoa mais poderosa nesta ilha, não sabe sobre as damas-da-noite. Não quero mais ser ignorante, e não me importo se o que eu descobrir acabar despedaçando meu mundo, porque ele já está se despedaçando, de qualquer forma. É o que sinto enquanto limpo a mesa, lavo a louça e caminho com a minha mãe até a perfumaria. É o que sinto o dia todo, cada passo um pouco menos estável do que o anterior.

Ivy entra pela porta da perfumaria momentos antes de fecharmos, me entregando um bolinho que não foi vendido na loja de chá. Essa nossa rotina me traz estabilidade, e respiro um pouco mais fundo.

— De que sabor você fez hoje? — pergunto.

— Lavanda e mel.

É um dos meus favoritos, e dou uma mordida ansiosa.

— Delicioso — afirmo. — Como foi o seu dia?

— Agitado. Quer adivinhar qual é o nosso produto mais vendido no momento?

— Você não pode estar falando sério.

— Estou. Nossa mistura Tandon é um grande sucesso.

— Ah, é uma delícia! — exclama minha mãe, de trás do balcão. — Você já experimentou, querida?

— Tana não vai experimentar por princípio — diz Ivy.

— E que princípio é esse?

— Bem, para começar, a mistura se chama Tandon — digo, e Ivy revira os olhos.

— Você vai experimentar um dia — garante ela.

— Eu sei.

Minha mãe apaga todas as luzes, e viro a placa da porta indicando que estamos fechados. Nós três saímos para o ar frio da noite, e minha mãe resolve fazer umas compras rápidas enquanto volto para casa com Ivy. Nossas casas ficam a apenas dez minutos de distância, e é muito difícil pensar que, em breve, esses dez minutos se estenderão por toda a largura do Canal.

— Meus pais vão sair hoje à noite, então pensei em colher algumas das nossas flores noturnas para uma nova mistura que quero experimentar. Quer vir comigo? — pergunta Ivy.

Normalmente, eu aceitaria sem pestanejar. Adoro colher flores à noite, quando a ilha dorme e a lua é minha guia. Mas Wolfe estava certo: eu quero saber a verdade, e, se minha mãe não a tem, preciso encontrá-la em outro lugar.

— Eu adoraria, mas não dormi bem na noite passada e estou com uma dor de cabeça da qual não consegui me livrar o dia todo. Acho que vou para a cama cedo, tentar descansar. — Mesmo que ambas as coisas sejam verdadeiras, as palavras ainda me deixam com o estômago revirado. Não vou ajudar Ivy, porque planejo procurar respostas em um lugar que ela nunca aprovaria. E não posso contar isso para ela.

— Sinto muito que não esteja se sentindo bem — diz ela, parando nos degraus da porta de sua casa. — De manhã, me avise se a dor de cabeça ainda estiver incomodando, porque, se estiver, farei um analgésico para você.

— Você é boa demais para mim — digo, e ela passa o braço em volta dos meus ombros.

— Acho que sou apenas boa o suficiente. — Ela me dá um abraço rápido, depois, sobe os degraus. — Até amanhã — diz ela, por sobre o ombro.

Sou grata pela caminhada até em casa, pelos minutos sozinha antes de enfrentar outra refeição com meus pais. A verdade não pode ser tão ruim quanto o desconhecido, e quando a pergunta for respondida, poderei seguir em frente. Talvez seja isso de que tenho precisado o tempo todo — do desfecho que Ivy estava tão certa de que eu buscava. Talvez não tenha nada a ver com Wolfe, mas tudo a ver com uma flor tóxica que não me machucou quando a toquei.

Minha mãe comprou sanduíches na padaria a caminho de casa, e temos um jantar tranquilo, livre de qualquer tensão ou preocupação por parte dos meus pais.

— Boas notícias — anuncia minha mãe, tirando os olhos da refeição. — Vamos receber nossa última remessa de madeira do continente esta semana. Até o próximo mês, qualquer vestígio do incêndio que acometeu o cais terá desaparecido.

— Que notícia ótima — comento, mas substituir a madeira queimada não é o bastante para fazer qualquer um de nós se esquecer de como foi ver nosso cais se incendiar e do medo que se seguiu, do terror absoluto de que o tempo estava retrocedendo. Ninguém morreu, o que foi a única coisa boa naquele dia.

— Vocês acham que deveríamos manter uma tábua queimada como lembrança? — pergunto.

Meus pais me olham.

— É uma ideia interessante. No que estava pensando?

— Não sei. Só acho que, talvez, seja bom ter um lembrete de que temos que cuidar de nós mesmos, em vez de depender inteiramente do continente. Apagar tudo me parece resignação, como se estivéssemos bem com o fato de que isso aconteceu. Só porque praticamos uma magia mais fraca não significa que devemos ser fracos.

— Poderíamos manter a madeira queimada em um lugar discreto, também, para não chamar a atenção dos turistas. Mas gosto da sua ideia, Tana, vou discutir com o conselho — diz minha mãe.

— É mesmo?

— Com certeza. Pode ser uma coisa boa.

Dou um sorriso e termino a refeição enquanto meus pais conversam sobre outras coisas.

Depois que terminamos de comer, lavo a louça e vou para o meu quarto. Eu me sento no banco da janela, olhando para o Canal e rolando o vidro do mar de Landon entre os dedos, já acostumada com as bordas afiadas.

Escuto meus pais subirem os degraus e irem para o quarto deles. Lentamente, a casa começa a se acalmar. Coloco um suéter grosso sobre o vestido e, quando tenho certeza de que meus pais estão dormindo, saio sorrateiramente de casa.

Eu queria estar colhendo flores com Ivy agora, vendo todas as plantas sob o luar, que é uma experiência completamente diferente da colheita diurna. Mas sei que nunca encontrarei o desfecho de que preciso a menos que minhas perguntas a respeito da dama-da-noite sejam respondidas, então caminho pela escuridão até a costa oeste e chamo por Wolfe uma última vez.

21

Wolfe sai da água e lentamente se aproxima de onde estou parada. É quase lua cheia outra vez, e não consigo acreditar em como minha vida mudou desde a última. Tantas coisas que eu não sabia naquela época, tantas perguntas que eu não tinha...

— Você sempre viaja pela água? — pergunto.

— Sim. Não podemos usar as ruas.

Ele murmura a palavra "seque" baixinho, e as roupas encharcadas secam instantaneamente. Ele veste calça e uma camisa branca de mangas compridas que abraça o corpo, e tento não notar como o tecido se estica sobre o peito enquanto ele se move.

— Duas noites seguidas — comenta ele. — A que devo a honra?

— Perguntei à minha mãe sobre a dama-da-noite — conto. Uma brisa suave vem do mar, e cruzo os braços em volta do peito.

— E?

— Ela me disse a mesma coisa que me ensinaram a vida toda: se eu encostar em uma, sentirei dor como nunca, então, morrerei.

— E, ainda assim, aqui está você.

— Aqui estou eu — digo. — Ela não sabe a verdade, e não quero continuar me perguntando sobre isso. Por isso, estou aqui.

— Você realmente acredita nisso?

— No quê?

— Que ela não sabe? — Ele faz parecer uma pergunta, mas está claro que não é.

— Sim, acredito — respondo com firmeza, e parece que ele vai discutir comigo, mas, então, simplesmente concorda.

Wolfe me observa, e reúno o resto da minha coragem para fazer a pergunta que preciso fazer desde o momento em que nos conhecemos.

— Você vai me dizer a verdade? — As palavras soam suaves, mas minha voz treme. Estou dolorosamente ciente de que as coisas vão mudar depois disso. Mas nem toda mudança é ruim, e é isso que digo a mim mesma enquanto espero pela resposta de Wolfe.

— Tem certeza de que quer saber?

Eu hesito por uma, duas, três batidas do meu coração, então, respondo:

— Tenho.

— Venha para a água comigo.

Eu sigo o rapaz até as águas rasas e me ajoelho ao lado dele. A água bate em meus joelhos, e eu tremo.

— O que estamos fazendo?

— Lembra do feitiço que usou para puxar a maré?

— Sim — respondo lentamente, sem entender. — O que ele tem a ver com tudo isso?

— Use-o agora — me pede ele.

— O quê? Por quê?

— Confie em mim. Faça o feitiço.

Suspiro e balanço a cabeça. Fecho os olhos e me concentro na água ao redor, na sensação que ela causa na minha pele, e chamo minha magia.

— Mar gentil, maré baixa, suba até nós agora, nos mande para baixo. — Repito as palavras várias vezes, e são as mesmas que usei da última vez, mas nada acontece.

Minha magia não se eleva dentro de mim e a água não se move. É como se o mar tivesse me esquecido.

— Eu não entendo — digo, abrindo os olhos e encarando Wolfe.

Ele tira seu anel de prata e o desliza gentilmente no meu polegar.

É pesado, com entalhes intricados de ondas e damas-da-noite adornando o metal. Deixo meus dedos escorregarem por cima dele.

— Tente de novo — diz ele.

Olho para ele com uma expressão questionadora, mas sigo as instruções. Fecho os olhos e tento formar uma conexão entre a magia dentro de mim e a água ao meu redor. Desta vez, minha magia cresce. Repito o feitiço mais uma vez, e a maré avança em nossa direção, batendo em meu peito e me empurrando para trás.

Tusso enquanto a água salgada entra nos meus pulmões, e me levanto às pressas. Wolfe está ao meu lado, me oferecendo sua mão, e eu a pego, deixando-o me conduzir até a margem. Nos sentamos de novo, e Wolfe seca nossas roupas.

— O que foi que acabou de acontecer?

— Se lembra da história que contei? Da primeira bruxa nascida em um campo de damas-da-noite?

Assinto.

— É verdade. Todos descendemos dela e essa flor é a fonte de nosso poder. Mais especificamente, toda magia flui da relação dessa flor com a lua. É isso que sustenta nossa conexão com a Terra e nos permite manipular o mundo ao redor. Na ausência dela, a magia não é possível. — Wolfe estende a mão e segura a minha. Ele mantém os olhos nos meus enquanto, sem pressa, retira o anel do meu dedo e o coloca de volta no seu. — Este anel está cheio de pétalas de dama-da-noite que reponho a cada poucos dias. É a primeira vez que me lembro de tê-lo tirado — fala ele, em voz baixa, como se as palavras fossem especiais. Importantes, de alguma forma.

— Então foi seu anel que me permitiu puxar a maré?

— A dama-da-noite no meu anel, sim.

— Mas isso não faz sentido... Eu uso minha magia todos os dias para fazer perfumes na loja.

Wolfe apoia a cabeça entre as mãos e solta um suspiro pesado.

— Eu realmente queria que sua mãe tivesse contado a verdade.

— Eu já falei, ela não sabe.

Ele olha para mim com uma expressão que não consigo decifrar — pena ou tristeza, talvez. Ele balança a cabeça.

— Está na água potável — diz ele de maneira simples, sem qualquer emoção.

Um arrepio percorre minha espinha, e envolvo meu peito com os braços.

— É mentira.

— Não é. Na verdade, é até bastante inteligente. Eles controlam a quantidade na água. Colocam apenas o suficiente para tornar possível a magia baixa, mas deixam longe de ser suficiente para a magia alta. Eles praticamente garantiram que a magia alta fosse erradicada.

— Quem são "eles"?

Wolfe suspira.

— Você sabe quem são.

Balanço a cabeça, de um lado para o outro e, de novo, de um lado para o outro. Isso não pode ser verdade. Não pode.

— Deixe-me ver se entendi direito... Você está falando que a líder do conselho, minha mãe, tem um jardim particular de damas-da-noite, as quais ela coloca na água potável para manter nossa magia funcionando. Além disso, ela mente propositalmente para nosso *coven* para que magia proibida nunca mais seja usada.

— Não começou com sua mãe, é claro. Mas, sim, pelo que sabemos, a flor é destilada em um óleo que é, então, adicionado à água potável da ilha. A dama-da-noite é mais potente em sua forma natural, por isso o óleo é usado.

Relembro de todas as vezes que pratiquei magia proibida com Wolfe, e, com certeza, ele sempre me presenteava com uma dama-da-noite antes de começarmos. Meu corpo todo começa a tremer, como se não conseguisse suportar o peso de uma mentira tão grande, tão abrangente. Eu me sinto esmagada por tudo; meus olhos ardem e minha garganta dói enquanto tento me manter firme diante dele.

Que mentira incrível.

Apoio a cabeça nas mãos, não querendo que ele me veja desmoronar. Eu não consegui encaixar as peças enquanto pensava que minha mãe não sabia a verdade, mas tudo faria mais sentido se ela soubesse. E é claro que sabe. À medida que essas peças se encaixam, as peças dentro de mim se despedaçam.

Sinto um toque suave nas costas. A mão dele fica parada por um momento, depois, começa a se mover em círculos. Quando finalmente sinto que vou conseguir falar de novo, levanto a cabeça e respiro fundo.

— Sinto muito — diz Wolfe, e não há ironia ou superioridade em seu tom. Ele está falando sério.

— Eu também.

Acho que Wolfe está prestes a responder, mas ele apenas olha para a água. Finalmente, diz:

— Vão me matar por isso... — E parece que fala mais para si do que para mim. Ele exala de maneira pesada e lenta. — Quero mostrar uma coisa para você.

— Acho que não tenho energia para mais nada hoje à noite.

— Por favor — pede ele. Esta é uma das poucas vezes em que soa gentil. — Acho que isso vai fazer você se sentir melhor.

— Eu não posso te acompanhar.

— Sim, pode. Faça apenas isso. Depois de hoje, você nunca mais precisará me ver. Eu prometo. Mas você já está aqui, e há algo que eu quero que veja. Acho que fará diferença.

— Para quem?

— Para você.

Quando olho para ele, não vejo decepção ou mentiras. Vejo sinceridade.

— Sem magia — digo. — Não posso fazer isso esta noite. Não posso.

— Sem magia — concorda.

Wolfe me oferece sua mão, e a encaro pelo tempo de um suspiro antes de aceitá-la. Eu o sigo enquanto caminha para dentro da água. Quando as ondas tocam minha cintura, fico preocupada.

— O que estamos fazendo?

— Procurando uma correnteza — diz ele, como se fosse óbvio.

— Uma correnteza?

— Sim. Eu já a teria encontrado, mas não é mais a única correnteza perto da ilha. — Não deixo de notar a acusação em sua voz, só que, pela primeira vez, não sinto que está direcionada a mim.

— Para que você precisa de uma correnteza?

Então ele me olha, tão lindo sob o luar.

— Para ir para casa.

A água está congelante, e arrepios surgem em minha pele. Estou com muito frio, mas sigo Wolfe até ainda mais fundo.

— Não entendi.

— Eu não estava mentindo quando falei que não podemos usar as ruas. A única maneira de chegar até onde moro é por uma corrente oceânica que dá diretamente na praia perto de casa. Então, tecnicamente, usaremos magia hoje à noite, já que a corrente em si é mágica, mas não foi criada por nós.

A água, agora, está na altura dos meus ombros. Estou gelada pra caramba, mas há uma emoção correndo por mim ao saber que serei levada a algum lugar no qual ninguém do meu *coven* jamais esteve. Ninguém sequer sabe que existe, e me entrego ao sentimento, porque ele afasta a dor de ter sido enganada. A dor ainda estará lá, me esperando, quando eu chegar em casa, mas, por ora, eu a afasto.

Sei que deveria estar aterrorizada. Meus pais nunca me encontrariam se algo acontecesse, mas parece vital que eu vá, que eu aprenda sobre essa parte da minha ancestralidade. Que eu me permita ficar desconfortável e ver por mim mesma a vida que me foi ocultada.

— Mortana — diz Wolfe, virando-se para me encarar. As ondas quebram e se movem ao nosso redor, mas meus pés estão firmes no chão arenoso. Amo este mar desde que me conheço por gente, e não começarei a temê-lo agora.

— Sim?

— Eu confio em você. Não faça com que eu me arrependa.

Eu engulo em seco.

— Não farei.

Ele estuda meus olhos por outro instante, então, assente.

— Ótimo.

De repente, percebo que nunca vi Wolfe sob a luz do sol — na única vez que nos encontramos durante o dia, o céu estava coberto por nuvens escuras —, então me pergunto se ele é tão bonito ao meio-dia quanto à meia-noite. Eu me pergunto se o sol o ama tanto quanto a lua.

Ele se aproxima de mim, e ambos flutuamos para cima, movendo-nos com uma onda que passa por nós.

— É uma experiência intensa na primeira vez. Preciso que se segure em mim e não se solte por nada. Entendeu?

— Sim.

— Certo, ela está vindo até nós. — Ele pega minhas mãos e as coloca ao redor de seu pescoço. Então, segura meus quadris com gentileza e me puxa para perto de si. — Coloque as pernas em volta da minha cintura. — A voz soa baixa e rouca, fazendo meu interior se agitar como o oceano ao redor.

Deixo a água levantar minhas pernas, afastando-me da segurança do fundo do mar, em seguida, as enrolo em Wolfe, meu corpo inteiro tocando o dele.

— Tudo bem? — pergunta.

Eu assinto.

Respiramos irregularmente, observando um ao outro.

— Não se solte — diz ele, as palavras soam mais como uma prece do que um comando.

— Não vou.

Seus olhos estão cheios de algo irreconhecível — não da raiva habitual que ele carrega, mas de algo frágil. Delicado.

Então, ele guia minha cabeça até o seu ombro, e me enrolo nele da maneira mais apertada possível. Eu me pergunto se Wolfe sente meu coração batendo no peito, se percebe que esta é a maior aventura em que já estive.

— Respire fundo — instrui ele, e é o que eu faço.

Logo, somos sugados para um redemoinho de água, e a única coisa em que consigo pensar é em não me afogar. A corrente nos leva para o centro, nos fazendo rodopiar, como se fôssemos folhas ao vento. Sinto os braços de Wolfe se apertarem ao redor da minha cintura, me segurando com firmeza contra ele.

Somos afastados da costa oeste, mas não consigo dizer em que direção estamos indo. A água revira ao nosso redor, passando sobre minha cabeça e adentrando meu nariz, me forçando a ficar de lado e, depois, me erguendo outra vez.

Respiro fundo e engulo água, me engasgando. Meu impulso é me afastar de Wolfe, chutar as pernas e agitar os braços, sair da corrente faminta. Mas ele se mantém firme, me segurando bem perto, deixando a correnteza nos levar. Sinto que estou tremendo em seus braços, e sinto quando a mão dele se move para trás da minha cabeça.

Outra onda nos engole, e tudo que escuto é o revirar da água. Ela nos joga para os lados, e cambaleamos pelo mar, nos agarrando um ao outro.

Então, algo muda. A correnteza diminui, nos puxando a uma velocidade que não me faz temer pela minha vida. Emergimos, e a voz rouca de Wolfe chega até mim, seus lábios molhados roçando meu ouvido:

— Respire — ordena ele.

Faço o que ele diz, inspirando o ar salgado do mar. Mas não ouso me soltar, mantendo braços e pernas firmemente enrolados ao redor de Wolfe, com a certeza absoluta de que me sinto segura aqui.

Eu *sei* que estou segura aqui.

A água nos puxa, e minha respiração fica menos ofegante. Mais profunda. Tento gravar na memória a sensação de ser carregada pelo mar, de abraçar este rapaz misterioso em águas que tanto amo.

— Quase lá — diz ele, e sinto Wolfe começar a bater as pernas. Ele se move como se eu nem estivesse aqui, leve pela água, mesmo eu sendo praticamente um peso morto. Só quando seus pés tocam o chão que eu lentamente desenrosco meu corpo do dele.

Estou de costas para a praia, e observo maravilhada enquanto a correnteza se afasta de nós. A água volta a ficar calma e tranquila, e sinto Wolfe roçar minha mão.

— Pronta? — pergunta ele.

De repente, tenho medo do que verei quando me virar. Fecho os olhos e respiro fundo, então me viro lentamente na água.

Penso em meus pais, em Ivy e nos Eldon dormindo em suas camas, penso em tudo que sacrificaram e continuam a sacrificar para garantir nosso lugar no mundo. Penso em como foi cuidadosamente construído, em como até um passo em falso poderia destruir tudo.

Penso na dama-da-noite, e na mentira, em quão grande é a farsa.

Encontro a mão de Wolfe sob a água e entrelaço meus dedos nos dele.

Então, respiro fundo e abro os olhos.

22

Eu vejo apenas floresta, árvores densas que cobrem tudo quase até a praia, igual ao resto da costa oeste. Olho para Wolfe, confusa.

— Nossa casa está enfeitiçada. Apenas quem foi convidado a vê-la é capaz de fazer isso. Para todos os outros, parece uma continuação da floresta. — Ele faz uma pausa, e os dedos se apertam ao redor dos meus, a única indicação de que está nervoso. — Deixe-a ver — sussurra, uma frase tão simples que não deveria ser capaz de evocar um feitiço tão poderoso.

Mas é o que acontece. Pisco várias vezes e fico boquiaberta.

As árvores desaparecem bem devagar, revelando uma grande mansão de tijolos construída no topo de um morro gramado. Há luz da lua apenas o suficiente para enxergar a silhueta de uma linha de telhado íngreme e múltiplas torres alcançando o céu, pairando sobre nós. Árvores altas cercam a casa dos dois lados, envolvendo-a na escuridão.

— Onde estamos? — pergunto, admirando com espanto o tamanho da casa, completamente maravilhada por ela ter se mantido aqui, escondida, todos esses anos.

— A cerca de cinco quilômetros ao sul de onde vocês fazem o ritual, na costa sudoeste da ilha. Você estava praticamente no nosso quintal na noite em que a encontrei colhendo flores.

— Eu não fazia ideia — murmuro, mais para mim mesma do que para Wolfe.

— Sim, essa é precisamente a questão aqui.

Ele me conduz para fora da água, até a praia rochosa. Três degraus de pedra nos levam ao gramado, depois, seguimos o caminho que leva até a casa.

— Seque — sussurra ele, e nossas roupas secam instantaneamente.

Uma camada baixa de nuvens se instala sobre a mansão, escondendo-a da lua. Uma luz laranja suave cintila nas lanternas de vidro que pendem de cada lado da porta, iluminando a densa hera que se estende da terra até o telhado inclinado. Ao lado da casa, há um jardim, um mar de branco em uma noite escura.

— São todas damas-da-noite? — pergunto, hipnotizada ao ver tantas juntas.

— São.

Explorei cada centímetro desta ilha e nunca vi essa casa diante de mim. Estou surpresa que tal poder viva dentro de Wolfe, uma magia tão forte que pode esconder uma mansão inteira por anos a fio. Um poder que ele acha que também vive em mim.

— É aqui que você mora? — indago, observando os caminhos de pedra rachada e a luz de velas que cintila nas paredes de tijolo.

— É — diz ele, olhando para a mansão. — Vivemos todos aqui, juntos.

— Quantos vocês são?

Ele faz uma pausa.

— Setenta e três.

— Setenta e três? — repito, chocada. — Há setenta e três bruxos praticando magia proibida nesta ilha? — Sinto uma vontade imediata de correr para casa e contar para minha mãe, dizer a ela que o antigo *coven* está vivo e bem, prosperando em nossa ilha.

Fomos enganados.

Todos nós.

Neste momento, a mentira de minha mãe não parece tão ruim, não quando *isto* existe. Não quando há uma mansão cheia de magia proibida, e bruxos antigos e feitiços poderosos. Ela ficará arrasada.

— Mortana, você está na minha casa. — Wolfe lembra. — Será que pode se abster de usar termos ofensivos enquanto estiver aqui?

Eu mal o escuto. Acho que houve uma leveza em seu tom de voz, mas não tenho certeza. Minha mente está acelerada, e o mundo parece girar ao meu redor. Meu estômago se contrai e a cabeça tomba para trás.

— Não estou me sentindo bem — digo.

A tontura se intensifica. O braço de Wolfe me segura pela cintura quando caio. Então, escuridão total.

Quando meus olhos se abrem, estou em um quarto aconchegante e deitada em uma cama macia. Vigas de mogno escuro se estendem pelo teto, e a mesma madeira constitui a cama com dossel. Uma grande lareira se ergue do chão ao teto na parede oposta, toras estalando e crepitando enquanto queimam. Uma garrafa de vidro na mesa de cabeceira reflete a luz do fogo, e a reconheço como a lembrança que dei a Wolfe. Ao lado dela, está um frasco de óleo com as flores e ervas que coletamos juntos: seu perfume da paz.

Uma dor surge no meu peito.

Um monte de livros encadernados em couro cobre a mesa do outro lado da cama, e uma tela com um retrato pela metade repousa em um cavalete entre duas janelas grandes. Pincéis de madeira ficam em potes, e tubos de tinta estão espalhados ao redor. Não reconheço a pessoa no retrato, mas isso faz sentido. A vida de todos é secreta, assim como a de Wolfe. Estou hipnotizada pela pintura, pelos detalhes incríveis que exibe, pelas horas que ele deve gastar para acertar daquele jeito.

Me pergunto como seria meu retrato se ele me pintasse, mas uma tristeza me envolve assim que penso nisso. Não preciso de um retrato, porque serei lembrada.

Eu me levanto bem devagar, mas volto a me sentar quando escuto vozes do outro lado da porta.

— No que você estava pensando ao trazê-la aqui? — diz uma voz.

— Ela não entende... — Não consigo distinguir o resto da resposta de Wolfe.

Depois de várias frases ditas baixas demais para que eu pudesse ouvi-las, a porta é aberta e Wolfe entra. Em seguida, ele a fecha suavemente.

— Quanto tempo fiquei desacordada?

Wolfe faz uma pausa ao ouvir minha voz.

— Tempo suficiente para eu te acomodar no meu quarto.

Minhas bochechas esquentam enquanto me pergunto como me trouxe aqui, quanto desta noite passarei envolvida em seus braços. Ele olha para o fogo, e as chamas ficam mais fortes. Por meio segundo, fico atordoada. Então, me lembro de onde estou.

— Eu sempre me esqueço de que você pode usar magia à noite.

— Você também pode — diz ele, simplesmente.

Solto um suspiro.

— Precisamos mesmo discutir agora?

— Não — responde. — Podemos discutir depois.

Ele se aproxima de mim, e percebo que é a primeira vez que o vejo no interior de um cômodo. A luz das velas reflete em seu cabelo escuro e pele pálida, e ele parece mais macio aqui, no refúgio de casa. Os olhos cinzentos não carregam a raiva de sempre, e o músculo na mandíbula não se tensiona a cada poucos segundos.

Ainda é o mesmo Wolfe, mas parece confortável aqui. Confortável e perfeito.

— Você está me encarando — comenta ele.

— Você não parece tão irritante aqui.

O leve repuxar no canto de sua boca só faz a dor em meu peito crescer.

— Me sinto lisonjeado.

— Foi um elogio mesmo — sussurro as palavras, preocupada que todos os setenta e três dos bruxos que vivem aqui entendam de outra forma.

Wolfe balança a cabeça e desvia o olhar.

— Eu sei.

Sinto que falei a coisa errada, então não falo mais nada.

— Como você está se sentindo? — pergunta ele.

— Envergonhada. — Há algo nele que me faz querer dizer a verdade, e percebo que sinto isso desde o momento em que o conheci. Mostrei a ele minha raiva, inseguranças, admiração e medo, e nenhuma vez ele disse que eram demais.

Parece que tenho vivido nas sombras, e que ele me convidou para a luz. Suas expressões soturnas, magia proibida e casa sombria me iluminaram por dentro, revelando coisas que me foi ensinado a manter escondidas.

Seus olhos encontram os meus.

— Confie em mim quando digo que você não tem nada do que se envergonhar. — Ele faz uma pausa. — Nem agora. Nem nunca teve ou vai ter.

Nós nos observamos, e sou dominada pelo desejo de estender a mão até ele, de segurá-lo e de puxá-lo para perto de mim. Na correnteza, eu o abracei porque precisava. Porque afundaria se não o fizesse.

Mas... e se eu me afogar aqui mesmo, no silêncio de seu quarto, sufocada por quão desesperadamente eu o desejo?

— Está se sentindo bem o suficiente para conhecer meu pai?

A pergunta me pega desprevenida, me poupando de meus pensamentos. Deve ter sido com o pai que ele estava falando do lado de fora do quarto.

— Sim.

Ele assente. Eu me levanto bem devagar da cama e me certifico de que meus pés estão firmes. Wolfe fica com a mão nas minhas costas até eu ter certeza de que estou estável, então, caminhamos pelo corredor. A mesma madeira de mogno que há no quarto de Wolfe reveste as paredes e o chão, e um longo tapete vermelho e dourado percorre todo o comprimento. Castiçais e candelabros de vidro adornam as paredes.

— Por que vocês acendem tantas velas? — pergunto.

— Como mais poderíamos ver?

Olho para ele, confusa.

— Vocês não têm eletricidade?

— Seria difícil convencer o continente a estender a energia elétrica para este lado da ilha, considerando que não existimos, não concorda?

Minhas bochechas ficam vermelhas, e balanço a cabeça.

— Desculpe — digo.

— Você não tem nada pelo que se desculpar. Além disso, tenho um certo apego à luz das velas. — Ele me olha por mais um instante antes de continuar andando.

Wolfe caminha com a mão solta ao lado do corpo, e quase consigo me convencer de que está inclinada para trás, na minha direção, como um convite, e luto contra a vontade de estender o braço e pegá-la. Vozes sussurradas flutuam de trás de portas fechadas, e me assusto quando uma garotinha pula de trás de uma árvore em um vaso. O cabelo escuro está trançado e há um espaço em seu sorriso onde costumava ficar o dente da frente. Ela dá um tapa na perna de Wolfe e grita:

— Te peguei!

Wolfe a ergue nos braços enquanto ela grita.

— Essas não são as regras que combinamos, são, Lily?

Ela ri e me vê por cima do ombro de Wolfe.

— Quem é sua amiga? — pergunta.

— Esta é Mortana — diz Wolfe. — Mortana, esta é Lily.

— A *melhor* amiga dele — completa Lily, me olhando desconfiada.

— Sim, minha melhor amiga — concorda Wolfe. Ele coloca a garotinha no chão, e ela me observa por trás da perna dele.

— É um prazer te conhecer, Lily. Eu também tenho uma melhor amiga. O nome dela é Ivy.

— Você gosta de colorir? — pergunta ela.

— Eu adoro colorir.

— Ela pode vir colorir comigo? — questiona Lily, aparentemente convencida de que não sou uma ameaça.

— Agora não, Formiguinha. Já está tarde. Você deveria estar na cama.

Lily resmunga.

— Mas eu nem estou cansada! — Ela disfarça um bocejo.

— Eu sei, eu sei. Mas você precisa descansar para nossa brincadeira de pega-pega amanhã — explica Wolfe. — A menos que você queira perder.

Lily fica boquiaberta.

— Eu não vou perder! — diz, então, sai em disparada pelo corredor e bate uma porta atrás de si.

— Gostei da sua melhor amiga — comento, seguindo Wolfe pela grande escadaria, me equilibrando com ajuda do corrimão de ferro.

— Ela vai ficar feliz em saber disso amanhã.

Quando chegamos ao pé da escada, está mais barulhento. Vozes ecoam do lado direito do casarão, lado que, presumo, deve ser onde fica a cozinha, e há vários bruxos em uma sala formal à esquerda, praticando feitiços. Há velas acesas por todo o espaço, e as chamas sobem e descem com as palavras que eles dizem.

— Ei, Wolfe — diz alguém da sala, enviando uma bola de fogo para o vestíbulo que nos circunda antes de se extinguir.

— Exibido — responde ele.

O riso nos segue quando chegamos a um escritório perto da entrada da casa enorme. Apesar de a porta estar aberta, ainda assim Wolfe bate.

— Pode entrar — diz a voz.

Meu coração está mais acelerado do que nunca, e as palmas das mãos, suadas. Não tenho certeza do porquê estou nervosa, mas minhas mãos tremem quando entro na sala.

Um homem está atrás de uma grande mesa de madeira. E tem fogo crepitando na lareira de pedra, além das lanternas que tremeluzem ao longo das paredes. Vejo centenas de livros encadernados em couro nas prateleiras de ferro escuro, com uma escada que se estende até o topo. Não consigo evitar que meus dedos se desviem na direção da parede e toquem suavemente os livros antigos.

— São grimórios? — pergunto, maravilhada. Temos textos novos, que documentam a nova ordem da magia, mas os livros antigos nos quais nossos ancestrais guardavam todos os seus feitiços foram removidos do nosso *coven*. Quando paramos de usar magia proibida, não havia mais necessidade deles, mas estou completamente maravilhada em uma sala com tanta magia. Tanta história.

— São — confirma Wolfe.

Há um grande livro antigo aberto em um suporte no meio da sala. Os cantos estão curvados e amarelados, mas as páginas continuam legíveis. É um feitiço para transferência de vida, e meus dedos percorrem as palavras que explicam como tirar uma vida para salvar outra.

Eu me lembro de Wolfe falando que, na magia, tudo é questão de equilíbrio. Faz sentido não podermos simplesmente salvar uma vida — há consequências.

A magia se agita no meu ventre enquanto leio as palavras, e isso me assusta, a conexão inegável que tenho com tudo isso.

Você está praticando a magia errada.

— Você deve ser Mortana — diz o homem, quebrando minha concentração. Retiro a mão do grimório, e o calor se instala em minhas bochechas.

— Eu mesma.

O homem se parece muito com Wolfe. Queixo marcado, cabelo escuro e selvagem, e olhos que parecem o mar tempestuoso. Mas, de certa forma, ele é mais suave. A pele pálida cede ligeiramente, e ele usa óculos de aro de arame que, em algum momento, escorregou pelo nariz. Os olhos se enrugam nos cantos quando sorri para mim.

— Sou Galen, pai de Wolfe. Bem-vinda ao nosso *coven*. — Ele estende a mão para mim, e a seguro, notando que ele usa um anel quase idêntico ao de Wolfe.

— Obrigada. — Minhas palavras saem baixas e trêmulas. Um mundo inteiro, do qual não sei nada, se abriu para mim, e isso coloca tudo em dúvida. Meu *coven* está tão perto de conseguir o que sempre quisemos... e a mansão onde estou ameaça desfazer tudo. Como não sabíamos que eles existiam?

— Sei que é muita coisa para assimilar — diz Galen. — Gostamos de nos manter escondidos. Tenho certeza de que você entende o porquê.

— Há quanto tempo estão aqui?

— Desde que a nova ordem da magia se tornou padrão. Quando seu *coven* se formou, quase todos os bruxos se juntaram a ela, restaram poucos seguindo a ordem antiga. Compartilhamos a ilha por um tempo, mas, conforme os anos passaram, os novos bruxos perceberam que, se o continente descobrisse que magia alta ainda estava sendo praticada, isso comprometeria tudo. Então nos reunimos com o conselho e formamos uma aliança um tanto tênue. Concordamos em nos retirar da comunidade da ilha e em permanecer escondidos, e eles concordaram em manter nosso segredo. Isso foi há gerações. Com o tempo, os novos bruxos começaram a nos ver mais como um mito do que qualquer outra coisa. Mas ainda estamos aqui, praticando magia alta.

— Mas por que, então? Por que escolhem viver assim?

— Que outra escolha temos? Ir para o continente?

Fico em silêncio, porque ele tem razão. Magia é proibida no continente, e as consequências, se alguém descobrisse que estavam lá, seriam severas. É mais seguro praticarem magia em Encantamento, mesmo que isso os obrigue a se esconder.

— Como há tantos de vocês?

— Costumávamos ser muitos mais. — Galen não soa nervoso nem inseguro ao responder às minhas perguntas, não como Wolfe. É descontraído e caloroso, sem nenhum indício de severidade. Os segredos não parecem ser tão difíceis de carregar para ele como são para Wolfe. — Recebemos novos membros ocasionalmente; ainda há descendentes da bruxa original no continente, e, quando percebem que têm magia, tendem a nos encontrar. Também, quando alguém do novo *coven* renuncia à magia baixa em seu Baile do Pacto, nós o acolhemos. E, é claro, há muitas famílias no nosso *coven*, e elas têm filhos. A verdade é que não podemos sobreviver para sempre, não sem mais membros para se juntar a nós, mas esse é problema para outro dia.

Como seremos lembrados? As palavras de Wolfe ecoam na minha mente, e fico muito comovida por sua devoção ao seu *coven*, por seu comprometimento em garantir que cada bruxo nesta mansão seja imortalizado em óleo e tela, muito depois dos corpos perecerem.

— Pensei que qualquer um que não aceitasse a nova ordem fosse banido para o continente — digo, minha voz suave.

— O que mais você poderia supor, se pensa que o antigo *coven* não existe mais?

Assinto, e me sinto tola por estar aprendendo mais nesta sala escura do que jamais aprendi nas aulas.

— E como evitam as doenças causadas pela magia proibida... me perdoe... pela magia *alta*?

— Tais doenças não existem. Isso é um mito criado para perpetuar a ideia de que magia alta é, de alguma forma, má ou venenosa. Mas, simplesmente, não é verdade.

— Desculpe — digo, envergonhada por ter perguntado. Envergonhada por ter acreditado nisso. — Não quero ser insensível.

Galen me observa e tira os óculos, dobrando e colocando o objeto em cima de um livro aberto na sua mesa.

— Você se parece muito com sua mãe.

Minha boca fica seca pra caramba. E engulo a saliva.

— Você conhece minha mãe? — As palavras tentam se grudar na minha garganta quando as obrigo a sair.

— É claro — diz Galen. — Esta ilha inteira responde a ela. É meu trabalho saber quem ela é.

— Entendo. — Faço uma pausa antes de falar outra vez: — Ela sabe quem vocês são?

Galen olha para Wolfe antes de voltar seu olhar para mim.

— Parece que não, dada sua reação ao ver nossa casa.

Eu me lembro de ter desmaiado, e, então, minhas bochechas ficam vermelhas.

— Sentem-se, os dois. — Galen aponta para um grande sofá preto ao lado da lareira. Meu coração está calmo, e minha respiração, tranquila, mas estou distraída demais para descobrir o que isso significa.

— Mortana, estou feliz por meu filho ter te conhecido. E você é bem-vinda aqui a qualquer momento, mas a situação vai, rapidamente, ficar complicada para você. Entende?

— Sim.

Galen se acomoda em uma poltrona diante de nós, recostando-se.

— Não estou preocupado que seu *coven* descubra nossa existência. Nossos planos exigem isso. Mas o momento é algo que me preocupa.

— Planos?

— Como bruxos, somos guardiões desta Terra. Somos curandeiros. E seu *coven* está matando o único lar que temos. Não vamos ficar de braços cruzados e deixar isso acontecer.

Eu me remexo na cadeira.

— Você está falando das correntezas — digo, e, por algum motivo, minha voz soa aliviada.

Galen assente.

— Somos fortes o bastante para fazer algo a respeito. Mas precisamos da ajuda do seu *coven*, e suspeito que sua mãe não vá gostar disso.

— Suspeito que não — confirmo.

O oceano significa tudo para mim, e, mesmo antes de perder o ritual, as correntes violentas já ocupavam minha mente, me enchiam de preocupação. Temos que fazer algo a respeito delas, e sei que minha mãe não faz o suficiente há muito tempo.

Estou feliz por alguém pretender fazer algo a respeito. Talvez isso me torne uma traidora.

— Eu te apoio nisso — digo, olhando para Galen.

— Apoia? — pergunta ele, erguendo as sobrancelhas. Sombras da lareira dançam pelo rosto.

— Sim. Não vou contar para minha mãe da existência de vocês até que decidam fazê-lo por conta própria. — Faço uma pausa e respiro fundo, encontrando os olhos de Galen. — Mas, se fizerem qualquer coisa para machucar uma única pessoa com quem me importo, virarei toda a força do continente contra vocês.

Galen me observa por vários momentos antes de um grande sorriso se espalhar pelo rosto.

— Eu acredito em você. E você tem a minha palavra.

— Ótimo.

— Bem, estou feliz que tenhamos resolvido isso, já que parece que meu filho tem dificuldade em ficar longe de você.

Abaixo o olhar, mas Wolfe encara o pai com um olhar gelado.

— Obrigado — diz Wolfe.

— Não há de quê, filho — responde ele, se levantando. — Mortana, foi um prazer conhecê-la. — Galen estende a mão, e me levanto para apertá-la.

— O prazer foi meu.

— Estou ansioso para vê-la de novo. — A certeza em sua voz, a absoluta confiança de que voltarei, me causa arrepios. — Até lá, aproveite a cerimônia.

Ele coloca a mão no ombro de Wolfe e sai do escritório, deixando para trás um milhão de perguntas.

23

— Que cerimônia? — Eu me viro para Wolfe, e meu tom de voz soa urgente. Minha mente está me sobrecarregando com imagens de rituais sombrios e de magia ainda mais obscura, cantos prementes e feitiços poderosos demais. De repente, morro de medo de ter entrado em uma fria. Apavorada com o que ele me trouxe aqui para fazer.

— Uma renovação de votos — explica ele.

— Que tipo de voto? — digo, soando raivosa, e o pânico me acerta.

Wolfe levanta uma sobrancelha, um ar de divertimento puxa os cantos da boca.

— Votos matrimoniais.

— O quê? — pergunto. As palavras não fazem sentido. Perco toda a vontade de lutar.

— O que você estava esperando? Achou que eu te traria aqui para algum tipo de juramento de sangue, ou talvez um sacrifício? Ah, já sei... talvez fôssemos evocar o submundo e seus espíritos cruéis direto dos abismos do inferno para rondar Encantamento. Ou colocar pesadelos horríveis nas mentes das pessoas do continente para fazê-los se virarem contra vocês de uma vez por todas. Ou, quem sabe...

— Vocês conseguem fazer isso? — indago, interrompendo-o, completamente horrorizada.

Wolfe olha para mim como se meu rosto tivesse virado do avesso.

— É claro que não! Meu Deus, o que ensinam para vocês naquele lugar?

Dou de ombros, pois a ideia não me parece tão absurda quanto ele acha.

— Não nos ensinam muita coisa sobre os mecanismos internos da magia proibida. Acho que isso deixa muito espaço para nossa imaginação correr solta.

Wolfe fecha os olhos e respira bem fundo quando uso a expressão *magia proibida*.

— Desculpe, *magia alta*.

— Mortana, eu juro...

— Eu pedi desculpas — digo, erguendo as mãos.

Há uma batida na porta, e Galen põe a cabeça para dentro.

— Estamos prestes a começar.

Wolfe assente, e a porta se fecha, nos deixando novamente a sós.

— Você deveria se arrumar — diz Wolfe.

— Eu não vou ficar. Vai ser algo íntimo e especial. Não quero atrapalhar.

— Você não vai atrapalhar. Mas está atrasada.

Confusa, olho para minha roupa.

— Não tenho tempo para me arrumar.

— Você não precisa de tempo. Precisa de magia.

— Mas já está escuro — digo, ouvindo quão ridículas as palavras soam ao saírem dos meus lábios.

A música começa a tocar atrás da porta, e meu coração acelera.

— Mortana, você atraiu a maré e comandou o vento. Acho que consegue usar um pouco de magia para se arrumar.

— Você poderia fazer isso por mim? — pergunto, não querendo quebrar mais uma regra. Já fiz tantas coisas impensáveis, mas não tenho que continuar dizendo sim. — Por favor.

Wolfe me olha com uma expressão frustrada, mas acena com a cabeça.

— Tudo bem. — Antes mesmo que eu possa agradecer, a magia de Wolfe me envolve, alisando meu cabelo e aplicando maquiagem no meu rosto. Ele sai do escritório e retorna momentos depois carregando um vestido. — Vou esperar lá fora enquanto você se troca — diz.

Pego o vestido, e um colar de prata comprido escorrega do tecido.

— É para eu usar também? — pergunto, segurando-o.

— Sim. — E essa é a única resposta que ele me dá antes de sair.

Assim que a porta se fecha, coloco o vestido de renda cinza, que vai até os tornozelos e tem mangas longas e justas que se abrem ligeiramente nos punhos. Vou até o espelho dourado ornamentado atrás da mesa de Galen. Meus olhos estão maquiados com uma sombra escura e esfumaçada, os lábios são de um vermelho profundo, e meu cabelo cai solto pelas costas. O colar que Wolfe me deu tem diversos detalhes e é de prata, com uma pedra preciosa, preta e oval, no centro. A parte de trás é perfurada, com uma filigrana intrincada que é, de alguma forma, delicada e ousada ao mesmo tempo. Passo o colar pela cabeça e deixo meus dedos tocarem a superfície lisa da pedra.

— Pode entrar — aviso, quando ouço uma batida suave na porta.

Wolfe entra e para quando me vê, me encarando como se eu fosse uma chuva de meteoros em uma noite clara. Eu me mexo, desconfortável, e me volto para o espelho.

Sempre me ensinaram a manter uma maquiagem leve e suave. Natural, como diz minha mãe. Não estou acostumada a me ver assim, mas, em vez de recuar diante do reflexo ou de pedir a Wolfe para suavizá-la, estou totalmente encantada. Amo isso.

— Posso fazer alguns ajustes se você quiser — diz Wolfe. A voz dele é grossa e áspera, e calor surge no meu âmago ao ouvi-la.

— Eu gostei assim. — Eu me viro para encará-lo. — O que você acha?

— Eu acho... — começa ele, então, para, passando a mão pelo cabelo. Parece frustrado de novo, e balança a cabeça. — Eu acho que você está perfeita.

— Então por que parece tão chateado?

Ele vem até mim e gentilmente coloca uma dama-da-noite atrás da minha orelha.

— Porque não quero que você pareça perfeita no meu mundo. Não quero que você se encaixe.

— Eu não... — Forço as palavras a saírem da boca. Minha garganta está seca, minha voz, quase inaudível.

— Olhe de novo — diz ele, voltando meu rosto para o espelho.

Observo por um único instante, então, fecho os olhos e viro o rosto. Não quero me encaixar aqui também.

Estamos prestes a sair, quando uma grande pintura acima da lareira chama minha atenção. Não a tinha visto quando entrei, tão distraída pelos grimórios, mas é de tirar o fôlego. É o retrato de uma mulher com longos cabelos escuros, que caem para os lados, e uma coroa de damas-da-noite na cabeça. Ela usa um vestido prateado justo, um grande pingente preto repousando no peito. Há um sorriso suave e contente em seu rosto, e as mãos estão levemente dobradas no colo.

— Você que pintou isso? — pergunto, maravilhada.

Wolfe fica ao meu lado, olhando para o retrato.

— Sim. É a minha mãe.

— Ela é linda. Vou conhecê-la hoje à noite?

— Ela morreu há muito tempo. — Ele fica tenso ao meu lado, e certa aspereza toma conta de sua voz.

— O que aconteceu? — Não tenho certeza se é uma pergunta apropriada, se ajuda ou machuca falar disso, mas quero conhecê-lo. E isso faz parte dele.

— Ela morreu no parto. Estava no continente, pegando suprimentos indisponíveis na ilha, quando entrou em trabalho de parto. Houve complicações, e meu pai não conseguiu chegar a tempo. Se ela estivesse na ilha, teria sobrevivido. Meu pai poderia tê-la salvado.

— Isso é horrível — digo, olhando para o quadro. — Eu sinto muito.

— É horrível mesmo? Seu *coven* diria que a morte dela foi o único resultado aceitável, que usar magia para salvar uma vida é algo maligno.

Eu me viro para encará-lo, e ele parece irritado. Magoado.

— Qual é a resposta correta, Mortana?

Não tenho certeza do que me faz fazer isto, como consigo reunir coragem, mas envolvo meus braços em volta de seu pescoço e o trago para perto.

— É horrível.

Ele hesita, permanecendo imóvel enquanto o abraço. Então, lentamente, coloca os braços ao redor da minha cintura.

A música do outro lado da porta fica mais alta, e Wolfe dá um passo para trás.

— Temos que ir — diz ele.

O rapaz caminha até a porta e a abre sem dizer mais nada.

No tempo em que estivemos na sala de Galen, o átrio foi transformado: a grande escadaria está coberta de pétalas brancas de dama-da-noite, e os corrimãos de ferro, envoltos em vinhas de hera. Velas pretas foram alinhadas nas escadas, e uma música profunda e rica flutua, entrando pelas portas abertas.

Wolfe segura meu braço, e a tensão é deixada para trás, na sala do pai. Avançamos pelo longo gramado inclinado que leva até a beira da água. Cadeiras de madeira escura estão de frente para a costa, cada uma parecendo esculpida à mão, e centenas de damas-da-noite brancas flutuam na água e refletem o luar. Tem um grande arco de ferro na praia, envolto em mais hera e iluminado pela luz das velas.

Fico atordoada com a beleza de tudo, com quão sedutor e rico tudo parece. Já estive em dezenas de casamentos em Encantamento, mas nenhum deles foi assim.

Um grande jardim fica ao norte da mansão, muito maior do que o que vi anteriormente, mas está escuro demais para que consiga enxergar o que tem nele.

— Que jardim enorme — comento.

— Cultivamos a maioria de nossos alimentos.

— É quase como seu próprio vilarejo — digo. O jardim se estende até tão longe que não consigo distinguir onde termina na escuridão.

— Nosso vilarejo, onde podemos praticar nosso tipo de magia.

A princípio, penso que está me zombando, mas ele parece feliz quando fala. Contente.

— Olha só, temos uma baixinha em nossa presença. — Uma mulher se aproxima de mim, cabelo escuro e longo caindo até as coxas e traços de rouge espalhados pelas bochechas e lábios, que se destacam contra a pele pálida. Ela carrega um cálice de vidro prateado, e as unhas estão pintadas da mesma cor vermelha do batom. Só posso usar esmaltes transparentes, em tons de rosa e marfim, então, instintivamente, levo as mãos para trás do corpo.

— Baixinha? É assim que vocês nos chamam? — pergunto, olhando para Wolfe.

— Um apelido nada criativo derivado da magia da maré baixa — explica ele.

— Entendi.

— Você está muito bonita — elogia a mulher, com uma expressão divertida no rosto. — Cores escuras combinam com você.

— Desculpe, nós nos conhecemos?

— Você é a filha mais poderosa de Encantamento, querida. Todos sabemos quem você é. — Ela me dá uma piscadela e passa um braço em volta dos meus ombros. — Sou Jasmine. Venha, vamos arranjar uma bebida para você — diz ela, me levando para longe de Wolfe.

— Jasmine? — pergunto, já que o nome agita algo em minha mente. — Jasmine Blake?

Ela me olha, levantando uma sobrancelha, e, então, um sorriso se forma em seus lábios.

— Sim.

— Você renunciou ao nosso *coven*. — Estou chocada, não posso acreditar que estou ao lado dela. — Achei que você... — Eu me calo, pois não quero ofender ninguém. Eu era jovem demais para me lembrar, mas tinha escutado a história.

— Achou que eu tinha morrido no continente?

Confirmo com a cabeça.

— Depois de renunciar à nova ordem, vim para cá — diz ela, simplesmente, sem oferecer mais explicações. E talvez Jasmine não precise de uma; talvez ter feito essa escolha não tenha sido tão complicado quanto o novo *coven* acredita ser.

Ela me entrega um cálice de prata cheio de vinho tinto, e isso me lembra da minha mãe. Meu coração acelera.

— Ouvi dizer que você é talentosa na antiga ordem — comenta Jasmine.

— Você deve estar mal-informada. Sou uma praticante de magia baixa — respondo, segurando o cálice com força demais.

— É claro que é — diz ela. — Há muitos anos, eu também era. — Ela brinda, encostando o cálice no meu, e toma um gole, então, alguém a chama. — Foi um prazer te conhecer, Mortana.

Fico olhando para ela, suas palavras ecoando na minha mente. Pelo que sei, Jasmine Blake foi a última bruxa a deixar a nova ordem, quando optou por abandonar o *coven* em seu Baile do Pacto. Uma escolha precisa ser feita e, assim que é feita, não dá para voltar atrás. Por isso o Pacto é tão importante. Sem contar o ritual, é a magia mais poderosa que praticamos, um juramento irrevogável que nos acompanha até o túmulo.

Sou jovem demais para me lembrar do Baile do Pacto de Jasmine, mas, ano após ano, nossas bruxas escolhem a nova ordem. É difícil imaginar como seria uma cerimônia se alguém optasse por deixar o *coven*, o tipo de raiva e caos que evocaria.

A música para, e todos seguem para seus assentos. Sei que Wolfe me disse que havia mais de setenta bruxos aqui, mas vê-los todos juntos, em um só lugar, bem-vestidos, rindo e conversando, é demais para mim.

Setenta e três, e não fazíamos ideia.

— Você está bem? — Wolfe me pergunta, e me assusto com o som de sua voz. Não o vi se aproximar.

— Por que me trouxe aqui? — Quero saber.

Antes que ele tenha a chance de responder, Galen se aproxima do arco de ferro, e a cerimônia começa. Rapidamente, tomo meu lugar ao lado de Wolfe, girando o cálice na mão, uma energia nervosa zumbindo dentro de mim, que não quer se dissipar.

Wolfe coloca a mão em cima da minha, estabilizando o cálice nos meus dedos. Ele leva minha mão até o colo dele, e sua pele está fria. Minha respiração falha, e não escuto uma palavra do que Galen diz, focada demais na maneira como um simples toque pode ser sentido em tantos lugares. Imaginei essa sensação tantas vezes antes, passei tantas noites sem dormir, esperando que minha vida de obrigações ainda pudesse criar esse tipo de loucura dentro de mim, esperando que Landon pudesse acender esse tipo de fogo. Mas ele não o fez, e, neste momento, tenho certeza de que jamais o faria.

Engulo em seco, e Wolfe afasta a mão da minha.

A música recomeça, tons profundos e vibrantes flutuando no ar noturno. Se eu a escutasse em qualquer outro lugar, pensaria que o som estava destinado a evocar tristeza, um contraste marcante demais contra as peças rápidas e animadas em nossos casamentos. Mas aqui não é triste. É bonito, vivo e ousado. Pisco e respiro fundo.

Duas mulheres caminham pelo corredor, juntas, uma de vestido longo e preto com uma saia de tule cheia e corpete justo, a outra de vestido justo e coberto de pedras preciosas escuras, o véu refletindo a luz da lua. Os dedos estão entrelaçados, e param diante de Galen.

Elas falam uma com a outra sobre amor e compromisso, lealdade e paciência, compreensão e graça, e sou dominada pela beleza do momento, pelas emoções que sinto por duas pessoas que nem conheço. A cerimônia parece real de uma maneira que muitas coisas em meu mundo não são. Levo a mão aos olhos, lutando contra as lágrimas, e noto Wolfe se mexendo na cadeira, se aproximando de mim.

Chegando mais perto.

Tento me concentrar no que está acontecendo em frente, mas a música, a cerimônia e as ondas quebrando na costa desaparecem, se desvanecendo até virarem nada. Tudo que consigo ouvir é o pulsar do sangue nos ouvidos, minha respiração superficial, meu coração batendo rápido demais.

Quando as mulheres se beijam, sinto como se estivesse prestes a me partir ao meio pela tensão no corpo todo, pela maneira como cada músculo se enrijece. As duas caminham de mãos dadas em direção à água, dizendo algo que não consigo entender. Então, de repente, as damas-da-noite se elevam no ar e percorrem o gramado, espiralando ao nosso redor como folhas de outono. A música fica mais e mais alta, as mulheres se beijam outra vez, e as flores desaparecem.

Em uníssono, os bruxos ao meu redor dizem:

— Que seu amor seja tão constante quanto a maré, tão poderoso quanto a dama-da-noite e tão paciente quanto a semente de inverno. Que vocês sejam abençoadas.

Então, irrompem aplausos e gritos. Fico na minha cadeira, observando as pessoas se abraçarem e se beijarem, enquanto as conversas começam e os risos fluem.

Eu me pergunto como será meu casamento com Landon, se haverá sequer uma fração da intimidade e alegria que estou vendo hoje à noite. No mesmo instante, sei que não. O casamento não será para mim e Landon; será uma exibição, uma apresentação destinada a todos os convidados.

— No que você está pensando?

Olho para Wolfe, que me observa atentamente. Não é culpa dele que a dúvida tenha se infiltrado pelas bordas da minha mente, que a incerteza me consuma por dentro, que, pela primeira vez na vida, eu pense no que quero fazer, em vez de no que esperam que eu faça. Mesmo assim, é nele que desconto.

— Estou pensando que quero voltar para casa. — Deixo o cálice cair na terra e volto correndo para o escritório de Galen, arrancando o vestido de renda cinza e substituindo-o por minhas roupas. Preciso sair daqui, voltar para terra firme.

— Tire isso — digo, quando Wolfe aparece, apontando para meu rosto. — Ele estende a mão na minha direção, e eu me afasto. — Por favor.

— Tudo bem. — Meu rosto esfria com sua magia, e, instantaneamente, sinto falta do que era estar no mundo dele, de parecer pertencer àquilo tudo.

— O que aconteceu? — pergunta Wolfe, mas é uma pergunta impossível de responder. *Tudo*. Está tudo errado.

Vejo uma porta de madeira maciça entalhada com silhuetas de damas-da-noite, e sei que encontrei a saída. Eu a empurro com força, para abri-la. A porta geme em suas dobradiças, e saio correndo pela noite.

24

Wolfe me segue até a extremidade da área arborizada atrás do casarão. Consigo ver ao longe o caminho que me levará para casa.

— Por que me trouxe aqui esta noite? — pergunto mais uma vez, encarando-o. Ele me olha com intensidade, e seus olhos não abandonam os meus.

— Porque está tentando se encaixar em uma caixa à qual não pertence. Esta é a vida que você foi ensinada a desprezar — diz ele, apontando para o casarão atrás de nós, elevando a voz. — Não somos um bando de bruxos malvados cantando em círculos e conspirando com o diabo. Somos uma família. Damos risada, temos esperanças, e medos, e sonhos, assim como vocês. Cultivamos, criamos nossos filhos e damos nosso melhor para proteger a Terra.

— Não é tão simples assim…

— Sim, é. Isso é *vida*, Mortana. Uma vida vibrante e plena. — As palavras dele são urgentes, altas e irritadas.

— E o que quer que eu faça a respeito disso?! — grito, completamente perdida quanto ao que essa vida poderia significar para mim. — Não há lugar para mim aqui.

Wolfe segura minha mão e diminui a distância entre nós.

— Há uma vida para você aqui, uma vida na qual você pode ser tudo que tem medo de ser. — Ele olha para baixo, para mim. Sua respiração preenche o ar e se choca com a minha. Wolfe examina meu rosto, seu olhar tão intenso que posso senti-lo na pele, senti-lo no âmago.

Ele permeia tudo, todas as crenças, as dúvidas e as perguntas que já tive sobre mim mesma. Quando olho para ele, vejo a pessoa que quero ser, o potencial de uma vida experienciada nos meus próprios termos.

E isso dói.

Isso dói.

Lágrimas quentes fazem meus olhos arderem, e eu as engulo.

— É nisso que você está errado — digo, as palavras tremendo ao saírem da minha boca. — Só há uma opção de vida para mim.

A chuva começa a cair do céu denso e escuro, e, em segundos estou encharcada. Retiro a mão da de Wolfe.

— Eu tenho que ir.

Eu me viro para partir, mas Wolfe me segura pelo punho e me puxa de volta, e colido contra ele, assim como na primeira noite em que nos encontramos. Tenho medo de encará-lo, mas tenho ainda mais medo de não o olhar. Levanto os olhos, e ele coloca as mãos em ambos os lados do meu rosto, dedos molhados se entrelaçando no meu cabelo.

— Eu não quero te perder — diz ele.

Apoio as mãos sobre as dele e fecho os olhos, sinto como a respiração dele faz cócegas na minha pele e os dedos acendem uma chama que queima todo meu corpo. Imagino como seria pressionar os lábios contra os dele, praticar sua magia e me permitir ser todas as coisas que ele acha que sou capaz de ser.

Então, retiro as mãos dele do meu rosto e dou um passo para trás.

— Eu nunca fui sua para você me perder.

Tiro a dama-da-noite do cabelo e a deixo cair no chão. Então, saio correndo. Corro o mais rápido que posso até alcançar o caminho que me levará para casa. Paro para recuperar o fôlego e me viro para observar o casarão de longe, sua magia dissipada apenas para mim. É escuro e imponente, assombrado e sinistro, tudo que Encantamento não é. E é absolutamente lindo.

Dou as costas para ele e sigo pelo caminho que contorna a extremidade norte da ilha, finalmente chegando a minha rua, mas paro assim que vejo minha casa.

São quatro da manhã, mas todas as luzes estão acesas. Através das janelas gigantes, vejo meu pai andando de um lado para o outro e minha mãe ao telefone atrás dele. Depois, ela envolve meu pai com seus braços, o rosto dele cheio de preocupação.

A culpa me domina, e entro correndo em casa, mesmo aterrorizada com a confusão que me espera.

— Estou aqui — grito, pulando os degraus da escada e correndo até a sala de estar.

— Meu Deus, Tana, por onde você andou? — pergunta meu pai, correndo na minha direção e me envolvendo com os braços. — Ficamos tão preocupados. — Ele esconde minha cabeça sob seu queixo, mesmo eu estando ensopada, e não consigo me impedir de começar a chorar.

— Desculpa — digo, agarrada ao meu pai. — Não consegui dormir. Minha mente estava a mil, e achei que dar uma volta poderia ajudar.

Minha mãe desliga o telefone, e a vejo dos braços do meu pai. Então, ela suspira, pesado e alto, vem até nós e nos abraça, muito apertado. Apertado demais.

— O que está acontecendo? — pergunto, percebendo que algo mais, além da minha ausência, os acordou.

Eles trocam olhares.

— É Ivy, querida. — Meu pai coloca a mão no meu ombro. — Ela saiu hoje à noite para colher flores e desenterrou uma colmeia por acidente. Ela foi atacada.

— Que horror — digo. Fui picada apenas uma vez; não consigo imaginar como ela deve estar mal. — Devíamos levar alguns óleos de banho para ajudá-la a descansar. Posso visitá-la?

— Não é tão simples assim. — Os olhos de meu pai se enchem de lágrimas. — Ivy é alérgica a abelhas. Ela nunca foi picada antes, então não sabia. Parece... parece que talvez não sobreviva à esta noite.

Dou um passo para trás.

— O quê?

— Os pais dela querem que eu esteja lá. Todos nós deveríamos ir. — A voz da minha mãe soa pesada, cheia de tristeza e arrependimento. Mas seu rosto está controlado, e a maquiagem, perfeita.

— Não. — Dou mais um passo para trás. — Não. Eu acabei de vê-la. Ela está bem — digo, relutando em acreditar no que estão dizendo.

— Ah, querida, como eu queria que fosse verdade. — Mamãe estende a mão para mim, mas não vou fazer isso. Não vou lamentar pela minha melhor amiga, porque ela não vai a lugar nenhum. Ela não pode ir. Não posso sobreviver sem ela.

Respiro fundo, me recompondo.

— Me leve até ela.

A casa de Ivy cheira à morte. Não sei como descrever de outra forma. O ar está denso, pesado e fétido, como se preparando seus habitantes para o que está por vir. A Sra. Eldon corre até minha mãe, e elas se abraçam.

— Ah, Rochelle — diz minha mãe em seu cabelo.

Dr. Glass está parado no canto, falando em tons baixos com o pai de Ivy. Ele olha para mim e acena com a cabeça, mas continuam a conversa deles.

— Oi, Tana — diz a Sra. Eldon, entre lágrimas. Ela segura um lenço no nariz e limpa o rosto antes de me dar um abraço suave. — Por que não vai ver Ivy enquanto terminamos de conversar com o Dr. Glass? Ele está de saída.

— O que você quer dizer com de saída? — pergunto, aumentando o volume da voz. — Você está desistindo? — grito para o médico, sem me importar com o fato de estar perdendo o controle na frente dos meus pais e dos pais de Ivy, sem me importar que estou ficando arrasada nesta sala.

— Tana — adverte minha mãe.

Olho ao redor, impotente. Quero gritar, quero dizer a eles que isso não é normal, que deveriam lutar mais. Mas não falo uma palavra; me viro de costas e subo correndo as escadas. O quarto de Ivy é a primeira porta à direita, e bato, ainda que não espere uma resposta.

Logo, abro a porta. O ar cheira a suor, mesmo com a janela aberta. É como se desse para sentir o calor irradiando do corpo dela daqui.

Caminho com todo o cuidado até a cama e me sento na beirada. O peito da minha amiga sobe e desce em lufadas superficiais, um sibilo agudo acompanha cada respiração. Os olhos estão fechados, e os braços, ao lado do corpo, as mãos abertas. A pele marrom está coberta de vergões, o rosto e o pescoço inchados quase além do reconhecimento.

Ah, Ivy.

— Estou aqui — digo, segurando a mão dela. — Estou aqui.

Ela não reage ao meu toque nem à minha voz. Os olhos permanecem fechados, e a mão parece mole na minha. Ela está bem diante de mim, mas não consigo aceitar o que vejo. Ivy é minha rocha, meu porto seguro, meu refúgio. Ela me vê quando os outros veem apenas meu papel. Ela me escuta quando todos os outros ouvem apenas meu nome. Como posso continuar falando sem ela aqui?

Olho ao redor para os medicamentos descartados e o chá de cura ao lado da cama. Mas não há nada que possamos fazer para curá-la de verdade. A nova ordem da magia proíbe qualquer coisa que significativamente altere o curso da vida de alguém.

Não podemos ajudá-la.

Mas a ideia não fica na minha mente por tempo suficiente para eu aceitá-la. *Podemos* ajudá-la; estamos escolhendo não ajudar. Se não tivéssemos abandonado quem somos, saberíamos como salvar a vida de Ivy com magia. Em vez disso, estamos indefesos, vendo a vida deixar seu corpo a cada respiração trêmula. Seu corpo está em chamas, e nosso *coven* permite que ele queime.

— Desculpa por não ter estado aqui — digo, a culpa me inundando como uma enchente. Eu devia ter dito sim quando me pediu para colher flores com ela, devia ter estado lá quando a colmeia a atacou. Imagino Ivy deitada no chão, sozinha, os pais em um compromisso, ninguém para ajudá-la. Imagino seu terror, pânico e dor, e não consigo aceitar isso. Eu me recuso.

— Não — digo, minha voz tremendo. — Não vou deixar você ir.

Assim que falo, um bacurau levanta voo de uma árvore próxima, as penas marrons e brancas refletindo a luz das estrelas. Ele pousa no parapeito da janela de Ivy e nos observa. Meu estômago revira ao lembrar do grimório no escritório de Galen. O bacurau está me dando um presente.

Antes que eu possa me convencer do contrário, antes mesmo de saber o que estou fazendo, me aproximo do parapeito da janela e estendo o braço. O pássaro pousa em meu punho, e o trago para dentro do quarto.

Minha magia sabe o que estou fazendo, e ela desperta dentro de mim, forte, poderosa e pronta para qualquer coisa que eu peça.

Não me lembro de tudo que li no grimório, mas sussurro as palavras de que me recordo, me concentrando na conexão com o pássaro. Posso ouvir seu coração batendo acelerado. Eu me concentro no som, na magia, naquela linha vital de que tanto preciso.

— Uma vida por uma vida, desta para a próxima, um coração por um coração, restaure a respiração.

A magia flui de mim e envolve o pássaro, seu coração batendo mais devagar até finalmente parar.

Lágrimas caem dos meus olhos enquanto coloco o pássaro no parapeito da janela com gentileza.

— Obrigada — sussurro, segurando sua vida em minhas mãos, um brilho de marfim irradiando ao redor.

Corro até a cama e me sento ao lado de Ivy. Não sei o que estou fazendo, mas minha magia assume o controle, guiando minhas palavras.

Sinto quando a vida enfraquecida de Ivy se agarra à minha magia, quando seu corpo sente o feitiço e se abre para ele. Sussurro as palavras freneticamente, e o coração do pássaro brilha mais e mais em minha mão.

Minha voz fica mais alta, e os músculos de Ivy se contraem enquanto libero a vida para ela. Observo-a voltando à vida a cada segundo que passa, o corpo se resfriando e as feridas se cicatrizando.

Ela se senta abruptamente na cama, o olhar enlouquecido, as mãos se agarrando a mim, me apertando com força demais.

— O que foi que você fez? — A voz não é dela. É monstruosa. Os olhos procuram freneticamente pelo quarto, pousando no bacurau no parapeito da janela.

Ela se vira na minha direção, olhos tão arregalados que poderiam cair das órbitas.

— O que foi que você *fez*? — diz ela novamente, e estou tão assustada que, por um momento, tudo que consigo fazer é balançar a cabeça sem parar.

— Eu... — começo a falar, sem saber o que dizer. Terror me domina quando o peso total de minhas ações desaba sobre mim. — Eu não podia deixar você morrer.

— A decisão não era sua! — grita Ivy, me empurrando para fora da cama.

Caio no chão, acertando a cômoda atrás de mim.

— Era a única opção — imploro, pedindo para que entenda.

— Você me destruiu — diz ela, gritando pela mãe.

A porta é aberta com força, e os meus pais e os pais de Ivy correm para dentro do quarto.

— Ivy! — grita a Sra. Eldon, correndo até a cama.

Ivy soluça, enterrando o rosto no peito da mãe.

— Eu não deveria estar aqui — Chora ela, os soluços incontroláveis sacudindo o quarto todo.

O bacurau está deitado pacificamente no parapeito da janela, e, um a um, todos se viram para olhar para mim quando percebem o que fiz.

— Você *não* fez isso — minha mãe diz, cobrindo a boca com a mão.

— Eu... eu não sabia o que estava fazendo. Apenas agi. Foi como se meu corpo tivesse tomado o controle. Desculpa. — As palavras estão todas desconexas, são uma bagunça confusa enquanto lutam para atravessar minhas lágrimas.

— Tirem ela daqui! — grita Ivy, agarrando-se à mãe.

Eu me levanto às pressas e tento encontrar as palavras para explicar, mas Ivy me olha como se eu fosse a encarnação do mal, a coisa mais vil que já viu na vida.

— Agora! — grita ela.

Meu pai me ajuda a sair do quarto, e o pai de Ivy fecha a porta atrás de nós, mas isso não é suficiente para abafar o som dos gritos de Ivy.

Eles se agarram à mim até eu ter certeza de que jamais pararei de ouvi-los, nem por um segundo sequer, pelo resto da minha vida.

25

Meu pai tem que me arrastar para casa. Eu o acerto com as unhas e grito, desesperada para voltar para Ivy, desesperada para consertar o que estraguei. Mas, quando estou no sofá encarando o fogo, percebo que jamais serei capaz de consertar aquilo. A maneira como ela me olhou me disse tudo que preciso saber.

Minha mãe ficou para trás, provavelmente para descobrir como fazer os pais de Ivy guardarem meu segredo. Se nosso *coven* descobrir que usei magia proibida para salvar a vida de Ivy, isso gerará caos. Bruxos exigirão punição. Meus pais serão responsabilizados por meus pecados. E nosso relacionamento com o continente desmoronará.

Todo nosso progresso, apagado no espaço de um único suspiro.

Mas é de Ivy que estamos falando. *Ivy*. Minha melhor amiga, minha alma gêmea, o amor da minha vida. E mesmo sentada aqui, com lágrimas nos olhos, sei que tomaria a mesma decisão de novo. É egoísta — eu sei disso —, mas tenho que aprender a não me preocupar com isso. Tenho que aprender a aceitar rótulos que temi durante toda minha vida.

Egoísta.

Impulsiva.

Irresponsável.

Nunca me permiti ser nada disso, mas hoje fui tudo isso dentro de uma garota desesperada que faria qualquer coisa para salvar a melhor amiga. Talvez Ivy irá me odiar pelo resto da vida; talvez seus pais nunca superarão o que fiz; talvez eu sempre me perguntarei se realmente foi a coisa certa a se fazer. Mas Ivy está viva, e não consigo me arrepender disso. Não vou me arrepender.

Meu pai me traz uma xícara de chá e se senta ao meu lado no sofá. Puxo o cobertor grosso de lã até o queixo, como se fosse uma armadura, um escudo que pode me salvar de qualquer coisa que esteja por vir. Observo as chamas dançando na lareira. O amanhecer pinta o céu do lado de fora de nossas janelas, e sei que tenho que lidar com o que aconteceu.

— Você tem muitas explicações a dar — diz meu pai, por fim, rompendo o silêncio.

— Eu sei. — Assopro o chá e tomo um longo gole. Não há magia nele, mas, ainda assim, me faz lembrar Ivy.

Parte de mim quer contar a ele tudo sobre Wolfe, sobre perder o ritual e usar magia proibida. Mas prometi a Galen que não faria isso, e, para mim, é importante manter minha palavra. Talvez seja tolice, depois de tudo que aconteceu hoje à noite, mas a última coisa que quero é causar uma reviravolta na vida de outra família.

Um dia, contarei aos meus pais tudo que aconteceu. Mas, esta noite, contarei a eles apenas uma parte. E, por enquanto, isso terá que servir.

— Ainda estou tentando entender — digo.

Meu pai se vira no sofá para me encarar. Ele não parece bravo nem decepcionado; parece curioso. Paciente.

— Eu estava segurando a mão de Ivy, conversando com ela. E o bacurau voou até a janela, praticamente se oferecendo para mim. E... não sei... Foi como se minha magia simplesmente assumisse o controle. Nem me lembro de pensar no que estava prestes a fazer; de tomar uma decisão. Só me lembro de fazer o que fiz.

As palavras de Wolfe a respeito da dama-da-noite soam subitamente na minha mente, de como ela é a fonte de toda magia... mas eu não tinha uma comigo. Estou tão frustrada que poderia chorar, tão cansada de não entender meu mundo, minha magia, eu mesma.

Meu pai fica em silêncio por um longo momento, absorvendo minhas palavras.

— Mas você não deveria saber fazer isso. Magia proibida não desperta desse jeito, não depois de anos sem ser usada; ela precisa ser provocada. Nutrida.

Ele tem razão. Tem razão, porque foi exatamente isso que fiz com Wolfe naquela primeira noite — despertei uma magia que estivera dormente por dezenove anos.

— Eu sei. Não consigo explicar, pai. Mas parecia que eu não tinha escolha no que estava fazendo. Não estou tentando evitar a culpa, e assumo total responsabilidade pelas minhas ações. Só estou tentando explicar como me senti.

Meu pai olha pela janela, para o céu que fica mais claro com a promessa de outro dia. Tudo o que quero é dormir.

— Ainda estamos muito perto do ritual — diz meu pai, mais para si mesmo do que para mim. — Ou seja, você tem mais magia em seu sistema agora do que em qualquer outro momento. Talvez a combinação do bacurau e da morte iminente de Ivy tenha provocado algo... — Ele para e balança a cabeça. — Não faz sentido.

— Pai — sussurro, minha voz trêmula. Ele olha para mim. — Estou feliz que ela ainda esteja viva. — Cada palavra está revestida de terror ao cair lentamente dos meus lábios.

— Eu sei, querida. — Meu pai se aproxima de mim e coloca o braço em volta dos meus ombros, e desabo nele. Ele sabe, mas, ainda assim, me abraça. Ele sabe, mas, ainda assim, preparou um chá para mim. Ele sabe, mas, ainda assim, me ama.

A culpa me consome por como traí minha família. Tudo que sempre quis foi deixá-los orgulhosos, em vez disso, coloquei todo nosso estilo de vida em perigo, deixei-o por um fio que depende do modo como minha mãe e os Eldon decidirem avançar.

Sempre soube meu papel, mas, assim que persegui aquela luz no último ritual, assim que meu mundo colidiu com o de Wolfe, tenho estado em apuros, tão longe do caminho que sempre percorri, que me pergunto se é tarde demais para encontrar o caminho de volta.

Eu me pergunto se realmente quero encontrar o caminho de volta.

Egoísta.

A porta da frente se fecha com tudo, e minha mãe chega na sala de estar. Meu pai não se afasta de mim, e esse simples gesto me enche de força. Eu consigo fazer isso. Consigo encontrar o caminho de volta.

— Você fez uma bagunça e tanto — minha mãe diz, sentando-se em uma cadeira de veludo verde-azulado ao meu lado. Ela afunda no assento e inclina a cabeça para trás, então, sou atingida pelo quão humana ela parece. Quão real. Os olhos estão cansados, e ela boceja sem cobrir a boca. Por algum motivo, isso me abala profundamente.

Neste momento, Ingrid Fairchild é minha mãe, não a líder do conselho ou a queridinha do *coven*; ela é minha mãe, e está exausta pelo caos causado pela filha.

Isso me faz querer chorar.

Ela tira os sapatos e olha para meu chá.

— Querido, eu ficaria muito feliz com uma xícara dessa.

Meu pai se levanta e beija a testa dela antes de ir para a cozinha, e, por um instante, tudo em que consigo pensar é como quero um amor assim. Eu costumava pensar que minha mãe dominava meu pai, mas não é verdade. Ele incentiva a liderança e a assertividade dela, e ela incentiva a paciência e a gentileza dele. Eles enxergam as forças um do outro, e quero, desesperadamente, a mesma coisa.

Talvez minha fascinação por Wolfe esteja entrelaçada com meu amor por sua magia, tão completamente entrelaçada, que não consigo separar as duas. Ou talvez eu esteja fascinada com a maneira como ele enxerga minhas forças antes mesmo de eu conseguir vê-las.

Meu pai se aproxima e entrega o chá para minha mãe, depois, senta-se ao meu lado.

— Você está bem? — pergunta ela.

— Você quer saber se *eu* estou bem?

— Você é minha filha — diz ela, segurando a xícara perto do rosto.

— Não sei. Não entendo o que aconteceu. — Faço uma pausa. — Como está Ivy?

— Ivy finalmente tinha adormecido quando saí. Ela está confusa e irritada. Sua vida foi contaminada pela escuridão, e levará tempo para que se recupere disso.

Quero dizer a ela que não é verdade, que Wolfe salvou minha vida usando a mesma magia que usei em Ivy e que isso não despertou nenhuma escuridão em mim. Se algo, iluminou tudo, banhou tudo com o luar.

— Só que não foi contaminada. Houve um tempo em que esse era o único tipo de magia que praticávamos...

— E era veneno — minha mãe me interrompe. — Magia nunca foi destinada a ser usada dessa forma. Você sabe disso, assim como Ivy. Talvez ela jamais te perdoe.

Assinto. Passarei o resto da vida tentando conquistar o perdão dela. Farei isso. Mas, por outro lado, acredito que Ivy perceberá que continua sendo a mesma de sempre, radiante e brilhante, e me agarro a essa esperança.

— E os pais dela?

— Eles estão em uma posição muito difícil. Ninguém quer que o filho seja contaminado por magia proibida. Vão ficar de olho nela, preocupados o tempo todo com as maneiras que isso vai se infiltrar na vida cotidiana de Ivy. — Minha mãe solta um grande suspiro, faz uma pausa, depois, exala lentamente. — Mas, agora, Rochelle e Joseph estão focados no fato de que a filha está viva.

Solto o ar. Penso, pela centésima vez na noite de hoje: *Estou tão feliz por ela estar viva...*

— Tana — diz minha mãe, e a severidade que eu esperava finalmente surge em sua voz —, suas ações têm consequências. — Ela deixa as palavras pairarem no espaço entre nós. — Mais tarde, ainda hoje, depois que todos tivermos descansado um pouco, discutiremos o que você fez e como soube o que fazer. E não vou tolerar desonestidade. — Ela esfrega os olhos. — Então, discutiremos as consequências de suas escolhas, que são muitas.

Ela se levanta e estende a mão para meu pai. Ele a pega e se levanta também.

— Foi uma noite longa. Vá dormir um pouco.

Eles caminham até a escada, mas eu os detenho.

— Mãe?

Ela se vira para me olhar.

— Se fosse eu... — Não sei como terminar a frase, mas minha mãe parece entender o que tento perguntar.

— Nenhum de nós sabe como usar magia proibida, Tana. Eu não teria sido capaz de te salvar. Mas, se outra pessoa tivesse feito essa escolha por mim, do jeito que você fez com Ivy... — ela balança a cabeça — ... seria muito difícil não me sentir endividada com essa pessoa pelo resto da minha vida.

Lágrimas enchem meus olhos, e assinto.

Ela se vira e sobe as escadas com meu pai, eu afundo novamente no sofá e observo o nascer do sol através das grandes janelas.

Na última vez que assisti a um nascer do sol, eu tinha certeza de que ia morrer. O céu tinha se iluminado com tons de rosa e laranja, e me esforcei muito para aceitar meu destino.

Mas não fui bem-sucedida, e isso fez tudo mudar.

Causei uma bagunça espetacular na minha vida e não sei como consertar isso. Não sei como fingir que meu tempo com Wolfe não aconteceu, que não me transformou de uma maneira fundamental, alterando os átomos e as células do meu corpo até clamarem por uma estrela diferente.

Não sei como parar de desejar Wolfe ou sua magia.

Porque, o que nunca vou poder dizer em voz alta, nem nunca mais poderei pensar de novo, é que tudo aquilo parecia certo, mais natural para mim do que qualquer perfume ou sabonete. Tudo aquilo me envolveu em seu poder e sussurrou *você está em casa*, como as profundezas do oceano. Fez com que eu me sentisse digna de alguma coisa, digna de tudo. Como se todas as perguntas que já fiz a respeito de mim mesma finalmente tivessem sido respondidas.

E não sei como deixar tudo isso de lado.

Isso, mais do que qualquer outra coisa que aconteceu neste mês desastroso, é o que mais me aterroriza. Porque serei obrigada a fazer uma escolha. Serei obrigada a olhar para a vida que não escolhi e pesá-la contra a vida com a qual sonho quando Encantamento adormece.

E, se o último mês me ensinou alguma coisa, é que, quando se trata de Wolfe Hawthorne, nunca faço a escolha certa.

Só quando estou em meu quarto, me trocando para dormir, é que noto o longo colar de prata que Wolfe me deu ainda pendurado no pescoço, escondido sob o vestido, descansando sobre meu coração. Eu o seguro, girando-o entre os dedos.

E ali, através do filigrana, estão as pétalas brancas de uma dama-da-noite.

26

Minha mãe vai à casa de Ivy, depois que todos dormimos, mas sou proibida de acompanhá-la. Ivy não quer me ver. Fiz tudo que pude para salvar a vida dela, sacrifiquei tudo, e, mesmo assim, a perdi.

Espero junto à porta quando minha mãe volta. Ela pendura o casaco e tira as luvas de caxemira, me lançando um olhar de soslaio.

— Ela está de volta ao normal. Seja lá o que você fez, a curou completamente — diz ela, sem emoção, porque não é algo para ser celebrado. Não para ela.

— Algum dia ela vai querer me ver de novo?

Eu a sigo até a cozinha, onde meu pai serve duas taças de vinho, e me sento diante da ilha, esperando por uma resposta.

— Não sei, Tana. Ela ainda está muito abalada com tudo. — Minha mãe toma um longo gole do vinho, então, coloca a taça de novo na bancada. — A boa notícia é que os pais de Ivy concordaram em manter segredo, com base em várias condições. Mas, antes de falarmos disso, preciso saber exatamente o que aconteceu ontem à noite.

Eu me remexo na cadeira e me viro para encarar minha mãe. Repito exatamente o que disse para meu pai, que o bacurau voou até a janela quase como uma oferenda, e algo em meu instinto tomou conta de mim. Não pensei, agi.

Meu pai reitera o que me disse na noite passada, sua teoria de que o acúmulo de magia no corpo pode ter contribuído para minhas ações. Minha mãe escuta, pensativa, e a expressão não revela nada. Ela inclina a cabeça para o lado, olhando primeiro para meu pai, depois, para mim.

— Isso não pode acontecer de novo — adverte ela, para mim. — Isso sequer deveria ter acontecido, em primeiro lugar. Jovens bruxos não tropeçam simplesmente em magia proibida, Tana. Deve ser aprendida. — Ela faz uma pausa, parecendo lembrar de algo mais. — Por que mencionou a dama-da-noite ontem?

Arrepios surgem na minha pele, e, por um momento, minha mente fica em branco. Não sei o que dizer, então repito as palavras do dia anterior:

— Vi uma flor que se parecia com uma — respondo. — Só fiquei curiosa. Por quê?

Eu a observo enquanto as palavras de Wolfe surgem, indesejadas, em minha mente.

Eu realmente queria que sua mãe tivesse contado a verdade.

Ela balança a cabeça e diz:

— Nada.

E, com essas palavras, sei que Wolfe estava certo. Ela sabe. Um soluço ameaça escapar da minha boca, mas o obrigo a permanecer onde está. Luto para manter a compostura. A expressão da minha mãe não vacila, nem mesmo estremece, e isso parte meu coração.

Não digo nada.

— Se tiver acontecido mais alguma coisa, eu vou descobrir. Você sabe disso. Mas, por enquanto, precisamos falar das consequências.

Eu respiro fundo.

— Me conte.

— Primeiro, vai dar um tempo da magia. No final de cada dia, vai drená-la nos ingredientes que restaram na loja, para que não se acumule. Você não vai criar perfumes nem sabonetes. As únicas demonstrações de magia no futuro próximo serão drená-la no final de cada dia e durante a lua cheia.

— Mãe — chamo, as palavras dela me sufocando, sugando todo o ar dos meus pulmões. — Por favor. Por favor, não tire isso de mim. Minha magia é tudo.

— Não, querida, não mais. — Seus olhos estão tristes; pelo menos, é o que acho que consigo ver através das minhas lágrimas. — Segundo, você permanecerá sob a supervisão constante de seu pai ou minha até o casamento.

Paro de respirar.

— Casamento?

— E isso me leva à terceira contingência: você vai anunciar seu noivado com Landon na celebração da colheita.

— Mas isso é no próximo final de semana — digo, elevando a voz. — É cedo demais.

Minha mãe levanta a mão para me silenciar.

— E o casamento agora acontecerá no seu Baile do Pacto.

Eu me levanto e recuo.

— Não — digo, balançando a cabeça. — Não.

— Querida, é a única maneira. — A voz dela soa calma e composta, e talvez isso doa mais do que qualquer outra coisa. — Você sabe qual é a punição para novas bruxas que usam magia proibida.

Eu assinto. Isso faz parte do nosso acordo com o continente — nós as enviamos para o outro lado do Canal, para serem julgadas. Inevitavelmente, perdem o ritual enquanto estão na prisão, onde sua magia as consome por dentro.

É uma sentença de morte.

Balanço a cabeça e começo a chorar, cobrindo meu rosto com as mãos.

— É a única maneira. Isso é o que os pais da Ivy exigem: uma aliança com o continente. Esse é o preço do silêncio deles.

— Dê tempo a eles, por favor. Você mesma disse que se sentiria endividada se alguém fizesse por mim o que fiz por Ivy. Sei que estão felizes por ela estar viva, mesmo não falando isso. Eles vão guardar meu segredo.

Minha mãe apenas balança a cabeça.

— Eles estão dispostos a jurar com magia, mas querem que o casamento seja antecipado. E não vou me contentar apenas com a palavra deles, não com relação a isso.

— Mas eu não estou pronta. — As palavras saem tão fracas, que mal se afastam da minha boca, entre as lágrimas.

— São apenas alguns meses de diferença. Considerando tudo, é um resultado extremamente caridoso. Você tem sorte, Tana.

— Quando poderei praticar magia de novo?

— Depois do casamento. Você não vai poder praticar magia no continente, então precisaremos garantir que use magia suficiente quando estiver trabalhando na perfumaria para evitar que um acúmulo prejudicial ocorra.

Eu me encolho. Não tinha percebido, até agora, que magia não faria mais parte da minha vida diária quando me mudasse para o continente. Não seria mais o que me faria levantar com o sol e temer a noite. Eu teria que enterrá-la para poder viver minha vida com Landon.

Sinto um embrulho no estômago, e náusea sobe pela minha garganta.

— Vou vomitar — consigo dizer, antes de correr para o banheiro. Meu pai aparece atrás de mim em segundos, massageando minhas costas e segurando meu cabelo. Quando termino, ele me traz uma toalha gelada para colocar na testa.

Vejo sua expressão preocupada. Queria poder convencê-lo de que estou bem, de que não vejo problema algum nessa situação toda. Queria poder apertar sua mão e dizer que vou ficar bem, que uma vida com Landon é uma nova aventura na qual mal posso esperar para embarcar, porque vê-lo se preocupar assim, ver a incerteza em seus olhos, dói.

Tudo dói.

É neste momento, vendo meu pai questionar a vida que construiu para mim, a vida que estou prestes a começar, que finalmente admito para mim mesma: não estou bem com nada disso. Não é a vida que eu quero. Quero o amor que meus pais têm. A certeza que Ivy tem. A paixão que Wolfe tem. Eu quero tudo isso, e uma vida com Landon não me dará isso.

Egoísta.

Vou me deitar enquanto meus pais jantam. Giro o vidro do mar que Landon me deu entre os dedos, sinto cada borda e cada canto. Eu o seguro nas mãos e me obrigo a acreditar que conseguirei dizer *aceito* na cerimônia de casamento sem me arrepender todos os dias pelo resto da minha vida.

Landon merece mais do que isso.

Eu também.

Escuto uma batida suave na porta, e meu pai coloca a cabeça para dentro.

— Já está quase na hora, querida.

Outro ritual. Outra liberação de minha magia. Outra noite de destruição do mar.

Saio trêmula da cama, visto a roupa do ritual e sigo meus pais até a costa oeste. Estou morrendo de medo de entregar minha magia ao mar, sendo que não há nada que eu possa fazer para recuperá-la. Minhas habilidades vão desaparecer e minha magia vai enfraquecer, e serei uma sombra da garota que eu era.

Landon vai se casar com um eco, um sussurro, uma brisa leve em suas costas que fará com que se sinta observado.

Acompanho meus pais até a praia e faço os movimentos do ritual, seguindo meu *coven* para a água assim que todos são contabilizados. Procuro Ivy, mas ela não olha na minha direção. Ela está do outro lado da praia, e sei que ficou ali de propósito, mantendo o máximo de distância possível de mim.

A água bate no meu peito. É uma noite fria e clara, e a lua cheia nos observa do alto no céu, iluminando nossa vergonha.

É meia-noite.

No início, não penso nisso. Não sinto como se estivesse fazendo uma escolha, mas, enquanto o resto do *coven* despeja sua magia no mar, me agarro à minha.

Eu a mantenho bem perto.

E sussurro o nome dele.

Uma vez. Outra. E outra vez.

Minutos se passam, e os últimos gritos dos bruxos se dissipam na noite. A magia se mistura na água, pesada e densa como óleo, causando danos, em vez de cura.

Encaro a distância, implorando para que Wolfe apareça, mas ele não aparece. Os bruxos começam a marcha para fora da água, seus ombros curvados e cabeças baixas, exaustos após mais um ritual.

Eu me viro lentamente e vou em direção à praia. Meus pais me encontram, e caminhamos até a estrada, esperando todos os bruxos irem embora antes de partirmos. Ninguém diz nada, envergonhados demais para falar uns com os outros, mesmo todos tendo passado pela mesma coisa.

Finalmente, somos apenas nós três. Mamãe se encosta em papai.

— Pronto? — pergunta ela.

Ele assente, e começamos a caminhada para casa.

Já estou na rua quando penso ouvir meu nome, embora talvez seja apenas o vento soprando das ondas. Pode não ser nada. Ainda assim, eu me viro.

E lá está ele.

De pé na água, banhado pela luz da lua, sussurrando meu nome.

Não penso, não hesito, não temo. Saio correndo.

— Tana! — minha mãe me chama, o tom de voz urgente, embora a voz esteja fraca por causa do ritual. Assustada. — Tana! — Não olho para trás. Wolfe não está mais virado para a praia; ele se prepara para mergulhar de volta na correnteza. Ele não me viu a tempo.

— Wolfe! — grito seu nome enquanto minha mãe grita o meu, correndo atrás de mim. — Wolfe! — grito de novo.

Ele para e se vira, a boca se abrindo e os olhos se arregalando.

Entro correndo na água, me aproximando dele o mais rápido que posso, tentando ignorar os sons da minha mãe atrás de mim. Não posso me virar, porque, se fizer isso, talvez eu desmorone.

Dou um impulso no fundo do oceano e me lanço na direção de Wolfe. Ele me envolve com os braços, e me enrolo ao redor dele, segurando firme, como se minha vida dependesse disso.

— Vamos! — grito.

Meu pai está na água agora, nadando em nossa direção, lutando contra as ondas, embora fraco por causa do ritual — muito fraco, mas, ainda assim, gasta até a última gota do que lhe resta de energia para vir atrás de mim. Ele diminui a velocidade, incapaz de nos acompanhar, boiando impotente a vários metros de distância.

Eu me agarro a Wolfe com firmeza para me impedir de nadar até meu pai, mas o observo o tempo todo, e sei que a imagem ficará comigo pelo resto da vida, não importa o quanto eu tente apagá-la. Ele grita meu nome e começa a se engasgar, o som me dilacerando. Minha mãe finalmente o alcança e o puxa de volta para a costa. Lágrimas descem pelo meu rosto enquanto enterro a cabeça no ombro de Wolfe e respiro fundo. Ele mergulha na correnteza, e a imagem de meu pai é substituída pela água escura que bate sobre minha cabeça, apagando toda a luz.

Apagando todo o amor.

Apagando tudo.

Seus braços estão firmes ao meu redor enquanto somos levados para o mar, mas não tenho certeza se ainda estamos no mesmo oceano. Talvez seja uma acumulação de lágrimas e angústia tão vasta e ampla, que nunca encontrarei o caminho de volta.

Minha mãe chamando meu nome.

Meu pai se debatendo na água.

Nunca vou me recuperar disso, nem mesmo se eu viver cem anos, mil vidas. Este momento será uma cicatriz em cada parte de mim, e nunca vou superar isso.

Aperto os braços e pernas com ainda mais força ao redor de Wolfe, porque tenho medo de que, se não, desistirei e deixarei o oceano fazer o que quiser comigo. Mas os braços dele estão firmes ao meu redor, me segurando enquanto tenho certeza de que vou desmoronar.

A correnteza desacelera, e emergimos. Ambos inspiramos fundo, nosso tórax se expandindo um na direção do outro ao respiramos. Eu me agarro a Wolfe como se minha vida dependesse disso, e, neste momento, tenho certeza de que depende.

A água nos arrasta. Olho para a costa, mas estamos longe da praia em que o ritual aconteceu, longe dos meus pais. Longe do meu coração.

Os pés de Wolfe tocam o chão, água escorre de seus ombros, mas eu não me movo. Continuo o abraçando, com medo de que, assim que eu o soltar, o peso da minha decisão me esmague até que eu não seja nada além de um grão de areia na praia.

Devagar, afasto a cabeça e olho para ele, encontrando seus olhos pela primeira vez esta noite.

A respiração dele acelera, e ele move as mãos para as laterais do meu rosto. Água pinga do cabelo escuro, dos cílios, dos lábios. Ele parece tão perfeito que meu corpo todo dói.

— O que foi que você fez? — pergunta ele, a voz rouca. Acusatória. Ele estuda meu rosto, as palmas pressionadas contra minhas maçãs do rosto.

— Eu me tornei tudo o que tenho medo de ser.

Então, eu o beijo. A respiração dele para quando meus lábios tocam os seus, um som ofegante que me transforma em algo selvagem. Agarro seu rosto, seu cabelo, seus ombros, ansiosamente aceitando os beijos como se fossem ar, a única coisa que me mantém viva.

Ele abre a boca e geme quando minha língua encontra a sua, um som que percorre todo meu corpo. Minhas pernas permanecem firmes, em torno dos quadris dele, e ele leva as mãos até as minhas costas, me trazendo para perto.

Mais perto.

Mais perto.

Estou enlouquecida, e meus lábios encontram sua mandíbula, seu pescoço, sua têmpora. Ele inclina a cabeça para trás, olhos fechados, o luar inundando seu rosto. Isso me faz perder todo controle. Esse rapaz virou de cabeça para baixo cada parte da minha vida, incendiou toda minha existência.

Ganhei vida quando o conheci, não vou fingir que não. Não vou fingir que ele não se tornou vital para mim, que não me permitiu me ver exatamente como quero ser vista.

Meus lábios encontram os dele outra vez. Wolfe tem gosto de mar, um oceano só meu. Meus braços estão apertados ao redor de seu pescoço, e os dedos afundam em seu cabelo. Quando finalmente me afasto, ele me olha como se absorvesse toda vulnerabilidade, toda insegurança, todo medo, toda esperança e toda dúvida. Ele absorve tudo e me beija de novo, aceitando tudo que tenho a oferecer.

Ele é minha luz do dia, meu sol, as horas que passei praticando magia. Sei disso agora, e prometo ser o mesmo para ele.

Mas não estamos confinados à luz do dia. Aqui, podemos ser quem quisermos ser.

Eu o observo, incrivelmente belo sob o luar.

Pressiono os lábios nos dele.

Ele ganha vida na escuridão, então escuridão é o que me torno.

27

Vapor sobe ao meu redor na grande banheira de porcelana. Fecho os olhos, deixando a água lavar o sal do mar e o sal das lágrimas. Mas nada vai apagar a imagem do meu pai tentando desesperadamente me alcançar entre as ondas. Nada.

O que fiz me traz uma liberdade pesada. Passei a vida toda com medo de ser egoísta, medo de buscar o que eu queria, porque sabia, o tempo todo, que o que eu queria não importava. Mas sempre achei ter força para ser quem todos precisavam que eu fosse, para ignorar minha felicidade, porque eu acreditava firmemente em uma aliança com o continente. Mas eu estava errada.

Tenho uma força diferente, no entanto, uma que eu não sabia que tinha. É preciso força para colocar o dever e a lealdade acima de tudo, para encontrar felicidade em uma vida que não foi escolhida — a força que Landon tem. Também é preciso força para decepcionar todas as pessoas com as quais me importo, porque encontrei algo em que acredito mais.

Não tenho o tipo de força com a qual meu *coven* contava, com a qual eu contava. Mas sou forte o bastante para escolher algo para mim mesma que o resto do meu mundo acredita estar errado. E, para alguém que viveu pelo padrão dos outros por tempo demais, isso é uma conquista.

Duvido que, algum dia, eu pare de me importar. Duvido que, algum dia, eu me sinta confortável com os inimigos que criei e com o sofrimento que causei. Mas ali, no banheiro de Wolfe, sabendo que ele está do outro lado da porta, eu não voltaria atrás.

Quando saio do banho, um grande roupão preto me espera. Deslizo para dentro dele e amarro o cinto em volta da cintura. Seco o cabelo com a toalha e o deixo cair solto, então, abro lentamente a porta.

Vejo Wolfe sentado em uma grande poltrona diante da lareira. O queixo está apoiado na mão, e ele olha para as chamas, perdido em pensamentos.

A porta range, e ele se vira na minha direção. É a primeira vez que o vejo parecer nervoso. Ele engole em seco ao me ver, e luto contra a vontade de me afastar, me obrigando a ficar parada, vulnerável, e deixo que ele veja isso.

Deixo que ele me veja.

— Como foi o banho? — pergunta.

— Era exatamente do que eu precisava. Obrigada. — Pego uma manta da cama e a coloco no chão em frente à lareira. — Quer se sentar comigo?

Ele concorda com a cabeça e se senta perto de mim. Eu me deito de lado, me apoiando no cotovelo, e ele faz o mesmo. Por um momento, apenas nos olhamos.

— Me conte o que aconteceu — pede ele por fim.

É o que eu faço. Conto a ele de Ivy, do bacurau e de como salvei a vida dela, como algo dentro de mim assumiu o controle, e eu deixei. Conto do acordo que meus pais fizeram, das consequências que eu teria que enfrentar para permanecer na ilha e ter meu segredo protegido. E digo a ele que, durante o ritual, tudo em que eu conseguia pensar era em correr, mas não correr para longe do que eu tinha feito — correr em direção ao que eu quero.

— O que você quer — diz ele, repetindo minhas palavras.

— Você. Você e sua magia.

Ele desvia o olhar para o fogo, e vejo sua mandíbula tensa. Algo passa por seu rosto que não consigo entender, e me sento.

— Eu disse algo errado? — pergunto.

Ele também se senta, mas não encontra meus olhos. Balança a cabeça, e, de repente, fico preocupada de ter escolhido algo que não estava disponível para mim. Meu coração dispara e a garganta seca.

— Não — diz ele, por fim. — É que estou acostumado a estar no controle, Mortana. — Ele faz uma pausa, olhando para as chamas caóticas. — Mas, quando se trata de você, sou impotente.

— É disso que você tem medo? — pergunto, as palavras sussurradas. — Que eu te deixe fraco?

Então, ele me olha, e a intensidade em seus olhos faz com que eu sinta um arrepio. A mandíbula está travada, a boca é uma linha dura.

— Eu atearia fogo no mundo todo só para ver seu rosto. É disso que eu tenho medo.

Eu me inclino lentamente em sua direção, meus lábios roçando os dele.

— Então podemos queimar juntos.

Ele segura meu rosto entre as mãos e me beija com desespero, como se nunca mais tivéssemos que sair da segurança deste quarto se ele me beijar o suficiente, profundo o suficiente, com calor o suficiente. Envolvo os braços ao redor de seu pescoço e o puxo Wolfe para mim, me movendo para ficar mais perto, me inclinando para ter melhor acesso a ele.

O roupão desliza do meu ombro, e Wolfe move os dedos pelo meu queixo, meu pescoço, minha clavícula. Eu me deito de costas e o puxo para mim, seus lábios seguindo o caminho que os dedos traçaram. Ele para quando chega no esterno, deixando a cabeça repousar contra meu peito. Os olhos se fecham.

— Posso ouvir seu coração.

Sua boca encontra minha caixa torácica, e ele beija os ossos ao redor do meu coração, como se fossem sagrados, como se guardassem a coisa mais preciosa do mundo. Lentamente, solto a faixa ao redor da cintura e deixo o roupão se abrir.

Wolfe paira sobre mim. Fico perfeitamente imóvel enquanto seus olhos seguem as curvas do meu corpo, gravando-as na memória.

— Mortana — diz ele, a voz rouca. — Você será meu fim.

Os lábios retornam aos meus antes que eu possa dizer que ele é meu começo, brilhante, bonito e novo.

O casarão paira atrás de nós enquanto Wolfe e eu caminhamos até a praia. Uso uma camisola emprestada e um dos suéteres dele, mas talvez eu nunca o devolva. A peça cheira a ele, e amo estar envolta nela.

Vários bruxos estão aglomerados em torno de um grimório na estufa, mas, fora isso, somos os únicos do lado de fora. A lua cheia lança luz suficiente para que eu veja onde piso, e a magia se agita em minha barriga, esperando para ver o que eu pedirei a ela.

Não estou mais disposta a despejar minha magia no mar, inutilizada e perigosa, matando nossos animais e prejudicando nossa ilha. Mas ela precisa sair de alguma forma. E poderia muito bem ser esta noite, sob a lua gloriosa, ao lado do rapaz que mudou tudo.

— Qual é o seu lugar favorito? — pergunta Wolfe, quando chegamos à praia.

— O mar.

— Por quê?

— Pela quietude. Gosto do fato de que nada acima da superfície importa quando estou submersa. Gosto de como o silêncio é mais alto do que meus pensamentos. É tranquilo, sem pressa. Isso me acalma.

— Feche os olhos — diz Wolfe.

E eu fecho.

Dentro de segundos, o ar ao meu redor muda. Fica mais pesado, de certa forma. Mais denso. O som das ondas batendo recua ao fundo até haver um silêncio perfeito.

Minha pele esfria, e minha mente se aquieta. Eu me sinto leve. Uma calma densa me envolve, tão real que eu poderia me enrolar nela, tocá-la. O cabelo flutua ao meu redor, e as roupas grudam na pele. Tudo parece mais lento: meus movimentos, minha respiração, meus batimentos cardíacos.

Sinto como se estivesse debaixo da água, completamente submersa, em meu lugar favorito.

Meus olhos se abrem de uma vez, e o cenário é arrancado de mim. Estou de volta à praia, com Wolfe, sob um céu sem nuvens.

— Como você fez isso? — pergunto, sem fôlego.

— Alterei seus sentidos até você acreditar que estava em outro lugar. É um feitiço de percepção.

— Como aquele que você usa quando precisa ir à cidade? O que faz todos acreditarem que você é um turista?

— Exatamente.

— Inacreditável — comento. Minhas roupas estão secas, e minha pele, quente, mas ainda há parte de mim que acredita ter estado debaixo d'água apenas segundos atrás. — Me ensine.

— Nossa conexão com o mundo natural é o que há de mais poderoso em nós. Isso torna possível tudo que fazemos. Assim como temos uma sensibilidade aguçada com o mundo ao nosso redor, o mundo tem uma sensibilidade aguçada conosco. A intenção é o que mais importa na magia. É por isso que você foi capaz de salvar a vida de Ivy usando um feitiço que não conhecia. Pense nisso tudo como um véu tecido a partir de suas experiências, desejos e compreensão do mundo físico. Esse véu pode cobrir qualquer coisa que você escolher.

— Até outra pessoa — digo.

— Até outra pessoa. Eu criei um véu do mar, então, cobri você com ele.

— Incrível — digo.

— Sua vez.

Dou um sorriso. Eu esperava por isso desde a última vez em que o vi, ansiosa para descobrir mais da magia dentro de mim. Usamos o mar outra vez para minha primeira vez, um cenário que eu poderia recriar, de novo e de novo.

Teço um véu com água fria e movimentos lentos, com o silêncio que se estende em todas as direções como a neblina da manhã acima do Canal. O véu se forma diante de mim, é uma coisa física que posso ver e tocar.

Teço lembranças de estar envolvida por Wolfe, nossos corpos molhados pressionados com firmeza um contra o outro.

Então, pego o véu e o estico até cobrir nós dois.

O mundo ao redor desaparece, e estou de volta à água, nos braços de Wolfe, com nada além do silêncio perfeito do mar.

Magia jorra de mim, sustentando o véu, envolvendo todos os sentidos até eu acreditar plenamente na imagem que criei. Estou debaixo da água, me movendo com o balanço das ondas, sem peso e nos braços de Wolfe. Estamos quietos, imóveis e contentes, abraçados no ventre do mar.

Retiro o véu, e estamos de volta à praia. Olho para ele e passo meus dedos pelo seu cabelo, certa de que estará encharcado. Mas não está.

— Funcionou? — pergunto. Sei o que senti, mas isso não significa que Wolfe também tenha sentido.

Ele assente.

— Você é muito mais poderosa do que imagina — comenta. — Você poderia ter mudado a percepção de todo e qualquer bruxo nesta casa.

— Por quê? — pergunto. — Por que isso é tão natural para mim?

— Não sei — diz Wolfe, balançando a cabeça. — Acho que tem a ver com o tempo que você passou na água. Está conectada demais a este lugar; cada vez que acidentalmente engoliu água do mar, cada vez que colheu flores e ervas para a perfumaria, as horas que passou vagando pela ilha, você convidou esse mundo para dentro de você, e ele se enraizou. Acho que é por isso.

As palavras fazem algo dentro de mim se abrir. Na maior parte da minha vida, fui repreendida por me sujar demais, nadar com frequência, preferir trilhas na floresta a salões de baile e chás da tarde. São coisas pelas quais me ensinaram a pedir desculpas, mas, no mundo de Wolfe, são um presente. Um presente extraordinário.

Praticamos mais magia, tecendo véus de lugares diferentes e chamando o vento do mar. Criamos fogo a partir do pó e capturamos a luz da lua em nossas mãos. Usamos mais magia do que eu jamais expeliria durante um ritual, e, em vez de machucar a Terra, nos deliciamos com ela.

Vamos até o gramado, e caio na grama, exausta. Wolfe se deita ao meu lado, e observamos as estrelas. O restante dos bruxos já entrou. Parece que temos o mundo inteiro só para nós, como se a lua e as estrelas não brilhassem para mais ninguém.

— Sabia que eu nunca vi outra dama-da-noite na ilha desde o dia em que nos conhecemos? — comento, rolando de lado. — Só as vi com você. É como se estivéssemos destinados um ao outro, como se o único propósito da flor fosse nos unir.

Eu me inclino e o beijo. Ele hesita no começo, com movimentos lentos e incertos. Então, abre a boca e me puxa para si, entrelaçando os dedos em meu cabelo, me beijando como se nunca mais fosse ter outra chance de me beijar.

Coloco minha mão sob sua camisa e escorrego os dedos sobre sua pele. Wolfe inspira fundo, e sou dominada pela forma como ele se movimenta. O rapaz sussurra meu nome em minha boca e me abraça mais forte, me virando para que seu corpo esteja por cima do meu, seu peso me ancorando neste momento perfeito.

Então, alguém chama seu nome, e Wolfe rapidamente sai de cima de mim.

Fico envergonhada quando reconheço a voz do pai dele, e ambos nos sentamos. Limpo o rosto e ajeito o cabelo, como se isso fosse fazer alguma diferença.

— Levantem-se, vocês dois — pede Galen, descendo o gramado para nos encontrar.

Wolfe me ajuda a ficar em pé, e mexo na minha roupa, esperando que a escuridão seja suficiente para esconder o calor em meu rosto.

— É encantador revê-la, Mortana — diz Galen, quando chega. Ele agita a mão por cima de nós, e sinto meu cabelo se ajeitar e a pele esfriar. Ele mantém as costas viradas para o casarão, me observando, e arrepios surgem pelo meu corpo.

Algo não está certo.

— Olá, Ingrid — a voz dele soa calma.

É como se meu coração parasse e todo o sangue saísse do meu corpo.

— Galen — ela o cumprimenta de volta.

Acompanho a voz, e, lá no topo do morro, com o casarão e sua silhueta perfeita atrás dela, está minha mãe.

28

Minha mãe desce a colina, e todo o ar abandona meus pulmões. Estendo o braço e seguro a mão de Wolfe, com força. *Não a solte*, quero dizer a ele, mas não consigo encontrar as palavras.

Olho para o casarão, onde bruxos nos observam pelas janelas, escondidos atrás de cortinas grossas. Outros aparecem timidamente na varanda, e percebo que todos ali sabem exatamente quem minha mãe é.

Quando vim aqui pela primeira vez com Wolfe, fiquei maravilhada, meu mundo se abriu, cresceu muito além do que jamais imaginei. Mas, agora, ao ver minha mãe se aproximar, começo a sentir como se tivesse sido enganada, como se todos soubessem da existência do casarão na praia, exceto eu. Guardei o segredo e o protegi como uma joia preciosa, apenas para descobrir que os bruxos daqui não precisavam da minha proteção.

Aperto a mão de Wolfe com mais força.

— Oi, querida — diz minha mãe, quando finalmente nos alcança.

Meu cumprimento fica preso na garganta, e não consigo pronunciá-lo. Observo minha mãe enquanto ela encontra os olhos de Galen, ombros para trás e queixo erguido, nenhuma preocupação enrugando sua pele perfeita.

— Faz muito tempo — diz Galen, olhando para ela.

— Faz mesmo.

Meu coração dispara. Eu daria qualquer coisa para o feitiço de percepção de Wolfe me levar para debaixo da água, para qualquer outro lugar, exceto aqui.

— Vocês se conhecem — consigo dizer.

— Sim — confirma minha mãe, simplesmente, como se a palavra não revelasse que mente para mim há dezenove anos. Como se não estivesse partindo meu coração.

— Você disse que o antigo *coven* não existia mais.

Minha mãe desvia os olhos de Galen e os volta para mim.

— Falo muitas coisas para proteger nosso estilo de vida.

Todo meu corpo gela, e eu tremo.

— Mas eu sou sua filha. — Odeio como minhas palavras soam baixas e minha voz treme. Odeio ainda mais como minha mãe está calma, como minhas palavras não a afetam.

— Algumas coisas precisam ser mantidas em segredo. Até de você.

Wolfe não se move. Não diz nada. Mas, se eu escutar com atenção, posso ouvir sua respiração acima do barulho das ondas, e isso basta. Esse som basta.

— Mas eu estava disposta a abrir mão da minha vida para proteger nosso *coven*. Fiz tudo que você me pediu em prol desse objetivo. Será que eu não merecia a verdade?

Minha mãe olha para minha mão, meus dedos entrelaçados com os de Wolfe, e suas sobrancelhas se franzem. Por um único momento, ela parece triste. Então, o sentimento desaparece.

— Você está falando no passado — diz ela.

— Eu vou ficar aqui. — Preciso de toda minha força para pronunciar as palavras, para fazê-las soar firmes e seguras.

— Ah, querida. — Suspira minha mãe, soando piedosa, como se sentisse pena de mim. Então, ela olha para Wolfe. — Não vejo você desde que era criança.

— Desculpa, não me lembro. — Ele se mexe ao meu lado, mas mantém contato visual com a minha mãe.

— Foi há muito tempo — diz ela, fazendo um gesto com a mão no ar, dispensando a preocupação dele. — Parece que minha filha está disposta a abrir mão de muita coisa por você. Por que não conta a ela a verdade, para que ela conheça todos os fatos?

A mão de Wolfe aperta a minha enquanto um pesar terrível surge em meu estômago, se espalhando por todo meu ser.

— Deveríamos dar a eles um pouco de privacidade — sugere Galen, mas minha mãe permanece onde está.

— Ele não contou a ela quando teve a chance de fazer isso *em particular* — argumenta ela. — Talvez conte agora.

— Por favor, parem de falar de mim como se eu não estivesse aqui — digo a eles. Eu me viro para Wolfe. — O que você tem que me contar?

Gentilmente, ele solta minha mão, e o ar frio invade o espaço antes tomado pelo seu calor. Eu tremo, olhando para a mão vazia e, depois, para o rosto dele. O músculo da mandíbula se contrai e não relaxa.

— Mandamos Wolfe procurar você — fala Galen. — Faz um ano que tentamos marcar uma reunião com o conselho para discutir as correntes oceânicas. Este é um problema que deve ser resolvido logo, e depois que nosso último pedido foi negado...

— Pai, deixe que eu falo — diz Wolfe, e Galen assente. — Eles mandaram eu me aproximar de você, usá-la para chamar a atenção de sua mãe de algum jeito.

— As damas-da-noite? — pergunto, minha voz um sussurro.

— Fui eu — confessa ele, mais zangado do que jamais o ouvi. — Eu as coloquei em lugares que você pudesse encontrar. Enfeiticei a luz que você viu para atraí-la até o campo naquela primeira noite. — Noto como a voz dele trava ao confessar que me atraiu, e minha respiração faz o mesmo.

Eu me lembro das palavras que pronunciei há apenas alguns momentos, minha crença avassaladora de que a dama-da-noite simbolizava o destino. Minhas bochechas ardem de vergonha.

— Você estava me usando? — pergunto, o que resta do meu coração saindo com as palavras, flutuando pela escuridão infinita, nunca mais retornando.

— Sim. — Wolfe engole em seco, os olhos tempestuosos não desviando dos meus. — Odeio seu *coven* desde que nasci, odeio tudo que vocês representam. Não me importei em ter que te usar para conseguir o que queremos.

O que precisamos. — As mãos estão cerradas ao lado do corpo. — E foi fácil te usar... você confia demais nas pessoas, Mortana. — Sua frustração, com a qual me acostumei, afia a voz, que me perfura bem no peito.

Dou um passo para longe dele.

— Foi fácil te usar — repete Wolfe — e quase impossível não me apaixonar por você.

Lágrimas ardem nos meus olhos, e sinto um embrulho no estômago. Eu me curvo na altura da cintura para aliviar a dor, então, respiro fundo diversas vezes, tentando manter a compostura. Logo, me endireito e me forço a olhar para Wolfe.

— Você me ama tanto ao ponto de não poder ter me contado a verdade?

— Eu queria...

— Então deveria. Você nem tentou — falo, dando mais um passo para longe dele. — Eu estava pronta para abrir mão de tudo por você. — Não consigo evitar as lágrimas que descem pelas bochechas e caem pelo meu queixo, não consigo evitar que meu corpo comece a tremer. De repente, sinto muito frio. — Alguma coisa foi real?

— Sim — responde Wolfe, sem hesitação. — Você é mais real para mim do que as ondas na praia ou o sangue nas minhas veias. Como não consegue enxergar isso?

— Se isso fosse verdade, você teria sido honesto comigo.

— Eu só... Eu precisava de mais tempo.

— Mais tempo? — pergunto, entendendo o que ele quis dizer, entendendo que não conseguiu a reunião com a minha mãe. — Você é a única coisa que eu pensei ter escolhido por conta própria. A única coisa — digo, olhando para ele. — Mas você escolheu isso tudo por mim. — Limpo o rosto e pigarreio, cumprindo o papel que ele queria que eu desempenhasse. — Mãe, vai fazer a reunião com eles?

— Ficarei feliz em me encontrar com eles depois do casamento, sim.

— Você não está realmente considerando... — começa Wolfe, mas levanto a mão e viro para Galen.

— Vocês conseguiram a reunião. Agora, por favor, fiquem longe de mim. — Olho para Wolfe. — Os dois.

Começo a subir a colina, mas Wolfe me segue. Ele agarra meu braço e eu me viro, raiva e dor queimando nas veias como ácido. Ele tenta tocar meu rosto, e odeio que meu primeiro instinto seja me inclinar na direção de seu toque. Confio demais nas pessoas, exatamente como ele disse.

— Por favor — pede, e as palavras simples me congelam no lugar, me deixam incapaz de me mover ou falar. — Eu posso consertar isso.

E quero que ele conserte — quero tanto que sinto nos meus músculos e ossos. Quero cobrir a mão dele com a minha e dizer que está tudo bem, que descobriremos como fazer isso juntos, mas como podia estar tudo bem quando dei a ele meu mundo e ele sequer me deu a verdade?

— Ela disse para ficar longe dela — diz minha mãe, colocando o braço em volta dos meus ombros e me levando para dentro da casa.

— Não estou falando com você! — grita Wolfe, vindo atrás de nós.

Galen se aproxima dele e segura seu ombro, mantendo-o no lugar.

— Deixe-a ir, filho.

— Não! — Escuto Wolfe lutando para se libertar do pai. — Tana! — grita ele, e eu paro. É a primeira vez que ouço meu apelido sair da boca dele. Soa tão bonito, como se eu nunca realmente o tivesse ouvido antes, como se só estivesse destinado a ser falado por ele. Mas, então, minha mãe me puxa para a frente, e começo a andar de novo, para longe daqui. Mantenho a cabeça baixa para evitar os olhares que nos acompanham, os bruxos observando dos cantos escuros e do topo da escadaria.

— Tchau, Mortana — diz Lily, escondida atrás das pernas de sua mãe, e preciso de toda minha força para não desmoronar aqui mesmo.

— Desculpe por não termos pintado juntas — digo, então, minha mãe me leva até a porta, e eu permito.

— Tana! — Outra pausa. — Pai, me solte — implora Wolfe, e consigo ouvir as lágrimas em sua voz. — Tana! — grita ele, de novo.

Então, a porta é fechada atrás de nós, e tudo que escuto é o vento entre as árvores, as ondas na praia e todas as palavras que Wolfe nunca disse.

Quando chegamos à estrada, não me viro para olhar para a mansão, porque, com ou sem magia, sei que ela se foi.

Desapareceu — não passa mais de uma lembrança. Uma lembrança amarga e dilacerante da qual passarei minha vida tentando me esquecer.

❖

Minha mãe não fala comigo a caminho de casa, mas mantém o braço em volta dos meus ombros, um aperto firme que me diz que ela está aqui. Mesmo depois de tudo, mesmo depois de eu usar magia proibida e fugir, ela está aqui. E não consigo me afastar, não consigo colocar suas mentiras entre nós, porque não acho que poderia lidar com a distância que isso criaria. Já há tanta distância entre mim e as pessoas que mais amo. Distância demais.

Quando chegamos na nossa rua, meu pai está parado diante de casa, esperando. Lembro dele se debatendo na água, vindo atrás de mim, desesperado para me manter segura, e não consigo mais me controlar.

Corro até ele, e ele abre os braços. Meu pai me abraça, diz que vai ficar tudo bem, diz que me ama.

Soluço contra seu peito e repito desculpa, várias e várias vezes.

Desculpa.

Desculpa.

Nunca pensei que fosse perfeita, mas pensei que fosse melhor do que isso. Melhor que alguém que dava as costas para a família, o *coven*, a magia. Que se apaixonava por um rapaz que nunca poderia ter. Meu coração está partido, mas todo resto também está. Meu corpo está partido. Minha alma está partida.

Meu pai me leva para dentro, me serve um chá e se senta comigo enquanto choro. Minha mãe me cobre com um cobertor, beija minha cabeça e diz que nada mudou.

Não precisamos falar do que aconteceu esta noite.

Podemos seguir em frente. Posso aceitar as consequências de praticar magia proibida, me casar com Landon, e tudo ficará bem de novo.

Quero fazer tudo ficar bem de novo.

A mansão de Wolfe não é o único lugar que guardava uma mentira. Esta casa também tem suas mentiras, tão grandes que fico chocada por caberem entre quatro paredes. Mas, sem Wolfe, sem Ivy, sem meus pais, para onde eu iria?

Termino o chá e me preparo para dormir. Escovo os dentes, lavo o rosto e penso em como, apenas algumas horas antes, eu estava no banheiro de Wolfe diante do espelho, admirando a maneira como toda a trajetória da minha vida tinha mudado.

Admirando a paixão que eu sentia por alguém que me enxergava por tudo, exceto pelo que eu deveria ser.

Admirando, porque eu não conseguia ouvir todas as palavras que ele não estava dizendo.

Eu me deito na cama. O metal frio do colar que Wolfe me deu pressiona minha pele, então, eu o arranco e o jogo do outro lado do quarto. Ouço uma batida suave na porta, e minha mãe entra. Ela vem e puxa as cobertas até meu queixo, depois, se senta na beira da cama.

— Há quanto tempo você sabe? — pergunto, a voz baixa e instável.

— Sobre você e Wolfe?

Eu assinto.

— Não liguei os pontos até hoje à noite, quando o vi na água — diz ela. — Foi então que eu soube.

Minha mente está arrasada com todas as mentiras, as de Wolfe, as da minha mãe e as minhas.

— Deixei Wolfe porque ele mentiu para mim. Você também mentiu para mim. Se quer que eu fique aqui e continue seguindo esse caminho, vai ter que me contar todas as coisas que tem escondido de mim. Você *precisa* fazer isso, mãe. — Minha cabeça lateja, e meus olhos imploram por sono. — Mas, hoje à noite, preciso descansar. Então, em breve.

— Combinado — concorda ela, acariciando o cobertor sobre meu braço. Ela beija minha testa antes de se levantar. O vidro do mar de Landon está na minha mesa de cabeceira, brilhante, depois de todas as horas que passei com ele entre os dedos. Ela o pega e me entrega.

— Nem todo amor machuca. — Ela desliga o abajur da cabeceira e me pergunto se isso é verdade, porque o que eu senti por Wolfe era uma dor física que eu carregava no peito mesmo antes mesmo de saber que ele tinha me usado para chegar até minha mãe. E doía não porque era ruim, mas porque minha felicidade já não era só minha.

Dependia da sobrevivência de outra pessoa.

Meus pulmões e meu coração tiveram que se ajustar, se reorganizar para dar espaço a todo aquele amor, e, mesmo assim, era mais do que eu podia conter, uma pressão constante contra as costelas.

Mas assinto e pego o vidro do mar, girando-o entre os dedos. A porta faz um clique quando minha mãe sai.

Landon é o único que não mentiu para mim. O único que me falou a verdade e confiou em mim para lidar com ela, mesmo que isso doesse. Uma vida com ele não será tão ruim assim. Talvez seja um alívio estar com alguém e não sentir aquela dor no peito. Talvez seja um alívio não sentir tanto com tanta intensidade.

Não sei quando minha mão para, não sei quando o vidro do mar cai no cobertor, nem sei quando finalmente minha mente desiste do dia e mergulha na escuridão.

Mas, mesmo dormindo, me lembro de como a voz de Wolfe soou ao me chamar, de como lutou contra o pai para chegar até mim e da angústia em seu tom quando disse que era impossível não se apaixonar por mim, como se essa fosse a pior coisa que ele já tivesse feito.

Mesmo adormecida, eu me lembro.

29

Quando acordo, Ivy está sentada na janela saliente do meu quarto, com vista para o Canal. O dia está claro e frio, e condensação se formou no vidro. Os carvalhos e os áceres já começam a perder folhas, os ramos despidos e esguios se estendendo em direção ao céu. Esfrego os olhos e me sento lentamente.

— Você está aqui — digo.

— Estou. — Ela não olha para mim.

Quero dizer a ela que sinto muito, consertar o que estraguei entre nós, mas estou tão feliz por Ivy estar aqui, tão aliviada... Não posso me desculpar pelo que fiz, porque faria de novo e de novo se significasse acordar com ela olhando pela janela do meu quarto, com raiva e magoada.

— Estou tão feliz por te ver — falo, porque é verdade. E, depois da noite passada, a verdade é tudo que importa.

Então, ela se vira para me olhar.

— Talvez eu nunca te perdoe pelo que fez.

Assinto e olho para baixo, apertando o cobertor entre os dedos.

— Posso viver com isso. O que eu não posso é viver sem você.

Ela ergue uma sobrancelha.

— Não vai se desculpar?

— Não — respondo, suspirando. — Porque não estou arrependida. Você é minha melhor amiga, Ivy, e eu usaria toda magia proibida do mundo para te manter aqui comigo. Foi egoísta da minha parte, e aceito isso. Mas você merece a verdade, e a verdade é que não me arrependo.

Ivy assente devagar, então, olha pela janela mais uma vez.

— Bem, de qualquer forma, você se desculpa demais — diz ela, por fim, e dói, porque Wolfe me disse a mesma coisa.

Ele me viu, do jeito que Ivy me vê. Nunca pensei que encontraria outra pessoa que visse além do papel que devo desempenhar, mas Wolfe viu. Ele me viu e mentiu, e tenho de encontrar uma maneira de reconciliar essas verdades.

— Quando contei a você sobre ter perdido o ritual e ter tido que procurar ajuda, você me disse que minha vida estava manchada. Mas não está, Ivy. Ela é plena, complicada, terrivelmente bagunçada, mas não está manchada. Sei que você não aceita esse tipo de magia, e não precisa aceitar, mas prometo que isso não manchou sua vida. Sua vida é bonita, assim como antes.

Ivy concorda, engolindo em seco quando os olhos começam a brilhar.

— Fiquei aterrorizada quando acordei. Com medo de você e de qualquer magia que tivesse usado para me salvar. Na verdade, ainda estou, e continuo lidando com isso. — Ela faz uma pausa e olha para baixo. — Mas estou feliz que Wolfe tenha salvado sua vida. E entendo por que você fez o que fez. Acho que, um dia, talvez eu fique feliz por isso. — A voz dela está tão baixa que tenho de me inclinar para ouvi-la, e parte meu coração o fato de Ivy pensar que precisa se envergonhar por estar viva. E que já me senti assim também.

— Acho que sim. — A silhueta de Ivy fica turva, aquosa e indistinta na janela. Mas está aqui. Ainda está aqui.

— Sua mãe me contou o que aconteceu. — Ela se afasta da janela e vem para o lado da cama, e é reconfortante tê-la mais perto. Tento manter a compostura, porque não quero que ela tenha que me confortar depois do que a fiz passar.

— E?

— E acho que você fez uma bagunça terrível.

Assinto, porque ela tem razão. Pego alguns lenços de papel da mesa de cabeceira e asso o nariz.

— Eu sei.

— Você o ama? — pergunta ela, me observando.

— Sim — assim que falo isso, sei que é a verdade. Minha vida anda repleta de decepções e mentiras, mas, no meio disso tudo, esta é a verdade inabalável, que amo Wolfe Hawthorne e que teria aberto mão de tudo para ficar com ele.

Talvez eu seja tola, mas sou uma tola que acreditou o suficiente em algo para lutar por isso com todas as forças que tinha. Olho para o chão, procurando o colar que joguei fora na noite passada, mas ele desapareceu.

— Sua mãe quer que eu a convença a usar um apagador de memórias — diz Ivy. — É por isso que estou aqui.

Assinto lentamente. Não estou surpresa, mas isso faz a dor no meu peito gritar, é uma dor aguda bem onde Wolfe encostou a cabeça na noite passada.

— Você acha que eu deveria?

Ivy abaixa os olhos, e consigo ver o quanto isso é difícil para ela, como está em conflito consigo mesma sobre o que dizer. Finalmente, volta a me encarar, e seus olhos estão tristes.

— Sim. — A voz dela treme. — Você tem muitos eventos importantes pela frente, decisões enormes que afetam não apenas você, mas todos nós. Esquecer de Wolfe permitirá que você comece sua vida nova em uma página em branco, com empolgação e esperança, em vez de com arrependimento e dor. — Ela faz uma pausa. — Você virou as costas para nós, Tana. Virou as costas para mim. Mas não precisa ser o fim. Você ainda pode fazer o que precisa ser feito.

— Você realmente acredita nisso?

— Sim — responde. — Isso é maior do que você. Sempre foi.

Trago os joelhos até o peito. Talvez seja minha chance de redenção, minha oportunidade de compensar todos os erros que cometi e voltar a trilhar o caminho certo. Ainda posso reverter o que fiz e trazer segurança e paz para meu *coven*. Ainda posso fazer a coisa certa.

— Como seria? — pergunto, minha voz baixa.

— Faríamos um chá usando algo de Wolfe — diz ela, olhando para o suéter preto pendurado na ponta da minha cama, aquele que usei a caminho de casa na noite passada. Ainda cheira a ele, a fumaça de lenha e sal. Instintivamente, pego a peça de roupa. — O chá será muito específico e visará apenas memórias que incluem Wolfe e magia proibida... todo resto permanecerá intacto. Mas não vai ser perfeito. Há o risco de que suas memórias voltem em algum momento. Não é exatamente apagar... mas suprimir; não voltarão sem serem solicitadas, mas certos eventos poderiam incitá-las.

Isso significa que eu também esqueceria das mentiras da minha mãe, já que cada uma delas está ligada a algo que aprendi com Wolfe. Não quero achar que tudo bem me esquecer, me contentar com a ignorância, mas é o que terei de fazer se decidir seguir em frente. Não há como desvencilhar as mentiras da minha mãe das lembranças de Wolfe.

— Eu não me esqueceria de mais nada? Nada de você, dos meus pais ou do mar? Nada de Landon?

Ela nega com a cabeça.

— Você se esquecerá desta conversa e de qualquer outra que tenhamos tido sobre Wolfe. Se pensar nisso depois que tomar o apagador de memória, vai parecer confuso. Vai lembrar que estive aqui, mas não do que conversamos.

— Isso é permitido dentro da nova ordem? — pergunto. — Parece demais com magia proibida.

— É uma área cinzenta — admite Ivy, e não deixo de perceber como se incomoda com as palavras *magia proibida*. — Nunca ofereceríamos algo assim na loja, mas, dado que seria para suprimir suas memórias, não as apagar, o conselho nos deu aprovação. O mesmo efeito poderia ser obtido com vinho ou bebidas alcoólicas... essa é apenas uma versão mais intensa. Mas é por isso que não é perfeito, porque é fraco o suficiente para se enquadrar nas regras.

— Mas você ainda se lembraria de tudo. Tudo bem pela minha mãe?

— Eu nunca faria nada para colocar nossa aliança com o continente em risco. Ela sabe disso.

Suponho que deveria me incomodar que Ivy possa se lembrar das coisas de que eu tenho de me esquecer, mas ela está certa — ela nunca faria nada para colocar nosso *coven* em risco. Ela acredita nessa vida mais do que qualquer outra pessoa que conheço, e, se minhas memórias estarão seguras com alguém, será com ela.

Dou uma inspirada funda, pesada e longa.

— Como isso poderia ser certo se fico devastada só de considerar a possibilidade?

Fecho os olhos e imagino Wolfe sob o luar; me lembro de como era usar sua magia e de me sentir eu mesma pela primeira vez na vida. Vejo o rapaz me observando com admiração, beijando minha pele, me tocando como se eu fosse a resposta para todas as perguntas que já fez. Ouço a raiva em sua voz quando não me dou crédito suficiente, quando me desculpo por quem sou. Sinto o gosto do sal na pele dele, de quando nos agarramos um ao outro na água, nos segurando como se pudéssemos salvar nossas vidas.

Então, eu entendo. Não vou tomar a decisão certa se eu me lembrar, se eu me apegar àqueles momentos com tudo que tenho. Se eu pensar por um segundo sequer que ele pode sussurrar meu nome à meia-noite... se eu souber que ele está lá fora, praticando sua magia, pintando retratos e fazendo o que for preciso para garantir a sobrevivência de seu *coven*... não vou fazer a escolha certa.

Nós somos iguais, ele e eu. Acreditamos em nossos estilos de vida, somos leais às pessoas que amamos e faríamos qualquer coisa para dar a elas a segurança e a paz que merecem. Talvez haja beleza nisso, em saber que nós dois lutaríamos por essas coisas a sua maneira, fazendo tudo que pudéssemos para manter o que mais nos importava.

Separados, mas juntos.

— Tudo bem — digo, por fim, olhando para Ivy. — Eu vou tomar o chá.

— Você fez a escolha certa. — Seus olhos encontram os meus, mas não há calor nos dela. Não como antes. Talvez eu o tenha destruído quando salvei sua vida com magia proibida, ou talvez ela não abaixe mais a guarda perto de mim. — Vou contar para sua mãe. Deve ficar pronto mais tarde, ainda hoje. — Ela se levanta e caminha até a porta, depois, volta atrás, tirando o suéter de Wolfe das minhas mãos. Ivy sai e bate a porta atrás de si.

— Ivy, espere! — grito, pulando da cama e correndo para fora do quarto. Ela está descendo as escadas quando pego o suéter de volta e o seguro entre as mãos, trazendo-o até o rosto para poder sentir o cheiro dele mais uma vez. Lágrimas encharcam o tecido e deixam pequenas manchas úmidas que logo irão secar. Talvez, acabem no apagador de memórias.

Ivy me olha como se eu estivesse partindo seu coração, mas não consigo evitar o modo como o suéter treme em minhas mãos, a maneira que o seguro como se fosse meu mundo inteiro, sol, lua e estrelas.

Enfio o rosto no tecido, me escondendo de Ivy e de seu apagador de memórias, meu corpo inteiro treme.

Então, muito devagar, Ivy tira o suéter de mim. E, muito devagar, eu a permito fazer isso.

Estou no térreo, com meus pais, quando Ivy volta trazendo uma lata de chá colorida. Ela não diz palavra alguma, apenas vai até a cozinha e começa a preparar a bebida. Meus pais trocam um olhar significativo enquanto observo as costas de Ivy.

— Tana, não se esqueça, Landon e os pais dele virão na quarta-feira para discutir os preparativos do casamento. Estão ansiosos para revê-la — diz minha mãe.

Não tenho certeza do motivo de ela estar trazendo isso à tona, mas, ainda assim, assinto.

— Não me esqueci.

As palavras pairam no ar entre nós, iluminando a magia que Ivy lançou no chá. Ela coloca as folhas em uma chaleira de cerâmica, o som incrivelmente alto, gritando o nome de Wolfe. E, de repente, fico aterrorizada com a ideia de esquecê-lo.

Quero acreditar que há algumas coisas mais fortes do que magia, que o chá de Ivy será inútil, nada comparado ao vínculo que tenho com aquele rapaz.

Quero acreditar que posso beber o chá de Ivy e que Wolfe ainda vai permanecer, escondido nos cantos e becos da minha mente, até que eu esteja pronta para lembrar.

Quero acreditar.

A chaleira apita, e eu me assusto. Ivy despeja a água fervente sobre as folhas de chá, e o vapor se eleva no ar. Ela ajusta um temporizador e deixa as folhas em infusão, garantindo que cada gota de magia esteja na xícara de chá.

Esteja em mim.

Imagens de Wolfe inundam minha mente, e aperto os olhos com força, desesperada para que sumam. Desesperada para que permaneçam.

A coisa mais assustadora hoje à noite não é o fato de você estar prestes a usar magia alta, Mortana. É que você vai querer usá-la novamente.

Minha mãe diz algo sobre o jantar ser servido em breve, mas não escuto suas palavras. Mal percebo Ivy na cozinha ou meu pai me observando com tristeza e preocupação. Tudo que vejo é a vida pela qual lutei tanto escapando por entre meus dedos... igual a grãos de areia, impossíveis de segurar.

Você quer me ver de novo?

Sim.

O temporizador toca, e Ivy coa o chá. Meus pais ficam em silêncio, e meu estômago dá nós, se contorcendo cada vez mais, sufocando meu interior.

Eu odeio você. Mesmo assim, quero você.

Penso na lembrança que fiz para Wolfe, em como me senti insegura quando a dei a ele. Mas estou tão feliz por tê-lo feito, tão feliz que essa memória persistirá em algum lugar fora da minha mente, em algum lugar onde permanecerá segura e cuidada...

Fale em voz alta. Eu quero te ouvir.

Ivy coloca a xícara de chá em um pires e a traz até mim. A peça faz barulho ao ser colocada no balcão de mármore. O líquido é de um âmbar profundo, da cor do fogo refletido nas paredes do quarto de Wolfe.

Há uma vida para você aqui, uma vida na qual você pode ser tudo que tem medo de ser.

Pego delicadamente a xícara de chá e a levo à boca. A xícara treme na minha mão. Meus pais e Ivy me observam, prendendo a respiração, esperando. Se essa é a coisa certa, por que meu pai parece devastado e Ivy parece incerta? Por que meu peito parece estar sendo dilacerado?

Eu atearia fogo no mundo só para ver seu rosto.

O chá tem aroma terroso e floral. Respiro fundo e percebo notas sutis de fumaça de lenha e de sal. Meus olhos se enchem de lágrimas, porque cheira a ele, igualzinho a ele, e, por um momento, não sei se consigo fazer isso.

Foi fácil te usar, e quase impossível não me apaixonar por você.

Talvez exista um universo alternativo no qual meu *coven* não dependa de mim para sobreviver. Talvez exista um universo alternativo no qual meu coração selvagem possa encontrar refúgio em Wolfe, amá-lo tão profundamente quanto uma pessoa é capaz.

O pensamento quase me faz sorrir, a esperança desesperada de que haja uma versão de nós mesmos amando um ao outro, amando, amando e amando até os confins da Terra.

Você salvou minha vida.

Levo a xícara aos lábios e bebo o chá.

30

31

WOLFE

Digo o nome dela todas as noites, à meia-noite, mas ela nunca vem. Não aguento mais. Saio da mansão e corto caminho pelas árvores, até chegar mais perto da rua Principal e dela.

Ela foi vulnerável e honesta quando deveria ter sido distante e desconfiada, quando deveria ter se protegido. Mas se abriu como um dos meus grimórios, e li cada página, cada frase sua, até ela se tornar meu livro favorito.

Não quero sentir raiva, mas sinto. Eu deveria odiá-la, sentir apenas nojo, mas me apaixonei contra minha vontade, e agora ela é tudo em que consigo pensar. Se um de nós é fraco, sou eu. Não ela.

E é irritante.

Mortana opta pelo caminho mais longo até em casa, saindo da perfumaria. Ela gosta de ouvir o rugido do oceano e de sentir o vento no rosto. E, hoje, quando caminhar ao longo da costa leste, me verá.

Eu não deveria estar aqui.

Eu deveria deixá-la partir e seguir em frente, como meu pai disse. Deixar Mortana se casar com o filho do governador para que finalmente possamos ter nossa reunião com o conselho e encontrar uma maneira de salvar nossa ilha e de acalmar o mar.

Isso é o certo.

Mas como pode ser certo se ela não está comigo?

Nunca dei muito valor à felicidade. A felicidade é errática e fugaz. Dificilmente é algo que valha a pena passar uma vida inteira perseguindo. Viver não tem nada a ver com felicidade, nunca teve.

Viver tem a ver com necessidade. E Mortana se tornou necessária para mim, como ar, magia e sangue: absolutamente vital.

Encantamento está fria, convidativa no inverno, água agitada e nuvens escuras. Cruzo os braços e observo minha respiração se condensar diante de mim. Começa a chover.

No começo, não muito, leve o suficiente para ser confundida com a névoa do Canal. Então, o céu se abre, e fico encharcado em segundos.

Pelo menos, tenho a praia só para mim.

Eu deveria ir embora. Ela não quer me ver, e eu deveria respeitar isso. Mas, meu Deus, preciso vê-la.

E, como uma oração atendida, lá está ela, caminhando ao longo da costa. Ela olha para o céu, abrindo as mãos para tocar a chuva.

Ela sorri consigo e ri alto, sem se importar de estar sob um aguaceiro. Ela parece... contente.

Quero dar a ela o espaço que pediu. Falo para mim que vou sair antes que ela me veja, mas meus pés permanecem firmes no chão, imóveis.

Ela parece perfeita na chuva, o cabelo encharcado, água pingando das pontas.

Ela parece perfeita.

Afasto meu cabelo dos olhos, precisando vê-la.

Ela ergue os olhos e olha diretamente para mim. Acho que meu coração para.

Seus passos diminuem, e ela prende o cabelo atrás da orelha.

Mas algo não está certo. Seus olhos não brilham da maneira que normalmente brilham quando ela me olha. Sei disso, porque, toda vez que acontece, quero vender minha alma só para ter certeza de que vai acontecer de novo.

— Que tempo para ser pego desprevenido — diz ela. — Você sabe encontrar o caminho de volta para a balsa?

Eu a encaro. Todo calor se esvai do meu corpo.

— Mortana? — A palavra soa áspera, mas não é isso que quis dizer.

— Desculpe, a gente se conhece?

Examino o rosto dela e recuo quando noto que ela não faz ideia de quem eu sou. Meu peito está em chamas. Não consigo inspirar ar o bastante.

— Desculpe se eu estiver sendo grossa. Conheço muita gente do continente na loja, às vezes esqueço. — Ela acena com a mão no ar e sorri. Educada. Profissional.

Ela se desculpa demais.

— Não — falo, balançando a cabeça. — Não se desculpe. Não é nada.

Ela assente e parece aliviada.

— Sabe encontrar o caminho de volta?

— Sim. — A palavra quase não sai, e limpo a garganta.

Fecho os olhos e a cubro com um véu de magia. Consigo sentir um feitiço de perda de memória trabalhando dentro dela, escondendo cada lembrança, cada maldito momento, na escuridão.

Meu Deus, ela não se lembra.

Desvio o olhar. Meus olhos ardem, e parece que tem uma rocha presa na minha garganta. Não consigo respirar.

— Bem, tenha um bom dia — diz ela, se afastando.

Não respondo. Não me movo. Apenas a olho, observando o rosto perfeito enquanto me oferece um pequeno sorriso e passa por mim.

Ela está tão perto, a um braço de distância, mas nada brilha em seus olhos, nem mesmo um vislumbre de reconhecimento.

Aperto meu peito por causa da pressão, da dor que cresce aqui. Não é normal, essa dor. Droga, parece que cada uma das minhas costelas se quebrou e se alojou diretamente nos pulmões.

Quero saber se ela aceitou o apagador de memória de boa vontade ou se foi forçada. *Preciso* saber. Mas, caso tenha sido a primeira opção, não sei se eu sobreviveria.

Ela caminha pela praia e chega à estrada, parando quando alcança o caminho. Ela se vira devagar. Prendo a respiração enquanto ela me observa, seus olhos nos meus, convencendo meu coração a voltar a bater. Será um leve indício de reconhecimento?

Quase me aproximo dela, seguro seu rosto nas mãos e digo que me conhece, que qualquer coisa que esteja sentindo em seu íntimo é real. Mas ela balança a cabeça de leve e se volta para a estrada, se afastando de mim. Fico parado, observando-a até virar a esquina e eu não conseguir mais vê-la.

Fico onde estou.

Acabou. Mas não pode ter acabado. Não pode.

Seria errado vê-la de novo, tentar fazer com que se lembre de mim se escolheu se esquecer voluntariamente?

Eu sei que seria. Eu sei, mas não posso deixá-la ir.

Então podemos queimar juntos.

Pego uma pedra e a arremesso no oceano, gritando enquanto faço isso. A dor no meu peito piora, e meus gritos ficam mais altos, mas não consertam nada.

Deus, estou desmoronando. Não há como sobreviver a isso.

Você será meu fim.

Mortana se foi, e ela não se lembra.

Respiro de maneira ofegante com o ardor nos pulmões.

Ela não se lembra.

32

Tem um rapaz na praia, em pé, sozinho na chuva torrencial. A mandíbula parece firme, o cabelo está bagunçado e é escuro. De pele pálida e olhos tempestuosos como o clima de hoje. Estou envergonhada por me pegar olhando tão fixamente para ele.

Mas é difícil não fazer isso.

Ele está encharcado, e é absolutamente deslumbrante.

Eu me obrigo a olhar para além dele e a perguntar se sabe como encontrar o caminho de volta para a balsa. Ele sabe, mas há certa tensão em sua voz que o faz soar irritado.

Ele diz meu nome, meu nome inteiro, e algo na palavra em sua boca faz meu interior se agitar, pois me lembra do sonho que tenho tido de alguém sussurrando meu nome inteiro na costa oeste. Ultimamente, sou despertada por esse sonho todas as noites, sempre à meia-noite. É um sonho muito estranho. Ninguém na ilha me chama pelo meu nome, mas, ainda assim, *ele* chamou.

Ele chamou, e parece que o mundo inteiro dele foi arrancado de sob seus pés.

Quero perguntar se precisa de ajuda, se há algo que eu possa fazer, mas algo me impede. Tenho medo de ter ofendido o rapaz por não me lembrar dele quando ele claramente se lembra de mim. Mas recebemos tantos clientes na perfumaria que é difícil me lembrar de todos.

Embora, neste caso, estou surpresa por não me lembrar. É impossível parar de olhar para ele — não acredito que me esqueci do nosso encontro.

Ofereço um sorriso, mas, por algum motivo, isso parece perturbá-lo.

Eu devia ir embora.

Caminho pela praia em direção à estrada, lutando contra a vontade de olhar para trás o tempo todo. Quando alcanço a calçada, finalmente olho.

E, assim que me viro, ele está me observando.

Perco o fôlego, e me sinto leve, como no primeiro momento emocionante em que mergulho sob a superfície da água. Ele é magnético — uma força invisível me puxa em sua direção.

Quero conhecer a história dele.

Balanço a cabeça e me obrigo a desviar o olhar.

Tenho minha própria história, uma que vem sendo escrita desde o dia em que nasci. E algo me diz que, se eu lesse a dele, ela se tornaria minha favorita. Então, em vez disso, vou para casa e continuo a viver as páginas que meus pais já escreveram para mim.

Mas, talvez, eu insira uma página, apenas uma, sobre um rapaz bonito com olhos cinzentos tempestuosos. Uma página só para mim.

33

— Você está linda — diz minha mãe, enquanto desço as escadas. Uso um vestido rosa-pálido, brincos de gota e sapatos de salto nude. Puxo o vestido e aliso as laterais do tecido, mas não importa o quanto eu mexa, não consigo ficar confortável.

Não quero meu cabelo preso de maneira tão apertada que me dê dor de cabeça, e meu vestido tão engomado que me deixe com medo de fazer um único vinco nele. Quero me sentir eu mesma, o cabelo desarrumado e selvagem, joias interessantes e roupas que se movimentem comigo. Quero usar cores escuras, em vez dos tons pastel que meu *coven* prefere.

Quero ser eu mesma em um espaço que parece não ter sido feito para mim.

Balanço a cabeça e sorrio para minha mãe. Estou apenas nervosa.

— Obrigada, mãe — falo.

Meu pai dá os toques finais na mesa, e fico sem fôlego. Há velas espalhadas por todo o comprimento da mesa, em diferentes alturas e formas, tremulando na penumbra da sala. Folhas de outono estão espalhadas entre elas, com pétalas de rosa branca por cima. O cheiro do assado que meu pai preparou impregna o ambiente, e ele coloca uma garrafa de vinho no gelo assim que a campainha toca.

Eu me assusto com o som.

Minha mãe vai até a porta e a abre completamente.

— Marshall, Elizabeth, bem-vindos à nossa casa! É um prazer recebê-los aqui. — Elizabeth e minha mãe trocam beijos nas bochechas, então, lançam elogios, como pétalas sendo jogadas pelo corredor de um casamento. Landon está logo atrás delas, e o sorriso da minha mãe cresce quando ela o vê.

— E, Landon, é tão bom tê-lo aqui de novo.

Ele entrega a ela um buquê de flores e sorri em resposta.

— Estou encantado por estar aqui.

Tenho de admitir: meu futuro marido é tão charmoso que quase acredito que escolheu *isto*. Que me escolheu. Mas me lembro de que é uma encenação, ainda que bem feita, e que ele pode me prometer muitas coisas, mas amor não é uma delas.

— Tana, você é a melhor coisa que vi esta semana. — Ele caminha até mim e me entrega uma única rosa. — Guardei a mais bonita para você — sussurra.

— Você é mesmo charmoso — respondo, pegando a rosa.

— Será que estou exagerando? — pergunta ele, um sorriso brincando em seus lábios.

Ele é bom nisso, e *sabe* que é, mas olho para o rosto radiante da minha mãe, então, para a rosa que tenho em mãos.

— Acho que acertou na medida.

— Ótimo. — Ele se inclina e beija meu rosto. Meus olhos encontram os seus, e toda a brincadeira desaparece. O olhar dele recai sobre meus lábios, e, por um momento, me esqueço de que estamos na mesma sala que nossos pais.

Respiro fundo e olho para baixo.

— Preciso colocá-la na água.

Entro na cozinha, onde meu pai está pegando bebidas para todos. Ele abre a garrafa de vinho e serve uma taça para cada um de nós, depois, as organiza em uma bandeja de prata que leva para a outra sala. Coloco a rosa na água e o sigo, encontrando meu lugar ao lado de Landon.

— Um brinde — anuncia meu pai, erguendo sua taça. — À família.

Sinto o calor subir pelo meu rosto, e cada músculo do meu corpo se contrai. Elizabeth coloca a mão no peito, e, tanto ela quanto Marshall, levantam suas taças ao dizerem, enfáticos:

— À família!

— À família — diz Landon, a voz baixa o suficiente para que só eu possa ouvi-la.

Sorrio e encosto minha taça na dele, mas o vinho tem um gosto amargo. Eu me pergunto se todos aqui se sentem igual a mim em em meu vestido, como se forçássemos uma mentira. Mas vejo as expressões felizes no rosto dos meus pais, e escuto as risadas que saem tão facilmente da boca de Elizabeth. Então, percebo que sou a única que está pensando demais.

— Você está bem? — pergunta Landon, enquanto nossos pais se envolvem em uma conversa profunda.

— Sim, desculpe. — Coloco a taça na mesa. — Acho que só estou um pouco nervosa.

— Por quê?

— Não sei. Quero que seus pais gostem de mim — digo, olhando ao redor da sala. — Não quero estragar nada.

— Eles já gostam de você — ele me assegura. — E vão gostar ainda mais à medida que nossas famílias continuarem passando um tempo juntas.

— Você acha?

— Eu acho. — Ele termina sua bebida. — Não é tudo encenação — acrescenta, como se lendo minha mente. — Estou realmente feliz em te ver.

Alguma coisa em suas palavras alivia a tensão que tenho carregado.

— Obrigada por dizer isso.

— De nada.

Nos sentamos para jantar, e fico aliviada ao ver como a conversa flui facilmente. Meus pais e os pais de Landon parecem gostar da companhia uns dos outros, e vê-los juntos, desse jeito, reforça quão boa é a situação. Não apenas necessária, não apenas vantajosa, mas boa.

— Tana, me conte sobre você. Landon diz que você adora nadar — diz Marshall, olhando para mim, do outro lado da mesa. Seu sorriso é caloroso, e parece genuinamente interessado. Suponho que seja dali que Landon herdou seu jeito de ser.

— Sim — respondo. — Sempre me senti atraída pelo mar. Há algo nele que me acalma.

Marshall concorda com a cabeça.

— Fiz parte da equipe de natação todo o tempo em que estive na escola. Eu gostava de competir, mas sempre preferi os treinos. Eu ficava na piscina até depois dos meus colegas de equipe terem ido para casa, então, simplesmente nadava debaixo da água. A maneira como isso desliga o mundo exterior... não há nada igual.

— Eu sempre digo a mesma coisa.

— Tana ama o oceano — diz meu pai, piscando para mim. — Ela costumava pensar que a mãe e eu não podíamos ver o sal grudado por toda parte nela. Ela voltou para casa muitas vezes com algas no cabelo e roupas encharcadas.

— Olha, eu nunca aleguei ser sutil — brinco, e todos riem. Eu também. — Landon até entrou comigo na última vez que esteve na ilha. Acho que poderia convencê-lo a ficar mais tempo na água se não fosse pelas correntezas.

Não percebo a gravidade do que falei até minha mãe levantar a cabeça abruptamente e me lançar um olhar de advertência. Meu coração dispara, e eu lanço a ela um olhar suplicante. Não posso acreditar que mencionei as correntezas; foi um acidente.

— Que correntezas? — pergunta Marshall, entre garfadas do jantar.

— Tem uma correnteza que circunda nossa ilha há anos, e, às vezes, se aproxima da costa. Nós a monitoramos com cuidado e não vemos muita razão para preocupação — explica minha mãe, com perfeita elegância, conseguindo soar casual e decisiva ao mesmo tempo.

— Bem, nos avise se precisar de ajuda. Ficaremos felizes em ajudar — diz Marshall. Se ele soubesse a extensão do perigo, se soubesse a causa principal, suspeito que não seria tão gentil.

— Obrigada, com certeza avisarei.

Minha mãe muda de assunto, e logo estão falando da economia de Encantamento e de que tipo de parcerias com o continente fazem sentido. Depois que Landon e eu nos casarmos, Encantamento se tornará um território oficial do continente. Compartilharão seus recursos, conhecimentos e planos conosco. Mais importante ainda, nos protegerão como se fôssemos continentais. E, legalmente, seremos. Mas é um arranjo de mão dupla — começaremos a pagar impostos ao continente, e eles terão voz sobre como gerenciamos nossa ilha. É economicamente brilhante para o continente... e necessário para nós.

Hoje em dia, o continente não tem autoridade legal aqui, o que faz com que um certo tipo de pessoa esteja mais disposto a fazer algazarra, como no incidente do incêndio no cais, porque pensa que pode sair impune. E, a triste verdade, é que pode.

Ainda assim, escuto o que ninguém diz. O continente sabe que precisamos que continuem nos aceitando e nos recebendo em seu mundo; são muito mais numerosos do que a ilha. Se o governo decidisse eliminar os bruxos, poderiam fazer isso. E sabemos que o continente quer ficar de olho em tudo que fazemos, aterrorizados com o ressurgimento da magia proibida, mas também estão ávidos por um percentual da nossa prata.

É tão delicado, uma tapeçaria elaborada com meias-verdades e confiança parcial.

Podemos até ser amigos e nos dar bem, podemos até nos tornar família, mas há tantas outras coisas em jogo que é difícil acompanhar todas.

Talvez um dia, não parecerá ser demais. Afinal, esse é o objetivo do casamento. Talvez um dia, eu olhe para Landon com completa adoração e me esqueça de que seu pai está de olho em Encantamento, as mãos em nossos bolsos.

— Samuel, o assado estava absolutamente divino — diz Elizabeth.
— Você não usou magia, usou?
— Fico magoado de ter pensado isso — responde meu pai. — Fiz tudo por conta própria.

— Papai não usa magia na cozinha — comento. — Ele acha que enfraquece sua habilidade natural. — Eu rio e lhe dou um sorriso, deixando claro quanto acho isso adorável.

— Bem, estou ainda mais impressionada, então — diz Elizabeth.

— Por que não vamos para a sala de estar, beber um chá antes da sobremesa? — sugere minha mãe, e todos se levantam. — Tana, aposto que Landon adoraria ver o terraço.

Olho para Landon.

— Parece algo que eu adoraria. — O sorriso dele surge facilmente, mas, para mim, é difícil distinguir quais são genuínos dos que são apenas para manter as aparências. Tive de me esforçar de maneira excepcional para esconder como realmente me sinto, em favor de como esperam que eu me sinta. Mas quero conhecer Landon como ele é de verdade, assim como quero que ele me conheça.

— Então é para lá que vamos.

Eu o levo escada acima, os sons da conversa dos nossos pais se desvanecendo. Sinto que começo a relaxar, o peso da expectativa não é tão difícil de aguentar quando há apenas nós dois.

Abro a porta do terraço e tiro algumas cobertas da cesta de vime. A noite está clara, e milhares de estrelas brilham no céu escuro. A lua minguante lança uma luz prateada em tudo, e as ondas na costa preenchem a brisa com seu ritmo familiar.

Eu me sento no sofá com meu futuro marido e espero que ele não perceba a minha inquietação.

— No que está pensando? — Suas palavras cortam meus pensamentos, me forçando a voltar ao presente.

— Desculpe — falo. — Não sei aonde fui parar. — Como posso dizer a ele que estava pensando no peso de tudo isso? Como posso dizer a ele que, quanto mais nos aproximamos do casamento, mais preocupada eu fico?

— Bem, e se eu contar no que eu estava pensando? — sugere.

Eu me viro para encará-lo.

— Eu adoraria ouvir.

— Estava pensando no quanto somos um bom par.

As palavras me pegam de surpresa, e, por um momento, não sei o que responder.

— Por que diz isso? — pergunto, por fim.

— Porque você é boa, Tana. Às vezes, tenho a sensação de que está se esforçando muito para ser o que pensa que deveria ser. E admiro isso. Admiro que acredite tanto nisso a ponto de estar disposta a tentar.

Fico envergonhada quando as lágrimas ardem nos meus olhos. Desvio o olhar e respiro fundo, deixando o frio da noite me acalmar. As palavras são gentis e vêm de uma pessoa decente, mas tudo em que consigo pensar é que queria não ter de me esforçar tanto.

Queria que essa vida viesse naturalmente para mim, como vem para Landon, para minha mãe e para Ivy.

— Eu acredito mesmo — digo, finalmente. — E espero que, um dia, não pareça que estou tentando tanto.

Landon prende uma mecha de cabelo atrás da minha orelha.

— Eu também espero. Quero que você confie em mim, que aceitarei a pessoa que você é quando não estiver tentando. Quando você é apenas você.

Balanço a cabeça e olho para longe.

— Falei algo que te incomodou? — pergunta Landon.

— Não, não. Não estou incomodada. Mas devo admitir que estou um pouco confusa.

— Com o quê?

— Às vezes, você diz coisas que me fazem pensar que está tentando... — eu me interrompo, sem saber como continuar.

— Tentando o quê? — indaga ele.

— Não sei. Às vezes, parece que você tem sentimentos genuínos por mim, e isso me confunde, porque já deixou bem claro que não pode me prometer amor. — Puxo a manta para mais perto do peito, como se pudesse cobrir as partes de mim que acabei de expor.

Landon suspira e se endireita no sofá.

— Quero ser honesto com você, Tana... e não posso te prometer isso. Mas também tenho pensado no que você disse, sobre permitir que haja espaço para mais do que apenas dever, e estou disposto a tentar. *Estou tentando.* Então, talvez... me deixe fazer isso, pode ser?

— Justo — digo. Rio e cubro o rosto com as mãos. — Você não fica assustado em se casar com alguém que não conhece? — As palavras saem da minha boca antes que eu possa pensar melhor.

— Sinceramente, isso me assusta pra caramba.

Essa é talvez a melhor coisa que ele já me disse, a mais real, e, pela primeira vez, vejo Landon apenas como um rapaz, em vez do filho do governador. Quero tanto ser vista por quem sou, não apenas pelo papel que desempenho, mas sequer tentei fazer a mesma coisa por ele.

— Fico muito feliz — digo, querendo rir e chorar igualmente. Enxugo os olhos, e ele segura minha mão. — Eu acredito nesta vida. Acredito no poder do continente e de Encantamento unidos.

— Eu também.

Ouvir essas palavras me ajuda a me comprometer com tal vida de maneira que não consegui desde que antecipamos a data do casamento. Não entendo por completo os motivos que resultaram nessa decisão, e as dúvidas têm criado incerteza em mim. Mas tudo bem sentir medo, preocupação e inquietação. Posso acreditar nesse caminho e ainda desejar poder enxergar mais adiante na estrada.

— Landon — chamo, minha voz baixa —, acho que eu gostaria que você me beijasse agora.

Um sorriso se forma nos cantos da boca dele. E ele coloca gentilmente a mão embaixo do meu queixo, inclinando meu rosto para cima e se aproximando para me encontrar. Meus olhos se fecham, e os lábios dele roçam os meus, tímidos, hesitantes e gentis.

No começo, não me mexo, com medo de não o desejar o suficiente ou de o desejar demais. Mas seus lábios são macios, e a mão segura meu rosto. Em breve, ele será meu marido. Sem pressa, me entrego ao beijo, movendo a boca contra a dele e me permitindo sentir o que quer que seja.

Não há calor algum no meu estômago. Não irrompo em uma explosão de fogo que me deixa desesperada por ele, mas talvez esse tipo de beijo não exista. Talvez eu não conseguisse lidar com ele se existisse.

Mas é bom como sinto a boca dele na minha. É carinhoso. É o tipo de beijo com o qual posso me comprometer.

Ele se afasta lentamente, segurando minha mão.

— Vamos melhorar — afirma ele, e minhas bochechas ficam vermelhas, me perguntando se foi ruim, se ele não gostou.

— Acho que foi bom para uma primeira vez — completo, mesmo que a faísca que sempre esperei não tivesse acontecido.

— Não foi isso que eu quis dizer — garante ele, percebendo como havia soado. — O que estou tentando comunicar... de maneira ruim, devo acrescentar, é que acho que começamos de um ponto muito bom. — Ele aperta minha mão, me dando um sorriso tranquilizador.

— Também acho.

Não é o primeiro beijo com que sempre sonhei, ainda mais depois do comentário de Landon, mas estou aprendendo que sonhos são apenas sonhos. Não são reais, não têm nenhuma influência na minha vida. E não é justo comigo mesma continuar comparando Landon, que está à minha frente, com o que sonhei na infância.

Sei de tudo isso, mas ainda não consigo me entregar por completo, não consigo esquecer totalmente o Landon da minha imaginação. Este é o problema dos sonhos: é tão fácil se perder neles, mas tão difícil abandoná-los.

34

Landon e os pais se foram, e meu pai traz uma bandeja com chá para mim e vinho para ele e minha mãe. O fogo está aceso, e uma música instrumental toca suavemente ao fundo. O jantar não poderia ter sido melhor, e vejo isso em como meus pais se olham, as posturas descontraídas enquanto se aconchegam juntos no sofá.

Fico cheia de orgulho por ter ajudado a manifestar as maiores esperanças deles.

Estou muito feliz por eles.

Estou mesmo.

Mas também sinto algo que se parece muito com tristeza.

Não sei quando me casar com Landon foi, em minha mente, de uma certeza para uma escolha, de algo que sempre soube que faria para algo que tenho de me convencer a fazer. Landon disse que percebe que estou tentando, mas não quero ter de tentar. Não quero ter de forçar essa vida a se encaixar em todas as esperanças e medos que *me* fazem ser *eu*.

Mesmo beijar Landon... foi bom, e estou feliz por ter feito isso. Mas não consigo deixar de me perguntar como seria beijar alguém só por, desesperadamente, querer fazer isso, beijar alguém só por, não conseguir passar mais um momento sem fazer isso.

— Que noite maravilhosa — diz minha mãe, encostando-se no meu pai. — E que ideia maravilhosa de Landon convidá-la para ir ao continente antes da celebração da colheita. Será um dia muito especial para os dois.

— Será bom começar a conhecer os arredores — comento. — Tenho certeza de que será divertido conhecer tudo com Landon.

— Você deve estar muito animada. — Minha mãe olha para mim. — É o que você sempre quis.

— É o que *você* sempre quis. — Fico chocada ao ouvir as palavras saírem da minha boca, e tento alcançá-las, desejando impedi-las de sair. Elas pairam no espaço entre nós, pesadas, sombrias e feias. Quero voltar atrás, pedir desculpas e consertar tudo.

Mas foram verdadeiras.

Estou desolada por terem sido verdadeiras.

Meus pais trocam um olhar, e eu queria saber o que significa. Por um momento, parece que estão por dentro de algo que não sei. Mas não parecem zangados nem ofendidos. Minha mãe parece preocupada, mas é o rosto do meu pai que faz meu coração doer. Ele parece triste. Muito triste.

— Você tem razão — diz minha mãe, por fim, colocando a taça de lado. — É isso que sempre quis. É o que todos sempre quisemos... seu pai e eu, e toda a ilha. Talvez você não tenha todas as opções que seus colegas têm, e, talvez, o peso do dever seja um fardo nos seus ombros, e sinto muito por isso. Mas você vai mudar o curso da história, vai fazer uma diferença que a maioria das pessoas nunca poderia sonhar em fazer. Deveria se orgulhar.

— Eu sei — digo, porque sei mesmo. Sei disso desde que nasci. — Eu sei.

— Bom. Tente não se esquecer disso — pede ela.

Então, termina o restante do vinho em um único gole e sobe as escadas, sem dizer mais uma palavra.

Vários dias depois, estou parada na praia do continente, qualquer tensão que ainda restava com minha mãe praticamente desapareceu agora que estou visitando Landon. Encantamento está cheia de atividades pelos preparativos para a celebração da colheita esta noite e, embora eu devesse estar com meus pais ajudando, minha mãe insistiu que eu viesse para o continente.

— Já explorou muitos lugares por aqui? — pergunta Landon, e desvio meu olhar da ilha.

— Quase nada — admito. — Nunca tive muita vontade. — As palavras escapam antes que eu possa pensar melhor, e me repreendo por ser tão descuidada.

— Por que não?

Olho para ele, considerando se devo ser sincera. Landon sempre foi sincero comigo, então quero confiar que também posso fazer isso com ele.

— Acho que porque, durante toda minha vida, pareceu que estávamos tentando conquistar nosso espaço aqui. Por que visitaria um lugar que, até bem recentemente, ainda tentava decidir se eu era digna de ser protegida?

— Nossa. — Landon olha para baixo, perdendo a compostura de um jeito que raramente acontecia. — Nunca pensei assim.

— E por que pensaria? Nunca precisou.

— Você tem razão — diz ele, as palavras soando tensas.

Não era assim que eu pretendia começar nosso dia juntos, e quero melhorar as coisas, aliviar um pouco a tensão que tomou conta do rosto dele. Estendo a mão e toco gentilmente seu braço.

— Por favor, não me entenda mal. Estou feliz de estar aqui hoje, com você.

— Eu também — responde ele, após um momento, segurando minha mão na dele. — Por que não mostro os arredores para você?

— Eu adoraria.

Deixamos a praia pela calçada, o mundo natural desaparecendo, substituído por ruas de tijolos e prédios tão altos que tenho de esticar o pescoço para ver o topo. Está nublado, e tudo em que consigo pensar é que os prédios de pedra não têm janelas suficientes para que a luz entre. Como deve ser cinza e escuro dentro dessas paredes...

Olhando de Encantamento, o continente parece imponente, sempre irradiando uma espécie de energia que é, ao mesmo tempo, majestosa e dinâmica. Mas, parada aqui, cercada de todos os lados por tijolos e pedras, é como se não houvesse tanto ar, como se meus pulmões tivessem de lutar para obter uma parcela justa. Quero amar este lugar, quero que todo meu ser se anime com essas ruas, mas nunca será assim.

Digo a mim mesma que só preciso me dar tempo, me ajustar à mudança. Mas esperar que eu ame este lugar sequer uma fração do quanto amo Encantamento é uma aspiração praticamente inalcançável.

Paramos em um café para tomar chá e comer bolinhos, depois, nos sentamos do lado de fora enquanto multidões passam pelas calçadas. Landon recebe muita atenção, com a qual ele lida facilmente, mas, depois de um quarto de hora na rua, estou cansada dos sussurros e olhares. Ainda assim, fico feliz por ter presenciado tudo isso; Landon é treinado em ser gracioso e paciente, e sei que poderá me ajudar a me adaptar ao seu mundo.

Em seguida, ele me leva a uma galeria, um espaço limpo e amplo com obras de arte nas paredes.

— Não é um uso muito eficiente do espaço, é? — pergunto, rindo das poucas pinturas em cada parede. Encantamento é uma ilha pequena, e a maioria das lojas é projetada para maximizar o espaço. Mas, aqui, parece que há mais do que o suficiente.

— Como assim?

— É uma sala enorme para poucas pinturas.

— Seria difícil apreciar cada obra se acabasse distraído por pinturas de todo lado — comenta Landon, como se essa fosse a coisa mais óbvia do mundo.

— É claro. E a arte é magnífica — digo, garantindo que ele saiba que estou feliz por estar aqui, por me familiarizar com a minha nova casa.

Seguimos pela galeria, mas arrepios surgem na minha pele quando vejo a última pintura, que mostra quatro pessoas de joelhos em um campo aberto, suor na testa e angústia no rosto, segurando terra nas mãos. Elas estão cercadas por centenas de damas-da-noite.

A placa abaixo da pintura diz CONHECER O MEDO.

Meus olhos se enchem de lágrimas. A pintura é tão detalhada e realista, que é um lembrete severo de nossa história com o continente. A ilha é nosso lar, o único lugar que já foi verdadeiramente nosso. Mas nunca nos esqueceremos de que só estamos lá porque o continente baniu a magia, e que, mesmo a ilha tendo se tornado nosso refúgio, ainda não bastou para impedir o medo do continente com relação a nossa existência. Ainda tivemos que lutar pela sobrevivência da magia.

Eu me viro e caminho em direção à saída, mas não há árvores ou ondas para me confortar quando saio.

— Desculpa — diz Landon, estendendo o braço para pegar minha mão. — Não percebi que a galeria ainda estava exibindo o trabalho de Pruitt.

— Por que esse nome? — pergunto. — *Conhecer o medo*. O que isso significa?

— Não precisamos falar disso.

— Mas eu quero.

Landon suspira.

— Foi feito para retratar a transferência do medo que ocorreu quando os bruxos trocaram o continente pela ilha. E, como, depois de centenas de anos temendo a magia, finalmente foi a vez dos bruxos conhecerem o medo.

Chegar a uma ilha cheia de flores tóxicas deve ter sido aterrorizante. Minhas palmas suam, e tento manter a voz tranquila:

— E vocês têm isso pendurado na galeria? De toda arte para dedicar uma parede inteira, essa é a que vocês escolheram?

— Como falei, eu não sabia que o trabalho de Pruitt ainda estava em exibição.

— Você teme a magia? — pergunto, observando Landon com atenção.

— A pintura é de um momento da história, Tana. Não serve para representar os sentimentos de hoje.

Paramos no meio da calçada, e as pessoas diminuem a velocidade ao passar por nós. Até os automóveis desaceleram, e os passageiros esticam os pescoços para ver Landon e sua futura noiva. Não consigo me ouvir pensar, não consigo acalmar meu coração que bate rápido. Landon pega minha mão e me leva de volta à costa, onde não há tantos observadores.

— Isso não responde minha pergunta — falo em tom suave, tentando ocultar a mágoa na voz, mas ainda transparece.

— Acho que temos um pouco de medo das coisas que não entendemos. — Landon inspira profunda e expira lentamente. — Mas a magia se tornou um encanto para nós, e estou animado para você me ajudar a entendê-la melhor. É isso que nossa união faz, Tana. Acredito que haverá um dia em que ninguém se lembrará do trabalho de Pruitt, nem temerá a magia.

Minha reação imediata é ficar na defensiva, dizer que, se alguém deveria ter medo, sempre seríamos nós. Temos magia, mas o continente é muito mais numeroso do que nós. Nem mesmo a magia mais poderosa basta quando há apenas poucos bruxos para empunhá-la, quando há um número aparentemente infinito de habitantes do continente dispostos a combatê-la. E temer algo que não se entende não é o mesmo que temer algo que se provou perigoso.

Sempre conhecemos o medo. Landon chamou a pintura de um momento na história, mas vamos anunciar nosso noivado esta noite porque meu *coven* ainda tem medo. Fizemos este acordo porque o continente quer ficar de olho em nós. O medo está por toda parte.

— Mal posso esperar. — As palavras queimam ao sair. Quero discutir, gritar e voltar para Encantamento sozinha, mas esse não é meu papel. Então, em vez disso, sorrio, enlaço meu braço no dele, e caminhamos pela passarela até o cais para esperar a balsa. Vou ensinar a Landon que magia não é algo para se temer, e nossos filhos conhecerão a magia como uma coisa — e apenas uma coisa: um presente.

Meu papel pode exigir que eu morda a língua e modere meu tom, mas também há poder nele. E pretendo usá-lo.

Landon aponta algo na água, mas meus olhos se fixam em um letreiro pendurado acima de nós. É grande, colorido e proclama: VIVENCIE O ENCANTAMENTO! ACALME SEUS NERVOS! AUMENTE SUA FELICIDADE!

DELICIE SEU NAMORADO! TUDO ISSO E MUITO MAIS DE UMA MAGIA TÃO SUTIL QUE VOCÊ DIFICILMENTE A SENTIRÁ.

Olho fixamente para o letreiro, para ao que nossa magia foi reduzida. Não me sinto orgulhosa pelo continente anunciar nossa ilha, me sinto mal, como se uma lama espessa e repugnante embrulhasse meu estômago e subisse pela minha garganta. Meu rosto esquenta, as palmas das mãos suam, e fecho os olhos para evitar que lágrimas escorram pelo rosto.

— Embarque para Encantamento agora! — chama um homem.

— Pronta para hoje à noite? — pergunta Landon, um brilho nos olhos que não estava lá antes.

— Mal posso esperar. — Sorrio para ele, mas pareço forçada e tensa. No entanto, acho que ele não percebe, e caminhamos lado a lado até a balsa, indo para uma ilha com uma magia tão sutil que dificilmente a sentiremos.

Que tragédia.

35

Landon e eu estamos em uma plataforma de madeira, na celebração da colheita, de mãos dadas, cercados por dezenas de velas que tremulam na brisa e por glicínias penduradas na pérgola acima de nós. A maioria do meu *coven* está aqui para celebrar o final da estação, e, no final da noite, Landon anuncia que estamos noivos.

É tão impactante quanto minha mãe disse que seria. As pessoas choram e se abraçam, a banda começa a tocar uma música festiva, e vinho espumante é servido pelo festival em cálices de cristal que refletem a luz da lua.

As pessoas nos parabenizam repetidamente, e Landon segura minha mão, beija minha testa e interpreta o papel de noivo apaixonado de maneira impecável.

Mas a sensação de aperto no estômago está comigo desde a balsa, nem mesmo o chá calmante de Ivy basta para acalmá-la. A magia é tão sutil que dificilmente a sinto.

Na manhã seguinte, Ivy está encostada na parede de pedra da perfumaria quando chego para o meu turno. Ela estende uma xícara de chá para mim, tomando um gole da dela enquanto abro a porta da frente e ligo as luzes.

— Obrigada — digo, pegando a xícara.

Ela simplesmente acena em resposta, e isso me incomoda. Parece que há algo estranho entre nós, mas não sei o que é. É como se eu visse tudo através de um vidro embaçado.

Entramos na sala dos fundos, coloco meu chá de lado e tiro o casaco.

— Como foi o jantar com os Yates? Não tivemos tempo de falar disso com toda a preparação para a celebração da colheita.

— Foi bom — digo, pegando o chá outra vez. — Muito bom. Acho que não poderia ter sido melhor.

— Então por que parece que seu mundo parou de girar?

Balanço a cabeça e olho para baixo.

— Não sei.

Ela me observa, e a mesma expressão de tristeza que vi no rosto do meu pai depois do jantar atravessa seu rosto. Odeio decepcionar as pessoas que mais amo.

— Vou descobrir — declaro, a voz mais alta do que o normal. — Acho que estou nervosa com o casamento. E tive uma conversa estranha com Landon quando fui para o continente, estou tentando entendê-la melhor.

— Sobre o quê?

Entro na loja e me certifico de que tudo está arrumado de maneira adequada. Então, me apoio no balcão e abaixo o olhar, me lembrando da conversa com Landon.

— Ele disse que tem medo de magia.

— O quê? — pergunta Ivy, claramente surpresa.

— Ele me levou a uma galeria com obras de arte de bruxos sendo torturados em um campo de damas-da-noite, depois, falou que todo mundo tem medo de coisas que não entendem. — Vejo minha mãe descendo a rua Principal, então vou para a sala dos fundos com Ivy e fecho a porta. — A pior parte é que não me defendi. Não defendi nossa ilha. Eu quis, Ivy, realmente quis, mas estava com medo de causar uma cena ou de dizer algo errado. Todo mundo o conhece por lá. Todo mundo estava observando.

Ivy parece pensativa enquanto toma um longo gole de chá.

— Você está defendendo nossa ilha ao se casar com ele — diz ela, colocando a xícara de lado e pegando minha mão. — Não se esqueça disso.

Assinto e engulo o nó que se forma na minha garganta. Então, Ivy solta minha mão de repente e vai para o outro lado da bancada, como se algo a tivesse incomodado. Um silêncio pesado se instala entre nós.

— Ei, está tudo bem entre a gente? — pergunto.

Ela parece hesitar no início, depois, me dá um pequeno sorriso.

— Sim, é claro. Tudo ótimo. Eu estava ajudando meus pais a limpar tudo depois da celebração e fui dormir tarde. Só estou cansada.

— Certo — digo, mesmo algo no tom dela não me convencendo.

Talvez eu esteja apenas pensando demais em tudo.

— Landon me beijou — falo de repente, percebendo que ainda não contei a ela. — Quase me esqueci.

Isso chama a atenção dela, e Ivy se inclina sobre o balcão na minha direção.

— Tão bom assim, é?

— Não. Não, foi... bom. Doce.

— Bom? Doce? Só isso?

Suspiro.

— Sim, só isso. — Ouço como minhas palavras soam sem entusiasmo e me repreendo em silêncio. Landon está totalmente comprometido com essa união, está tentando. Ele merece mais do que isso. Ainda assim, não consigo impedir que meus olhos ardam, não consigo impedir que as lágrimas desçam pelo meu rosto enquanto olho para Ivy.

Não sei o que há de errado comigo. Estou sendo egoísta e imatura. Abro a boca para pedir desculpas, mas Ivy bate a xícara na mesa, me interrompendo.

— Sabe de uma coisa, que se dane tudo isso. — Ela pega minha mão e me puxa para fora da loja. Nunca ouvi Ivy xingar assim, e isso me perturba.

— Ivy? O que está acontecendo? — pergunto, tropeçando atrás dela, até entrarmos na floresta no centro da ilha, longe da rua Principal. — Desculpe, eu sei que estou agindo igual a uma criança...

— Apenas pare, Tana — pede ela, levantando a mão.

Fico em silêncio. Eu me sinto instável, incerta quanto a onde pisar. Ivy tem sido meu alicerce a vida toda, e queria poder entender o que está acontecendo entre nós, que parece estar fora de alcance.

Sei que tem algo lá, mas não consigo ver.

— Por favor, me diga o que está acontecendo — imploro. Não aguento mais.

Ela respira fundo e olha para além de mim, sua postura rígida e tensa.

— Eu cometi um erro — diz ela, mais para si do que para mim.

Observo-a enquanto o medo sai do meu estômago e se espalha pelo corpo todo. Um pesar intenso se instala nos meus ombros, ameaçando me esmagar contra a terra úmida. Olho para Ivy em busca de algum tipo de tranquilidade, mas não encontro nada.

— Ivy? — pergunto, minha voz tremendo.

— Vou arranjar muitos problemas por isso. — Ela balança a cabeça.

— Por quê?

Ivy respira fundo e, por fim, encontra meus olhos. Ela parece brava, mais brava do que jamais a vi, e meu coração acelera.

— A razão pela qual você sente que as coisas estão estranhas é porque estão. Estou chateada com você por algo de que você não se lembra, mas que ainda não superei. Não sei como superar.

— Do que você está falando?

— Achei que estávamos fazendo a coisa certa, mas te ver assim... eu estava errada. — Ela balança a cabeça e encara o horizonte.

— Ivy, fale o que precisa dizer.

— Tem um véu por cima de certas coisas em sua mente. Você consegue sentir, não consegue? Uma confusão que não consegue explicar?

Perco o fôlego completamente.

— Como você sabe disso?

— Porque você fez muitas escolhas ruins, então te demos um apagador de memória. — Ela olha para o chão, arrependimento e amargura atravessando seu rosto, duas coisas que raramente vejo nela. — Você tomou por vontade própria, porque eu te convenci. Porque você confia em mim. Mas... algumas dessas escolhas ruins foram boas para você.

— Quem me deu?

— Seus pais e eu.

Respiro fundo e mantenho a voz o mais calma possível ao dizer:

— Ivy, comece do início. E não deixe nada de fora.

— É uma história longa — diz ela, indicando um banco na trilha.

— Eu gosto de histórias.

Ela assente com a cabeça e se senta ao meu lado. Então, começa a falar, e me conta de um rapaz que conheci, um rapaz que pratica magia proibida e que trouxe brilho aos meus olhos. Ela me diz que ele me ensinou um pouco de sua magia e que eu a amava como amo o mar. Ela me fala que foi atacada por abelhas e que quase morreu, mas eu intervi e usei magia proibida para salvar sua vida. Ela me diz que não conseguiu me perdoar por completo.

Ivy fala que fugi de casa para ficar com o rapaz — Wolfe, ela o chama — e que o escolhi em vez de tudo mais. Que eu estava disposta a abrir mão de toda minha vida, dos meus pais, de Landon e do nosso *coven* por ele.

Ela conta que descobri que ele mentiu para mim, me usou para se aproximar da minha mãe, que o *coven* dele o enviou para me procurar com tal propósito. E que aceitei tomar um apagador de memória para me esquecer dele, para que fosse mais fácil me casar com Landon.

Ivy fala que a luz dentro de mim se apagou assim que tomei o chá, e que não tenho sido a mesma desde então. Ela me diz que isso a tem corroído por dentro, porque, desde o momento em que tomei meu primeiro gole do chá que roubaria minhas memórias, ela soube que foi um erro.

Minha amiga chora enquanto fala, ainda muito brava comigo. Mas, sob a raiva, há um poço de amor tão profundo e amplo que consigo senti-lo, mesmo quando sua voz treme e os olhos me culpam.

A história é maluca, incrível, mas, ainda assim, sei que é verdade por causa da dor que se acumula em meu peito a cada palavra que ela solta. Sei que é verdade, porque sinto um vazio dentro de mim onde algo costumava estar. Onde alguém costumava estar.

Sei que é verdade, porque sinto que estou sendo costurada depois que algo indescritível me despedaçou.

Então, respiro fundo. O rapaz na praia. Era ele — tinha que ser ele. Parecia tão atormentado, totalmente arrasado, e, mesmo que eu não consiga me lembrar das coisas que Ivy me conta, acredito que aconteceram.

Sei que aconteceram.

— Desculpa, Tana — diz Ivy, quando termina, tirando um lenço de renda do bolso e enxugando os olhos. — Foi um erro.

Fico quieta por um longo tempo, sem saber o que dizer. Como processar todas as coisas que ela me contou.

Estendo a mão hesitante em direção a ela, sem saber se vai querer minha proximidade depois do que fiz. Mas, quando minha mão toca a dela, ela a aperta com força.

— Parece que cometi erros suficientes por nós duas — digo. — Obrigada por ter me contado.

— Está com raiva?

— Não. Você achou que estava fazendo a coisa certa, e aceitei de bom grado. — Suspiro e abaixo o olhar. — Por que não consigo apenas ser feliz com a vida que estou destinada a levar?

— Talvez essa ideia de vida não seja a que está realmente destinada a você.

Então, olho para ela. Ivy sempre me conheceu, todas as partes de mim, quem sou e quem tento ser. Ela me conhece tão bem que conseguiu ver a névoa dentro de mim depois que bebi o apagador de memórias e decidiu que não valia a pena.

Estou muito feliz por ela ter decidido isso.

— Ivy. — Seguro a mão dela entre as minhas. — Eu preciso vê-lo.

Ela faz uma pausa, ponderando algo, e noto o exato momento em que toma sua decisão.

— Eu sei — diz ela, por fim.

277

— Você vai me ajudar?

Outra pausa. Eu me preocupo de ter pedido coisa demais. Então, ela firma o queixo e pega seu casaco.

— Sim.

36

É difícil estar na casa de Ivy, ver como seus pais me olham com uma mistura de medo e gratidão. Quero dizer algo a eles, mas pensam que não sei o que aconteceu, que o apagador de memórias está fazendo efeito e fui limpa de qualquer lembrança de ter salvado a vida de Ivy. Então, dou meu melhor para agir como se não houvesse nada errado.

Sei que deveria sentir repulsa, choque e surpresa por minhas ações. E sinto. Mas, de alguma forma, elas também fazem sentido, parecem ser minhas, mesmo que eu não consiga me lembrar delas. Anseio pelas memórias que perdi, e pelos momentos que significaram o suficiente para mim a ponto de me fazerem desistir dessa vida e escolher algo diferente. Por como esses momentos devem ter sido, para me fazerem agir dessa maneira.

Como *ele* deve ter sido.

Quando os pais de Ivy estão dormindo, e a lua está alta no céu, Ivy me leva até a costa oeste.

— Diga o nome dele à meia-noite — diz ela —, e se ele ouvir, ele virá.

Penso no sonho que tenho tido, nas tantas vezes que acordei pensando ter ouvido meu nome sussurrado ao vento. Engulo em seco.

— Como ele poderia me ouvir?

Ivy balança a cabeça.

— É algum tipo de magia proibida. Não sei os detalhes.

Não deixo de notar o jeito como a voz dela azeda ao mencionar *magia proibida*.

— Certo — digo, a voz baixa. Estou nervosa demais, meu coração disparando loucamente no peito. E estou suando, mesmo em uma noite fria de outono, minha pele completamente arrepiada.

— Quer que eu fique com você? — pergunta Ivy, e me emociono com o que significa para ela oferecer isso. Quanto de si ela está renunciando apenas para perguntar.

Eu a puxo para um abraço demorado e a aperto com força. Ela me abraça de volta, de leve no começo, depois, mais e mais apertado, e isso me deixa sem fôlego, porque sei que estamos nos curando. Que vamos ficar bem.

— Obrigada — sussurro.

— Nos vemos na minha casa — diz ela.

Assim que sai da minha vista, me viro para a água. Sinto meu estômago se contorcer, e, por um momento, acho que vou ficar enjoada. Respiro fundo várias vezes, e a sensação diminui.

Consigo fazer isso.

— Wolfe — falo o nome, mas tão baixo que mal passa dos meus lábios
É estranho demais.

— Wolfe — digo de novo, desta vez mais forte. O nome soa como uma melodia perfeita, e talvez não seja tão estranho afinal. Eu me sento nas pedras. Estão frias e úmidas, mas não me importo. Não faço ideia de quanto tempo isso deve levar ou se vai funcionar. Parece absurdo chamar um nome na praia à meia-noite, mas, se tudo que Ivy me disse é verdade, se o amei mesmo que uma fração do quanto ela me levou a acreditar, então tenho que encontrá-lo. Tenho que ver seu rosto e ouvir sua voz.

— Mortana?

Ergo os olhos e vejo o rapaz da praia de pé na água. Sem balsa, sem barco. É como se simplesmente tivesse aparecido, e me pergunto se a magia dele é capaz disso. Eu me levanto bem devagar, limpando as mãos no vestido. O rapaz fica parado onde está.

— Wolfe? — pergunto, caminhando até mais perto da água, tentando ver melhor a pessoa que capturou tanto de mim.

Ele corre na minha direção, água respingando ao redor enquanto se arrasta para fora do oceano. Não parece que vai parar de correr até se chocar contra mim. Dou um passo para trás, e ele para abruptamente.

— Você é Wolfe? — pergunto de novo e vejo seu rosto, vejo a dor e o sofrimento ao perceber que não o reconheço. Ainda não o reconheço.

Seus olhos estão furiosos. Algo dentro de mim se parte quando percebo que estão contornados de vermelho, refletindo a luz da lua e cintilando como a superfície do mar. Ele funga e limpa a garganta, desviando o olhar do meu. A mandíbula está tão tensa que posso ver daqui.

Ele parece estar destruído.

— Sou — diz ele, por fim. — E você é Mortana.

— Sim, isso mesmo.

Eu o observo sob o luar, a linha dura da boca e o cabelo escuro e desalinhado. A pele parece prateada sob a luz, como se fosse a personificação da magia. Mas ele está com raiva e na defensiva, carregando tanta tensão que tenho medo de que possa se partir ao meio bem na minha frente.

Ele é deslumbrante de tão lindo.

— Você está me encarando — comenta ele.

O calor sobe pelo meu pescoço, mas não desvio o olhar. Não posso.

— Me disseram que eu te amo.

— Você nunca me falou essas palavras, mas não precisava. Sei que ama.

Eu o observo sob o luar, cada movimento, cada respiração e punho cerrado.

— Você também me amava?

Seus olhos encontram os meus, então, se focam em mim com uma intensidade que me arrepia.

— Sim.

— Você ainda me ama?

Ele não hesita, nem por um momento.

— Sim.

Dou um passo cauteloso para mais perto.

— Então vai me contar o que aconteceu entre nós? Tudo?

Ele enfia a mão nos bolsos e olha para o chão.

— Do que você se lembra?

— Nada. — A palavra atravessa o ar como uma faca, e observo enquanto ela entra no peito dele. Uma nova onda de lágrimas brota em seus olhos, mas ele pisca para afastá-las na mesma hora. Ele me dá as costas, os ombros subindo e descendo rapidamente. Quando a respiração se acalma, Wolfe volta a me encarar.

— Certo — diz ele, por fim.

— Wolfe? — O som de seu nome agora me parece familiar.

Ele me observa, e seus olhos parecem tão suplicantes, tão devastados, que fico surpresa quando não desmorona em um milhão de pedaços, perdidos para sempre nesta praia.

— Por favor, não minta para mim — peço.

— Não vou. — Ele se vira, e penso que é tudo o que vai dizer, mas, então, fala outra vez: — Eu vou te contar todos os detalhes, até você estar convencida de que vale a pena lutar por isso.

Eu o estudo. Ele é bruto e rude, temperamental e cheio de raiva, mas está disposto a compartilhar tudo comigo, mesmo sabendo que não vai me fazer lembrar. Está disposto a se machucar outra vez ao compartilhar detalhes de sua vida que não significam nada para mim, mas que são tudo para ele.

— É para isso que estou aqui — falo, as palavras baixas e inseguras. — Para lutar por algo em que eu acreditava mais do que em qualquer outra coisa.

— Está bem — concorda ele, caminhando pela margem até uma área gramada. Logo, se senta, e me sento ao lado dele, observando enquanto decide como começar. Estamos tão próximos, há meros centímetros entre nós, e vejo como seu corpo tensiona com a minha proximidade.

— Será que magia proibida pode desfazer um apagador de memórias? — pergunto baixinho, quase em um sussurro. Ele já me ajudou antes; talvez possa me ajudar de novo.

O rapaz respira fundo, parecendo derrotado.

— Conversei com meu pai disso. Passamos horas vasculhando grimórios, mas a mente é algo delicado. Qualquer feitiço que tentássemos teria que interagir com o apagador de memórias da maneira exata, mas não sabemos todos os detalhes envolvidos no feitiço, o que tornaria a criação de um contrafeitiço extremamente difícil. Se errássemos, poderia apagar sua memória por completo ou até criar memórias que nunca aconteceram. Não haveria como testar antes. É arriscado demais.

Assinto, absorvendo as palavras.

— Obrigada por ter pesquisado. Você não precisava ter feito isso.

— Sim, eu precisava.

Nenhum de nós fala, o fardo das minhas memórias esquecidas pesando entre nós. Então, Wolfe pega uma pequena pedra e a atira na água.

— Que merda, Mortana — pragueja ele, cobrindo o rosto com as mãos. Ele respira com força, tremendo, e quero confortá-lo de alguma forma, dizer algo que possa aliviar a dor que ele sente.

Devagar, bem devagar, tiro suas mãos do rosto. Ele me olha, surpreso, com manchas vermelhas na pele e olhos inchados. Meus dedos deslizam até seu queixo, e me aproximo dele, até chegar perto de seu ouvido.

— Eu quero me lembrar — sussurro. — Me ajude.

Eu me afasto e mantenho os olhos nele, querendo que veja a honestidade ali. A verdade nas palavras que estou dizendo. Minha mão treme quando a afasto de seu rosto.

Wolfe me disse que quer que eu lute por isso, por nós, mas, olhando para ele, percebo que também está lutando. Ambos estamos.

Ele concorda, respira fundo e começa a falar.

Fico maravilhada com sua honestidade, com o quanto é aberto a respeito de odiar meu *coven* e nosso estilo de vida. É difícil de ouvir, mas sei que a crença central é o que guia todo o resto. Ele me diz que, no início, não se incomodou em me usar, mas que, então, se apaixonou por mim, e mesmo que as intenções fossem cruéis no começo, nunca mentiu sobre o que sentia.

Ele diz que cada olhar, cada toque, cada palavra foi real. Que eu o surpreendi, que minha conexão com a magia alta — é assim que é chamada — é diferente de tudo que ele já viu. Ele fala que eu o desafiava a olhar o mundo de outra maneira e a considerar a força na minha magia baixa, nos meus sacrifícios em troca de segurança.

Dá para perceber que não acredita ser a escolha certa, que nunca abriria mão dessa parte de si por qualquer luxo ou proteção. Mas diz que me conhecer o obrigou a olhar para nossa magia por um novo ponto de vista.

Ele fala das correntezas e do quão irresponsável minha mãe está sendo, de como meu *coven* está destruindo a ilha voluntariamente. Diz que isso voltará para nos assombrar de maneiras irreparáveis, caso não façamos algo logo, e concordo com suas palavras porque sei que são verdadeiras. Sinto aquilo toda vez que estou no mar — eu me pergunto se isso foi algo que nos uniu. Ele me conta sobre as damas-da-noite, a mentira que me foi contada a vida toda, e não consigo evitar que lágrimas se formem nos meus olhos. Parece que o ar foi tirado de mim, e imagino como vou ser capaz de olhar para minha mãe do mesmo modo de novo.

— As damas-da-noite... — começo a falar, me lembrando do quadro que vi com Landon. — Eu não entendo. Vi um quadro no continente que mostrava bruxos sendo torturados com elas; há centenas de anos. Quando foi que essa mentira surgiu?

Wolfe balança a cabeça.

— Se está pensando no trabalho de Pruitt, não é isso que o quadro mostra; só, por um acaso, se encaixa bem com a mentira. Quando os bruxos se mudaram do continente para a ilha, isso não amenizou as tensões como esperavam. Os moradores do continente ficaram cada vez mais agressivos, e tudo culminou em um ataque à ilha, durante o qual arrancaram todas as damas-da-noite que puderam encontrar. O quadro que você viu mostra os bruxos tentando salvar as flores.

— Então as pessoas do continente conhecem a verdade a respeito das flores?

— Costumavam conhecer — responde Wolfe. — Mas o novo *coven* tem sido incrivelmente eficaz em reescrever a história, e, ao longo dos anos, também passaram a acreditar que as damas-da-noite eram venenosas.

Olho para a água, completamente chocada. Penso na pintura, e meus olhos queimam com a verdade do que Wolfe me contou. Não sei o que dizer, porque nada parece suficiente, então permaneço em silêncio.

Wolfe volta a falar. E tento colocar minha dor de lado, ouvir plenamente cada palavra que ele diz, porque é importante. É muito importante para mim.

Sua voz fica mais baixa, áspera, quando me conta que nos beijamos. Ele diz que eu o beijei primeiro, e que, quando fiz isso, ele soube que abriria mão de qualquer coisa, de tudo, se significasse poder me beijar de novo. Nos beijamos no oceano, no chão do seu quarto, sob o luar. Oferecemos partes de nós mesmos ao outro que nunca oferecemos a mais ninguém, trocando toques como se fossem segredos.

Wolfe fala por muito tempo. Ele me deixa ver sua raiva, sua frustração e sua tristeza, me inunda com sua vulnerabilidade. Ele fala de maneira reservada, e mesmo assim, compartilha tudo comigo.

Eu acredito no que diz, em cada palavra.

Ele é rude, não é refinado e é severo, e estou completamente encantada por isso. Por ele.

Ainda não me lembro das coisas que ele me conta. Tento desesperadamente encontrá-las em minha mente, procurando qualquer eco de lembrança, mas não acho nada. É quase como se ele estivesse lendo, em voz alta, um romance sobre um rapaz chamado Wolfe e uma garota chamada Tana, um romance que vai abrindo caminho por dentro de mim a cada frase. Eu o leria de novo e de novo.

Ele chega ao final da história e para de falar, e acho que nunca estive tão decepcionada. Queria que tivesse mais.

Observo o rapaz, desejando que ele continue a falar, mas fica em silêncio.

— Você está me encarando de novo — diz ele, por fim. — Parece ser um hábito seu. — Sua voz é fria e impassível.

— É difícil não te encarar — admito, mas, por alguma razão, não fico envergonhada. — Você é bonito. Já te falei isso antes?

Ele engole em seco e pisca várias vezes.

— Não.

Ficamos em silêncio por um longo tempo, observando as ondas enquanto quebram na costa. Sinto um desejo intenso por Wolfe, forte e real, completamente inegável.

Talvez haja uma parte de mim que, afinal, se lembra.

— Como chegou aqui? Foi como se você simplesmente aparecesse na água. — Isso é tão trivial depois de tudo que ele compartilhou, mas tudo parece grande demais para abordar.

— Como assim?

— Por que você chegou pela água?

Ele balança a cabeça. Sabe que é uma pergunta insignificante.

— Porque faz parte do acordo que temos com sua mãe. Podemos viver na ilha, mas nossa casa permanece oculta por magia, e só podemos usar as ruas de Encantamento uma vez por mês, quando precisamos de suprimentos. Mesmo assim, temos que usar um feitiço de percepção. As correntezas são nosso jeito de contornar isso.

— Inteligente — comento, mesmo que doa ouvir mais outra mentira que minha mãe me contou durante minha vida toda. Ela não apenas sabia da existência do antigo *coven*, como conversava com ele. Estabelecia regras para ele.

— E agora? — pergunta ele, mantendo os olhos na praia. Ouço a esperança em sua voz, a forma como ilumina suas palavras.

Mas não posso lhe dar o que quer.

— Eu não sei — digo, baixinho.

Ele fica tenso ao meu lado. Quando não falo mais nada, exala bruscamente.

— Você vai se casar com ele, não vai?

Não respondo.

Ele se levanta do chão e joga os braços para o alto.

— Mas que maldição, Mortana! Por que me fez passar por tudo isso? Por que insistiu para que eu te contasse tudo se não importa?

Também me levanto e o sigo pela praia.

— *Importa*, sim — digo, erguendo a voz. Ele não para de andar nem se vira para me encarar. — Mas isso não muda o fato de que não me lembro de nada.

Ele para, então, olha para mim de maneira tão intensa que quase viro o rosto, mas não o faço. Eu me obrigo a olhar para ele, a realmente olhar para ele.

— Isto é real, o que temos, e sei que você pode sentir. — Ele gesticula entre nós. Está zangado, e essa reação visceral e forte que irradia dele me impede de me mover.

Ele diminui a distância entre nós e segura minha mão, pressionando-a com força em cima do seu coração.

— Estou bem aqui, Mortana, parado diante de você, prometendo que recriarei cada lembrança se for preciso.

— Eu acredito em você — digo, mantendo a palma contra o peito dele.

— Então me deixe fazer isso. Por favor.

— Não é tão simples assim. Tenho um dever com minha família, com meu *coven*.

— Isso não te impediu antes — diz ele, apertando mais minha mão.

— Mas deveria — sussurro.

Assim que falo, desejo poder voltar atrás. Uma muralha se ergue entre nós, e qualquer vulnerabilidade que Wolfe estivesse disposto a me mostrar desaparece. Ele solta minha mão e se afasta, meu braço pendendo na lateral do corpo. Por alguma razão, isso me faz querer chorar.

Ele assente devagar. Tento ler seu rosto, mas não entrega nada.

— Entendi. Bem, vou facilitar as coisas para você desta vez.

E, com isso, ele mergulha no mar, me deixando sozinha na praia.

37

Já estive aqui antes. Deitada nesta cama, acordada, quando deveria estar dormindo, pensando em um rapaz no qual não deveria estar pensando.

Meu Baile do Pacto e meu casamento são daqui a três dias, e tudo em que consigo pensar é como, apenas algumas semanas atrás, eu estava tão profundamente apaixonada ao ponto de estar disposta a dar as costas para ambos. Wolfe me contou como cheguei a isso, detalhou cada aspecto de nosso relacionamento, mas não consigo *sentir* nada. E, mesmo quando sentia, ainda assim escolhi tomar o apagador de memórias; ainda assim, no final, escolhi meu *coven*.

E sei que foi para o melhor.

A paixão de Wolfe me assusta. Sua disposição em me mostrar sua raiva e dor, frustração e vulnerabilidade, é diferente de tudo que já experimentei. Ele estava tão desesperado para que eu me lembrasse ao ponto de se abrir tanto que pude vê-lo sangrar, sabendo que talvez nunca conseguisse fechar a ferida.

E sei que, se eu viver mil anos, ninguém jamais se sentirá da mesma maneira por minha causa.

Mas não se trata de mim, não acho que conseguiria me perdoar se desse as costas a minha família, ao meu dever. Tenho um papel a desempenhar, e minha felicidade, meus desejos, minhas vontades nunca foram levados em consideração. Não podem ser.

Quando ouço meus pais se movimentando lá embaixo, me forço a me levantar. Outra noite sem dormir. Minha mãe vai me repreender pelas olheiras e palidez, mas não é nada que um pouco de magia não possa consertar.

Estamos destruindo o mar e arruinando nossa ilha, mas, pelo menos, podemos parecer descansados fazendo isso.

Escovo os dentes e lavo o rosto, agradecida por não precisar trabalhar hoje. Minha mãe diz que o casamento terá mais impacto se os outros bruxos não me virem na semana que antecede a cerimônia. De uma forma ou de outra, tudo é pensado para o espetáculo, mas fico grata pelo tempo afastada.

— Cadê o papai? — pergunto, descendo as escadas.

Minha mãe tira os olhos da agenda encadernada em couro e sorri.

— Bom dia, querida. Ele está colhendo algumas lilases antes de ir para a perfumaria.

Eu me sirvo uma xícara de chá e me sento ao lado dela.

— Ivy me contou sobre o apagador de memórias — digo, observando-a.

Ela fecha lentamente a agenda e me encara.

— Tive a sensação de que ela contaria.

— Por quê?

Ela dá de ombros.

— Vocês são melhores amigas desde que nasceram. Manter segredos uma da outra não é uma habilidade que vocês têm. — Minha mãe parece tão calma, e eu gostaria de saber no que está pensando, gostaria de saber se sua mente é um caos de listas de tarefas, preocupações e reações exageradas ou se é tão organizada quanto todo o resto.

Mas as palavras me incomodam.

— Diferente de você, não é, mãe? — As palavras soam suaves, e não consigo acreditar que falei isso. Não tenho o costume de questionar minha mãe, então, olho para baixo.

— Tana, por que não me pergunta o que quer saber, em vez de soltar comentários irônicos?

Engulo em seco e assinto.

— Você tem razão, desculpe — digo. — Quero saber por que mentiu para mim sobre o antigo *coven*.

Ela vai até a cozinha para preparar mais chá.

— A resposta simples é que nunca teríamos chegado tão longe se o continente soubesse que magia proibida continuava sendo praticada na ilha. Eles precisavam acreditar que o antigo *coven* tinha sido desfeito se quiséssemos estar em terreno sólido com eles. Os bruxos antigos são egoístas e teimosos, mas não são idiotas; sabiam que, se o continente estivesse ciente de sua existência, cada um deles seria pego. Então juraram permanecer escondidos se jurássemos perpetuar a crença de que tinham desaparecido. Apenas os membros do conselho sabem a verdade. — A chaleira assobia, e minha mãe despeja água sobre as folhas. — E tem funcionado bem, até agora.

Eu me sinto tola por ter acreditado em suas mentiras e ainda pior por estar magoada. Pensei que abrir mão de uma vida própria para me casar com Landon e proteger meu *coven* me garantiria a verdade, especialmente de minha mãe. Pensei que me faria importante o suficiente para estar envolvida nos segredos e decisões de nosso *coven* e ilha. Mas eu estava errada.

— Queria que você tivesse me contado.

— Sei disso, mas não pude arriscar. Você vai se casar com o filho do governador, Tana. O que aconteceria se você deixasse a história escapar um dia? Com certeza você pode entender o perigo. — Ela enche minha xícara antes de se sentar outra vez. — Não que isso importe mais, é claro.

— Eu consigo lidar com isso.

— Você diz agora, mas manter um segredo tão pesado de seu marido vai ser um fardo, principalmente conforme o amor e a confiança entre vocês for se desenvolvendo. Não será fácil.

— Você acredita que Landon e eu nos amaremos um dia?

A expressão dela se suaviza, e minha mãe estende a mão, apoiando-a no meu braço.

— Com certeza. Já até vejo isso entre vocês, você não?

Eu não posso prometer amor.

Penso no nosso beijo, na sensação de estar perto dele daquele jeito. Não me pareceu amor, mas talvez minha definição da palavra seja muito econômica. Talvez haja um amor como o que Wolfe descreveu, apaixonado e avassalador e vital, e um amor mais sutil que enraíza e cresce ao longo do tempo, de maneira lenta e constante.

— Não sei — admito. — Mas eu quero.

Mamãe aperta meu braço.

— Com o tempo. Ele é um bom homem, Tana, e vai te tratar bem.

Assinto e sorrio, porque não quero que ela veja que espero algo que não deveria esperar.

— Tenho certeza de que você está certa.

Ela se recosta na cadeira e toma um gole de chá.

— O que mais você quer saber?

— Por que não está preocupada com as correntezas? E por que não se reúne com o antigo *coven* para falar disso?

Ela suspira e pousa a xícara de chá.

— Acho que você não entende quão frágil nosso relacionamento é com o continente. Isso só funciona porque acreditam que temos controle completo sobre a magia que usamos. Porque não têm medo de nós. Mesmo assim, nosso cais foi queimado há apenas alguns meses. Assim que descobrirem que há magia em suas águas, magia que não pode ser controlada, a atitude deles em relação a nós mudará. E, se tiverem medo de nós, tudo desmorona. — Ela me olha, então. — Tudo.

Acho que temos um pouco de medo das coisas que não entendemos.

— Mas o antigo *coven* quer nos ajudar. Por que não deixa?

— Alguns anos atrás, Marshall Yates informou seus conselheiros de que essa união com nossa família estava no horizonte. Ele insistiu em ter representantes do continente vigiando a ilha, e concordei com isso. Felizmente, todos seus encontros furtivos com Wolfe foram no meio da noite. Se não, estaríamos tendo uma conversa bem diferente agora. Seu casamento está próximo, e o continente está enchendo a ilha com equipes

291

de segurança. Não arriscarei um encontro até que tenham partido e eu possa garantir que nossas discussões permaneçam privadas.

— Mas as correntezas são problema há muito tempo. Realmente está disposta a permitir todo esse dano por causa do casamento?

— Tana — diz minha mãe, me encarando com seriedade —, eu me lembro da minha mãe me obrigando a me esconder toda vez que visitantes do continente vinham nos ver, eu era uma jovem garota. Meus avós quase deixaram de ter filhos por causa de quão preocupados ficaram com o que poderia acontecer. Nossos ancestrais abriram mão de suas casas no continente e passaram a praticar uma nova magia, esperando um futuro no qual poderíamos ser aceitos e estar seguros. Estou disposta a permitir praticamente qualquer coisa pelo bem desse casamento.

Suas palavras me causam arrepios.

— Ainda não entendo por que não tratou do problema das correntezas mais cedo, antes mesmo do casamento estar marcado.

— Se confiarmos no antigo *coven* para ajudar com as correntezas, não terá volta. Nunca. Eu respeito Galen, mas não confio nele para não se aproveitar da situação. E, se ele o fizer, quero ter certeza de que o continente será nosso aliado, e a única maneira de garantir isso é com o casamento. — Minha mãe se vira na cadeira e espera até que eu esteja olhando para ela antes de continuar: — Estou disposta a ter essas conversas com você, mas quero deixar uma coisa clara: não me importa se você não entender. Meu papel como líder deste *coven* é nos manter seguros e garantir nosso lugar na sociedade, não garantir que minha filha entenda cada decisão que tomo — diz ela, da maneira mais gentil possível, só que, mesmo assim, dói.

Desvio o olhar. Ela é minha mãe, mas, antes de mais nada, é a líder do nosso *coven*. Embora doa ouvi-la dizer isso, também a admiro.

— Certo — falo, terminando meu chá, mas, então, lembro do que Wolfe disse sobre a flor. — Espere, tem mais uma coisa.

— Diga.

— Como podemos praticar magia se não há damas-da-noite na ilha? — Sei que é infantil da minha parte tocar nesse assunto como uma pergunta, sendo que já sei a resposta, mas quero ouvi-la falar. Parece importante para mim, de uma maneira que não consigo descrever, ter sua confiança nesse respeito. Coloquei minha fé nela a vida toda, sempre acreditei no caminho que ela traçou para mim, e preciso saber que confia em mim para eu seguir nele. Preciso disso.

A pergunta, mais do que qualquer outra que eu tenha feito, pega minha mãe de surpresa. Seus olhos se arregalam e a postura se endireita, e escuto o ar que ela puxa por entre os dentes. Isso me perturba, ver sua compostura se perder desse jeito, e silenciosamente digo a ela que está tudo bem, asseguro-a de que pode confiar em mim.

— A dama-da-noite é venenosa para os bruxos. Você sabe disso.

Meu coração aperta.

— É mesmo? — pergunto, observando-a.

— Vamos dar um tempo nas perguntas por hoje — diz ela. — Se eu prometer que teremos uma conversa mais tarde, concorda em deixar isso de lado por enquanto? É uma resposta complicada com uma história complicada, e não tenho tempo ou energia para isso agora.

— Precisamos falar disso mais tarde.

— Eu prometo.

— Combinado — digo. Ela sempre cumpre suas promessas, e, mesmo que tenha escondido muitas coisas de mim, sei que teremos a conversa quando tivermos mais tempo. A verdade é que estou cansada.

— Tudo bem? — pergunta ela.

Eu assinto, e ela me abraça.

— Estou orgulhosa de você — diz. Quero perguntar por que está orgulhosa sendo que causei tanto estresse e dor, mas não falo nada. Em vez disso, retribuo seu abraço e absorvo suas palavras, porque, mesmo sabendo que não as mereço, preciso ouvi-las.

— Somos mais parecidas do que você pensa — diz minha mãe, quando se afasta.

— Somos?

Ela assente.

— Seu pai é o amor absoluto da minha vida, mas ele não foi o primeiro que amei. — Ela me olha de maneira significativa, e meus olhos se arregalam.

— Não — digo.

— Wolfe se parece quase exatamente com o pai dele naquela idade. É impressionante.

— Você e Galen?

— Éramos jovens, e ele era diferente de qualquer pessoa que eu já tinha conhecido. Tínhamos uma regra estrita de nunca praticar magia juntos, essa era uma linha que eu nunca poderia cruzar, mas havia outras que eu estava mais do que disposta a cruzar com ele. — Sua voz soa distante, quase feliz.

Balanço a cabeça, quase sem acreditar no que ela está me contando.

— Mas como você o conheceu?

— Quando sua avó ficou doente, ela começou a me incluir em todos os deveres dela, me preparando para assumir seu papel. E os deveres envolviam reuniões ocasionais com o antigo *coven*. Galen começou a frequentá-las com a mãe, e, bem, as coisas progrediram — ela fala dele com respeito, e me esforço para encaixar essa nova informação na versão da minha mãe que conheço.

— Você amou Galen Hawthorne?

— Foi há muito tempo. — Ela balança a mão no ar, como se limpando a memória. — Eu amava Galen por tudo que ele não era. Eu sabia que não tínhamos futuro, e ele também, mas, por um inverno, fingimos ter todo tempo do mundo.

— E vocês dois aceitaram isso?

— Não foi algo que precisamos nos esforçar para aceitar. Éramos apenas duas crianças se divertindo antes de assumirmos nossas responsabilidades. Nunca houve dúvida quanto a onde depositávamos nossa lealdade.

— Você nunca se perguntou como seria uma vida com ele?

— Não — garante minha mãe, me dando um sorriso triste. — *Esta* é a vida em que acredito. *Esta* é a vida que eu quero.

— Você ainda desejaria essa vida, desejaria a nova ordem e a magia baixa, se o continente não estivesse observando? Se não fosse perigoso praticar magia alta?

Ela não responde imediatamente, mas olha para algum lugar distante que não consigo ver. Prendo a respiração e espero que ela mostre o menor sinal de dúvida, mas não o faz.

— Sim. Não amo a nova ordem apenas porque nos devolveu nossas vidas; amo porque me satisfaz de uma maneira que nada mais jamais conseguiu. Amo esta ilha, sua magia e encantar os turistas. Eu escolheria isso repetidas vezes, independentemente do que estivesse acontecendo do outro lado do Canal.

A resposta me destroça, porque sei que nunca poderei estar à altura disso. Queria acreditar em algo tanto quanto minha mãe acredita na nova ordem.

Você acreditava.

A frase surge em minha mente sem aviso, mas não é real, não é algo a que eu possa me agarrar. Disseram que, uma vez, acreditei em algo com tudo de mim, mas sem minhas memórias, isso não passa de poeira no caminho.

— Você chega a pensar nele? — pergunto, precisando mudar de assunto.

— Em Galen? Mais, recentemente — responde, me olhando. — Mas não com frequência. Seu pai me convidou para sair pouco depois de Galen e eu terminarmos e soube, desde nosso primeiro encontro, que ele era o cara certo para mim.

— Como?

O rosto dela suaviza, como sempre faz quando falamos de papai.

— Eu podia ser eu mesma com ele — diz ela, simplesmente. — Acreditávamos nas mesmas coisas, e eu não precisava fingir nem tentar ser quem não sou. Ele me aceitou completa e exatamente assim.

— Obrigada por me contar.

Minha mãe sorri e aperta meu braço.

— De nada. Agora, por que não chamamos Ivy para testar seu cabelo e maquiagem?

Ela vai até o telefone, e minha mente continua analisando nossa conversa. Estou feliz por termos falado de tudo, muito feliz por finalmente saber a verdade, mas nada disso me tranquiliza tanto quanto eu gostaria. Minha mãe fez escolhas das quais sei que eu nunca poderia fazer, e, embora tenha me falado de Galen para mostrar nossas semelhanças, serviu apenas para destacar nossas diferenças.

Porque, aparentemente, eu não podia aceitar que meu tempo com Wolfe era limitado.

Eu não podia aceitar que o mundo dele, sua magia, não era uma opção para mim. Eu não podia aceitar que *ele* não era uma opção para mim.

E mesmo Landon não querendo que eu me esforce com ele, é o que preciso fazer. Por outro lado, não preciso me esforçar com Wolfe. Ele me disse que fiz coisas que sei que nunca faria, a menos que estivesse sendo total e verdadeiramente eu mesma.

Meu coração acelera e as palmas das minhas mãos suam, tudo enquanto relembro as palavras da minha mãe.

Pelos padrões dela, Wolfe deveria ser o amor absoluto da minha vida.

38

A porta do terraço se abre, mas não me viro para ver quem está se juntando a mim. O nascer do sol está lindo hoje, e tento conter o nó na garganta, sabendo que este será meu último nascer do sol morando em casa.

Meu pai se senta no sofá ao meu lado, puxando o canto do meu cobertor para cobrir suas pernas. Por um tempo, ficamos juntos em silêncio, observando o nascer do sol sobre a ilha. A aurora sempre foi meu momento favorito, quando a escuridão recua e o céu ganha um tom esfumaçado de azul antes de explodir em um arco-íris de cores.

Amo esse momento porque sinaliza o início da magia, as horas do dia em que me sinto mais viva e contente. Nunca há luz do dia bastante, e a sensação é de que a noite se estende para sempre, mas, ao amanhecer, o tempo parece infinito.

Eu me pergunto como é ser Wolfe, como é saber que pode praticar magia a qualquer momento, dia ou noite. Saber que as únicas restrições para minha magia são aquelas que eu mesmo crio.

Esse tipo de poder sem controle soa aterrorizante.

E absolutamente deslumbrante.

— Pensando no casamento? — pergunta meu pai, me trazendo de volta ao terraço. Desvio o olhar enquanto o calor invade meu rosto. Apenas uma vez, gostaria de poder me concentrar na coisa certa.

— Não consigo acreditar que é hoje à noite — digo, baixando os olhos. Amasso o cobertor em minhas mãos, mas paro quando percebo que meu pai observa. Aliso o cobertor e me forço a ficar quieta.

—Tudo bem se estiver nervosa — Ele olha para o Canal. — É uma noite importante.

— Gostaria de poder fazer as cerimônias separadamente — digo, por fim encontrando seus olhos. — Esperei pelo meu Pacto a vida toda. Odeio ter que compartilhar isso com Landon.

Meu pai me lança um olhar de compaixão e coloca um braço ao meu redor. Eu me inclino nele, deixando a cabeça repousar em seu ombro.

— Eu sei, querida. Gostaria que pudesse ter o baile com que sempre sonhou. Mas o que terá agora é bom. É importante Landon ver essa parte sua, que ele esteja incluído nisso. Vocês estão mesclando suas vidas. Ele deve te ver de maneira completa, como bruxa e como noiva.

— Tudo bem por você se ele assistisse a um ritual? — pergunto em voz baixa, sem querer entrar na defensiva. Realmente quero saber o que ele pensa.

— Esse tipo de demonstração assustaria as pessoas do continente, e suspeito que Landon não seja exceção. — Ele faz uma pausa, e sinto o movimento de seu peito quando respira. — Mas eu gostaria que não precisasse ser assim.

— Eu também — concordo.

— Tenho uma coisa para você. — Meu pai se afasta de mim e enfia a mão no bolso, revelando uma caixa de veludo vermelho desgastada, que ele me entrega.

— O que é isso?

— Seu presente do Pacto. Está na minha família há gerações.

Com cuidado, levanto a tampa e solto um arquejo. É um colar, uma corrente longa de prata com um frasco pendurado na ponta. Há água dentro do frasco, girando por vontade própria. Observo enquanto se move dentro do vidro, subindo pelas laterais e se lançando de volta ao centro.

— Isto é incrível — digo, todo o ar deixando meus pulmões. — Como funciona?

— Foi criado na noite do primeiro ritual, quando nossos ancestrais decidiram que a única maneira de sobreviver era abrir mão da magia alta e trabalhar com o continente. Drenaram a magia no oceano, depois, encheram o frasco com a água encantada, como um lembrete constante do que buscavam. Parece apropriado dá-lo a você agora, quando o sonho deles está sendo totalmente realizado.

Ergo o colar com mãos trêmulas. A água que gira sem parar é hipnotizante, e acho que poderia ficar olhando para ela para sempre. É a joia mais bonita que já vi, ousada e encantadora, muito diferente das pérolas polidas e diamantes delicados da Encantamento de hoje em dia.

— Pai, acho que não posso aceitar isso. — Rolo o frasco entre os dedos.

— É claro que pode. Esta também é a sua história, Tana. Quem você é. Quero que fique com ele.

— Obrigada — digo, e a palavra é quase um sussurro. Lágrimas surgem nos meus olhos, então, pisco e engulo o nó que se forma na minha garganta. Tudo dói, e respiro fundo várias vezes.

— Eu te amo, querida. Você é forte, independente e segura o suficiente para questionar o motivo de acreditar no que acredita. Você é curiosa, indomável e sensível... Você é tantas coisas que admiro. Eu não poderia ter escolhido uma filha melhor, nem se a tivesse feito com magia.

Desta vez, não consigo conter as lágrimas que escorrem pelos cílios.

— Eu te amo — Abraço meu pai e o seguro firme, querendo ficar aqui um pouco mais. Ser a garotinha dele, em vez da noiva de Landon.

— Eu também te amo.

Eu me pergunto se ele consegue sentir que estou me esforçando para soltá-lo, que ele é o único apoio sólido que me resta.

A porta se abre, e minha mãe entra apressada, com um caderno debaixo do braço, um bule grande e três xícaras de chá em uma bandeja.

— Hoje é o grande dia — proclama ela, colocando tudo na mesa e servindo a cada um de nós uma xícara de chá. — Como está se sentindo, querida?

Seus olhos brilham, e o sorriso está tão animado que é difícil não sorrir de volta.

— Ótima — digo, passando o colar que meu pai me deu pela cabeça. — Mal posso esperar.

— Ah, Tana, ficou perfeito em você. — Ela toca o frasco em volta do meu pescoço.

— Eu amei. — Dou um sorriso para o meu pai, que aperta meu ombro antes de tomar um gole de chá.

— Certo, por que não revisamos a programação do dia? Ivy estará aqui ao meio-dia para te arrumar para o Pacto, que começará, pontualmente, às quatro. As pessoas do continente chegarão na ilha durante o dia para o casamento, mas apenas Landon e os pais terão permissão para participar do seu Pacto. Assim que o baile terminar, você voltará para a casa principal, onde se preparará para o casamento. A cerimônia vai começar pontualmente ao pôr do sol na costa leste, seguida pela recepção.

Concordo com suas palavras, já tendo memorizado a programação nas vezes anteriores em que ela a repassou comigo. Sinto um peso sobre mim, sabendo que tanto da minha vida está prestes a mudar. No final do dia, estarei ligada ao meu *coven* para sempre, uma conexão irrevogável que nunca poderá ser quebrada.

Além disso, serei esposa de Landon, ligando meu *coven* ao continente, outra conexão que não poderá ser desfeita.

É aterrorizante, emocionante e monumental, e espero conseguir enfrentar ambas as cerimônias com a graça e a compostura necessárias para tais ocasiões. Pelo menos Ivy estará lá, me ajudando, me orientando com gentileza quando eu não tiver certeza do que fazer.

Com ela e minha mãe, ficarei bem. Sei que ficarei.

— Estou pronta — declaro para minha mãe, me certificando de que meus nervos não transpareçam na voz. Quero parecer calma, controlada e forte, todas as coisas que ela seria se estivesse no meu lugar. Todas as coisas que ela é.

— Eu sei que está, querida — diz ela, me abraçando.

Nós três tomamos chá e observamos o céu, até ele ganhar um tom vibrante de azul, é um dia claro e nítido — perfeito para votos, promessas e mudanças.

Quando terminamos, deixo minha xícara na bandeja e dobro o cobertor.

— Agora, está na hora da melhor parte do dia — diz meu pai, a voz travessa. — Rolinhos de canela.

Minha mãe dá um tapinha no ombro dele e ri.

— Acho bem difícil.

— Não sei, mãe. Os rolinhos de canela dele são excelentes — digo, seguindo meus pais para dentro de casa. — Se fosse possível, eu os continuaria comendo até o fim da vida.

Eles riem, e toco o frasquinho pendurado no meu pescoço. Ele já é uma parte de mim sem a qual nunca quero estar.

Hoje será um dia bom, um dia para ser lembrado pelo resto da minha vida.

História está sendo feita.

Eu consigo.

Observo nervosa pela janela enquanto o conselho prepara o gramado para meu Pacto. Minha mãe anda apressada, de um lado para o outro, um lápis atrás da orelha e o caderno firme nas mãos, distribuindo ordens como se fossem aperitivos.

Ivy me puxa para longe da janela e aponta uma poltrona de veludo rosa-pálido. Estamos em uma antiga casa senhorial, convertida em local de eventos anos atrás, e o ambiente todo foi enfeitado. Papel de parede dourado com estampas botânicas iluminam o espaço, e um piano de cauda branco fica no canto, refletindo a luz de fora. Um fogo dança na lareira de mármore branco, e há um grande espelho dourado pendurado acima do console. Dezenas de plantas enfeitam os parapeitos das janelas e serpenteiam pela parede, seguro suavemente uma folha entre meus dedos.

— Sente-se. Ainda não terminamos — diz Ivy, girando um pincel em um pó cor-de-rosa da loja de beleza da Sra. Rhodes. Ivy já me preparou horas atrás, mas ela acha relaxante aplicar maquiagem sem magia, assim como meu pai mantém a magia fora da cozinha. Fiquei impressionada com o número de bruxos que ofereceram seus produtos, querendo fazer parte da cerimônia de alguma forma. A maquiagem da Sra. Rhodes, o vestido da Sra. Talbot, os sapatos do Sr. Lee e até a mistura Tandon de Ivy.

— Na verdade, isso até que relaxa — digo, começando minha segunda xícara.

— Eu falei que não te decepcionaria. — Ela vira meu rosto em direção à janela e estuda seu trabalho. Ainda não conversamos da noite em que salvei sua vida, mas isso está aqui conosco, ocupando os momentos de silêncio pesado e de risadas vazias.

Eu o sinto da mesma forma que sinto as sombras onde minhas memórias costumavam estar, me seguindo a cada segundo do dia, me assombrando por razões diferentes.

Mas sei que Ivy e eu ficaremos bem, porque nem toda risada é vazia e nem todo silêncio é pesado. Ainda somos nós, lado a lado, navegando juntas pelas consequências da minha decisão.

— Como você está? — pergunta Ivy. Ela se ocupa da minha maquiagem, mas sinto o peso em suas palavras.

Olho para a porta, mas ainda está fechada, nos isolando do resto do mundo.

— Estou bem — digo, girando o frasco entre os dedos. — Me sinto pronta.

— Sente mesmo? — Escuto a esperança em sua voz, e isso me faz sentir um aperto na garganta, o modo como ela só quer que eu seja feliz, mesmo depois de tudo que a fiz passar.

— Sim, sinto. Tenho pensado muito nisso, e estou orgulhosa do papel que vou desempenhar. Landon será um bom marido.

— Ele será — concorda, e a encaro atentamente. — Eu não diria isso se não acreditasse. Quero que essa união aconteça tanto quanto sua mãe e todos os outros, mas não deixaria você fazer isso se não achasse que encontraria felicidade.

— Obrigada — digo. Ivy volta a aplicar minha maquiagem, passando o pincel pelas minhas bochechas outra vez. — E obrigada por me contar tudo, sobre o apagador de memória e Wolfe. Foi muito importante para mim, mais do que você jamais saberá.

Sinto o pincel deslizar mais devagar pela minha pele.

— De nada — responde ela, hesitante. — Você está se sentindo bem? Com tudo isso?

— Acho que sim. Estou feliz por saber do que aconteceu, mas ainda não me lembro de nada. Parece que tudo aconteceu com outra pessoa, como com um personagem de um livro. Não reconheço o que você me contou como uma experiência própria.

Ivy concorda com a cabeça, mas seus olhos se estreitam, e ela franze os lábios.

— Ei. — Coloco minha mão sobre a dela, afastando o pincel da pele e fazendo com que minha amiga encontre meus olhos. — A decisão foi minha. Fui eu quem fez isso. Fui eu quem tomei as decisões que levaram a isso. Não é culpa sua.

Ela engole em seco e respira fundo, depois, volta ao trabalho.

— Eu sei. É só que, um dia, pode ser bom lembrar das noites que você fez escolhas totalmente por conta própria.

— Talvez — respondo, olhando para cima enquanto ela aplica algo sob meus olhos. — Mas por que tornar as coisas mais difíceis para mim mesma?

— É difícil? — Sua voz soa casual, mas é uma pergunta pesada.

— Não foi isso que eu quis dizer — digo rapidamente.

— Não tem problema se for — responde ela.

— Mas não foi.

— Tudo bem. — Ivy se move até o outro lado.

Ela termina minha maquiagem em silêncio, então, tira um espelho dourado da mesa e o segura diante de mim.

303

— Você está linda — diz ela, a emoção tomando conta de sua voz.

— Ah, Ivy, está perfeito. — Ela manteve minha maquiagem leve o suficiente para eu ainda parecer comigo mesma, mas contornou os olhos com preto e adicionou sombra de um cinza profundo nas pálpebras. Estou dramática, natural, suave e feroz, assim como o mar. — Obrigada.

Ela me ajuda a colocar o vestido, a seda cinza deslizando pela minha pele e se arrastando pelo chão atrás de mim. Meu cabelo está solto em ondas suaves, e ela gentilmente coloca um pente nele, adornado com pérolas e cristais que captam a luz.

— Somos tão sortudas por ter você — diz Ivy, me abraçando de leve, com cuidado para não borrar minha maquiagem.

— Não ouse me fazer chorar. Tenho um dia muito longo pela frente, e, se eu começar agora, quem sabe quando vou parar.

— Está certo — concorda ela.

Neste momento, a porta se abre e minha mãe entra apressada.

— Ah, Tana — diz ela, parando quando me vê. Seus olhos brilham, e ela respira fundo antes de se aproximar. — Você está radiante.

— Obrigada, mãe.

— Pronta?

Olho para Ivy, e ela me dá um sorriso encorajador.

— Estarei logo atrás de você.

Assinto e aperto sua mão. Então, me viro para minha mãe.

— Estou pronta.

39

O gramado está lotado de gente. Conversas animadas e risadas preenchem o espaço enquanto aguardo para entrar. Os Bailes do Pacto são nossos eventos mais sagrados, mais importantes do que quase tudo. Mesmo um bruxo não tendo renunciado ao nosso *coven* há anos, ainda celebramos cada bruxo que se declara parte do grupo, porque é uma vitória para nosso estilo de vida. Ou seja, a nova ordem continuará, e essa vida vale a pena ser protegida. No fim das contas, ainda é uma escolha.

A música muda, e minha mãe abre caminho pelo jardim até o gramado. Há um palco circular de madeira, três colunas de mármore no topo, montado bem no meio, onde o feitiço de vinculação acontecerá. Uma bacia de cobre brilha ao sol, descansando no primeiro pilar. No segundo, há uma faca de ouro, e, no terceiro, um prato raso de cristal cheio de água. Foi a mesma coisa para cada bruxo que veio antes de mim, o único ritual que preservamos da antiga ordem.

Se meu sangue cair na bacia de cobre, se misturando com o sangue dos meus ancestrais, estarei conectada ao meu *coven* para sempre. Se meu sangue cair na bacia de cristal, se espalhando pela água clara, serei banida para sempre.

Eu me pergunto o que Landon pensará quando vir meu sangue pingar do meu dedo até a bacia, se isso o deixará assustado ou intrigado, se o fará repensar nosso arranjo ou se o deixará mais ansioso para se casar comigo.

Eu me pergunto se ele se afastará de quem sou ou me aceitará por completo, poder e magia incluídos. Eu me lembro da nossa conversa no continente, e meu estômago revira.

Minha mãe sobe no palco, e toda conversa para. Os bruxos se espalham, cercando totalmente o palco de madeira. Meu coração bate acelerado quando ela levanta as mãos.

— Apresentando Mortana Edith Fairchild, neste dezessete de dezembro para consideração pela nova ordem da magia e por todos que fazem parte dela.

Meu pai a ajuda a descer, e a música para. Piso na grama, meu coração batendo tão alto que tenho dificuldade para ouvir o oceano. Eu me lembro de respirar. Tudo que tenho de fazer é respirar. Minhas pernas tremem enquanto caminho em direção ao palco.

A multidão se abre, criando um pequeno corredor para mim. Sigo por ele, incapaz de fazer contato visual com alguém. Esperei por esta cerimônia minha vida toda, mas, agora que estou aqui, parece sufocante. Quando chego ao palco, uma mão segura a minha, me ajudando a subir.

Landon.

Não parece certo ser ele a pessoa a me ajudar. Deveriam ser meus pais, ou Ivy, ou apenas eu, mas ouço os sussurros da multidão, vejo o sorriso da minha mãe e seguro a mão dele.

Desejo que a música recomece ou que o oceano ruja atrás de mim — qualquer coisa para abafar o sangue correndo nas minhas veias, as preocupações girando na minha mente como as correntezas. Toco o frasco que meu pai me deu e sinto o peso dele na minha mão. Isso me estabiliza.

Olho para a multidão que cerca o palco, meu *coven*, sorrindo para mim enquanto me entrego a eles para sempre. É algo tão bonito, esse grupo de bruxos que me apoia, observando enquanto passo pela mesma cerimônia que todos passaram nos anos anteriores.

Meus pais estão na primeira fila, e parecem muito orgulhosos. Muito contentes. Ivy está logo atrás deles, a inquietação em seu rosto ainda presente.

Nos encaramos por um momento, e minha amiga faz uma careta, o que ameaça parar meu coração.

Quero desesperadamente saber o que significa, quero pular do palco e perguntar no que ela está pensando, mas é tarde demais.

Então, há Landon, seus olhos curiosos e sua postura rígida. Ele não está confortável aqui, cercado pelo meu *coven*, o primeiro não-bruxo a testemunhar um Baile do Pacto. Desejo que seus ombros relaxem e que suas mãos se abram.

Eu gostaria que ele fosse um bruxo.

O pensamento me faz parar por um momento. É a primeira vez que penso isso, que Landon não é bruxo. Ele nunca entenderá a parte mais importante de mim, porque não tem conexão com ela, porque o objetivo de seu governo sempre foi diminuir a magia dentro de nós. E estamos prestes a nos casar.

Fico sem ar, me dando conta de que nunca vamos desfrutar da magia juntos, nunca vamos desafiar o poder dentro um do outro. Eu me mudarei para a casa dele, e minha magia será praticamente esquecida, se transformará em um jogo bobo de salão que ele usará para impressionar os amigos.

Balanço a cabeça. Estou sendo injusta. Ele nunca me deu motivo para acreditar nisso. Sempre foi honesto e aberto. Sempre foi gentil.

Está na hora. Engulo as dúvidas e me preparo para pronunciar as palavras que me ligarão ao meu *coven* para sempre.

Ando em direção às colunas de mármore. Uma faca de ouro, com esmeraldas e rubis ao longo do cabo, brilha ao sol diretamente entre as duas bacias. Penso em como os bruxos mais antigos podiam ter seus Bailes do Pacto à noite, cercados pela escuridão. Em como ninguém os obrigava a andar sob a luz, como se o dia pudesse apagar o que fervia dentro deles.

Mas aqui estamos nós. Na luz.

Respiro fundo e posiciono as mãos acima da faca, me preparando para começar o feitiço. Olho para as duas bacias, e algo dentro da tigela de cobre chama minha atenção. Não deveria haver nada além do sangue dos bruxos que vieram antes de mim, ainda vermelho e fluido, sustentado pela magia. Mas, surgindo na superfície, está a parte de cima de um frasco de perfume com um bilhete que diz PRESSIONE. E, flutuando ao lado, há uma única dama-da-noite.

Ergo os olhos devagar, sem saber o que fazer. Deve ser dos meus pais, mas não me prepararam para esta parte da cerimônia. Eu deveria recitar o feitiço, cortar a mão e deixar o sangue escorrer na bacia escolhida, selando meu destino para sempre. Nunca disseram nada sobre um perfume, e nunca me dariam esta flor.

Devagar, enfio a mão na bacia e pressiono a tampa do frasco. Um aroma forte preenche o ar, fresco e terroso. Cheira a grama, sal e algo mais que não consigo identificar completamente.

Então, uma imagem aparece, e respiro fundo. Vejo a mim mesma praticando magia à noite, de pé na costa oeste ao lado de Wolfe. Estou controlando a maré, e ele me observa como se eu fosse a coisa mais deslumbrante que já viu. A lembrança me consome, ganhando vida em minha mente de maneira intensa, vívida e real. Procuro por outras lembranças, mas nada mais aparece. Apenas essa.

Assisto enquanto a água se choca sobre mim e quase me perco nela. Logo, Wolfe me puxa para a costa e me ajuda a voltar a respirar, salvando minha vida pela segunda vez. Observamos as estrelas, a lua e um ao outro.

É difícil para mim deixá-lo — vejo isso em meus passos lentos e hesitações. Seguro a borda da bacia enquanto a memória se desenrola diante de mim, despertando algo que eu pensei ter adormecido. Ele me acompanha pela costa e fazemos uma pausa, olhando um para o outro. Pergunto se quer me ver novamente, e ele diz que sim, mesmo parecendo enojado consigo mesmo ao responder.

Sequer percebo que meus olhos estão cheios de lágrimas, até que uma desce pela bochecha e cai na bacia, água salgada em vez de sangue.

Você quer me ver de novo?

Sim.

Eu me lembro. Eu me lembro de como a palavra se alojou no meu âmago e me transformou por dentro, de como deixá-lo pareceu tão impossível quanto vê-lo outra vez, e de como me fez sentir viva. Sua magia me fez sentir viva.

Sou inundada por tudo isso.

A cena desaparece, mas ainda me agarro à bacia, desesperada para ver mais. Só mais um vislumbre, mais um segundo, mais uma lembrança.

Mas não vejo nada.

Encaro o frasco, completamente devastada pelo que perdi. Quero de volta cada momento que passei com ele. Quero ver tudo.

— Tana? — sussurra meu pai, me trazendo de volta ao presente. De volta ao palco de madeira, cercada pelo meu *coven*, meus pais e meu futuro marido.

Finalmente, solto a bacia, a borda afiada deixando marcas na palma das minhas mãos. Meu pai me lança um olhar interrogativo. Tento sorrir, mas me sinto completamente perdida.

Tem muita gente me observando, e me sinto congelada no palco, sem saber como algum dia conseguirei descer.

Respiro fundo, mas isso me faz tremer. O ar tem gosto de sal, assim como a colônia. Assim como Wolfe.

Olho para a multidão e encontro Ivy. Ela me encara, olhos arregalados. Assim que a vejo, minha visão fica turva e minha garganta dói. E, antes que eu saiba o que está acontecendo, ela corre até o palco e me puxa para seus braços.

— O que você viu? — pergunta ela em um sussurro, em meu cabelo, me segurando perto o bastante para que ninguém mais possa ouvir.

— Uma lembrança. Com ele.

Não consigo evitar as lágrimas que escorrem pelo meu rosto, e tremo nos braços de Ivy.

— Me escute. Você quer sair desta situação? Me diga agora. — Suas palavras soam claras e concisas. Urgentes.

— Sim.

Sinto a magia dela deixando seu corpo, me dominando de uma vez. A mesma magia calmante que ela coloca no chá noturno, agora, se move pela minha cabeça. O mundo gira, minhas pálpebras pesam, e não consigo mais me sustentar.

Desabo nos braços de Ivy enquanto o mundo fica escuro.

Acordo no mesmo quarto em que me preparei. Ivy está sentada ao meu lado, batendo as unhas polidas em uma xícara de chá de porcelana.

— O que aconteceu? — pergunto, minha voz rouca. A batida para.

— Você passou mal e desmaiou. Pelo menos, é isso que todos pensam.

Eu me sento devagar. Minha cabeça lateja e minha garganta está seca. Ivy me entrega uma xícara de chá.

A imagem da bacia de cobre volta à minha mente, tão vívida e real. Acredito no que vi, no modo como meus olhos estavam arregalados de espanto, como minhas lágrimas caíram ao sentir admiração. Acredito em como a magia proibida falou profundamente comigo e em como me fez sentir totalmente em casa.

Entendo por que estava disposta a abrir mão de uma vida por outra. Não quero abandonar nada disso, minha família, meu *coven* e Ivy. Mas talvez essa nunca tenha sido a vida destinada para mim.

— O que vai acontecer agora?

— Todos ainda estão lá fora. Sua mãe disse que você não comeu o suficiente antes e que o Pacto acontecerá na próxima hora cheia.

Semicerro os olhos para ver o relógio na parede.

— Daqui a trinta minutos.

— Você precisa decidir o que fazer. Você sabe como funciona... tem que passar pelo Pacto e fazer sua escolha. Sangue na bacia ou sangue na água.

Fecho os olhos. O Pacto não é apenas um espetáculo; nossa magia está ligada a ele. Se não passamos pelo ritual, ela fica errática e violenta.

Tenho que tomar uma decisão.

— Eu sei.

Minha mãe entra na sala, aliviada ao ver que estou acordada.

— Como está se sentindo, querida?

— Melhor — digo. Então, eu me lembro da dama-da-noite flutuando na bacia, e sei que não posso mais adiar. — Ivy, você se importaria de me trazer algo para comer? Alguma coisa leve?

— É claro, já volto.

Espero até Ivy sair do quarto, logo, olho para minha mãe.

— Como podemos praticar magia se não há damas-da-noite na ilha?

— Tana — diz ela, exasperada. — Não temos tempo para isso.

— Eu preciso saber. — *Preciso ouvir de você. Preciso que confie em mim.*

Minha mãe me estuda por um momento, mas não vou recuar, e ela deve saber disso, porque suspira e se senta ao meu lado.

— Tana, o que estou prestes a dizer precisa ser mantido em segredo. Você nunca poderá repetir isso para alma alguma, nem para Ivy, Landon ou seu pai. Entendido?

— Entendido.

Ela fecha os olhos, e, por um momento, penso que não vai me contar. Então, fala:

— A dama-da-noite é a fonte de toda magia; não podemos praticar magia sem ela. É mais potente em seu estado natural, e a magia proibida só é possível com a flor física. O conselho decidiu, anos atrás, quando a nova ordem foi criada, que as damas-da-noite seriam banidas da ilha e que perpetuaríamos a crença de que são venenosas para os bruxos. Se não houver damas-da-noite na ilha e os bruxos acreditarem que elas são mortais, não há chance de ninguém praticar magia proibida.

— Mas, se a flor é necessária para toda magia, como a praticamos?

— Adicionados um nível baixo de extrato de dama-da-noite no suprimento de água de Encantamento. Não é forte o bastante para ser usado com magia proibida, mas basta para manter a magia fluindo em nossas veias. Basta para sustentar nosso estilo de vida.

É exatamente o que eu queria ouvir, confirmando o que Wolfe me disse, mas, ao contrário do que eu esperava, não faz com que eu me sinta melhor. Não faz com que eu me sinta confiante nem parte dos mecanismos internos da ilha. Faz com que eu me sinta tola por ter acreditado nas mentiras da minha mãe.

— Meu pai não sabe? — pergunto, odiando o tremor na minha voz.

— Não. Três dos sete membros do conselho sabem, incluindo eu e, agora, você. É isso, e assim deve permanecer.

— O governador sabe?

— É claro que não. As pessoas do continente acham que as flores são mortais para os bruxos, e é imperativo que continuem acreditando nisso.

Quero argumentar, me aprofundar na conversa e perguntar como ela poderia perpetuar uma mentira dessas, perguntar por que não confia em nosso *coven* para fazer as escolhas certas se acredita tanto no nosso estilo de vida, mas as palavras se perdem dentro de mim.

Eu me sinto mais ereta, assinto e olho para minha mãe.

— Não vou contar isso para ninguém. Eu juro. Obrigada por me falar a verdade.

— De nada. Sei que minhas obrigações com o *coven* tornam, às vezes, certos aspectos de nosso relacionamento difíceis, e por isso peço desculpas. Mas, de todos os papéis que já desempenhei, ser sua mãe é meu favorito. — Ela aperta minha mão e, depois limpa a garganta, o momento passando rápido demais por mim. — Agora, vamos continuar seu Pacto. Está pronta?

— Estou — respondo.

Ela me abraça forte e, em seguida, deixa o quarto, passando por Ivy no caminho para fora.

Minha amiga repousa um prato de porcelana com sanduíches na mesa, mas estou enjoada demais para comer. Vou até a janela e olho para todos no gramado, bebendo e conversando como se estivesse tudo bem.

— Ivy, sei que você acabou de voltar, mas se importaria de chamar Landon aqui?

Ela levanta uma sobrancelha.

— Por quê? O que aconteceu? O que você está prestes a fazer?

— Apenas o chame.

Ela me encara por um instante, depois, sai, e, um momento depois, a porta range ao ser aberta.

— Você nos assustou pra caramba — diz Landon, enquanto fecha devagar a porta. Parece nervoso.

— Desculpa. Mas, fora o fato de estar envergonhada, estou bem.

— Fico feliz em ouvir isso.

Eu o chamo para perto, e Landon se senta no sofá ao meu lado. Pego com cuidado sua mão, e ele olha para baixo, sua expressão confusa.

— Landon, não posso me casar com você. — Assim que as palavras saem da minha boca, o peso que eu carregava começa a aliviar. Respiro fundo.

Ele me estuda, como se tentando discernir quão sério estou falando.

— Por quê?

— Porque não quero ficar preocupada que você irá ter medo de mim por todo nosso casamento. Não quero que tenha que tentar me amar.

— Eu valorizo a honestidade, por isso falei essas coisas. Mas este casamento nunca foi por amor. Sempre foi pelo dever, e isso vem em primeiro lugar. *Deve* vir em primeiro lugar.

Abaixo os olhos, porque ele está expressando algo em que eu costumava acreditar sobre mim mesma, que dever era mais importante do que qualquer outra coisa. Eu estava errada.

— Mas não vem em primeiro lugar. Não para mim.

Landon balança a cabeça, afastando a mão da minha.

— Tana, vou te tratar bem. Farei o que for certo por você e nossas famílias. Nadarei com você, te ensinarei a cavalgar e te ajudarei a construir uma vida no continente. Você e eu caminhamos juntos pela mesma estrada durante toda nossa vida, carregando a mesma expectativa. Nós nos entendemos, e esta é uma base na qual podemos construir uma vida satisfatória.

— Eu sei que você me trataria bem. Isso nunca esteve em questão — garanto. — Só que você acha que me entende por causa do papel que eu deveria desempenhar, mas sou mais do que isso. Quero ser mais do que isso.

Ele solta o ar, pesado e alto.

— Mais...?

A memória surge na minha mente, imagens de magia poderosa, de olhares intensos e toques delicados, de um amor tão forte que quebrou todas as restrições que já impus a mim mesma.

— Muito mais.

Landon se levanta e começa a andar de um lado para outro.

— Há coisas na vida maiores do que o individual. Maiores do que você e maiores do que eu. Isso é uma delas. Não arruíne tudo que nossas famílias trabalharam para construir.

— Não precisa ser arruinado. Seu pai é a pessoa mais poderosa no continente. Você poderia encontrar outra parceira adequada, alguém de uma das famílias originais do nosso *coven*. Eu sou a escolha mais óbvia, mas não a única. — Eu me levanto e toco gentilmente a mão dele. — Você poderia escolher com quem passar a vida, Landon. Escolher alguém que acredita nas mesmas coisas que você.

Ele me olha, então.

— Pensei que essa pessoa fosse você.

Abaixo o olhar para o chão.

— Eu também pensei.

Ficamos em silêncio por um momento, enfrentando a verdade de que não consigo fazer a única coisa para a qual fui destinada. Então, Landon fala:

— Meu pai nunca vai concordar com isso. Não posso te forçar a se casar, nem gostaria, mas você deve saber o que isso fará com a nossa aliança.

Olho pela janela e vejo as ondas quebrando na praia ao longe.

— E se você colocasse a culpa em mim? Se dissesse ao seu pai que descobriu algo que me tornaria uma esposa inadequada? Você poderia controlar a narrativa, e eu não iria contradizê-lo. A aliança ainda pode acontecer.

— Você arriscaria sua reputação por isso?

— Já arrisquei — digo. — Vou ser extremamente malvista antes do final do dia. Nada que você inventar pode doer tanto quanto isso.

— Eu não entendo. — Landon olha para todos os bruxos que estão esperando meu Pacto começar. — Mas não vou mais te pressionar. Eu quero essa aliança, e vou garantir que meu pai acredite que você não é a esposa apropriada para isso.

Assinto.

— Pode falar de mim como precisar.

— Com licença, vou sair antes do seu Pacto. — Ele caminha até a porta, para e olha para trás. — Espero que encontre o que está procurando.

— Se cuida, Landon.

Ele assente uma vez, saindo da sala sem dizer mais nada. Um momento depois, Ivy entra.

— Parece que ele está indo embora — diz ela, olhos acompanhando Landon.

— Ele está.

Ela corre até mim, e sua voz treme quando fala:

— O que você fez?

— Algo que deixará meus pais muito descontentes.

Ivy me encara, seus olhos arregalados, magoados e assustados.

— Você tem certeza disso?

Seguro as mãos dela entre as minhas.

— Eu queria ser tão altruísta quanto você é, Ivy. Queria acreditar nessa vida tanto quanto você acredita. Mas tem algo lá fora em que acredito mais, e sei que não está certo, mas não consigo ignorar. Queria poder.

Os olhos da minha amiga se enchem de lágrimas, e ela aperta minhas mãos.

— Estou tão brava com você. — As palavras dela saem em um soluço. — O que vou fazer sem você?

Suas palavras me reconfortam, ajudam a reunir meus pedaços, provam para mim que o amor é a magia mais forte de todas. Não a alta ou a baixa, não a antiga ou a nova. O amor.

Ela me puxa para perto, me abraçando tão forte que dói.

— Você está prestes a criar um caos absoluto — diz ela.

315

— Eu sei.

Ivy me observa por mais um momento, depois, vai para fora no instante em que minha mãe segue novamente até o palco, repetindo as palavras de mais cedo ao me apresentar de novo.

Fecho os olhos e revejo a lembrança do frasco várias vezes. Só há uma pessoa que poderia ter colocado aquele frasco lá, uma pessoa que pôde ver a vida que estava destinada a mim muito antes de eu mesma conseguir fazer isso. A vida que esteve esperando por mim nas sombras todos esses anos, paciente, e, enquanto saio da casa e vou para o palco, finalmente estou pronta para reivindicá-la.

40

Estou de pé no palco outra vez, meu coração batendo forte contra as costelas. Respiro fundo e olho para as duas bacias, os dois caminhos diante de mim. O perfume não está mais na tigela de cobre, e a dama-da-noite também desapareceu. Eu me pergunto se minha mãe viu e os removeu ou se foi Wolfe, esperando e observando de longe.

Devagar, pego a faca, a lâmina dourada refletindo a luz do sol. Sinto seu peso em minha mão. Sagrada.

As ondas do oceano quebram na praia, e meu *coven* está em silêncio ao meu redor. Landon se foi, e Ivy me observa com olhos cheios de expectativa e ansiedade. Não tenho certeza se meus pais notaram a ausência de Landon, mas estão com a cabeça erguida, expressões de orgulho no rosto.

Toco o frasco em torno do pescoço com a mão livre, deixando a sensação acalmar meu coração acelerado. Então, começo.

Toco a lâmina na palma da mão direita e deslizo o metal lentamente. Faço um corte perfeito que se enche de sangue, escorrendo pela pele como um rio.

Então, pronuncio as palavras que determinarão o resto da minha vida.

Lâmina de ouro,
sangue de bruxa,
flua de mim como uma enxurrada.

Bacia acobreada,
tigela de cristal,
determine quem terá minh'alma.
Apenas uma escolha
selará meu destino.
Este coven não o mudará,
ano após ano,
para sempre será
até o meu último suspirar.

Estendo a mão diante de mim enquanto o sangue começa a pingar. Meus pais me observam, um mar de afeto em seus olhos, e minha mão vacila para a esquerda, em direção à bacia de cobre. Eu os amo tanto... Tudo que sempre quis foi deixá-los orgulhosos.

Sempre pensei que isso bastaria, e estou de coração partido por não bastar.

Fecho os olhos e forço a mão a ir até a tigela de cristal, meu sangue caindo na água e se espalhando para que todo o *coven* veja.

Arquejos tomam conta do ar, e minha mãe grita. Ela desaba nos braços do meu pai, soluçando, enquanto vozes altas e gritos de raiva surgem ao meu redor. Fico paralisada, chocada com a escolha que fiz.

Irreversível.

Os bruxos começam a vir apressados em direção ao palco, batendo na madeira com os punhos. Eu devia correr, mas não consigo me mover, totalmente presa onde estou.

Sabem o que renunciei. Sabem que minha escolha afeta todos eles, que não estou apenas virando as costas para seu estilo de vida, mas para sua segurança.

Meu braço ainda está esticado diante de mim, o punho tremendo. Não consigo acreditar no que fiz.

Ivy salta para cima do palco e agarra meu braço, me arrastando para o outro lado. Ela me segura perto de si enquanto atravessamos a multidão, me obrigando a me mover, me afastando dos demais. Gritos de "traidora!" nos seguem, mas Ivy permanece firme ao meu lado. Ela não vacila e só para de correr quando entramos na floresta, onde os gritos não são tão altos. Então, me puxa para trás de um pinheiro alto, seu tronco grande o suficiente para esconder nós duas.

— Vá — diz ela, sua voz urgente.

— Ivy — começo, e lágrimas escorrem pelo meu rosto.

— Eu sei. — Ela me puxa para perto. — Eu também te amo.

Nos abraçamos entre lágrimas, o som do oceano e de vozes altas ficando cada vez mais alto.

— Para sempre — digo, chorando em seus cabelos.

— Para sempre.

Nos abraçamos por mais um momento, então, Ivy se afasta, me empurrando para longe.

— Vá — repete ela.

Corro da multidão, para as profundezas das árvores que cercam o gramado, sem saber aonde estou indo. Gritos de raiva me seguem, e não paro de correr até que desapareçam, até não conseguir mais ouvir os clamores desesperados e as vozes indignadas. Estou completamente sozinha, banida do meu *coven*, sem ter aonde ir.

Continuo me movendo e, quando estou longe o suficiente para ter certeza de que não serei encontrada, afundo no chão da floresta, enterrando meu rosto nas mãos. Queria poder esquecer o som dos gritos da minha mãe, dela desabando nos braços do meu pai. Levo a mão até o frasco que ele me deu pela manhã, e uma nova onda de lágrimas me atinge. Nunca deveria tê-lo aceitado, embora não consiga me imaginar sem ele.

Sei que verei meus pais de novo quando o caos do meu Baile do Pacto se acalmar e eu puder voltar para casa, me encontrar com eles em particular. Mas não posso mais viver lá. Não sou mais uma deles. Não tenho mais permissão.

Eu me obrigo a respirar. Inspiro profundamente, e aguardo as lágrimas pararem e o coração desacelerar.

Não consigo acreditar no que fiz. Mas, mesmo enquanto permaneço aqui, sentada, assustada e sozinha, não me arrependo. Sei que foi a escolha certa para mim. A escolha errada para todos os outros, mas a certa para mim.

Egoísta.

Egoísta e certa.

— Mortana?

Eu me assusto e olho para cima, meus olhos se ajustando à escuridão entre as árvores conforme o sol se põe.

Wolfe está parado na minha frente, tenso e indecifrável. Eu me levanto do chão e encontro os olhos dele, meu vestido cinza de seda está úmido por causa da terra.

Ele me entrega uma dama-da-noite, e eu a pego, tocando levemente as pétalas com as pontas dos dedos.

— Você se lembra? — pergunta.

— Não.

O rapaz respira fundo.

— Você não se lembra, e, mesmo assim, foi embora?

— Sim.

— Por quê? — Wolfe parece irritado, mas percebo que não é raiva. Está se protegendo, não permitindo que nenhuma de suas vulnerabilidades apareça. Ele está com medo.

— Porque eu acredito em você. Usei a lembrança e sabia que nunca seria feliz se não estivesse na praia com você, praticando magia à noite.

Seus olhos ficam vermelhos, e a mandíbula se contrai. Ele assente várias vezes e desvia o olhar, como se estivesse envergonhado.

— Posso tocar você? — pergunto, hesitante.

Ele suspira e olha para mim.

— Mortana... — A voz dele treme. — A resposta para essa pergunta sempre será sim.

Lentamente, diminuo a distância entre nós, então, eu o envolvo com os meus braços, segurando-o firme. Ele hesita por um único instante, logo, seus braços estão ao redor da minha cintura e sua cabeça, contra meu pescoço, a respiração arrepiando toda minha pele.

Pensei que seria estranho abraçar um rapaz que mal conheço, mas não é. Acho que meu corpo se lembra dele, se lembra de como era estar nos braços dele.

É como se eu estivesse em casa.

Nos abraçamos por um longo tempo, inspirando o cheiro um do outro. Sinto-me segura em seus braços, tranquila e calma, mesmo sem lembrar. Mesmo tendo deixado um caos inimaginável para trás. É aqui que eu deveria estar. Bem aqui.

Por fim, me afasto dele.

— Me leva para casa?

Ele assente, estendendo a mão para mim.

E eu a pego, e deixo que me mostre o caminho.

Wolfe e eu estamos sentados em uma pedra grande com vista para a costa leste, observando o céu mudar de azul aveludado para preto. As estrelas reluzem hoje à noite, e a meia-lua brilha intensamente, refletindo na água do Canal. Relâmpagos cortam a escuridão e, momentos depois, um trovão ruge ao longe. Então, o céu se abre sobre o Canal, que nos separa do continente, encharcando-o de chuva.

O barco de Landon está na metade da travessia, com o nome *Princesa Esmeralda* aceso na traseira do navio. Pequenas luzes globulares e penduradas ao longo dos corrimões iluminam ligeiramente a silhueta de uma pessoa que entra pela popa. Observo enquanto o navio se afasta cada vez mais de Encantamento, e me pergunto que tipo de conversas ele deve estar tendo com os pais, o que disse para eles depois que conversamos. Não posso negar o alívio que sinto ao ver seu barco se distanciando, sabendo quão perto cheguei de estar ali com ele.

Eu disse adeus a muitas coisas hoje. Estou feliz pela ilha não ser uma delas.

As luzes no navio se movem ao longe, sacudindo para a direita. Eu me sento, forçando os olhos para ter uma visão melhor.

As luzes balançam para a esquerda.

— Ah, meu Deus! — exclamo, me levantando.

— O que foi? — pergunta Wolfe, colocando a mão nas minhas costas.

A princípio, pensei ser a tempestade batendo no navio, mas as ondas não estão grandes o suficiente para sacudi-lo assim. É algo mais.

— O barco — respondo. — Está preso em uma correnteza.

Por um momento, apenas encaro a cena, hipnotizada pela maneira como o navio é inclinado e se contorce como se não pesasse nada. Ele começa a rodopiar e ouço o gemido e o estalo da madeira daqui.

— Precisamos fazer algo — digo, correndo até a água, trançando a dama-da-noite em meu cabelo para não perdê-la.

Wolfe me segue, invocando uma nuvem densa de magia que me envolve por completo. Sinto-a funcionar, entrando nos meus pulmões e fluindo até a água, estou sobrecarregada pelo seu poder.

— Usaremos uma correnteza para chegar lá mais rápido. Você vai conseguir ficar debaixo da água por minutos, desde que fique perto de mim.

Assinto, então, coloco a mão na dele e mergulho na água. Somos imediatamente apanhados pela correnteza que ele criou, mas, em vez de nos girar, ela nos leva para o Canal. Bato os pés e dou braçadas enquanto somos levados cada vez para mais perto do barco.

O gemido de metal e madeira pontua a noite tempestuosa, e bato os pés com ainda mais força quando escuto gritos. Um terrível estalo corta o ar, seguido de uma grande onda que avança na nossa direção.

Ela nos empurra vários metros para trás, mas a correnteza não perde tempo ao nos encontrar outra vez. Meu vestido de festa é arrastado pela água ao redor, e meu corpo treme com o frio enquanto somos levados mais para dentro do mar. Outra rajada de relâmpago corta a escuridão, e a chuva nos castiga enquanto nadamos.

Quando, por fim, chegamos perto o suficiente para ver o barco em detalhes, Wolfe diminui a correnteza e flutuamos na água.

— Você sabe quantas pessoas estão a bordo? — pergunta ele, a respiração pesada.

Nego com a cabeça.

— Landon e os pais, com certeza. Provavelmente um capitão, talvez alguns membros da tripulação.

Wolfe trabalha ao meu lado, a magia se elevando ao nosso redor. Desta vez, ela se estende até o céu, e fico maravilhada quando a palma de sua mão se ilumina com um brilho azul-prateado.

— Isso é luz da lua? — pergunto, completamente maravilhada.

— Vai nos ajudar a enxergar debaixo da água.

Um grito desvia minha atenção do luar, e reconheço imediatamente a voz de Landon. Ele está na água, se debatendo junto a todos os destroços do barco quebrado. Seu grito é engolido pelo Canal enquanto seu corpo é puxado para baixo.

— Eu vou até lá — grito, me obrigando a afundar e implorando para que meus olhos se adaptem. Wolfe me segue, estendendo o luar nas profundezas, transformando a água escura em um tom suave de cinza. A correnteza rodopia na nossa frente, agitando violentamente o mar.

Vejo um corpo afundando, completamente imóvel. Toco o braço de Wolfe e aponto, soltando um pouco de ar dos pulmões para afundar mais e mais. Sinto a água fria e cortante contra minha pele, mas, mesmo no meio do caos, o silêncio sob a superfície é reconfortante.

O luar de Wolfe ilumina o corpo, e entro em pânico quando percebo que não é Landon. Eu me aproximo mais, mas não reconheço o homem. Talvez seja o capitão. Envolvo os braços ao redor de sua cintura e bato os pés para subir, enquanto a luz de Wolfe segue em outra direção. Voltamos à superfície, e vejo um barco de Encantamento se aproximando rapidamente, aproveitando a correnteza de Wolfe. A embarcação para a uma distância segura, logo, me viro de costas e nado com o corpo, batendo os pés com tanta força quanto consigo.

Assim que finalmente alcanço o barco, são os braços do meu pai que se estendem e puxam o corpo para dentro.

— Tana, você está machucada? — pergunta ele, e levo um momento para processar as palavras.

— Não — respondo.

— Entre no barco. Não é seguro. — Ele estende a mão para mim.

— Vou ficar bem. Wolfe está aqui; ele está ajudando.

Meu pai entende o que estou dizendo, que é a magia de Wolfe que me permite ajudar. A magia de Wolfe que está salvando Landon e sua família. Ele fica tenso, mas não discute.

— Certo. Não podemos fazer nada até a correnteza passar. Ajude o máximo que puder, e ficaremos aqui, prontos para prestar apoio se necessário. — Ele está encharcado, a chuva continua implacável, e noto o interior do barco inundado, mas estão seguros onde estão.

Meu pai estende a mão e a apoia na lateral barco. Eu a aperto sem perder tempo, então, mergulho mais uma vez, a procura de Wolfe. Sua luz vem na minha direção, e me apresso para encontrá-lo. Ele está carregando outra pessoa, a mãe de Landon, mas ela está se movendo, batendo os pés junto com Wolfe.

Ao observá-lo carregar o luar, navegando em uma corrente que ele criou, percebo quão poderosa é a magia alta. Se há uma mansão cheia de bruxas que podem fazer o que Wolfe está fazendo agora — se isso é o mais básico do que são capazes — só posso imaginar o que seriam capazes de fazer com mais magia.

Uma ideia se forma em minha mente, inicialmente confusa, mas cada vez mais clara.

— O que foi? — grita Wolfe para mim, e percebo que eu estava apenas flutuando na água, encarando o mar.

— Sei como consertar as correntezas — digo, atordoada. Então, o transe é quebrado; Landon ainda está desaparecido. — Leve-a para o barco — grito.

Wolfe transfere sua luz para mim, e fico maravilhada quando ela não se apaga nem sequer oscila. Sinto minha magia se apressar para encontrá-la. Sustentando tudo na minha mão, é como se guiassem o caminho enquanto mergulho mais fundo no Canal. Uma sombra se move acima de mim, e vejo uma pessoa nadando para longe dos destroços.

Volto rapidamente à superfície e dou de cara com o pai de Landon nadando em direção ao barco dos meus pais.

— Você consegue chegar sozinho? — pergunto para ele.

Ele mantém sua posição na água e olha para trás, para mim, e vejo sangue escorrendo de sua testa a partir de um grande corte.

— Landon está no barco? — pergunta ele, a voz frenética.

— Ainda não. Vou atrás dele agora. Quantos estavam a bordo?

— Quatro. Nossa família e o capitão.

— Vá para o barco. Vou encontrar seu filho.

Mergulho mais uma vez e sigo na direção da correnteza. Ela começa a se mover, liberando lentamente os destroços de seu domínio, há detritos emergindo e afundando, fragmentos de madeira por toda parte. Landon está preso em algum lugar na bagunça, e meu coração bate forte no peito, desesperado para encontrá-lo.

Lanço minha luz o mais longe possível pela frente, e finalmente, *finalmente*, o vejo, o paletó preso em um grande pedaço de destroço que o arrasta mais, e mais, e mais para baixo.

Ele encontra o leito do mar antes que eu consiga alcançá-lo, totalmente sem vida. Os braços e as pernas flutuam de um lado para o outro, movendo-se com o mar. Eu o sigo, batendo os pés e dando braçadas, soltando o ar dos pulmões para nadar mais fundo.

Uma luz vem por trás de mim, e sei que Wolfe está perto, trazendo mais luz da lua consigo. Quando finalmente alcanço Landon, seus olhos estão fechados e os lábios, azuis. A pele parece cinza, toda vida nele se foi.

Tento tirá-lo do fundo do mar, mas está preso, o paletó agarrado aos destroços. Luto para libertá-lo, preocupada com a possibilidade de não conseguir fazer isso a tempo, mas, então, Wolfe está ao meu lado, segurando Landon. Há sangue por toda sua camisa branca, é um círculo vermelho profundo que se espalha em todas as direções. Meus pulmões queimam.

Quando finalmente solto o paletó, enrolo meus braços no torso de Landon, tendo cuidado para evitar o machucado, e começo a bater os pés.

Respiro fundo quando emergimos da água. Wolfe surge um segundo depois e reverte a correnteza que criou, nos enviando de volta para meus pais com o corpo inerte de Landon.

— Mãe! Pai! — grito, quando nos aproximamos, e ambos se inclinam por cima da borda do barco, estendendo os braços. — Ele está ferido — digo, assim que finalmente os alcançamos.

Eles tiram Landon da água, e ergo meu corpo para dentro do barco, desesperada para ajudar. Elizabeth está afastada, um cobertor ao seu redor, e o capitão está sentado no banco com o rosto apoiado nas mãos.

O pai de Landon começa a fazer massagem cardíaca, pressionando o peito de Landon e, depois, soprando ar em seus pulmões. Wolfe sobe pela borda do barco e se ajoelha ao lado de Landon, pressionando as mãos no ferimento.

— Eu posso ajudá-lo — diz Wolfe, sua voz urgente.

Minha mãe estende a mão, medo estampado em seu rosto.

— Ele está falando de magia.

— Faça o que tiver que fazer. — Marshall não hesita, e está claro que ele não entende com qual tipo de magia concordou.

Wolfe fecha os olhos e sussurra um feitiço tão rápido que não consigo entender. As mãos estão cobertas de vermelho. Fico parada ao seu lado e, sem pensar, pego a mão da minha mãe.

Ela não se afasta de mim. Não recua. Em vez disso, segura minha mão e a aperta com força.

— Ele vai ficar bem — diz ela, aquele seu tom calmo que me faz sentir como se tudo no mundo estivesse bem.

Outra trovoada rasga o céu noturno, e eu me assusto.

Wolfe abre a camisa de Landon, e assisto maravilhada enquanto o sangue para de escorrer e a pele começa a se curar sozinha. Minha mãe se vira, mas Elizabeth está com os olhos fixos em Wolfe. Magia alta envolve Landon e passa por seu corpo, curando-o de uma maneira que não deveria ser possível. O capitão fica boquiaberto, e as mãos de Marshall se fecham ao lado do corpo enquanto assiste a Wolfe usar uma magia que ele pensava ter sido erradicada.

Todos estão muito quietos, muito parados, muito rígidos.

Então, finalmente, Landon respira.

41

Deixamos Landon e sua família no continente, onde uma ambulância os aguarda para levá-lo ao hospital. Seja lá o que Landon tenha dito aos pais a meu respeito parece ter funcionado, porque recebo vários olhares de desaprovação, mas estou contente por isso. Se acreditarem que o problema sou eu, ainda buscarão a aliança. Ela ainda poderá ser alcançada.

— Espere — diz minha mãe, antes que alguém saia do barco. Ela se vira para Wolfe. — Apague as memórias deles sobre a correnteza e sua magia. Precisam acreditar que foi a tempestade que afundou o navio.

— Como é que é? — questiona Elizabeth, alcançando a mão de Marshall.

— Você está proibida de fazer isso — ordena Marshall, dando à minha mãe um olhar que me arrepia. — Vamos embora.

— Faça isso agora — ordena minha mãe, elevando a voz.

— Se eu fizer isso, você trabalhará com o meu *coven* para parar as correntezas. Caso contrário, me recuso.

Minha mãe encara Wolfe, chocada por ele estar negociando em um momento como esse, mas ela recupera a compostura rapidamente.

— Tudo bem. Faça logo.

Então, de repente, Marshall, Elizabeth, Landon e o capitão do barco estão olhando para Wolfe enquanto ele reescreve as memórias deles.

Pensarão que a tempestade virou seu barco. Não se lembrarão de Wolfe nem de sua magia. O segredo do antigo *coven* estará seguro.

Não demora muito para os Yates descerem do barco, agradecendo aos meus pais por resgatá-los. Recebo mais um olhar frio do pai de Landon, então, eles se vão. Minha mãe os acompanha até o hospital, oferecendo apoio e garantindo que as perguntas sejam respondidas de maneira apropriada. Ela me abraça antes de partir, uma promessa de que não acabou, de que não preciso viver com ela ou fazer parte do seu *coven* para continuar sendo sua filha.

Wolfe e eu ficamos no barco com meu pai, e navegamos de volta para Encantamento em silêncio. A tempestade passou, e o Canal está tranquilo de novo. Meu pai atraca o barco, mas, assim como eu, não se apressa em sair. Wolfe e eu estamos sentados no banco de trás, envoltos em cobertores e toalhas. Meu vestido de seda cinza foi rasgado e arruinado, e perdi os sapatos pelo caminho, mas o colar que meu pai me deu está firme no lugar. Minha mão vai até ele, e rolo o frasco entre os dedos.

Meu pai anda de um lado para o outro por vários segundos, então, finalmente, para e estende a mão para Wolfe.

— Acho não fomos devidamente apresentados. Sou Samuel, pai de Tana.

Wolfe se levanta e aperta a mão de meu pai.

— Sou Wolfe Hawthorne.

— Hawthorne? — repete meu pai, e me pergunto se ele sabe do relacionamento da minha mãe com Galen. Uma expressão estranha atravessa o rosto dele, algo entre diversão e compreensão, então percebo que ele sabe de tudo.

— Isso.

— Bem, Wolfe, obrigado pelo que fez nesta noite. Se não se importar, gostaria de alguns minutos a sós com minha filha.

— É claro. — Wolfe tira o cobertor e o enrola em meus ombros, em seguida, salta no cais e espera por mim na margem.

Meu pai se posiciona na minha frente, encarando meus olhos.

— Tana, o que você fez hoje à noite foi inimaginável. Sinceramente, achei que não veria algo assim outra vez.

Não é fácil interpretá-lo. Suas palavras não parecem condenatórias, na verdade. Meu pai parece mais surpreso do que qualquer outra coisa.

Quase me desculpo. Eu *realmente* sinto muito, sinto muito por não o ter avisado antes e por ter feito uma escolha que reflete de maneira negativa sobre ele e minha mãe. Sinto muito por ter arruinado o acordo que tínhamos com Landon e por ter desviado do caminho que eles trabalharam tanto para traçar para mim.

Mas não sinto muito por poder passar minha vida com um rapaz que enxerga meu jeito selvagem de ser e com uma magia que me faz sentir viva.

— Foi a decisão mais difícil que já tomei. — Ainda brinco com o colar, e os olhos do meu pai vão parar nele. Não quero perdê-lo, mas o colar pertence a ele, não a uma filha que desafiou tudo em que ele acredita. — Aqui, pai. Tenho certeza de que quer isso de volta.

Ele parece angustiado, as sobrancelhas franzidas e a boca se curvando para baixo.

— Coloque isso de volta — fala ele, com convicção, como se estivesse pregando um sermão. — Ele pertence a você, e estou orgulhoso de você usá-lo. — A voz treme no final.

— Pai?

Ele se senta ao meu lado e segura minhas mãos.

— Você acredita em algo com tanta força que abriu mão de todos os confortos desta vida em busca de algo diferente. Você é corajosa e leal a si mesma. — Ele me abraça. — Não será fácil, mas, se acreditar nesta vida metade do tanto que acredito na minha, vai se sair bem.

Eu havia aceitado que sempre haveria um abismo entre meus pais e eu, que, a partir de agora, seria vista como traidora e como uma vergonha. Nunca me permiti esperar que pudessem entender, e estou emocionada pra caramba com isso.

— E, se você e aquele rapaz continuarem a se olhar da maneira como fizeram hoje, suspeito que serão muito felizes.

— Obrigada, pai — digo, abraçando-o com força.

Caminhamos até o cais e encontramos Wolfe na praia. Quase pergunto ao meu pai se posso ir para casa com ele, se posso passar mais uma noite no meu quarto, com o conforto de sua presença. Mas fiz minha escolha, e desisti dessa opção quando derramei meu sangue no cristal em vez de no cobre.

— Vamos fazer uma reunião daqui a dois dias na perfumaria. Wolfe, traga seu pai. Temos muito que discutir, e devemos fazer isso em particular, antes que os conselhos participem.

Wolfe concorda, e meu pai me dá outro sorriso antes de se virar e seguir para casa. Tento não me fixar na imagem dele indo embora, na forma como isso dói por dentro como um soco no estômago. Mas posso lamentar a perda da minha vida antiga e me deleitar com todas as maravilhas que estão por vir.

Wolfe e eu caminhamos na direção oposta, até a parte selvagem da ilha, onde tudo é possível. Quando, por fim, chegamos ao casarão, um homem nos espera do lado de fora. Wolfe tinha se oferecido para me vestir com roupas secas usando magia ainda no barco, mas não quis usar mais magia do que necessário na frente dos meus pais. Eu me sinto horrível, porém, e, agora, queria ter concordado com aquilo. Passo a mão de maneira autoconsciente pelo vestido e tento arrumar minha trança bagunçada.

O homem sorri, e sua expressão me diz que não está surpreso em me ver aqui.

— Sou Galen, pai de Wolfe — diz ele, embora seja óbvio; eles são muito parecidos.

— Já nos conhecemos? — pergunto, buscando uma lembrança dele que não consigo encontrar.

— Sim, já.

— Desculpe, eu não lembro. — Olho para baixo, mas Galen reage como se não fosse nada.

— Não tem problema. Ouvi falar do que você fez hoje à noite.

Acho que faz sentido ele já saber — provavelmente, mantém um olhar mais atento à ilha do que minha mãe imagina —, mas ainda sou pega de surpresa.

Começo a me explicar, dizendo que entendo se ele não me quiser aqui, mas ele ergue a mão, e eu paro de falar.

— Bem-vinda ao seu lar, Mortana. — Então, ele me puxa para um abraço. Fico atordoada com sua gentileza, mas ela ajuda a aliviar a dor no meu coração, e tenho certeza de que vou ser feliz aqui.

— Obrigada.

— Sei que teve um dia longo, então vou deixá-la se acomodar. Mas, amanhã, se estiver se sentindo melhor, o restante do *coven* adoraria conhecê-la.

— Quantos vocês são?

— Setenta e três — diz ele.

Setenta e três. O número me surpreende, e fico espantada por ter passado minha vida toda sem saber de sua existência. Mas não consigo conter a empolgação que cresce dentro de mim ao perceber que terei um lar aqui. Uma família.

Será diferente da vida que sempre imaginei para mim. Mas será inteiramente minha.

— Estou ansiosa para conhecê-los.

Galen me oferece um sorriso caloroso, depois, se vira para Wolfe e aperta seu ombro. Os olhos estão vidrados, lágrimas se acumulando neles enquanto olha para o filho. Em seguida, ele entra em casa, nos deixando sozinhos.

Wolfe se vira para mim e estende a mão.

— Quer ver sua nova casa? — Dá para notar o peso em sua voz, o peso da minha decisão nos envolvendo. É um peso bom, reconfortante, que nos une.

Olho para o casarão, o telhado íngreme se estendendo em direção aos céus. Lanternas lançam um brilho suave e acolhedor na parede de pedra e iluminam as trepadeiras que se espalham pelo lado de fora. Fumaça sobe até o céu noturno e claro a partir de uma grande chaminé, e o som suave de um piano se mistura ao frio.

— Sim. — Seguro sua mão na minha, mas um choque percorre meu corpo, um lampejo de algo que não consigo identificar, e me afasto.

Há uma vida para você aqui.

— O que foi que você disse? — pergunto, me aproximando.

— Eu não disse nada. — Ele me observa. — Você está bem?

— Eu poderia jurar que ouvi algo — digo. — Foi um dia longo. Devo estar cansada.

— Então vamos entrar.

Wolfe estende a mão para mim mais uma vez, e eu a seguro.

Eu não quero te perder.

Aperto a mão dele com mais força quando uma imagem atravessa minha mente: nós dois naquele mesmo lugar, parados na floresta, do lado de fora do casarão, em uma noite fria de outono. Ele tinha acabado de me mostrar sua casa pela primeira vez, expondo toda sua vida para mim para que eu pudesse vislumbrar algo diferente para mim mesma. E eu fugi.

Fecho os olhos com força enquanto a lembrança toma conta do meu cérebro, do meu peito e do meu coração, se enraizando em mim, se certificando de que eu nunca a esqueça novamente.

— Eu já estive aqui — sussurro. — Com você. Bem aqui. Você me disse que tinha uma vida para mim aqui.

Wolfe não diz nada, mas, quando encontro seus olhos, estão vermelhos. Ele assente e a mandíbula se contrai.

— Sim.

Então, tudo vem como um dilúvio.

Uma dama-da-noite e uma luz. Trombar com Wolfe no campo.

Perder o ritual. Aprender magia proibida. Ir para a costa oeste repetidas vezes, esperando ver o rapaz que mudou tudo.

Posso ouvir seu coração.

Agarrá-lo no mar.

Tocá-lo perto do fogo.

Beijá-lo na praia.

Estou tomada, me afogando em um oceano de memórias, uma profundidade de sentimentos insondável que eu não sabia ser capaz de sentir. Estou completamente chocada com como meu amor por ele tomou conta de cada parte minha e se mascarou como uma escolha impossível, quando, na verdade, era ele a única coisa que eu poderia escolher.

Desde aquela primeira noite, meu destino tinha sido selado.

Rainha das trevas.

Corro até Wolfe, jogando meu corpo contra o dele, abraçando-o com toda força. Lágrimas escorrem pelo meu rosto, eu fecho os olhos e pressiono os lábios em seu ouvido.

— Eu me lembro.

O corpo dele estremece enquanto respira, tanto que parece a primeira vez que seus pulmões encontram ar, inspirando a vida que ele quase perdeu.

— Eu me lembro — repito, minha voz mais alta, garantindo que ele a escute. Garantindo que ele confie. Garantindo que ele saiba.

— Que saudade. — As palavras dele soam baixas, ásperas e bonitas. Beijo seu pescoço e maxilar antes de encontrar os lábios, já molhados com lágrimas salgadas. Os movimentos de Wolfe são lentos e hesitantes, como se garantindo que sou real, garantindo que eu não vá desaparecer assim que ele baixar a guarda.

— Estou aqui — sussurro contra seus lábios.

Sinto o momento em que suas barreiras desabam entre nós, indo ao chão.

— Tana. — Ele suspira, abrindo a boca e segurando meu rosto entre as mãos, me beijando como se quisesse compensar todos os beijos que perdemos, faminto pelo tempo que passamos separados.

Seus dedos estão inquietos, deslizando pelo meu rosto e se demorando no meu queixo, seguindo pelo pescoço e movendo sobre as clavículas. Um arrepio percorre minha espinha, e prendo a respiração.

— Me leve lá para cima — peço.

Ele me beija de novo e encontra minha mão, conduzindo-me pela mansão, até seu quarto. Ele continua olhando para trás, para mim, como se sentir meus dedos entrelaçados nos seus não bastasse. Ele precisa me ver, precisa se certificar de que estou aqui, e adoro isso.

Ele abre a porta do quarto e eu entro, a luz do fogo lança sombras de cobre que dançam pelo chão e pelas paredes. Não há outra fonte de luz.

Caminho lentamente até a cama e me viro para encará-lo.

— Wolfe? — eu o chamo, deixando as alças finas do vestido deslizarem dos meus ombros.

Ele engole em seco.

— Sim? — Sua voz é como lixa, áspera e desigual, e noto a vulnerabilidade nela, o medo de que tudo isso seja um sonho, de que ele possa acordar e encontrar uma garota sem nenhuma lembrança dele.

— Estou bem aqui — digo. — Me toque até se convencer de que isso é real.

Ele não se move, mas me encara congelado no lugar, completamente imóvel.

— Por favor.

Finalmente, Wolfe diminui a distância entre nós e segura minha cabeça nas mãos, me beijando até me deixar sem fôlego. Puxo a camisa dele, tirando-a pela cabeça antes de deixá-la cair no chão. Ele abre, lentamente, os botões do meu vestido, a seda cinza desliza pelo meu corpo e cai em um amontoado ao redor dos meus pés, os dedos dele seguem o comprimento da minha espinha.

Eu me recosto na cama e puxo Wolfe comigo, sem jamais soltá-lo. Ele beija minha boca, minhas pálpebras e meu pescoço, desesperado no começo, mas, depois, mais devagar, como se a cada toque estivesse se assegurando de que não vai ser a última vez. Ele desliza a mão pela lateral do meu corpo e sobre meu quadril, logo, vai até o joelho antes de pausar e lentamente subir os dedos outra vez. Seguro os ombros dele enquanto Wolfe segue a curva da minha coxa, ofegando quando encontra o que está procurando, e meu corpo inteiro responde. Eu me perco nele. Eu me perco completamente nele.

Enfio minhas mãos em seu cabelo e arqueio o corpo com o toque, sussurrando seu nome contra sua boca.

— Mais — digo.

Ele apoia as mãos nas minhas costelas e os quadris entre minhas pernas, sua respiração presa na garganta enquanto começa a se mover, mais perto de mim do que nunca. O mais próximo que ele pode chegar, mas, ainda assim, não parece perto o suficiente. Eu seguro suas costas e sinto o peso sobre mim, pressionando, pressionando e pressionando. Talvez ele não seja o único com medo de estar sonhando.

Saboreio cada suspiro, cada beijo, cada toque, sentindo-o de maneiras que nunca senti ninguém, ouvindo sua respiração quando Wolfe a prende, quando fica mais pesada e rápida. Nós seguimos em frente juntos, nos aproximando de um penhasco do qual estou desesperada para pular. Ele para, capturando minha boca na sua. Então, saltamos juntos, e a intimidade de vê-lo tão fora de controle tira meu fôlego. Para mim, ele é magia, e percebo que, em algum momento, parei de poder distinguir os dois.

Ele sempre me enxergou, não como um papel a ser cumprido, mas como uma vida que importa, me forçando a encontrar minhas verdades. E, no meio disso tudo, eu o encontrei. Ele é a minha verdade, e não há mentiras suficientes no mundo para me convencer do contrário.

Ele sussurra meu nome, respirando comigo, e desaceleramos juntos até o fogo se apagar e se reduzir a nada mais do que cinzas.

Então, dormimos, cada um sabendo que, amanhã, o outro estará ali quando acordarmos.

42

Dois dias depois, Galen, Wolfe e eu nos encontramos com meus pais. Esperamos até o sol se pôr antes de sair da mansão, seguindo pelos caminhos que serpenteiam entre a floresta para não sermos vistos. Minha mãe tem muito a discutir com o conselho, mas as conversas não começarão até que ela saiba como os antigos bruxos se posicionam. Ela nunca compartilha nada até ter uma resposta completa para cada pergunta possível. Ela se certifica de saber de tudo que acontece em sua ilha para nunca ser surpreendida.

Porque não gosta de ser surpreendida.

Nos encontramos na sala dos fundos da perfumaria, muito depois de as lojas terem fechado as portas. A rua Principal está vazia, e, mesmo assim, não consigo deixar de esticar o pescoço ao passarmos pela loja de chá dos Eldon, esperando avistar Ivy. Mas está tudo escuro.

Meus pais já estão lá quando chegamos à perfumaria. Meu pai tritura ervas com seu pilão e almofariz como se fosse um dia normal na loja. As mãos param quando entro na sala, e um pequeno sorriso surge em seus lábios, iluminando os olhos.

— Oi, pai — digo, caminhando até ele e lhe dando um abraço apertado. Só se passaram dois dias, mas sinto falta do jeito como sua comida preenche a casa com o barulho das panelas e os cheiros deliciosos. Sinto falta de como ele murmura consigo e de como sempre tem uma xícara de chá pronta quando preciso. O frasco que ele me deu está pendurado no pescoço e cutuca meu esterno quando o abraço com ainda mais força.

Minha mãe está nos observando quando me afasto, e não sei o que esperar dela. Quando a vi na água, estava totalmente focada em Landon e nos pais dele. Agora que teve tempo para refletir a respeito dos eventos do meu Pacto, não sei se, ou como, as coisas mudaram. Não sei se ela vai me tratar como uma ameaça, uma inimiga ou como a pessoa que arruinou os planos que ela havia traçado tão meticulosamente.

Mas, quando nossos olhares se encontram, ela afasta os ombros, ergue o queixo e respira fundo. Está tentando não chorar.

— Oi, querida.

— Oi, mãe. — E, antes que eu consiga pensar melhor, atravesso a sala e lhe dou um abraço apertado, daqueles que vão bagunçar o cabelo e amarrotar a blusa. Ela não se afasta, no entanto. Ela se entrega e retribui meu abraço com força, como uma mãe abraçando a única filha.

Quando nos separamos, ela alisa o cabelo e limpa a garganta.

— Acredito que isso seja seu — diz ela, me entregando o colar de prata que Wolfe me deu na noite em que visitei a mansão pela primeira vez. Eu tinha me esquecido completamente dele, e passo os dedos sobre a pedra preta e lisa. Deve ter sido muito difícil para ela me devolver isso, já que vai contra tudo pelo que ela trabalhou. Não confio em mim mesma para falar, então olho para ela, que parece embaçada na minha visão.

— Obrigada — consigo dizer.

— De nada. — Ela acaricia minha bochecha com as costas da mão, depois, olha para Wolfe. — Tem muitas coisas com as quais não concordamos, mas, agora, você faz parte da nossa família. Espero que aprenda a nos considerar como tal.

— Obrigado — diz ele. — Isso não vai ser muito difícil... tenho bastante experiência discordando do meu pai.

A boca da minha mãe se curva levemente com as palavras dele, e ela olha para Galen quando responde:

— Não duvido.

— Alguns hábitos se recusam a serem rompidos — diz Galen.

— Falando em discordar... — Minha mãe indica as cadeiras que eles deixaram arrumadas. — Temos muito o que discutir.

Nós nos sentamos, e a divisão é clara entre nossas cadeiras e a dela. Podemos até ser uma família, mas agora também somos forças opostas que precisam encontrar algo em comum.

Observo minha mãe assumir seu papel como líder do *coven*, estreitando os olhos e endireitando a postura.

— Aqui está sua reunião, Galen. Diga o que precisa dizer.

— Na verdade, Tana vai liderar a conversa, se estiver tudo bem por você.

Ela volta seu olhar para mim sem pressa, uma sobrancelha arqueada em surpresa. Minha mãe assente.

— É claro. A palavra é sua, Tana.

Mudo minha posição na cadeira e entrelaço as mãos para evitar mexê-las. O barulho das ervas sendo moídas pelo meu pai para, e a sala é preenchida por um silêncio pesado. Respiro fundo e volto àquele momento na água, observando Wolfe e sua magia, quando a ideia germinou dentro de mim.

— As pessoas do continente acreditam que o barco deles foi afundado pela tempestade, o que nos dá um pouco de tempo — digo. — Mas, assim que algo mais acontecer com as correntezas, vão entender a verdade e culpar você pela quase perda de Landon e sua família. Qualquer confiança que tinham no seu *coven* desaparecerá, e anos podem se passar antes de conseguir reconstruir o relacionamento... se é que irão se decidir por estar abertos a isso, para começo de conversa.

Minha mãe inclina a cabeça para o lado enquanto escuta.

— Sim, tudo isso é verdade. Se tiver algo útil para propor, sou toda ouvidos, mas não preciso que me lembre de coisas que já sei.

Faço uma pausa antes de continuar. Ela vai odiar o que estou prestes a dizer, mas não vejo outra saída.

— Você não pode continuar lançando sua magia ao mar. Pode dá-la para nós, em vez disso.

Ela inspira rápido, depois, exala devagar.

— Explique exatamente o que você quer dizer.

— Direcione sua magia para nós. Somos fortes o bastante para recebê-la. Não conseguimos desfazer, com nossa magia sozinha, o dano que os rituais causaram, mas, com o excesso de sua magia, poderíamos fazer isso. Poderíamos consertar as correntezas e curar a ilha. E as pessoas do continente nunca saberiam que foi sua magia que quase matou a família real deles.

— A ideia foi sua? — O tom dela soa afiado e direto, e meu peito dói ao reconhecer o que há em sua voz: traição. Ela se sente traída. Por mim.

— Sim.

— Sem dúvida alguma, a resposta é não — diz ela, sem deixar margem para discussão, são palavras firmes que pesam no espaço que nos separa. Meu pai está olhando para o horizonte, como faz quando pensa profundamente. A mão ainda segura firmemente o pilão, mas ele não voltou a trabalhar.

Está considerando o que eu disse.

— Ingrid — diz Galen, ao meu lado —, pode dar certo. É uma ideia inteligente, e eu gostaria de ter pensado nela sozinho.

— É uma ideia inteligente para *você* — rebate minha mãe. — Isso tornaria seu *coven* significativamente mais forte. Poderia até usar esse poder para qualquer coisa. Está fora de cogitação.

Eles se encaram, e percebo como é tênue o relacionamento entre eles. O novo *coven* protege o antigo ao manter sua existência em segredo. Se o continente souber a respeito de nós, fariam de tudo para erradicar o uso da magia alta. E minha mãe está certa — se o novo *coven* direcionasse a magia excedente para nós, a dinâmica de poder mudaria drasticamente.

Seríamos fortes o suficiente para resistir, muito mais do que hoje. Se não tomarmos cuidado com toda essa magia, poderíamos chamar a atenção do continente sem querer, o que destruiria completamente o relacionamento que o novo *coven* passou gerações trabalhando para construir.

— E se fizéssemos um feitiço? — pergunto, e minha mãe e Galen se viram para me observar. — E se ligássemos a magia excedente à lua cheia, garantindo que só poderíamos usá-la uma vez por mês? Nos encontraríamos nos rituais, e vocês saberiam exatamente quando e como a magia está sendo usada, porque poderiam nos observar fazendo isso.

— Isso daria a eles um poder enorme sobre nós — diz Galen.

— Na verdade, não — contesto. — Vocês ainda seriam mais fortes do que agora. Poderiam piorar as correntezas se não ficarem satisfeitos com o tratamento recebido. A magia estaria vinculada à lua, mas vocês ainda poderiam usá-la para o que quisessem. Só dificultaria esconder qualquer coisa do novo *coven*.

No entanto, Galen não está mais olhando para mim. Está olhando para minha mãe.

Eles se encaram, ninguém dizendo palavra alguma.

— O continente protege o novo *coven*. O novo *coven* nos protege. E nós protegemos a terra — assim que digo isso, tenho certeza de que é como deve ser. Estou completamente tomada pela realidade do que fiz, compreendendo que o caminho de que desisti, a vida que abandonei, foi tudo em prol de algo maior do que eu. Maior do que Landon, e maior do que nosso *coven*, e maior do que a magia alta.

Minha mãe está considerando minhas palavras — sei que está—, e é mais progresso do que Galen jamais poderia ter feito sozinho.

Este é meu papel, e sinto raízes se firmarem neste solo e absorverem seus nutrientes até eu perfurar a terra e florescer.

Wolfe segura minha mão.

— Ela tem razão, pai — diz ele, a voz firme. Estável.

— Eu sei. O que você acha, Ingrid?

Minha mãe não responde. Ela se recosta na cadeira e olha para além de nós, pensativa.

— Eu acho que vale a pena tentar — diz ela, por fim. — Teremos que estabelecer limites claros antes de começar, e, dado que meu *coven* pensa que o seu não existe mais, teremos que estar na mesma página antes de apresentar a ideia, deixando claro que você é uma surpresa tanto para mim quanto para eles. Também tem a questão de garantir que isso permaneça em segredo do continente. Podemos revisar os detalhes assim que ambos tivermos tido tempo para digerir o acordo e falar com nossos conselhos. E, é claro, interromperemos imediatamente o envio de nossa magia se vocês fizerem qualquer coisa que sequer chegue perto de ser um pouco questionável. Mas vale a pena tentar.

Todos se levantam, e meu pai vem até mim, colocando o braço ao redor meus ombros e me puxando para perto.

— Estou orgulhoso de você.

— Eu também — respondo.

Ele olha para baixo, sorrindo.

— É tudo que sempre quis para você.

Minha mãe vai para o outro lado do meu pai e se apoia nele.

— Que reviravolta inesperada — diz ela.

— Ela é sua filha.

Então, ela me olha, um pequeno sorriso aparecendo nos lábios.

— Sim, ela é.

Ela aperta minha mão ao passar por mim.

— Tranque tudo quando sair — pede ela, em seguida, meus pais saem pela porta, abraçados ao caminharem.

É um pedido bastante casual, algo que ela me disse centenas de vezes anteriormente. *Tranque tudo quando sair*. E isso enche meu peito com todas as coisas pelas quais tive medo de ter esperança. Haverá conflitos entre os *coven*s enquanto exploramos essa nova relação, o que certamente mudará as coisas.

Mas nem toda mudança é ruim.

Há crescimento na mudança.

Beleza e satisfação.

Alegria.

— Se alguma vez duvidou do seu lugar no mundo, Tana, espero que essas vozes tenham finalmente se calado — diz Galen. — Encontro vocês em casa.

Quando a porta se fecha, Wolfe me puxa para si e enterra o rosto no meu pescoço.

— Agora que todos se foram, tenho alguns pedidos da minha parte — informa ele, os lábios se movendo contra minha pele, enviando um arrepio pela espinha.

— Me conte.

Ele ergue a cabeça e encontra meus olhos, uma seriedade tomando conta de sua expressão.

— Me deixe te amar — diz ele, a voz baixa e suave, me envolvendo como um banho quente em uma noite de inverno. — Me deixe te amar, até você ter certeza de que é magia pura.

E, antes que eu tenha chance de responder, ele me beija, seus lábios suaves e lentos contra os meus. Eu o puxo para mais perto, recuando até o balcão de madeira no centro do cômodo. O pilão do meu pai cai no chão, mas não me afasto.

Wolfe leva as mãos atés meus quadris e me ergue no balcão, me beijando sem parar. Envolvo meus braços em torno de seu pescoço e as pernas ao redor de sua cintura, abraçando-o enquanto seus lábios trilham minha pele e descem até o peito.

Minha cabeça tomba para trás, e sussurro seu nome, esperando que ele note que já tenho certeza. Esperando que ele saiba que, para mim, ele já é magia pura, um feitiço que praticarei repetidamente pelo resto da vida.

Estou enfeitiçada, cada parte de mim.

E, enquanto ele disser meu nome, tocar minha pele e existir nesta bela Terra, continuarei enfeitiçada.

43

É uma noite fria de inverno. O céu está limpo e as estrelas brilham com intensidade. A lua cheia é amanhã, e será a primeira vez que o novo *coven* lançará sua magia para nós. A mansão está tomada de expectativa, uma emoção que quase consigo ver pairando no ar.

Mas sei que a expectativa que sentimos provavelmente é um reflexo do medo que o novo *coven* sente. Que meus pais e Ivy sentem. Nos dar mais poder vai contra tudo em que acreditam, e levará tempo para construir confiança entre nós.

Talvez, um dia, o novo *coven* não sinta necessidade de nos observar usando a magia deles. Talvez vejam uma ilha curada e mares mais calmos e saibam que estamos mantendo nossa palavra.

É esse pensamento que me anima, um futuro em que acredito com todo meu ser. E trabalharei por isso o mais duro que puder.

Cruzo os braços na altura do peito e observo minha respiração se dissipar logo à frente antes de desaparecer. As ondas quebram na praia, uma após a outra, uma harmonia constante na minha vida. O som continua comigo, não importa de que lado da ilha eu esteja ou que tipo de magia eu pratique.

Um lampejo chama minha atenção, e, ao me virar, vejo uma pequena luz circular dançando na periferia da floresta. Assim que a avisto, ela avança para dentro da mata, eu me assusto e a sigo.

Está escuro sob a copa das árvores, o dossel tão denso que a luz da lua tem que se esforçar para passar. Desacelero o passo e ando com cuidado enquanto a luz ziguezagueia à frente, emitindo um brilho suave que corta as sombras.

Depois de me guiar por minutos, ela se lança em uma clareira e rodopia pelo ar antes de desaparecer. Quando emerjo da floresta, uma pequena praia particular é revelada.

Wolfe está no meio dela, e, por um momento, paro de respirar, ainda completamente cativada pela maneira como ele parece banhado pelo luar. É realmente inacreditável eu conseguir fazer qualquer coisa, vivendo na mesma casa que ele.

— Bem, Sr. Hawthorne, me atraiu com sucesso até aqui. O que vai fazer agora que cheguei?

Um sorriso se forma em um dos cantos de sua boca enquanto estende a mão para mim.

— Você vai ver.

Pego sua mão, e ele me conduz à grama alta, uma trilha estreita de terra passa por ali. Tem um pequeno portão de madeira bloqueando o caminho, e ele range quando o empurro para abrir a madeira desgastada e desbotada.

O ar salgado do mar tem um toque doce. Olho ao redor e encontro dezenas de flores, crescendo altas e selvagens. Prímulas e heléboros negros se banham com a luz da lua, e uma dama-da-noite branca cresce no meio das flores noturnas.

— Eu estava neste jardim na primeira vez que você disse meu nome à meia-noite — diz Wolfe. — Quando ouvi, meu coração acelerou, então, mergulhei na água pensando em apenas uma coisa: chegar até você. E é tudo em que tenho pensado desde então.

— Wolfe — digo, arrastando seu nome, dizendo-o sem pressa para saborear como soa na minha boca. Dou um passo para mais perto dele. — Wolfe. — Outro passo, e desta vez chego perto o suficiente para tocá-lo. Agarro sua gola e o puxo contra mim, roçando os lábios na sua orelha. — Wolfe.

Ele estremece quando repito seu nome.

— Você está me distraindo — diz ele, a voz baixa, como se machucasse falar.

Levanto as mãos no ar em um pedido de desculpas fingido.

— Você se distrai facilmente.

— Só por sua causa — Wolfe diz isso daquele seu jeito de falar, parecendo zangado, mas sei que é apenas porque está assustado com o quanto me ama. Todos nesta ilha conhecem, agora, sua fraqueza, e é uma vulnerabilidade que Wolfe nunca pretendeu ter.

Talvez o mais injusto de tudo seja que eu encontre uma força imensurável em ser a única coisa que já o arrebatou. É minha honestidade, minha vulnerabilidade que quebrou a máscara deste rapaz espinhoso, qualidades que apenas os tolos consideram fraqueza.

Mas sei que não é nada disso.

— Prometo usar meu poder apenas para o bem — digo, como uma piada, mas a frase está envolta por verdade.

Wolfe se inclina na minha direção, a respiração quente colidindo com o ar frio, lançando um arrepio pela minha espinha.

— Use-o como quiser. — Suas palavras fazem com que meu interior se agite de desejo. — Eu confio em você.

— Eu sei que confia.

— Que bom.

Observamos um ao outro por vários instantes, então, Wolfe pega minha mão e me leva até mais adiante no jardim. Ele colhe a dama-da-noite branca e me entrega, as pétalas roçando meus lábios quando a levo ao rosto.

— Toda rainha precisa de um castelo — diz ele, abrindo outro portão e soltando minha mão. Passo por ele e respiro fundo ao observar o lugar. Um campo inteiro de damas-da-noite brancas se estende diante de mim, até onde meus olhos alcançam, há milhares delas em plena floração, apesar do frio do inverno. As pétalas cintilam à luz da lua e se movem na brisa, um mar branco em constante movimento na escuridão.

— Você fez tudo isso? — pergunto, incapaz de realmente compreender o que estou vendo. São muitas.

— Fiz.

Eu me viro para encará-lo, ainda segurando a flor que ele me deu.

— É inacreditável — digo. — Obrigada.

Devagar, me sento na terra, puxando-o para baixo comigo. Sua boca encontra a minha em um instante, a respiração dele me aquecendo por dentro, me fazendo esquecer de que é inverno. Ele poderia me beijar tantas vezes quanto há flores neste jardim, e, ainda assim, nunca seria suficiente.

Eu me deito e ele me acompanha, gravo na memória como é ter o corpo dele em cima do meu, como sua respiração reage quando o toco.

— Wolfe — digo, reenchendo os pulmões com o ar que ele roubou —, quer nadar comigo?

— Sim.

Corro até a beira da água com ele em meu encalço, rindo para o céu da meia-noite. Fecho os olhos e penso no sol, em todas as horas que passei praticando magia durante o dia, e despejo isso nas ondas, aquecendo-as o suficiente para tornar o nadar tolerável.

Não me preocupo em tirar a camisola. Em vez disso, mergulho de cabeça, nadando longe o bastante que tenho de mover a água para boiar. Nadamos juntos sob a luz da lua, contando histórias, usando magia e vivendo. Vivendo ao máximo.

E, enquanto fazemos isso, me maravilho com o que é praticar magia à noite.

Wolfe começa a voltar para a praia, mas peço a ele para esperar. Eu me aproximo nadando e envolvo meus braços em seu pescoço, beijando-o com toda alegria, paixão e maravilhamento que sinto. E, enquanto faço isso, invoco minha magia. Ela se eleva com entusiasmo, se fortalecendo a cada momento que passa.

Com meus lábios ainda nos de Wolfe, libero a magia na água. Nossos pés permanecem plantados no fundo do oceano enquanto as ondas se erguem dos lados, nos cercando em um redemoinho de água salgada, magia e meias-noites. Meias-noites infinitas.

— Alta ou baixa, a lua que tem ritmo; nos envolva em maravilhas todos os dia.

Wolfe recua e observa maravilhado enquanto tudo gira ao nosso redor, água escura perfeitamente controlada por uma magia ainda mais sombria.

Devagar, deixo a magia se acalmar. A água retorna ao fundo do oceano, nos erguendo enquanto isso. Juntos, nadamos até a praia. Wolfe pega minha mão e me olha com atenção.

— Acho que é hora de voltar para casa. — Seu olhar se fixa nos meus lábios antes de encontrar meus olhos.

— Acho que você tem razão.

Entrelaço os dedos nos dele, mas, antes de partirmos, me volto mais uma vez para a água. Ela parece tão perfeita com a luz da lua brilhando na superfície, exala beleza e poder, silêncio pesado e calma enganadora.

A força que reconhece a magia dentro de mim e se curva a ela, porque sabe que a manterei segura.

Um lar que permite meu coração selvagem ser livre.

Eu costumava acreditar que eu pertencia ao mar.

Mas eu estava errada.

O mar pertence a mim.

AGRADECIMENTOS

Este livro é muito especial para mim e, desde o momento em que a ideia surgiu na minha mente, tudo que quis foi compartilhá-la com os leitores. Se você pegou este livro, leu ou falou dele, obrigada. Muito obrigada mesmo.

Há várias pessoas brilhantes que me ajudaram a transformar essa ideia em um livro publicado, e me sinto sortuda pra caramba por minhas histórias terem sido tocadas por sua sabedoria, apoio e entusiasmo.

Em primeiro lugar, Pete Knapp, meu agente literário. Obrigada por acreditar em mim e nas minhas histórias, além de ser um defensor incrível do meu trabalho. Você me faz sentir que tudo é possível, e sei que minhas esperanças e ambições estão em ótimas mãos.

Obrigada à Annie Berger, minha editora incrível. Você viu a magia nesta história antes mesmo de ela estar nas páginas, então, me ajudou a encontrá-la quando perdi o fio da meada. Obrigada por amar este livro e por me ajudar a transformá-lo na melhor versão dele. Tenho muita sorte de trabalhar com você.

Para toda a equipe da Sourcebooks Fire, obrigada pelo trabalho incrível que fazem levando minhas histórias ao mundo. Karen Masnica, Madison Nankervis e Rebecca Atkinson, obrigada por contar aos leitores sobre este livro da forma mais legal e empolgante possível. Agradeço à Liz Dresner por criar a capa mais marcante de todos os tempos, à Elena

Masci por dar vida a ela de maneira tão bela, e à Tara Jaggers pela belíssima diagramação. Obrigada à Erin Fitzsimmons pelas contracapas e guardas dos meus sonhos, e a Sveta Dorosheva pelo mapa mais impressionante que já vi. Thea Voutiritsas, Alison Cherry e Carolyn Lesnick, obrigada por darem os toques finais neste livro e por poli-lo até fazê-lo brilhar. Gabbi Calabrese, obrigada pela sua ajuda em tornar o processo algo tranquilo e livre de problemass. Margaret Coffee, Valerie Pierce e Caitlin Lawler, obrigada pelo trabalho incansável colocando meus livros no radar do máximo de livreiros, educadores e bibliotecários quanto foi possível. Ashlyn Keil, você é uma estrela dos eventos. Obrigada por tudo que faz para me conectar com os leitores. Sean Murray, tenho visto meu livro em incontáveis prateleiras por causa do seu trabalho — obrigada. E, por fim, obrigada à minha editora, Dominique Raccah. Adoro ser autora da Sourcebooks.

A toda a equipe da Park & Fine, sou muito grata por ter a inteligência coletiva de vocês por trás de mim e dos meus livros. Andrea Mai e Emily Sweet, obrigada pela estratégia e pelo entusiasmo que trazem. Stuti Telidevara, obrigada por me manter organizada em meio ao caos. Kat Toolan e Ben Kaslow-Zieve, obrigada pelo trabalho de levar meus livros até as mãos dos leitores ao redor do mundo.

À Debbie Deuble Hill e Alec Frankel, obrigada por serem guias excelentes em tudo relacionado a televisão e cinema.

À Marta Courtenay, obrigada por sua criatividade, entusiasmo e horas de trabalho que você me economiza.

À Elana Roth Parker, obrigada por ajudar a tornar este livro realidade.

Aos autores que generosamente leram este livro antes e enviaram críticas maravilhosas — obrigada. Seu entusiasmo me deixa animada demais para entregar este livro ao mundo.

Adalyn Grace, obrigada pelas horas que passou do outro lado da tela, escrevendo comigo. Que nossas agendas se alinhem para sempre. Diya Mishra, você leu este livro primeiro, e seu entusiasmo e uso excessivo daquela palavra com "f" alimentaram meu amor por ele desde o início.

Obrigada. Julia Ember, Miranda Santee, Tyler Griffin, Heather Ezell, Kristin Dwyer e Rosiee Thor, obrigada não apenas por serem algumas das minhas pessoas favoritas, mas por lerem este livro antes e fornecerem comentários tão valiosos. Rachel Lynn Solomon, Adrienne Young, Isabel Ibañez e Tara Tsai, não gostaria de estar nesta jornada sem vocês.

Angela Davis, você me deu permissão para imaginar um caminho verdadeiramente meu. Obrigada por me ajudar a encontrar minha felicidade.

Ao meu cachorro, Doppler, que me faz companhia dia após dia enquanto escrevo essas histórias e me faz sair do escritório quando eu talvez não sairia.

Chip, não consigo descrever a paz que se instalou em mim quando você entrou em nossa família. Obrigada pelo seu coração.

Mãe, obrigada pelo seu incentivo e apoio constantes enquanto navego por esta carreira. Você sempre acreditou na minha escrita, e sou muito grata por isso. Pai, você nunca me fez duvidar do seu amor e, nos momentos mais difíceis da minha vida, você foi meu porto seguro e abrigo da tempestade. Amo muito vocês dois.

Mir, só consigo fazer isso por sua causa. A forma como você me apoia, me incentiva e me ama por completo me deixa impressionada, e eu não poderia pedir por uma pessoa mais perfeita da qual depender totalmente. A verdade é que sou maravilhada por você. Amo você até o fim dos tempos.

Ty, você é meu único e verdadeiro amor épico, meu melhor amigo. Eu embarcaria em qualquer jornada, por mais difícil que fosse, se significasse encontrar você no final. Obrigada por acreditar em mim e me apoiar enquanto persigo sonho após sonho; espero que saiba que, entre todos, você é meu maior sonho realizado. Te amo muito.

E, por fim, a Jesus. Obrigada por me amar mesmo com todas minhas perguntas e dúvidas — principalmente em momentos como esse.

Primeira edição (outubro/2024)
Papel de miolo Ivory slim 65g
Tipografias Garamond, IM Fell e Roman Story
Gráfica LIS